下百老匯上

紐約客夢

張北海——著

從我第一篇小學作文被老師讚賞，題目就是「我的叔叔」，到開始看他的文章，對他總是有一種崇拜。我長大了，他卻也沒老，我們開始有共同的朋友。從紐約到香港、台灣到大陸，我看到了別人對他的尊敬，還有說不完的羨慕。他的生活態度，如同他喝酒：專情於威士忌，慢慢品嚐、認識，深入了解。所以他只談他懂的，其他的，就聽聽別人怎麼說吧。

不知從幾時開始，我們越來越像父女，總是會惦念著對方，我為他做點小事，他為我寫個劇本。他來香港看我，我帶兒子去紐約跟他過個聖誕。一起喝酒、做炸醬麵，有時有說不完的話，有時也可以安靜的不說。我們就是家人，不再帶有任何色彩卻更濃厚的親情。

——張艾嘉

目錄

紐約紐約

美國夢

一個時代

推薦序

為火雞辯護
——兼論閱讀張北海散文的樂趣

詹宏志

第一次興味盎然讀到張北海的〈啊，火雞！〉，是在大陸的《萬象》雜誌上；和許多張北海的文章一樣，我大都是先遭遇於報刊、雜誌，然後才再讀於結集成書之後；這裡所謂的報刊雜誌，主要包括了香港的〈七十年代〉和後來的《中國時報》〈人間副刊〉，見諸於《萬象》雜誌則是最近的事，但這樣一說，倒好像是洩露了自己漸漸不可告人的年齡。

讀到這篇〈啊，火雞！〉時，我一直告訴自己說，下次遇見北海大哥時，一定要向他澄清文章中的一件事，沒想到還沒機會見面，要我寫序且收錄這篇文章的書稿倒是先到了，世事難料，有如是者。

〈火雞〉一文，和張北海其他文章一樣，總有雜學知識的樂趣與驚喜可尋，文中論及火雞的來歷、名稱，加上發生在歷史上各地的趣聞逸事，處處讓你拍案稱奇、回味不已；但他在文章裡突然驚天一問：台灣鄉間處處可見養火雞，為什麼沒有知名的「火雞料理」？他又詢諸本省籍友人，這位朋友也回答，台灣人不吃火雞，家家戶戶養火雞是為了「防盜」（火雞生性敏感多疑，一有外人靠近，立即騷動鼓譟，效果猶如犬吠示警一般）⋯。但真的是這樣嗎？真的是這樣嗎？

我覺得張北海所問非人，這位本省籍友人知識可疑，信用也該調查，他的信口開河，害得我們家中良禽淪為狗畜；不過這個提問發生在半個世紀之前，來自北平世家、就讀美國學校的外省人張北海所認識的本省人可能有限，但後來張北海相識滿天下，既然已經認識我這類「正港台灣人」，竟沒有在不疑處有疑，重新再問一次，也算是「失檢」了。

必須澄清的是，台灣沒有火雞料理嗎？聞名遐邇的「嘉義雞肉飯」正是地道的火雞料理。但堂堂火雞料理，為什麼要叫「雞肉」飯？這正是關鍵所在。正宗雞肉飯的做法，是將整隻火雞蒸熟拆絲，雞絲先舖在白飯上，再將蒸雞的雞油做成醬汁佐油蔥淋在整碗飯上面。白飯因為雞油變得粘糯香軟，炸乾的油蔥泛著焦香氣息，手拆的火雞肉絲則受到雞油滋潤，令人覺得多汁軟嫩⋯⋯

我小時候家裡也是養有火雞的，我們當然也養雞，雞隻矜貴，保護在雞籠之中，火雞白天任牠們隨意走動，入夜則圈在門口路邊，地位較賤；火雞精神亢奮，陌生人靠近，常常群起鼓譟，並列隊作攻擊狀；不過鄉下小孩知道火雞色厲內荏，只是點頭啼叫，並不真正攻擊，我們是不怕的，伸長脖子、哦哦作響的大白鵝才是更危險的家禽⋯⋯

閒話休提，話說鄉下人養火雞的目的並不是火雞本身，而是取得較多雞肉的「貧窮替代」。火雞本來口感比雞肉粗糙，是一種次級雞肉，但體形較大，同樣的飼料（成本）能多養出好幾斤肉來，是窮人家重要的肉食選擇。只是我們手裡養著火雞，心裡卻想著閹雞（那個時代我們竟以為肉雞或閹雞都比土雞好）；所以，火雞上桌時，並沒有任何名稱涉及火雞，我們講的都是「雞」，做法也和肉雞、閹雞、土雞都相同，熱水川燙的就是「白斬雞」，醬油烹煮的就是「紅燒雞」，翅膀、雞腳和乾香菇同煮就是「香菇雞湯」，每個名稱都是自我安慰，每道雞料理都是火雞料理，we don't vary them，這是台菜裡看不到「火雞料理」的原因，這也是「嘉義雞肉飯」名稱並不是火雞，而內行人都知道這是一道「火雞料理」。

這樣我們才明白「雞肉飯」的發明是化「腐朽」（乾柴）為神奇的巧思，把火雞拆絲，讓你忘卻牠的粗糙與堅硬，用雞油澆淋，讓你感覺牠的滋潤軟嫩。大雞因此變嫩雞，價錢便宜又味近珍饈，這是庶民美食的真義了。但最近十幾年來，火雞養殖品種改良，有愈來愈多肉質細膩的版本出現（也變得驕貴而不好養，價錢則比土雞還貴）；加上西方餐飲盛行，各種火雞料理都冒頭出來，火雞才有了自己的身份，以自己之名行走在菜單之間，但這個火雞已經不是張北海質問的那個時代的火雞了。

我在這裡不厭其煩試著說明台灣火雞的「來歷、心態與藝術」，明眼人當然看得出來這是對張北海文章的一種拙劣仿傚。張北海的文章堪稱是現代化與全球化的「唐人筆記」，但我覺得這些文章可不適用魯迅對唐人筆記的惡意批評：「大率雜事瑣聞，並無條貫，不過偶弄筆墨，聊遣綺懷而已。」（魯迅是從小說發展歷史的著眼來批評的），也許更準確的描述應該說，張北海的散文（或雜文）是「筆記為引，兼收百科」；拈來的選題也許是「筆記的」甚或是「傳奇的」，但真正的意涵則是它的百科全書式的知識趣味；看似雜事瑣聞，並無條貫，讀下去才知道海闊天空，世界苦多，人生苦短。

我們很多人最早認識張北海的文章是他寫紐約的文章，我也不例外，這些文章有的講曼哈頓的牡蠣、猶太人的貝果、摩天大樓的興衰、地下鐵的興建史，好像我們一整個世代對紐約的印象與理解都是從他身上來的。但住紐約寫紐約的中文作家如雲，我們為什麼最後只記得張北海的紐約？又譬如說我也曾在紐約工作生活過一段時間，我也還是覺得張北海筆下的紐約比我親身經歷的紐約更「真實」。一方面當然是他的鍥而不捨，數十年如一日，娓娓道來許多雜事瑣聞，最後架構了一個形貌多元而完整的「高譚市」，它就比真實還真實了。另一方面，他行文說話的口吻是一個有耐性的老友的口吻，不慌忙、不賣弄、不情感氾濫，更不會道德教訓，他的好奇心代替了我們的好奇心，他的研究卻補救了我們的怠惰，讀這些文章像飲年份老酒，初時只覺得順口，後來就知道是真滋味了。

但這些文章主題都是「無用之物」，包括上述那段火雞之辨，都不能讓我們勵志、健身或發財，為什麼我們還讀得津津有味？也許正是一點用處都沒有，這些百科全書式的知識竟成了最純粹的本能好奇和理解之樂，而閱讀得來的相知相惜也變得毫無功利色彩，是一種蓋棉被純聊天的友誼神交了。

張北海通過他的文章，建構給了我們一個「想像的紐約」，對於我這樣一個沈默的長期讀者來說，張北海就是紐約，至少他就是紐約的一景，少了張北海的紐約對中文讀者來說是不完整的。這件事連紐約本地人都不容易明白，有點像是劍橋大學的英國人不一定能明白，為什麼中國人心目中對他們校園裡的小河看得比泰晤士河還更偉大的原因。寫文章能得到這樣的成果，也真是不枉了。

自序

「下百老匯上」指的是曼哈頓下城百老匯大道上的我家。本書所收各篇，都是我多年來在那裡寫成的。

這至少說明幾件事實。我人在紐約，以母語寫作，文章發表在兩岸三地。同時，生存環境決定了作品內容。

但是在一個如此複雜多樣多變的生活現實中，任它弱水三千，我只能取一瓢飲。至於說為什麼取的是此一瓢，那可能要怪我寫作隨緣。

也許隨緣有點玄。具體地來看，四分之三世紀下來，我走過了兩個時代，兩個文化，和那八千里路雲和月。

這個並不獨特（不少在世者也都經歷過抗戰和內戰），但也不很尋常的人生經驗，免不了或多或少地滲入作品之中。作者的身影，他的喜怒哀樂，好壞與醜，也都免不了或明或暗地流露出來。

我去國多年——臺北半世紀，北京一甲子。文中偶而提到一些往事，也就只能以回顧方式去追憶我腦海中的臺灣。至於那更遙遠的古都，更就只能神遊，或虛構一個俠隱去夢迴了。

《下百老匯上》所選收的各篇舊作近作，這些故事，大部分都涉及到我周圍的現實。生存環境固然決定了我的寫作內容，但是我也完全可以理解，不是每個人都有興趣和我分享此一瓢，去閱讀一些既不切身相關，又是地球另一邊的大大小小事件事實——像什麼一個又一個美國現象、夸族禮宴、東非事件、法拉盛抗議書、太平洋樂園、藍山咖啡、哈德遜的夢想，等等，等等。

儘管如此，我當然還是希望你們或願隨著作者興趣漫遊一圈。有此願者，起碼也算是和我，雖有世代及海洋的間隔，結了一個書緣。無此願者無過無失，我只能怪自己寫作隨緣，或直鉤釣魚。

感謝新經典對我的作品有此興趣，並感謝總編輯葉美瑤對作者有此信心，同時感謝詹宏志為本書做序、韓湘寧的攝影及鄭愁予贈詩。

這些支持和確認，對作者來說，是莫大的榮幸和鼓勵。

——寫於紐約

紐約紐約

INFORMATIC

大中央

五十週年紀念好像特別引人注意，也許是因為人在慶祝，所以我們喜歡用人的生命里程碑來計算。

一百歲的人沒有幾個，七十五歲也太老了，而十、二十，甚至於二十五歲，又給人一種乳臭未乾的感覺，有欠成熟，還沒有經過時間的考驗，建立起一個應該慶祝的形象，好像有點不太值得紀念的味道。

而能生存五十年，能熬過五十年還繼續存在，管你是婚姻還是建築物，管你是藝術創作還是日用品，在人的心目中自然產生了一種價值感。於是，人性中的物質主義那一面就拿五十這一關與人類生活中一個同樣既可得、但又不易得的東西相比——黃金。五十週年因此成為「黃金週年」。

一九八七年才剛過一年，可是光是美國已經有了一大堆黃金週年紀念了。就以我知道的幾個來說（「七七」除外，因為那不是一個輕鬆好玩的紀念），今年慶祝五十週年的就有舊金山的金門大橋、豬肉罐頭Spam、白雪公主、超人（連環圖）、紐約的林肯隧道……

所以我想就不去湊五十週年紀念的熱鬧了，我也不去湊今年是七十五週年紀念的熱鬧了（也不少，譬如說，亞里桑那和新墨西哥正式成為美國的州、「維他命」一詞問世、鐵達尼號處女行沉船……）。我看我不如趕一個早場，提前一年慶祝明年才是它的七十五歲生日的「紐約大中央」。

謝謝各位有這個耐心等，所謂的紐約大中央是指紐約的「大中央（火車）終站」（Grand Central Terminal。請注意，千萬別稱呼它為連本地人都有時搞錯的Grand Central Station，這是指火車站隔壁的「大中央郵局」）。這個大中央（火）車（終點）站也是我上班時候的地鐵下車站、下班時候的地鐵上車站。如果這還不算與日常生活有密切關係的話，大中央車站大廈的圓形詢問台還是我約朋友見面的所在，大廈西邊的中央酒吧更是我招待尤其是第一次來紐約的客人的必停之處。

我手邊有一本介紹一九三二年紐約的書。就大中央車站來說，那是它的黃金時代，每天有五十萬人、六百班火車進出那個終點站。而這六百個班次不是像今天這樣都是些市區郊區之間上下班的交通車，而是像「二十世紀快車」（Twentieth Century Limited）、「帝國快車」（Empire Express）這類——除了顯然沒有向東的大西洋方向開的之外——向南、向西、向北的橫跨直越美洲大陸的真火車。

當然，那還是火車時代，儘管飛機旅行已經開始。泛美航空的「非剪號」已經是從美國飛往上海的飛機，要飛多久、中途停幾站我不知道，我只知道那個時代乘飛機從紐約去加州，一坐就是十幾個小時，當中還要停一站加油。所以說，真正把火車時代變成過去，順便也把大中央車站（及紐約另一個火車站，賓州車站）變成紐約郊區的交通車站的是噴射客機的興起（對了，既然以五十黃金週年開始談，那讓我順便補充一句，今年是世界第一個噴射引擎問世五十週年紀念）。這就是說，大中央的黃金時代大約從二十年代到戰後五十年代。從搞政治的角度來看，它當權了三十多年。

用非建築語言來形容（我也只能這樣做），大中央相當漂亮，很有氣派，非常過癮。它在四十二街，大門向南，正臥在公園大道中間，佔地橫豎好幾條街。大中央鐵路局的總部，大中央大樓，就在它的背後，面向北。當火車的黃金時代一去不返的時候，這座雄偉豪華的辦公大樓就給紐約一家規模龐大的房地產（和旅店）企業買過去做為它的總部（就是今天的Helmsley Building）。更令人感到火車時代的沒落、航空時代的興起，同時也可以說在傷口上塗鹽的是，在大中央車站和當年的大中央大樓之間，給泛美航空公司在六十年代初蓋了一幢六十層高的龐然大物（泛美大廈），完全破壞了當年這塊地帶近乎完美的都市設計。

這還不說，當火車時代告終，在大中央當權三十多年後下臺，而紐約繼續更迅速地發展的時候，大中央在七十年代初幾乎給人拆掉，雖然它已被市政府冠以「建築里程碑」（landmark或「重點文物」）的頭銜（非經市府批准，不得毀改拆除）。當時要不是像甘迺迪夫人、貝聿銘等名流大師領頭呼籲抗議的話，真的就會走上它的大老闆、其車站建築之雄偉更勝於大中央的賓州車站（Penn Station）的老路，就是說，不但給拆除，還以一座其難看無比的圓形建築物所取代，即今天的賓州車站和它地面上的麥迪生廣場。建築物就像人一樣，失權的同時也沒有了勢。

如果你們覺得這麼看大中央有點冷嘲的味道，那就改為三十年河東、三十年河西吧。一點不錯，當年純粹以一座又高又龐大的摩天大樓壓倒大中央車站的泛美大樓的落成，是泛美航空的顛峰時代，而差不多三十年後的今天，誰曉得泛美還有幾架飛機在飛？

這就是為什麼我喜歡大中央車站幾乎兩百英尺高的大廈的西邊，好像吊在半空之中的中央酒吧。手中一杯酒，憑欄瞭望下面（紅塵？）成千上萬急急忙忙奔走的人群，你就知道，無論你多痛苦，下面總有人比你還痛苦，不論你多快樂，下面也會有人覺得他更快樂，不論你多疲倦，下面絕對有人比你更疲倦……然後就像頓悟一樣，你突然會有一種出世之感，雖然這只能說是入世的出世，躲在人群之中的隱士。什麼？你說這是在逃避？笨蛋，當然是！

——*1987*

紐約地鐵九十年

整整九十年前的這個月二十七號，也就是說，一九〇四年十月二十七日，紐約市第一條地下鐵路正式通車。

九十歲不是一個短暫時刻。不要說沒有多少人能活到九十歲，連中華民國也只不過才八十出頭。而且，不信的話你可以去查，聯合國今天一百八十多個會員國之中，有九十年建國歷史的不到一半。這樣比的話，紐約地鐵也夠老了。

然而，像紐約地鐵這樣一個建築，就建築工程來說，不要說全世界，連在紐約都不算最老的。我們也不必提金字塔或萬里長城，甚至於也不去提今年八百週年的法國中世紀的「沙特」（Chartres）大教堂，因為就連紐約自己的布魯克林大橋（Brooklyn Bridge），都比紐約地鐵早二十年。

然而，紐約地鐵，做為一個現代大眾交通工具、現代捷運系統，就現代大眾交通工具，或現代捷運系統來說，也不是，不要說全世界，連在美國都不算是最早的。一八六三年在倫敦通車的世界第一條地下鐵路，比一八七六年中國第一條火車鐵路，從上海到江灣，還早十三年，而且比這時才開始建造高架鐵的紐約還早七年。而美國最早的一條地下鐵也不是在紐約，而是一八九七年的波士頓。所以，說紐約的地鐵老，它又不是最老，至少老不過倫敦、蘇格蘭的格拉斯哥（一八九六）、巴黎

（一九〇〇）和柏林（一九〇二）。而說它不老，它今年也九十了。

但是，九十歲的玩意兒又不能和它的同行比新。紐約地鐵絕對新不過二十幾年前開放的舊金山、十幾年前的香港，或現在還在試車階段的臺北。那比老比不過，比新又為時已遲，更比不過，那紐約地鐵還有什麼好說的呢？有，做為一個乘坐了二十多年的乘客，哪怕是一個已經麻木的乘客，我仍然可以說，紐約地鐵實在太方便了。

在這九十年之中，紐約地鐵從本世紀初只有九英里多一點的第一條線，到二次大戰前夕發展成為兩百多條路線英里（如果加上對開、快車，則有八百多軌道英里）、二十多條幹線、四百多個車站、六千多輛列車、一天二十四小時不停運作的一個龐大複雜、安全迅速的捷運系統。

說它安全也許會引起紐約人的譏笑和咒罵，但這是屬於那種對親近切身事務的笑罵，而非惡意破壞性的譏諷。近一個世紀以來紐約地鐵所發生的意外事故，無論人為還是機械，並不比任何其他類別交通工具，例如火車、飛機、公車、輪船，更多或更少，但肯定比公路駕車事故要少。這方面的安全係至少高到有嚴格標準的規定之上。

至於搶劫姦殺，儘管地鐵是最容易出問題的一個所在，可是每天仍有三百五十多萬人乘坐它。你如果不願意承認它方便無比，那你起碼也會認識到它是紐約人生活中所必不可少的。

不過我也知道，像我這樣一個有二十多年經驗的乘客，相當久以來的習慣是，夜晚人稀的時候，獨自一人不坐地鐵。所以上面說的方便，也許應該打一個小小的折扣。可是話又說回來，我本來也很少夜晚去人稀的所在。

然而無可否認，我乘坐地鐵的這二十幾年，也正好碰上它日益沒落的時代。高犯罪率並非紐約地鐵所專有，而是紐約或任何大城市的普遍情況。正因如此，紐約乘客才肯勉強接受紐約地鐵的這個安全（或不安全）現實，而沒有拒絕搭乘，或上街示威抗議。因為我們也都無能為力地了解到，這不是單靠紐約警察就能解決的情況。

像紐約地鐵這樣一個公共工程設施，就和任何地方公共工程設施一樣，要有充足的經費才能維持，更充足才能改進。預算不足是紐約地鐵走下坡的主要原因。幾十年前的擴展計畫至今無法實現不說，連多年前已經快建好的新幹線，也都只好半途停頓下來。國際機場到市中心仍然沒有地鐵連線。好，我們可以半自欺地解說，這一切都太遙遠，都還可以再等幾年。那近在眼前的切身問題又如何回答？

班次少了一些，代幣售賣處提早放工，乘客不多的車站甚至於在天黑不久即關上鐵門，所有的公廁早已封閉二十多年了……那上面所說的方便又應該再打一個不小的折扣。

這樣一個一個折扣打下去，那我們能不能替紐約地鐵講幾句話？不管怎樣，人家今年九十歲了。

能是能，但是我不願意保證哪個好、哪個壞、哪個醜。我只能說它們都是創新。就紐約地鐵近年來的狀況來說，這已經不簡單了。

其一，紐約地鐵終於進一步現代化，將以類似香港那種地鐵卡片取代輔幣。

其二，各個列車廣告板上開始展列交通管理局印製的一首首短詩。詩因車行而動，所以整個系列的總稱是「流動的詩」（Poetry in Motion）。儘管乘客不會期望地鐵能解除他們的肉體疲勞，但我們也萬萬沒有想到它竟然可以或多或少地安慰我們的精神疲勞。

其三，紐約一位法官裁決，只要不引起騷動，警察不得逮捕乘地鐵的無上裝婦女。

這就是為什麼紐約會有這樣的地鐵，而且這樣的地鐵也只能發生在紐約。

——*1994*

世界交叉口

我想只有像在僅有兩百年歷史的美國，更在只不過近一百多年才真正國際化的紐約，才膽敢自稱其幾條大馬路橫街匯合之處為「世界交叉口」。

然而，這個「世界交叉口」（Crossroads of the World）再怎麼自大自誇，也只能算是一個並非人人皆知的副標題。比如說，你告訴紐約計程車司機說你要去「世界交叉口」，我保證他不知道你在說什麼。可是，如果你說你要去「時報廣場」（Times Square），那連剛從印度移民來美國的司機，也不會不知道你要去哪裏。

所以，就算你沒有來過紐約，可是光從美國電影電視、甚至於畫報雜誌小說上，你也大略知道這個「世界交叉口」大略位於曼哈頓哪一帶了。就在中城，就在百老匯大道和七號馬路相交之後、雙雙攔腰穿過四十二街那一帶。

「時報廣場」應該是世界上唯一的一個廣場以本地一家報紙命名——《紐約時報》（*New York Times*）。不論你覺得這有多麼奇怪，對任何第一次慕名前來的遊客來說，更奇怪的是，這個「廣場」根本談不上有一個廣場。至少不像，比如說，「天安門廣場」或「紅色廣場」那種一大片空地形狀的廣場。

「時報廣場」的空間，簡單而嚴格來說，只不過是因兩條南北大道相互交叉之後而形成的一個小片「X」型的空間（所以，也不能說它是「十」字路口），其中只有半打左右的安全島而已。如果你是慕名而來，你可能會說「聞名不如見面」。可是，當你在人約黃昏後，站立在這個「廣場」的任何街道，看到那兩條大道和四十二街之上，那百千萬支各色燈光打出來成百上千個大大小小光明耀眼的廣告的時候，你肯定會說「見面勝似聞名」。

「時報廣場」之有「世界交叉口」的外號，已經有了近百年的歷史了。但必須公平地看，這個外號可不是「時報廣場」自封的。自封的外號意義不大，非但不民主，而且還有生命危險。想想看，《水滸傳》裏面那個賣肉的，不正是部分因為自封為「鎮關西」，才被魯智深猛揍狠打一頓致死的嗎？

可是如果你認為「時報廣場」，就算是被每天每晚前來過癮的萬千本地外地遊客封為「世界交叉口」，仍然覺得未免有點誇張，那你還不知道它的黃金時代。大約二次大戰之前，這同一批萬千本地外地遊客甚至於發誓說，無論你來自何處，只要你在「時報廣場」站立半小時，你肯定會碰到一個你認識的人。

我當然知道這是誇張之詞，不亞於「萬里長城」的「萬里」。可是，也正是因為這兩者都是如此之獨一無二，都沒有任何挑戰者，我們也就都順其自然地接受了。

萬里長城無論當初還是今天究竟有多長姑且不去談它，但是，按照最近紐約市公佈的「時報廣場」遊客數字——一九九五年為兩千四百萬——那的確可以說，不論你來自何處，但是你站立在「時報廣場」半小時之內碰到你認識的人的機會，肯定高過你站立在世界任何大城的市中心街邊半小時之內碰到一個你認識的人的機會，至少數學上如此。

把這一點打發過去之後，我們禁不住接下去問，去年這兩千四百萬遊客來到這個「時報廣場」究竟來幹什麼？我無需兩千四百萬個答案也知道，他們絕不是來看《紐約時報》。

遠在它有了我們今天所熟知的大名之前半個多世紀，它一直叫做「長畝廣場」（Long Acre Square，倒是真實的反映了它的形狀，長長的一畝）。「長畝」源自倫敦一個地名，一個馬匹交易站。所以，不難想像，紐約這個當時位於市中心之外的同名廣場，在大部分十九世紀，也是一個馬匹和馬車的集中地。此一與運輸有關的特色，隨者時代的進步，逐漸變成紐約的汽車中心，直到二次大戰之後，才被擠到廣場以西的地段。

真正改變廣場特色的事件在十九世紀最後十年。因為紐約市的發展和擴張，本來集中在下城中心的戲院劇院，一個個都北移到了這個廣場的百老匯兩側，隨之而來的是旅店和餐廳。然後在一九〇四年，本來也在下城的《紐約時報》，也將其總部搬到剛在百老匯和七馬路之間四十二街以北空地上落成的十三層大樓。同一年，紐約通車不久的第一條地下鐵，更將這座大樓之下的地鐵正式命名為「時報站」。從此，「長畝廣場」變成了「時報廣場」。

但是，《紐約時報》的貢獻還不光是這個。一九〇四年除夕，《時報》老闆決定以煙火（不久之後改為燈球下降）來慶祝新建總部和新年，開始了一直持續到今天、全世界電視都轉播的紐約守歲傳統。

才更名之後四年，一九〇八年，因一次美法合辦的國際汽車大賽，從紐約「時報廣場」到巴黎凱旋門，使「時報廣場」的大名傳遍了半個世界。

差不多就在這段期間，「時報廣場」得了好幾個外號。這個時候電燈已經問世，百老匯上各色燈光，從街燈到戲院燈到廣告燈，使整個大道和廣場的夜晚如白晝，因而被冠以「大白路」（The Great White Way）。同時，這裏的主要吸引力「百老匯戲劇」，或乾脆「百老匯」，也變成了「時報廣場」代名詞，以至於當一名演員說「上過百老匯」的時候，聽到的人立刻明白所指的不是上城百老匯，也不是下城的百老匯，而是「時報廣場」一帶的百老匯舞台。不錯，舞台戲劇是當時的主要娛樂，但是仍然不可思議的是，在「時報廣場」的顛峰時代，大約二十年代末，「百老匯」上竟然有七十多家戲院，而且一年之中竟然可以推出兩百六十多種新劇目。

而又因為有如此之多的居民和遊客來這裏看戲、聽歌、用餐、喝酒、跳舞，加上二十年代之後來這裏看首映電影，以至於不論你來自何處，只要你在「時報廣場」站立半小時，你肯定會碰到一個你認識的人。換句話說，你的確站在「世界交叉口」。

到了三十年代，由於早先實施了十幾年的「禁酒」，接著是「經濟大蕭條」，再加上新近興起的好萊塢，使一個原先還算規矩的「時報廣場」，轉變成為一個廉價低俗的娛樂場所。大部分的百老匯戲院已經改放好萊塢電影，小戲院開始放小電影。合法酒吧轉入地下，再合法之後已經被黑社會打進。「一毛錢一支舞」的舞廳、大小流氓、脫衣舞、妓女、妓男……整個「時報廣場」幾乎成了一片黃色地帶，可是本地外地遊客還是來。招牌上的電燈霓虹燈，不管多美、多醜、多俗，還是不熄。

二次大戰不但打斷了正統百老匯戲劇的製作，而且加速了「時報廣場」的墮落。休假的水手士兵招引來更多的混混兒、大騙小騙、異性同性變性妓，更多的色情娛樂。五十年代雖然也嘗試利用市區規劃辦法來整頓，可是絲毫沒有成效。而六十年代的性解放和大麻，更使「時報廣場」成為一個世界級的色情毒品大本營。

然而——終於——從八十年代初開始，「時報廣場」一點點、一步步有了變化。先是你聽說政府有了計畫和撥款，然後聽說一個個地產商、一個個大企業、一個個大財團，買下了現足佔一平方公里的「時報廣場」上這幢那幢舊樓，準備拆除重建大旅館、辦公大樓、大商店。然後又聽說有這個那個娛樂鉅子開始整修有上百年歷史的百老匯戲院——不光是整修，而是要恢復到當年的輝煌面貌！然後，如果你有機會每年去逛兩三次的話，多半你就早已發現，新的都市規劃已經逐步逼走了「時報廣場」上尤其是西四十二街上一家家成人圖書雜誌錄影帶店、色情電影院、無上裝無下裝酒吧、黃色俱樂部。而且當你再聽說市政府下了如此堅定的決心，甚至於在一九八六年還通過法令規定，為了保持「時報廣場」傳統的燈光廣告特色，「時報廣場」範圍內所有新的建築和新修大樓的外層，必須要有大型甚至於巨型的燈光廣告板。再又聽說連「迪斯奈」都已決定在「時報廣場」立足……那你就知道，兩三年之內，最遲本世紀末，「時報廣場」將以一個嶄新的面貌——是好是壞我們只有等著看，但肯定是一個嶄新的面貌，來迎接二十一世紀。

無論如何，不過可以想像，但也許又很難想像，一九九九年十二月三十一日午夜，「時報廣場」上空燈球一秒一秒下降的時刻，在這個「世界交叉口」，會有多少人半小時之內碰到一個他認識的人。

——*1996*

流動的詩

第一次發現它，現在回想，大約是三年前一個悶熱的傍晚，在下城六號地鐵第三節車廂，剛離開二十八街可是還沒有進入二十三街站，背靠者中間車門，正在沒有什麼目的也沒有任何意識的抬頭遙望對面車頂之下一張張醫治腳氣、安全性行為、隆乳、減肥廣告的一剎那，我突然發現其中有一首兩行詩：

先生，你也凶悍，我也凶悍，
可是誰來寫誰的墓誌銘？

作者是後來獲得諾貝爾文學獎的約瑟夫．布勞德斯基（Joseph Brodsky）。後來才發現這是一首經過本人特許才首次在紐約地鐵上發表的詩作。

自從那個傍晚之後，無論我搭乘紐約任何一號地鐵，或任何一號公車，我都看到有這位那位知名或（我）不知名的詩人的作品，印在和一般標準廣告大小的海報式紙板上，張貼在車廂刊登廣告的地方。

我同時又發現，這些車廂中一系列的詩歌還有一個稱號，叫做「流動的詩」（Poetry in

Motion），是紐約市捷運和美國詩會合辦的，獻給所有乘客。

連我這個從來沒有寫過詩、而且只不過極其偶然才讀幾首詩的乘客，都感動地設法利用乘車的有限時間，去看、去默記幾首短詩，或一首較長詩作之中的幾個短句：

你問我在想什麼，
在我們是情人之前。
答案很簡單，
在我認識你之前，
我沒有任何事情可以想。

很美吧？但英文原詩更美。因此我要在此向作者Kenneth Rexroth和讀者致歉，我只能以散文體來表達。至於我寫詩的朋友，我想他們不會怪我，這些都應該是他們非常熟悉的名家名作。

地鐵公車上有詩？我覺得這是紐約捷運全部冷氣化之後最大的貢獻。

公共交通系統轉載詩歌並不是紐約的新概念，歐洲十幾年前就開始了，而舊金山巴士也早在一九八四年就在車內張貼詩作。不過，紐約是因為地鐵總裁發現倫敦地鐵這麼做才建議仿效的。今天，紐約市四千多輛地鐵和三千七百輛公車裏面，每一個月輪換兩首不同的詩，而且今年六月還出版了《流動的詩》選集，共一百首。

紐約的反應好像非常之好，地鐵乘客好像也很高興。想想看，在世界各地都放映的好萊塢電影的描寫之下，紐約地下鐵簡直是通往地獄的運載工具。因此，當我們在地鐵看到了但丁在〈地獄篇〉中說，「在我們生命旅途中間／我發現我迷失在一座黑暗森林之中／找不到那條大路。」的時候，不論我們多麼失意失落，至少不會感到孤獨，何況再有兩站就到家了。

再有兩站就到家，這也許是你我看了但丁那首詩後在地鐵上的反應，可是女詩人Swenson並不這麼認為。她在地鐵上那首〈搭A號車〉中覺得「輪與軌頂頂相碰／在滑動油潤摩擦中作愛／這是我願延長的欣快／站抵達得太早了。」

詩人和愛詩的人也許早就認清了一點，而我卻是在紐約地鐵上受到這些「流動的詩」啟發的。就是，詩的確要比散文更能不浪費任何文字地抓到重點。你看Stephern Crane的〈一個人對宇宙說〉：

一個人對宇宙說：
「先生，我存在！」
「但是，」宇宙回答說：
「這個事實並不使我產生任何義務感。」

我們二人的差別不光是他是十九世紀的人，我是二十世紀的人，而且他是先知，我是後覺。然而，就在我發現我之存在與否，對宇宙來說完全沒有任何意義之後不久，我在地鐵上（真不好意思）又發現了比他晚一代的Edna St. Vincent Millay頌歌：

我們很累，我們非常快樂幸福——
我們整晚來回乘坐擺渡；

從我們不知哪裏買的各一打裏，
你吃了個蘋果，我吃了個梨，
天空泛白，冷風呻吟，
太陽冉冉升起，一桶黃金。

不知道這一對顯然正在熱戀中的情侶，有沒有（當然不是在地鐵上）讀到與其創作者同時代的另一位詩人作家Dorothy Parker的〈不幸的偶然〉：

當妳顫抖嘆息地
發誓說妳屬於他
而他也誓言他的熱情
無限而不朽——
夫人，請注意：
妳們有一個在說謊。

唉！在紐約坐了這麼多年的地下鐵，我發現我除了擔心被偷被搶之外，最近又多了一層煩惱——是吃蘋果的在說謊，還是吃梨的在說謊？再又因為發現了我之存在與否，宇宙絲毫沒有義務，那我只能暫時忘記存在和愛情，而回到更基本迫切的現實：在悶熱夏夜搭乘紐約地鐵，我要冷氣，不要詩。

什麼？你說我小看詩人？瞧不起詩？先生，你也凶悍，我也凶悍，可是誰來寫誰的墓誌銘？

——1996

吃在紐約

不是因為我住在紐約，以紐約為家，才替她下這個海口：在接受中國菜和法國菜為世界第一烹飪的條件下，總得來說，吃在紐約，天下第一。

法國本地的法國菜，肯定高過紐約的大部分法國餐廳的法國菜。港、臺、大陸的中國菜，也肯定高過紐約的華埠內外的中國菜，這不是我說「吃在紐約，天下第一」的意思。我是指，只有在紐約，你一天三餐，外加宵夜，一頓換一個不同國家、地區、文化、民族風味地吃下去，我差不多可以保證，一年三百六十五天，你絕對可以不重複相同的口味。而且我還可以保證，這在巴黎不可能，在北京、上海、廣州、重慶不可能，在香港、臺北也不可能。

而考慮到紐約的年紀比上面提到大部分城市都要年輕，而且紐約直到大約兩百年前才有我們今天所謂的「餐廳」的時候，這的確不是一個簡單的成就。

在紐約，你不僅僅是去一家匈牙利餐廳、一家俄國餐廳、一家義大利餐廳、一家印度餐廳……你根本是進入了一個匈牙利社區、一個俄國社區、一個義大利社區、一個印度社區……。而一提到社區，那光是曼哈頓，除了上面幾個之外，已存在多年的還有黑人哈林、在其東邊的西班牙（或波多黎各）哈林，上東城的德國城、捷克城，中城的日本城、韓國城（比較年輕，但也有十幾年的歷史了），下東城的猶太區、烏克蘭區（內有「烏克蘭解放陣線」總部。不過，此一解放陣線旨在解放早已被蘇聯解放了的烏克蘭蘇維埃社會主義共和國。總部樓下是餐廳，有道地的烏克蘭猶太菜）。

所以，吃在紐約，天下第一，其意義在此。她幾乎什麼都有。而就以中國菜為例，紐約沒有一家四川、川揚、湖南、江浙、北方餐館，可與港臺的相比（大陸不太好做比較），但是，除了古巴和邁阿密之外，你上哪裏去找一家專賣「古巴中國菜」的古巴中國餐廳？好不好吃暫且不談（食和色一樣，除了性也之外，還有情人眼裏出西施。例如有人就是愛吃炸醬麵！），紐約就有，而且不止一打。

這當然是因為美國是一個移民國家，而紐約又是一個移民城市。這是先決條件。有了這個先決條件之後，一個同樣重要的內在因素就可以發揮作用了。那就是，人的本性不光是吃，而是吃自己從小吃慣了的口味。所以來自世界各個角落到紐約定居重打天下的人，隨身帶來兩個丟不掉的包袱，一個是語言，另一個就是吃。一開始是自己人吃，然後……然後因為尤其是紐約人，什麼新東西都要嚐一嚐，真的好的話，這個地方的菜就傳開了，不太好的話也能生存，反正永遠有一大堆自己人。古巴中國菜多半屬於後一類。

這是紐約（和西方社會）所特有的。我指的是宣傳。你只要打開這裏任何一份報紙，或雜誌，你就發現它每天或每期，都有食評。重要的食評家是社會的名流。他（她）們的影響力之大，足可以捧紅或搞垮一家餐廳或一個大師傅。也足可以推廣剛進口的任何一個地方的烹飪。食評家的地位絕不亞於書評家、影評家、劇評家、樂評家、舞評家、酒評家、政論家。通過紐約大大小小的食評家的介紹和吹捧，才使紐約不在少數的美國人成熟到，比如說，當你約他吃中國菜的時候，他會問你是吃廣東、四川、湖南、北京烤鴨，還是牛肉麵。

紐約的這類中國吃的歷史不是很久，而且也和移民有關。六十年代美國修改了移民法之後，才有大批廣東以外其他省分的中國人來美定居。這就是為什麼在六十年代以前，除了專賣窮老美的「雜燴」館之外，幾乎清一色都是廣東菜。儘管今天大部分還是廣東菜，可是六十年代中開始，先是四川，然後是湖南，一家家非廣東口味的餐廳，在紐約華埠內外，先後出籠，經過食評家的介紹，在紐約各自風騷了好一陣。可是在它們之後，就好像再沒有一個中國地方菜在紐約走紅了。江浙菜不死不活，臺菜還沒有長大，北方菜簡直可悲。今天，從紐約的亞洲烹飪角度來看的話，最出風頭的反而是越南菜和泰國菜。

不管你搞的是哪行哪業，要想在紐約混出點名堂來都不容易。餐館業也是如此，或者應該說更是如此。然而，就紐約的中國吃來說，不論你可以舉出多少理由來解釋現況，供求、成本收益、認識不足……在這裏住了一陣子的中國人都會得出一個結論，那就是，非但各個地方菜的水平達不到同類菜在港臺的水平，而且各個地方菜的代表性也不足。無論是對世界第一流的中國菜來說，還是對「吃在紐約，天下第一」來說，已經不是公平不公平的問題了，這簡直是侮辱。

——*1988*

從土中來，到土中去

今年（一九八九）夏末秋初之際，我上了大約五十分鐘有關人類文明史中重要的一堂課——我參與了一次黃金旅遊。

我知道，就在我嘲笑「如果今天是星期二，那這裏一定是比利時」之類觀光，甚至於武斷地宣布現代旅遊的終結之後不到一壺茶的時候，我自己卻扮演了一次觀光客。我的辯護是，我有工作要做：我要向你們介紹全世界最大的金庫。

就在我家附近，步行二十分鐘可到，曼哈頓地下八十英尺深處巖基內，埋藏著一萬多噸的黃金。就算按照今天並不景氣的金價，也應該值差不多一千五百億美元。

這是世界上最大的金庫，所藏的黃金佔全球非共產國家總儲備的三分之一。其實，也許應該稱之為「國際金庫」，因為只是庫屬於美國（聯邦儲備銀行紐約分行），而不是黃金。美國的黃金庫存主要是在肯特基州的諾克斯堡和紐約的西點等地。這裏只存一些方便美國政府付帳的零頭兒。所以說，這個聯邦金庫的主要和真正客戶是各個國家和各個國際組織，加起來一共大約有七十多個，而且這裏從來不為任何個人設私人戶頭。聯邦金庫的國家客戶，比任何銀行的公司和私人客戶還更不願公開其身份，更不要說公開其資產。所以除了儲備銀行少數當事人之外，沒有人知道這一大堆黃金是哪些國家的。

但不論它們是誰，顯然都對美國有信心。很簡單，二十世紀只有美國最平靜，沒有發生任何大戰或危及其黃金存放安全的動亂。當然還有其他原因，紐約是世界金融和貿易中心，美國當年以固定官價買賣黃金，紐約儲備銀行為聯邦政府處理國際交易等等。

而且，這對金庫的國家客戶和國際組織來說也不無小補，美國為它們免費保存，只是在黃金進出、轉戶的時候收一點微不足道的手續費。而且絕對保險，誰也偷不走。但是我必須要親自看一下。

這個金庫是無論建築還是安全工程上的一大傑作。你只要考慮到黃金的密度（19.3），其分子量（197），你就知道問題在哪裏了。如果你的高中數理化都是丙，那讓我用另一個方法解釋（我也是聽了這個解釋之後才明白）。

自人類大約於紀元前四千年開始挖金子至今，今天世界上出土的黃金總額，差不多相當於十萬噸。而由於它的密度和分子量，這十萬噸黃金的體積可不像十萬噸的木頭，十萬噸的黃金還裝不滿一個十八公尺的立方體。

今天的任何一艘現代油輪都可以裝載全世界已開採的全部黃金，只不過沒有任何保險公司，無論獨保或聯保，保得起這價值上萬億美元的貨罷了。

這表示什麼？這至少表示凡是能在面積只不過比一個禮堂小、但卻承得住一萬多噸黃金的所在，必須有一個非常紮實、非常堅牢、非常穩固的基礎。這就是為什麼這個聯邦金庫座落在我家附近步行二十分鐘可以到的下曼哈頓地下八十英尺，因為這一帶的曼哈頓，地層穩穩固固，數億年來未曾有任何移動的巖石。

所以，是選中了這裏的巖石，才決定在這裏建金庫，才在其上建造後來的聯邦儲備銀行紐約分行的古典建築。

聯邦金庫其實是曼哈頓地下八十英尺深處巖石脈中一個石庫，而且只佔這個三層高石庫旁的最底一層（上面兩層存放並處理現鈔、硬幣、證券等，數也以千億美元計）。而且金庫沒有門，完全要靠一個九英尺高、九十噸重純鋼圓柱形保險裝置（嵌在一個一百四十噸鋼框架中旋轉）一條窄小的通道進出。黃金如此，人也如此。當然有定時鎖、暗碼鎖之類的裝備，完全電子化、電子控制，無人知道全部細節。總而言之，你喊「芝麻」是絕對開不了這個門。

這一切都蠻有意思，但更有意思、甚至於有點怪的是，在世界各大銀行都早已採用電子作業的今天，當一國以黃金付款給另一國的時候，儲備銀行的工作人員居然真的把一國置放在屬於它的某一室中的黃金，硬搬到屬於另一國的某一室中。每個室的邊界好像是國界一樣。你還我八噸黃金，我就非要你將這八噸黃金回歸到我的「國土」上不可。難怪裏面工作的搬運人員儘管有機器代勞，仍然在兩腳上套著一雙特製鞋。想想看，一塊金磚（聯邦金庫只存放金磚，不收金條、金片、金葉或任何散金），好，一塊金磚，大小與普通建築用磚相似，但卻有四百金衡兩（troy ounces），大約是二十七英鎊重，落在腳上絕不是件輕微的小事。

這一塊塊光明耀眼、加起來有一萬多噸的金磚已經夠人反省的了。我是說，開採黃金絕非易事，要大約三噸礦石之中才能提鍊出一英兩純金。而難上加難的是，金脈在山中地下的厚度，差不多相當於一部牛津字典那麼厚的書中薄薄的一頁，而且還不是完整連續的一頁。這薄薄的一頁一部分在第二十五頁，下一部分在第一百八十頁，另一部分在第三百五十頁。所謂的三萬噸礦石才出一兩黃金的意思是，這三噸礦石來自這薄薄、不完整、不連續的一頁。

反省？自從有了文明以來，人類為了追求獨特的黃色金屬，入山下地，冰寒火熱，冒著危險，犧牲生命，更不要提為它殺人放火，欺詐背叛，暴動革命，征服部落，消滅民族，國界因之而變……直到今天，我們未曾間斷地想盡一切辦法從土中取金。然而，經過了如此千辛萬苦而後從土中取出的金，我們又將它送回到土中。反省？我想這也許是為什麼紐約的聯邦儲備銀行，在其金庫入口處，漆了一行字：「從土中來，到土中去」（From earth to earth），讓我們不要以太入世的態度去看我們將要看到的一塊塊光明耀眼、加起來有一萬多噸的金磚。

反省？考慮到人類從遠古至今只開採了大約十萬噸的黃金，其中百分之九十四在本世紀開採的；再考慮到今天的黃金生產早已無法在科技、工商、藝術、裝飾用途之外用來支助世界貿易所必須的國際貨幣儲備，那我們不妨回顧一下本世紀一位以全人類幸福為其最終目標革命者的預言，列寧說，社會主義早晚會將黃金的價值降低到它只配塗公共廁所的牆。

反省，還是「從土中來，到土中去」吧！

——*1989*

獨特的天空線

曼哈頓有一種已經存在一百多年、而且無所不在、又令不少人迷惑、但卻被更多人忽略或視而不見的獨特天空線。

我指的當然不是即使沒有來過紐約的人也多半熟悉的下城金融區的世貿中心的雙塔，或中城商業區的帝國大廈、克萊斯勒大樓、聯合國總部等等揚名全球的天空線（skyline）。我指的是相比之下微不足道、但卻更加實際實用、像手掌或拳頭那樣矗立在大大小小樓房屋頂之上、雖有大小高低之分、但形狀一百多年來幾乎從未變動的水塔（water tanks 或 water towers）。

無論你在曼哈頓走路還是開車，你在不同時刻、不同角度，都會看到一個個不同色調、不同組合的水塔天空線。有人以為，以今天的科技，它只是老房子的象徵。有人以為它一無所用，只是沒有被拆除的殘餘物。有人以為它所蓄的水只能用來沖洗，而不能飲用……可以這麼說，這麼以為的人全錯了。

這些水塔是和電梯及建築的鋼鐵結構同時出現的，大約在十九世紀八十年代，它非常邏輯地誕生了。在電梯和鋼鐵建材問世之前，一般樓房都在七或六層之下，因為紐約市的水壓只能將水送到這個高度，建築師就不得不想辦法為七樓以上的住戶或辦公室提供用水，而所想出來的辦法就是在屋頂之上加蓋以泵注滿備用的蓄水庫。

是紐約市製造水桶的工廠首先設計出這典型的水塔——以若干鐵條箍住一個個木頭桶片，上蓋一頂原錐形罩的蓄水器。而且一百多年以來一直使用木頭。就連前幾年落成的豪華摩天大樓，曼哈頓五馬路商業中心地帶的「川普塔」（Trump Tower），在其昂貴的大理石、玻璃、金銅表面的背後，也立著兩座卑賤的木製水塔。三英吋厚的木頭相當於三十英吋的鋼絕緣，無論是隔熱還是隔冷。對戶外氣溫可以高達華氏一百度以上、低達華氏零下二十幾度的紐約來說，這比什麼都重要。同時，水塔的木頭不用漆，也不能漆，它需要空間去呼吸。這就難怪二次大戰前後曾一度試用鋼製水塔的樓主，早就開始雇用專人使用噴燈來將這些今天所謂的「鋼恐龍」給燒除，改用木水塔。鋼水塔平均每五年要漆一次。所以今天，只有彩色水塔是鋼水塔，而今天就算你有意去找也很難了。

水塔的水，一般都認為，要比紐約地下輸水管直接送到你家浴室廚房的水質要好。泵注水塔中的水有機會將水中各種雜質沉澱，而又因水塔出水口高過這些幾年下來可以厚到六英吋的沉積，從水塔下來的水自然比較乾淨。

很多人誤以為木水塔只有二十幾年的壽命。其實不然，尤其有定期檢查和保養。我家公寓樓房是十二層，上面的水塔在使用了將近八十年之後才於前年換了一個全新的木水塔。

從地面遠遠地望上去，無論以藍天白雲，還是其他高樓大廈為背景，水塔好像筆直地立在屋頂之上。立在屋頂之上沒有錯，可是說它「筆直」就有點問題。就像法國的三色國旗一樣，為了在視覺上讓人感到紅白藍三色的寬度一致，其中藍色略寬。同樣道理，為了在視覺上讓人感到水塔「筆直地」立在屋頂之上，水塔中間腰部都略臌。

不錯，水塔會繼續存在下去，只不過它無所不在的日子可能沒有多久了，究竟人早已登陸月球了。但現有的水塔不是將或已被更先進的水塔所取代，而是現在有了新的、更好的水泵，以至於無需全天候全時在屋頂上蓄那麼多水，以至於今天一個水塔可以取代以前好幾十個水塔。如果你再考慮到今天的水塔，儘管還是木頭做的，可是它早已不在直立屋頂之上，而是躲在屋頂之下，就像「川普塔」內那兩個水塔那樣，那你即使要去視，你也看不見它了。

我知道，我們不能太傷感，也不能太溫情。什麼都有消失的一天，人造和天然的，都逃不過這一劫。別忘了，已經有四十五億年生命的地球，再過六十億年，也要給逐漸膨脹擴張的太陽給蒸發掉，那你還去擔心紐約這個獨特的水塔天空線嗎？

——*1992*

窗外的大鐘

從我家五樓客廳望出去，剛好一條二十幾英尺街段的距離之西南方上空，將近兩百英尺高的所在，也就是說，一幢十三層樓西端一座小塔的頂部，我可以清清楚楚地看見一個直徑十二英尺的大鐘。但你也可以說有「四」個大鐘，因為此一正四方形鐘塔的東西南北四個方向各有一個直徑十二英尺的鐘面。

我這個窗外的大鐘，不但天黑夜晚有照明，而且每小時還有鐘聲告訴你現在是幾點正，從一點敲一次到十二點敲十二次。鐘聲清脆響亮，可以傳好幾條大街。我不敢說我是因為看中了這個大鐘才決定買我的樓中樓。總之，大約在我搬進這個改裝的老新居的前後，此一大鐘才走才亮才響。當然，我也不能說鐘只為我鳴。

這幢文藝復興式大樓比我家大樓老九年，是一八九八年建成的。它原來是「紐約人壽保險公司」總部。當初在大樓東西兩端各有一座鐘塔，而且至少西塔之上還曾經有過一座巨型銅雕。東塔早已拆除，而西塔的大鐘更多年不走不響。但這裏可能需要我稍微解釋一下，我的意思是說，鐘錶的鐘不走，敲鐘的鐘不響。唉！難得（而且要命）的是，在我這篇文章裏，兩個關鍵的主角竟然是同一個字，而且更是同音同字！

總而言之，此鐘與那鐘之所以開始走、開始響（或，開始響、開始走……看你決定哪個鐘是那個鐘），可以說全歸功於一位「無名英雄」式的市府中級官僚。此人名叫馬文・史奈德（Marvin Schneider），他的頭銜是「紐約市政府之人力資源管理部之財務處之索賠償還局之督察」。此外，他還是猶太法師、美陸軍預備軍上校。但是對我來說，從小就喜歡機器和修理東西的史奈德最大的成就，是在我搬進我的新居的一九七九年，經過七年的奔走遊說奮鬥，才幾乎完全義務地將此鐘與那鐘修好。

這幢現在被稱為「鐘塔大樓」（The Clocktower）的建築早已被指定為紐約陸標，包括其室內。市政府於六十年代末在原主離開之後將它收購，並將大樓第十三層，因下城一些前衛藝術團體的遊說，將它空出來一小塊場地做為畫廊，即「鐘塔畫廊」，其餘整層空間做一間間畫室，幾乎免費地租給所謂的「正在掙扎中的藝術家」。我記得，八十年代初，我正是去探訪這樣一位移居蘇荷的臺灣藝術家楊熾宏，才得知鐘塔是公共空間，誰都可以上去參觀。我記得當時我們二人立刻爬上了一個螺旋梯而登上了鐘塔，之後我還帶過其他一些朋友去。

這個大鐘是紐約市公私建築上所剩無幾的機械大鐘之一。塔內空間儲存著大鐘的內臟，各種大小齒輪、槓桿、鍊條，無休無止地隆隆運作，各個單元各就各位，分秒不差地發揮其作用。這是機械之美的最佳表現。它之所以可以如此完美計時計分計秒，是因為每星期有史奈德先生和他的助手來給它上一次發條。

當然他們還負責定期和緊急維修，包括每年春秋撥快撥慢一小時，等等。在每天不斷聽到紐約市政府大小官僚貪污腐敗的時候，發現竟然有史奈德這樣一位公僕，真使你覺得，儘管官僚機構無比冷酷，但偶爾，不時，仍會讓你感到它還是會冒出那麼丁點的人情味。

你看，除了他的正式工作之外，市政府只准許他利用上班時間每年四十小時來照顧這個和其他大約五座巨型機械鐘塔。材料、零件、維修費用當然由市府負擔，他本人則沒有額外薪酬。

其他幾座機械大鐘，我都沒有去鐘面背後參觀過。但光是我家窗外的大鐘，除了上面提到的各式各樣的大小齒輪、槓桿、鍊條之外，它的幾個重要組成部件，便足夠令你驚嘆的了。四個鐘面各直徑十二英尺不說，此鐘和那鐘共有三個錘，每個錘八百磅。一個錘用來計時，兩個用來敲鐘，而被敲的鐘足有五千磅。

可是無論你從大街上，還是從我五樓客廳，去看這座大樓和鐘塔，你總會覺得其輪廓或形狀有點缺陷，好像少了什麼。這個什麼當然就是原先座落在塔上的那個巨型銅雕。

根據我手邊的舊資料，此一銅雕高達三十三英尺，重達八噸，是一座由四個各十一英尺高的希臘巨神阿特拉斯，扛著一個直徑十五英尺並標有經緯度的空心地球。其實，它也並非真的空心，因為其中還安裝一個直徑七英尺的實心地球，然後在這個大空心地球之上，是一隻七英尺的展翅老鷹。

可以想像，當初這座高高立在鐘塔之上的巨型銅雕，應該是一個相當精采而且引人注目的裝飾。可是，這個銅雕已經失蹤了四十多年了。有人說因為戰時缺銅而移作戰備，而又有人發誓說，直到一九四七或四八年，它仍立在鐘塔之上。今天，從原樓主到市政府，甚至於紐約歷史協會，都沒有人知道銅雕的下落，也不知道如何及何時給拆除的。我的老天，這究竟不是一個可以偷偷放進口袋給摸走的銅飾。所以，雖然銅雕頂上有一個展翅的老鷹，但我們可以說，銅雕顯然不翼而飛。

這是一個相當典型的紐約故事，也就是說，結局悲慘。不過，紐約還是紐約，它仍有希望，至少結局快樂。

今年十一月十三日星期五，在日子如此不吉利的一天，紐約市長一百年來第一次正式任命馬文・史奈德先生，除了他的正式工作不變之外，正式封他為紐約市的「掌鐘大師」——The Clock Master。而且萬一掌鐘工作時間超過他幾十年來所能使用的每年上班時間內四十小時的時候，還可以每年領取最多五千美元的超時津貼。

噹，噹，噹，噹，噹！有此鐘和那鐘為證，現在，此時此刻，正好是一九九二年十一月十五日下午五點正！

——*1992*

跪式公車

我覺得當我們一般性地（也就是說，非專業性地）來看一個國家或一個城市的經濟社會狀況的時候，再也沒有比公共汽車更具有代表意義了。

地下鐵工程浩大、費用太高。想想看，經常以百億美元外匯自豪的臺灣，直到今天今年，才在臺北造好那麼短短一條不過十英里的「高架」地鐵。再想想看，世界上擁有一個可以滿足市民基本交通需要的地鐵系統的都市，也只不過限於一般人所熟悉的那些大城市而已。反過來看，全球各地，任何自稱為城市的居民點，都差不多會有公共汽車這種大眾交通工具的服務。這就說明公共汽車是一國一城為其國民市民提供的種種服務中一項最基本的服務。

而且，就像有錢的人買名車好車貴車，沒錢的人買便宜車舊車一樣，一國一城的公共汽車，也多半反映出該國該城的經濟能力，或反映出該國該城所願意付出的經濟代價。

這麼多年下來，我有幸（偶爾不幸）在亞洲、歐洲、非洲、南北美洲的大大小小城市之中，搭乘過各式各樣的公共汽車。可以這麼說，除了中美洲的伯利茲之外，任何一個城市的公共汽車，都相當正確地反映出了該國該城的社會經濟狀況。

先說為什麼伯利茲是個例外。這是一絕。伯利茲的公共汽車當局，專門收購美國中小學乘坐的那種黃色校車作為其大眾交通工具。連顏色都不變不說，車子本身的性能狀況也和一般二手車差不多。因此，你很難根據這類公共汽車來衡量伯利茲的經濟社會狀況。

而且伯利茲太小了，全國人口不過二十多萬，最大城市才六萬多。顯然這個國家每隔幾年買上美國任何一個中小型城市被淘汰的校車隊（而美國的舊車二手車又其便宜無比），就足夠應付其基本交通需要好幾年了。

反過來看臺北，三百萬人口，龐大的公車系統，路線複雜如神經。然而，方便固然方便，但是你絕對無法根據其公車本身來斷定今天臺灣是一個經濟大國。車子本身，用最好聽的話來形容，也是不夠現代，而且乘冷氣公車還要多給兩塊新台幣。臺灣，不錯，是有這麼多錢，但其最大城市的公共汽車當局所願意花的錢顯然有限。所以，臺北可能又是一個例外。

那紐約呢？或許也是一個例外，只不過其道理和臺北剛好相反，讓我們繞兩個彎來看。紐約證券交易所毫無疑問世界最大。它每天的交易額固然有上有下（必然有上有下，否則如何發財破產？）但平均來看，其證券交易的市場價值，每分鐘是三千萬美元以上。而在第三世界新興發展的證券交易所之中，你猜紐約這每分鐘三千多萬美元的交易額需要多久時間才能完成？根據我手邊一九九五年的數據：馬來西亞、兩小時八分鐘；智利，兩天三小時七分鐘；摩洛哥，十四天五小時二十二分鐘；匈牙利，四十一天十二小時十八分鐘；象牙海岸，兩年兩百零四天三十七分鐘。

我知道這麼相比有欠公平。我這裏的用意只是表明美國社會上每天有這麼多錢在轉手。所謂的「飽將手下無餓兵」——至少應該如此——這個經濟力量確實延伸到社會每個角落。然而，與此同時，你知道美國的國債是多少？到今年六月，五萬多億，而且平均每分鐘加一萬美元。所以，你說美國有錢也可以，說它沒錢也可以。總而言之，我覺得這種有錢沒錢情況在紐約所謂的「跪式公車」上得到反映。

什麼是「跪式公車」？

「跪式公車」（Kneeling bus）是指一輛公共汽車，其車身前方可自動稍微下沉（下跪）少許，使其前門階梯因而降到離地面較近的距離，以便於年長者、行動不便者上下車。可是這種「跪式公車」的便利還不只於此。在其後車門，三個上下階梯，還可以自動變成升降機，以便於乘輪椅者上下。自從多年前紐約市通過了有關殘疾人士進出便利的法案以來，紐約市近四千輛公車，大部分都是這種「跪式公車」。在此順便報告臺北市民，這種「跪式公車」全部冷氣也不必多花錢不說，行動不便者利用「下跪」前車門，乘坐輪椅利用「升降」後車門，也不必多給兩塊新台幣。

這種「跪式公車」顯然不便宜，貴過伯利茲買的美國二手校車，也貴過臺北市多半老舊公車。發展不足的伯利茲我們還可以理解，但是擁有幾百億美元外匯儲備的臺灣又應該如何解釋？

我不知道紐約市的年度預算是多少，但總應該是幾百上千億吧，而且不論多少總是不夠。然而，無論市政府有多少必須開支，顯然它連少數殘疾市民的這項基本需要也照顧到了。當然，你可以說美國／紐約有錢，才可以這麼花。但問題是，預算赤字的紐約的確這麼花了。當然，也許正因如此才窮。

因此，我因「跪式公車」而得出一個一粒沙看世界的結論：美國（紐約）這麼闊，可是還是這麼窮；反之亦然，紐約（美國）這麼窮，可是還是這麼闊。

——*1996*

街角、廣場、利斯本納德

只要你舉一反三，那不論這個「利斯本納德」可能是什麼？多多少少總應該和街名、地名有點關係。

不錯，「利斯本納德」（Lispenard）是曼哈頓下城一條街名，它就在我家附近，一點也不出色，絕對比不上與它交叉的百老匯大道。更可憐的是，它全長不到一千英尺。我想除了附近居民之外，恐怕只有畫家知道有這麼一條街，因為一家很有名的藝術材料店Pearl Paint的後門就開在這裏，或許熱中社會新聞的人也會有點印象，前幾年一位少婦就在這條街上被人槍殺。

總而言之，利斯本納德是一條沒有什麼了不起的小街。唯一值得一提的是，它是老紐約的一部分。而且，兩百五十年前，這裏一大片土地都是利斯本納德的莊園。這就是為什麼下城這一帶會有一條以他的大名為名、而且還有好幾條街以他的幾個兒子的大名為名的街道。

早期定居在新大陸這塊殖民地的移民，多半是逃避政治、宗教、經濟迫害的歐洲人。安東尼·利斯本納德（Anthony Lispenard）也正是十八世紀初如此一位法國難民。只不過，他不但在紐約發財致富，而且還當選上了議員，還當上了美國獨立之前的哥倫比亞大學（國王學院）的董事。你可以說，他是「美國夢」這個名詞出現之前實現了美國夢的幸運者。你也可以說，紐約雙手擁抱任何遭受迫害者，有其優良悠久的傳統。否則，法國當年也不會送一個「自由神像」給美國了。

因此不難想像，當南非革命進行得如火如荼的一九八四年，紐約市政府在曼哈頓東四十二街和二號大道交叉口，正對著南非總領館（和旅遊局）大門，樹立了一個聲援黑人民權運動的街牌，「曼德拉街角」（Nelson and Winnie Mandela Corner）。因此也不難想像，在震驚全球的一九八九年六月四日之後，市政府又在曼哈頓西四十二街十二號大道交叉口，正對著中國總領館大門，樹立了一個聲援中國民權運動的街牌，「天安門廣場」。這種「名譽」街牌當然不是、而且也不取代原有的正式街名。至少紐約計程車司機絕不知道這裏的「天安門廣場」在哪裏。但是沒有關係，該知道的人知道就是一個好的開始。而且想知道的人也不難知道。

紐約人喜歡以這種街牌來肯定或是聲援，而且不限於政治主題。像西四十七街一段首飾商集中地，即早已有了「鑽石珠寶路」的街牌。當年爵士夜總會集中地的東五十二街一帶，也早就有了「搖擺街」的美名……。而且我想只有在紐約，才會為聲援一九六九年誕生的同性戀權利運動，而在其星火燎原之處樹立一個「石牆」（Stonewall，酒吧）的街牌。何止內政，還有外交。也許紐約自認為是國際都市中的老大，也許是因為聯合國總部設在這裏。也就是說，它不但有足夠的本錢，也有足夠的抗議對象。

前幾年，正對著聯合國大樓的一段路，就被市長命名為「華倫堡走道」，來紀念二次大戰期間一位拯救無數猶太難民的瑞典外交官。而最近市政府正在和社區代表討論，要不要在尼日利亞總領館前樹立一個新的街牌，來聲援最近該國民選總統因政變入獄、總統夫人被殺。

當然，這一切都是一種象徵性行動。不過，這種尤其是有關人權的附加街牌，的確刺痛了它所要刺痛的，而且我猜，像「天安門廣場」這個街牌，就算有朝一日「六四」得到平反（或更大膽一猜，中國民主了），也還會保留下去。「曼德拉街角」是個好的先例。此一附加街牌的英文是以他們夫婦二人為名。儘管南非革命成功，儘管曼德拉夫婦早已正式離婚，而且儘管溫妮・曼德拉還涉嫌謀殺政敵，但是為了紀念她當年的英勇奮鬥，仍保留二人的大名不變。

曼德拉街角、天安門廣場、利斯本納德——三個超越時空但一脈相傳的人名地名。我想只有在紐約，它們才可能湊到一塊兒。

——*1998*

物換星移

我不知道外地媒體有沒有任何報導，總之，今年三月二號，紐約「時報廣場」上出現了一個空前的奇景壯觀。一座古老的大戲院，由兩個老明星的巨型氣球人拖著，一步步搬家。這麼說也許不很清楚，那就讓我試著換個方式重複一遍。

戲院名叫「帝國」（Empire Theatre），是百老匯戲劇區上打的名戲院之一。它差不多和中華民國同歲，於一九一二年建成。自從政府和民間十幾年前開始整頓這個早已淪落為一大風化犯罪區的「時報廣場」以來，色情行業已經一個接一個給關閉。而且，那些不很出色，又老又舊或經濟上划不來的老房子，也一個接一個給拆除，讓位給新的企業和大樓。至於剩下的一些既出色又具有建築意義的老建築，則予以保留。

問題是，「帝國戲院」的原址已被一位發展商購買，並決定在該地建造一幢又新又大、有二十五個銀幕的電影院，因此已被指定為陸標而不得拆除的「帝國戲院」就只好搬家。於是，這幢經歷了八十多年滄桑的「帝國戲院」，在這種不得已的情況下，硬給聰敏能幹的工程師想出了一個辦法，硬從它在四十二街的原樓址，給硬搬到同一街段西邊不遠的一個新樓址。

這好比將臺北的中山堂，硬給搬到它對面的山西餐廳；或是將香港的立法局硬給搬到——我香港不熟，不知道該搬到哪裏好，總之，活生生地給搬走就是了。工程方面的細節，我看了媒體上的圖解之後仍然搞不清楚，只知道這幢重達三千七百噸的「帝國戲院」，硬給斬斷根基，硬給架上了一面平台，硬給一部機器在鐵軌上推移，再以每三分鐘一英尺的驚人速度，滑行了六個小時之後，硬給搬到它左邊一百七十英尺地段的新樓址。戲院大樓連一塊磚都沒有鬆，就連樓頂上的麻雀鴿子都沒有給驚動飛走。

然而，這裏究竟是百老匯，連一個發展商都不得不回顧歷史，一顯身手。因此，這樣一件就算絕不輕鬆、但仍然只不過是一件純粹工程性作業，都必定有一場戲劇化演出。因此，三十年代初在這個大戲院開始搭檔成名、再從百老匯紅到好萊塢、而成為美國喜鬧劇傳奇的「高腳七與矮冬瓜」（Abbott and Costello），就理所當然地負起了搬這個家的重任。而且，由這兩位老前輩的三十英尺的氣球人像，在前面象徵性地拖著二人的老家到其新家，簡直又美又可愛了。

紐約人不在話下，但是外地人，甚至於過去六十年之中只來過一兩次的遊客，都必定不會忘記那個「老」的「時報廣場」是什麼樣子的所在。即使沒有來過的人，如果看過有關的好萊塢電影，像六十年代的《午夜牛郎》（*Midnight Cowboy*），那也還是可以大致體會到它是一個什麼樣子的罪惡集中營。

什麼樣子？當我三十幾年前第一次由到處都是無上裝酒吧的洛杉磯來紐約度假的時候，都不得不驚嘆「時報廣場」上的燈紅酒綠，更不要說在百老匯大道上就可以看到脫衣酒吧二樓伸到外面的玻璃窗中的美女裸舞。而這只不過是冰山之一角。

總而言之，當「時報廣場」二十世紀三十年的黃金時代一過，然後從二次大戰前夕到冷戰後這長長一段期間，這個不過一平方英里的所在，絕不是一個可以闔家光臨的美麗所在。然而——我也知道這個「然而」會引起無限麻煩和咒罵——但是，然而，這朵罪惡之花仍具有她那千嬌百媚、妖豔麗嬈。否則，你如何解釋在她最不名譽的時刻，仍吸引每年千萬遊客？而這千萬遊客又何嘗不知道，在那萬紫鮮紅的耀眼燈光的背後，充滿了血淚和死魂靈？

「帝國戲院」的搬遷，差不多是「時報廣場」改頭換面的最後一兩著棋。很好，六十年一甲子，物換星移，那經過如此長久的努力而終於重新誕生的「時報廣場」又是一個什麼模樣？我不想吊你們的胃口，從它新建和待建的大樓和企業總部來判斷的話，新的「時報廣場」將成為世界一大媒體中心，而名副其實地變成一個「世界交叉口」。

然而——我也知道這個「然而」會引起無限的麻煩和咒罵——但是，然而，我仍感到幾絲幾縷的惆悵，那種眼見一個罪惡的「巴比倫」脫胎換骨，而變成又一個其乾淨無比的「迪斯奈樂園」的那種惆悵。

——*1998*

舞台紐約

人生舞台？舞台人生？哈！

讓我們暫時跳過這個籠統的哲理，回到現實，而且具體地回到紐約的日常生活。如果你覺得紐約是一個舞台，一個任何人都可以上去扮演任何角色的人生舞台，那我們不能忽略一個事實，就是，這個大舞台的幕後運作，非但日以繼夜出奇地良好，而且就像你去百老匯看戲一樣，你絕對看不見後台那些本來就不應該給看見的萬千個機關，更看不見使其運作完滿的萬千個無名英雄。

只有當這個大舞台在過程中出現了差錯，習慣了紐約方便舒適生活的居民，才會感受到大舞台生命機器的存在。只不過今年初，曼哈頓五號大道和十九街一帶，整條馬路因為地下水管爆破而下陷，迫使附近好幾個街段封閉至少數週上月。

紐約市地面之上可以看得見的物質容貌，只是整個大舞台的冰山一角。不錯，此一角很大，而且令人嘆為觀止。但是在其背後，如果沒有一個看不見的地下世界的運作和服務，那這個地上世界絕不可能成為全球一大都會。也就是說，舞台再好，戲可別想唱了。

這裏所謂的地下世界，指的當然是那些加起來總共有百萬英里的紐約血液神經系統，即早已埋藏在地下的淡水、蒸汽、煤氣、排污管道、電力電話電報電視電纜、火車地鐵隧道……其中任何一個單獨系統，都可以排在世界第一、第二。

就以一個次要的能源系統為例，如你家用煤氣，那我可以告訴你，這些天然氣是從幾乎兩千英里以外的德州，通過直徑三英尺半的地下管道，花上五天時間，才輸送到你家的。可以這麼說，沒有後台這些基本設施，不可能有今天的舞台紐約。

我們一般居民多半只是在搭乘地鐵時，才有機會進入這個地下世界。要不然，我們最多也是在大街穿過繞過地下冒上來的團團蒸氣（不是因為管道破裂，而是在放氣漏氣），才察覺出紐約地下還有另一個世界。最極端的是因為地下世界某地某處發生斷裂、爆炸、下陷，而影響到我們的日常工作生活，才切身感受到它的存在。我有的時候覺得，像最近五號大道十九街的地陷，幾乎是一種暗示，警告我們不要以為在紐約的方便舒適，是理所當然。

不錯，舞台紐約並不是最新的（其某些輸水管道已有一百五十多年歷史），但是經過多年的努力，它至少具備了所應該具備的，而且多半比其他國際都市更齊全。當然，最佳舞台並不保證任何演員都能發揮最佳演技，可是它絕對提供了一個最佳演出場地，不必任何演員去額外擔心舞台幕後的操作有誤。就算偶爾地陷一兩次，那也只能認了，這就是人生舞台。

這或許是為什麼舞台紐約一直吸引著全美、全球的主角、配角、替角、龍套或任何有夢想的人。也或許是為什麼這些明日之星，都希望能有機會在這個紐約大舞台上亮相演出。

——*1998*

街頭表演

家住在紐約，就跟住在任何大都市一樣，有好有壞。壞的不提，太傷感情。而且，個人的抱怨和不幸，即使有人肯花時間坐下來聽，所能給你的，最多也只是一杯茶和兩行同情之淚。

然而，在這個往往冷酷無情的大都會，從初春到盛夏到晚秋，從哈林到華爾街、西城東城、東村西村、或在十字街口，或在路邊一角之地，或在公園裏外，或在地鐵站內，總會有那麼一個個、一群群的陌生天才，在以他們的最佳能力，來安慰我們的心靈。

我指的是冬天一過，曼哈頓街頭上那些表演藝術家。有的是獨自一人，有的是一搭一檔，有的是一組完整樂隊，有的便裝，有的戲裝，而且，好像除了笨重的鋼琴之外，什麼樂器都會出現。總之，他們一個個、一群群，滿懷信心、滿懷希望，以街頭為舞台，以路客行人為聽眾觀眾，來發揮和試驗他們各方面的才華。你可以說他們是在義務性地演出。無論你聽完一首歌曲，或看完一場表演，你是鼓掌還是搖頭，他們都會謝謝你的捧場。然而，以備萬一，他們面前也總會有一個吉他盒、提琴盒、舞鞋盒、爛鞋盒，或一頂舊帽，在等候你我可能一時慈悲感動而丟進去的硬幣紙鈔。

你也可以說他們都是尚未出頭的那種掙扎中的藝術家。舊帽鞋盒裏的收入，或許僅夠溫飽，或許僅夠杯酒支菸，但是無所謂，有你我這種活的觀眾已經不簡單了。更何況，無論你在街頭表演莫札特、貓王，還是麥可．傑克森，你絕對可以得到立即的反應，無論是禮貌的掌聲，還是更禮貌的犒賞。想想看，如果你是一位掙扎中的表演藝術家，你上哪裏去找這種多少有點報酬的排練機會？

不要以為誰都能或敢如此面對個個都自命成熟的紐約客。你以為你是你那群親朋友好之中唱卡拉OK唱得最好的嗎？那你走上街頭去試試看，一天下來，累死你不說，舊帽鞋盒裡的零錢，夠你買杯熱咖啡，已經算你有本事了。而且不要以為這些掙扎中的街頭表演者永無出頭之日，我就知道有好幾位搖滾樂手、喜劇明星，是靠街頭賣藝而被發現的。當然，我也知道，一將功成萬骨枯。

在紐約住久了，我幾乎養成一個習慣，只要路過一個街頭表演者，我總會停下來欣賞片刻，而如果心靈稍被觸及，也會丟進舊帽鞋盒琴箱一兩塊錢。這位掙扎中的街頭表演藝術家或許因而可以享用一杯熱咖啡，而我，在紐約這樣一個往往冷酷無情的大都會，竟然從一位陌生人那裏得到了茶與同情之外的兩三分鐘快樂……你還能說什麼？

——*1998*

當非藝術人士面對新作品的時候

大約兩年前仲夏一個懶洋洋的下午，我正漫步順著蘇荷區西百老匯大街南下，突然在靠近格蘭德街的十字路口，被一輛巨大載重大卡車給擋住了。大卡車上運載的是一件我相當熟悉的東西。遠在這之前六年，我即曾在我的專欄中談論過它。

這個它，就是那個紐約所特有的、那個無所不在、百分之百實用、但卻令不少人迷惑、又被更多人忽略或視而不見的天空線上一個組成部分，那個像拳掌般直立在大大小小樓房屋頂之上，其形狀一百多年下來幾乎從未變動過的木頭水塔。唯一不同的是，大卡車上運載的不是傳統的本色木製水塔，而是色彩視光線明暗而泛白泛綠泛藍的半透明塑料水塔。我當時的直接反應是，時代變了，時代進步了，使用了一百多年的傳統木頭材料，終於被現代材料給取代了。

如果你要找一個典型「有眼不識泰山」的範例的話，那就是我。在我那天目擊到工人用吊車安裝那個塑料水塔不久之後，我正獨自一人在家翻看《紐約時報》，突然在它的藝文版上發現一幅照片，正是我不久前在蘇荷看到的那個半透明塑料水塔，現在被高高安置在西百老匯和格蘭德街角一幢並不起眼的六層老舊屋頂之上，與其前後左右同等大小的幾個古老傳統木製水塔，共同勾出另一種獨特的天空線。在藝文版出現這幅照片？我突然有所警惕。這絕不是紐約數不清的水塔中的另一個水塔。但是我並沒有立刻頓悟，直到我看完了那篇報導。我告訴你，好在當時我是獨自一人，沒有人看到我的臉紅。

這個泛白泛綠泛藍的半透明等身塑料水塔，是一件現代藝術創作。而且是一件公共藝術品，也就是說，專為我們居民而創作的。我真覺得我是對牛彈琴那頭牛。這是紐約那個私人但非營利的「公共藝術基金」，為了在市區各地展示當代藝術作品以豐富市民生活環境，而特約英國藝術家雷秋爾．懷特里德（Rachel Whiteread）創作的一件象徵紐約市的裝置藝術。

既然我有眼不識這個重達一萬英鎊的塑料水塔，那我當然也沒有聽過懷特里德其人了。但顯然她在歐美藝術界，使用各種材料鑄製日常器物的內部底部空間（如桌椅、瓶罐、浴盆、甚至於整個房屋的空間），做為她的藝術創作風格，享名已久。

在美國藝術之都生活了這麼久，也在蘇荷住過一陣，而過去二十幾年至今天一直居在蘇荷鄰區翠貝卡，並適逢機會目擊到蘇荷的興起和改變，更不要說還有幸認識一些蘇荷藝術家，不經常也偶爾逛一下畫廊書展美術館……我不好意思再吹下去了，只希望你們在原諒我兩年前有眼不識泰山的同時，拍拍我的肩膀，少許安慰一下我的臉紅。

事後聰敏地來看，這件塑料水塔，用非藝術語言來形容的話，非常紐約，非常過癮。傳統的木製水塔，毫無疑問，是紐約一大特色，這多半是懷特里德女士以它為主題、並以它為其雕塑鑄模的一個主要原因。然而，這件作品首先在蘇荷登上屋台，又似乎含有其他一些象徵意義。

想想看，只不過三十幾年前，今天人們所熟悉的蘇荷，從當時已有百年歷史，但在二十世紀六十年代早已成為一個荒廢沒落的輕工業區，正在一點一滴地、偷偷摸摸地，蛻變成為全美前衛藝術中心。而在當時那些既紛亂又多采多姿的種種前衛藝術潮流之中，逐漸冒出來的，正是那個塑料水塔所代表的一條藝術主流：裝置藝術。

而今天（好，兩年前、八年前……），在蘇荷因其闖出來的響亮大名而一步步被一個個名牌時裝店，一家家令人嘆為觀止的精品店、一批批全球知名的連鎖店、一堆堆時髦昂貴的酒吧餐舞廳、一群群優痞型的證券股票商網路牛仔……給幾乎徹底霸佔了的今天——可憐的畫家只有另謀創作場地，不太可憐的畫廊則另逐水草——那當你漫步蘇荷，不經意地抬頭望天，突然發現有這麼一個熟悉又陌生、但又如此現代的裝置藝術作品，幽靈般泛白泛綠泛藍直立在半空之中，前後左右是幾十上百年前留下來的真的樓房、真的水塔、真的廣告……當你的時光交錯感一消失，你就隱約感到這個塑料水塔似乎不應該只象徵著它的鑄模！它幾乎像是一個見證，不動地立在那裏，默默無語地回顧著蘇荷整個二十世紀的歷史變遷。

兩年前這個「水塔事件」的確是一個令我一再反省的經驗。當一件新的藝術創作，在未經任何評論宣傳介紹之前，突然呈現在一位普通的非藝術人士面前，這位人士又能如何去反應？（除了好玩兒、好看難看、什麼東西?!……之外）我的反應已經坦白過了，但我的體會和我的反應所差無幾，和我第一次接觸前衛藝術的體會也所差無幾。

很簡單，一件純藝術或前衛試驗藝術，絕對需要各種渠道的傳播、各種媒介的評論，才有那麼一點點的機會和可能，和我們一般觀眾發生任何有意義的關係。至於公共藝術，那媒體人士所應該努力的應該更多。回到眼前吧，如果你們之中有人年底年初來紐約，也有時間興趣看看這個塑料水塔，可不要去蘇荷區西百老匯和格蘭德交叉口。這件作品馬上就要搬家，重新安裝在「現代藝術館」西北角的屋頂之上。

看是絕對值得一看，只是不要把它當真就是了。

——2001

蘇荷世代 蘇荷現象

——一個旁觀者的回顧

屬於一個世代或一個現象，其主要角色首先是親身參與的當事人，然後是因為機緣而碰巧在場的旁觀者。這裏所說的世代是狹義的，且具有特定使命的世代，時間不過二十幾年。現象亦指一個無論其出現與存在均屬短暫而局部的現象，其主角亦不過上百。至於因機緣而碰巧在場的旁觀者，則不計其數，我只不過是其中之一。

我們到底在講什麼？總的來說，是指大約二十世紀六十年代末至九十年代初，一批主要來自臺灣的年輕藝術家，先後不約而同地來到紐約，來闖他們的藝術江湖。具體地說，如果可以用一個人做為代表，那就是夏陽。是他於一九六八年自臺灣經巴黎來到紐約，並在蘇荷定居創作而開始，再又因他一九九二年離美返臺，而結束了這個獨特刺激的蘇荷世代和現象。

這裏以夏陽，而沒有以比他早一年來紐約的韓湘寧為代表，一方面是夏陽年長德高望重，一方面是韓湘寧至今沒有離開蘇荷。夏陽之來到和離開，因而更恰當地象徵著蘇荷世代和現象的興起和消失。而在這不長不短的二十五年當中，前來紐約的臺灣藝術家，不光是那些搞純美術的藝術家，還包括幾乎所有其他創作領域。蘇荷世代和現象，因而算是這批以紐約的華人藝術家為主角的創作群的代號。

我之所以膽敢冒昧地將這批創作群和一個單純歷史事實命名為蘇荷世代和蘇荷現象，多半出於偏愛，也許由於大部分參與者是我的朋友。但除此之外，還因為在這個時間空間之內，紐約聚集造就了一大批傑出優秀的藝術家。而且，就像中國的前輩藝術家在二十世紀前半期選擇了巴黎一樣，這又一批中國藝術家在同一世紀後半期選擇了紐約。更確切地說，選擇了才誕生不久的蘇荷。

但是為什麼在蘇荷？又為什麼這個時候發生？

四十年前的紐約，就算已自戰後取代了巴黎而成為西方前衛藝術中心，也沒有巴黎那樣悠久的文化藝術傳統。更何況，四十年前的蘇荷，也絕不是蒙馬特。六十年代的蘇荷，如果不是一片廢墟，也極其荒涼無比。存在了上百年的輕工業區，因戰後紐約的經濟社會變化而沒落。它當時非但沒有「蘇荷」這個大名，甚至於連正式名稱都沒有，只是籠統的義大利社區一部分，或曼哈頓下城兩處摩天大樓集中之間的「峽谷」（the valley），或因其密集的工業鑄鐵建築（發生火災，無可挽救），而被消防人員稱之為「百畝地獄」（Hell's Hundred Acres）。

曼哈頓鬧市中一片荒原。沒有商戶，沒有餐廳夜總會，沒有生命。酒吧的話，也就那麼一兩家，而且絕不是你可以和情人約會的那種。難怪市政府一度幾乎把這一帶剷平，蓋一條曼哈頓下城高速公路。但是，天時地利人和。就在這個生死未卜的關鍵時刻，紐約一小批尋找廉價工作空間的藝術家，發現了這裏一幢幢又高又大、又空無一人的廠房（lofts）。問題是，這一帶屬於政府劃定的工業區，不得居住。但法律歸法律，每月一百多美元房租即可佔有五千平方公尺高大空間，對這批掙扎中創作的藝術家來說，太具有吸引了。就這樣一個接著一個，這批雙重前衛——藝術前衛加開拓前衛——還是偷偷地搬進來了。垃圾要偷偷地倒，晚上燈光不可外露。

不知不覺，這個百畝地獄變成了一個漸漸引起藝術界注意、但完全非法居留的藝術家殖民地。有了這個既成事實，市政府也就順水推舟，做了一個聰明漂亮的決定，改寫了都市區域法，規定藝術家，但只能是藝術家，可以在此居住創作。不少大樓門前於是出現了一個個小牌，「Artists-in-Residence」，意指「內住藝術家」。它不單表示藝術家可以在裏面合法居住，而且提醒消防人員，救火先救人。

這還不算，市府官僚又靈機一動，為了行政方便而套用倫敦真正的SoHo區，而將這片位於好斯頓街（Houston）以南的二十幾個街段，取名為「好斯頓之南」（South of Houston，簡稱SoHo）。從此，「蘇荷」上了地圖。

六十年代差不多是普普藝術取代了抽象表現主義的時刻。蘇荷不但剛好配合普藝的興起，並且因而逐漸取代了上城五十七街多年的藝術大本營，成為這個新潮的中心。蘇荷這段期間給外地藝術家的感覺是，這裏有機會、有活力、有同志。這裏可以觀摩試驗，這裏是前衛。這也正是為什麼早期來自臺灣的藝術家選擇了蘇荷，而那些先去了法國的臺灣藝術家，則因巴黎學運動亂，生活困難，同時也可能已風聞紐約出現了蘇荷這個新氣象，才來紐約去闖他們的藝術江湖。

一九七二年，我因工作由洛杉磯來到紐約，才開始經驗蘇荷，也開始接觸到紐約這最早一批臺灣來的藝術家。我先暫住蘇荷以北的「諾荷」（NoHo）陳昭宏家。他當時剛從巴黎來紐約，娶了我的外甥女，並放棄建築而投入藝術創作。

七十年代初的紐約華人藝術家為數不多，只有一小圈人。只要你參加過他們一兩次展出，或他們一兩次聚會，你差不多可以碰到全部人馬。是在這種場合，我與當年師大同學韓湘寧和廖修平再度相逢。這較早一批在蘇荷一帶定居創作的先驅，可以說是殊途同歸。像韓湘寧、莊喆、馬浩、姚慶章、黃志超、秦松、李茂宗、曾富美、柯錫杰、李小鏡他們，直接從臺灣來到紐約。而如夏陽、江賢二、廖修平、謝里法、陳昭宏、鍾慶煌等人，卻繞道巴黎。朱禮銀紐約土生土長；費明杰來自香港；刁德謙、丁雄泉、梅常、蔡文穎，則遠在五十年代或更早直接從大陸，或香港來到紐約。

但除了這些繪畫雕塑攝影家之外，還有不少其他領域創作者在此奮鬥，像江青、葉清、徐克、陳學同、林懷民。而當時中共還在文革，大陸藝術家尚未登場。

總之，蘇荷有點像來自各地華人藝術家的梁山泊，就算他們未曾想到要搞藝術革命，這批英雄好漢也至少設法在前輩巨人的肩膀上，尋找新的藝術方向。

幾乎每個藝術家都在蘇荷及其附近找到了寬大無比的工作空間，都樂意向外地來者打開他們的畫室之門。而無論遠近訪客，非但不抱怨多半要爬幾乎筆直的五層樓梯才能登堂入室，反而覺得不去爬這要命的五層樓梯，不算是嚐到了蘇荷藝術家的生活。

當時我們每個人都比現在年輕三十歲，正是工作不忘享樂的年紀。因而不難想像，無論為哪位畫家的展出、舞者的演出、生日年節，或為任何莫名其妙的理由聚在一起吃喝玩樂，可以說是輪流不斷。

七十年代中，我去了一趟非洲，三年之後回到紐約，全家住進了江青在蘇荷的舞蹈工作室，然後出門一看，發現蘇荷變了。

又一批港臺藝術家來到紐約（司徒強、卓有瑞、楊熾宏、李秉、薄茵萍、謝德慶、曹志漪、郭孟浩、鍾耕略），畫廊好幾百，商店餐廳酒吧，幾乎一家接一家，連週末的藝廊觀眾都比以前年輕時髦漂亮。蘇荷熱門了。

也住不起了。因而迫使我反而趕上「翠貝卡」（Tribeca）的萌芽，買下了一戶雙層空間，相隔蘇荷僅有一條街，步行可到大部分藝術家朋友的工作室。做最為圈外的旁觀者，這倒是一個不遠不近的理想距離。

如果說這個從廢墟中誕生的蘇荷不是當年的蒙馬特，那以蘇荷為中心的這群華人藝術家，也說不上是波希米亞人。不錯，他們都有「藝術」這個共同使命感，且已在個人創作上，及在紐約藝術界，找到他們各自的藝術壁龕。但是他們並沒有像當年波西米亞人那樣逃避四周中產社會及其布爾喬亞生活方式。

他們都非常認真冷靜。除了創作偉大藝術這個夢想之外，也少有其他幻想。他們都非常現代，也具體表現在他們的藝術觀和人生觀上。他們絕不是哪種自我隔絕於世俗社會、只追求自我表現和自我發現、或以藝術為終極自由、最後解脫的天真「浪漫派」。當然，也或許有一兩個例外。

他們一個個都結婚了。這些藝術家非但沒有躲避婚姻家庭責任，有的甚至於結了又結。

固然不少藝術家僅靠創作即可生存，也有些因家中富有而無需擔憂，但仍有一些還需要全時半時工作來維持生活。他們都算是當時所謂的「工作藝術家」（Working artists），即以創作和兼工為榮。而且不錯，也有少數家庭洗手藝術江湖，去闖正在走紅的地產江湖，紐約的藝術江湖顯然不太好混，在多元文化仍處於理論階段的七十年代，華人藝術家或許尤其需要具備藝術才華之外的另一種才華，方能登峰造極。就像西方十九世紀那首諷刺詩所說的：名人廟堂等候室，人多且雜。入堂之門有兩道；一個上面寫著「推」，一個上面寫著「拉」。

沒有幾個歐美、更不要說亞洲藝術家，具有這種天生的「推拉」本領。更幾乎沒有任何藝術家，在這方面可以比得上那位老畫「可樂瓶、罐頭湯、老毛、夢露和貓王」的白髮小子，混得那麼出名發財和獨霸。

當然，紐約不止是他。紐約，做為西方藝術中心的地位，也受到了公認。我一九七六年正在巴黎，剛好趕上「龐畢度藝術館」落成開幕，而其首展主題即點出了西方前衛的交接，「巴黎—紐約—

巴黎」。這不但表明前衛已自巴黎移轉陣地到了紐約，而且反方向影響到現代主義誕生之地。

隨著蘇荷地區的變化，這一帶的華人藝術圈，以及紐約華人文化圈，也都擴充了、多元化了。一個新現象是這裏出現了一些大陸藝術家，像陳丹青、張宏圖、艾未未、袁運生。他們也都經常進出蘇荷藝術圈。但是還有另一個具體見證，就是一九七八年至一九八二年，蘇荷有了一份自己的華文刊物，《新土》雜誌。

這雖然是一份偏重時勢的綜合性月刊，但其總部設在蘇荷，其發行人陳憲中更樂於參加各種文化活動。在蘇荷黃金年代存在了將近五年的《新土》，不但訪問報導了無數前來紐約的兩岸三地文化人士，而且不忘前輩，也介紹過朱阮芷的生平及其作品、江文也的生平及其紐約友人舉行的作品發表會。

但是這究竟是份當代刊物，況且又在蘇荷，當然不會忘記這裏的當代華人藝術家。光是上過封面的就有蔡文穎的電動雕塑、江青舞蹈、柯錫杰攝影、尊龍演出（David Henry Huang首部外百老匯FOB）。同時還刊登過謝里法的短篇、劉大任的長篇，秦松、貝嶺、楊煉的詩作。以及無數經常性的藝術評論。至於封面或專題介紹，至少有過姚慶章、劉國松、廖修平、費明杰、夏陽、朱銘、韓湘寧、陳昭宏、司徒強……不過必須在此坦白身份，我曾任該刊編委，並且和楊熾宏合編過兩期特刊。

毫無疑問，屬於這個蘇荷世代和現象的，絕不止是前面提到的那些藝術家。另外還有一批又一批藝術工作者（繪畫、舞蹈、、設計、寫作、建築、時裝、電影、舞台、音樂……），或曾在此時此地研讀工作，或仍在紐約定居創作。他們都是這個世代和現象的參與者：鄭叔麗、木心、周之文、崔明慧、周龍章、斐在美、葉永清、馮明秋、曹又方、胡茵夢、馬汀尼、黎國媛、平衍、羅曼菲、陶馥蘭、王正方、胡乃元、韓楓、羅大佑、陳錦芳、關晃、趙春翔、曾仕猶、沈明琨、梁貽凡、黃榮禧、趙岡、張樹新、翟宗浩、樊潔兮、梅丁衍、薛保瑕、許自貴、鍾明德、鄭培凱、金恆煒、楊澤、馮光遠、徐惟玲、黃承令、涂平子、胡德偉、林洲民、李偉珉、嚴力、陳張莉、瞿小松、周龍、陳怡、譚盾、李安、黎明柔……

大概是九十年代初吧，領了二十多年風騷的蘇荷，開始為其盛名所累。光是當年一萬美金五千平方英尺現在兩百萬，就足以把所有掙扎中創作的藝術家拒之在外了。考慮到當初是這類勇敢的藝術家開拓創造了蘇荷，並給予它以生命力和創造力和吸引力，而今天恰恰是這類藝術家無力在此生存創作。再考慮到自九十年代起，前衛藝術似乎有了不止一個山頭，那蘇荷做為一個前衛中心的位置也就難以保持了。一向追隨新潮藝術的蘇荷畫廊早已得風氣之先而另覓水草，漸漸北移到了「雀而喜」（Chelsea）。十年下來，就其兩百多家畫廊的現況來看，已將這片類似六十年代蘇荷的工業區開拓成為紐約最新的藝術陣地。

而今天的蘇荷呢？還住在這裏創作的是那些有幸早已擁有空間的藝術家，或已有身價的藝術家。但是它已經無法再吸引、孕育、造就新一代的藝術家了。逼走整批畫廊、趁虛仗財而入侵是一家比一家昂貴的時髦名牌連鎖商品店。今天，蘇荷變成了一個高級商業消費觀光區，紐約一日遊的重點站。

但是無所謂，蘇荷已經成功地帶動了一個潮流、一個時代，使命完成。而就蘇荷華人藝術家來說，也起碼在臺北市立美術館一九九一年舉辦的「臺北—紐約：現代藝術的遇合」特展，得到了確認。想想看，二十世紀上半期前往巴黎那批中國藝術家，似乎沒有幾個和當時已經如日中天的現代主義掛鉤，而二十世紀下半期來到紐約的這批華人藝術家，則不但和現代藝術潮流接上了軌，還做出了貢獻。再想想看，有作品參加「臺北—紐約」特展的十七位藝術家之中——陳昭宏、陳錦芳、秦松、卓有瑞、莊喆、鍾慶煌、韓湘寧、夏陽、薛保瑕、黃志超、廖修平、梅丁衍、司徒強、楊熾宏、姚慶章、謝里法、陳定祥——幾乎全部都是曾在仍在紐約創作、屬於蘇荷世代和現象的藝術家。

也許夏陽十年前即感到蘇荷的大勢已去，或許他覺得需要改變生存空間才能繼續創作，當然也可能出於和藝術無關的理由，反正，他決定了回臺灣。

紐約華人文化圈為他舉行的一個個餞行宴之中，最熱鬧的一次是在韓湘寧家，總有一、兩百人，圈內圈外的朋友幾乎全來了。大家都吃得很好、喝得很好、玩得很好、樂得很好（幾乎像二十年前），而且也都在為夏陽祝福。只是今天回顧，那天晚上的聚會，真有點像是這個蘇荷世代和現象的最後晚宴。

歷史會評價這個世代參與者的成績和成就。做為一個旁觀者，我只能感到，無論今後有多少又一代傑出優秀藝術家來闖他們的紐約江湖，只因時代和潮流和蘇荷的改變，就再也不可能出現這樣一個世代和現象了。而旁觀者的慶幸是，在這個世代和現象發生的時候碰巧在場，目擊到我這些朋友在蘇荷的奮鬥，以及他們在紐約留下來那淺淺的足跡，和那深深的腳印。

——*2001*

自由之塔第一石

此石相當可觀，上州土產花崗石，黑中帶灰，隱隱一片墨綠，這裡那裡，灑著一粒粒暗紅色石榴石（紐約州石），大約五英尺半高，四英尺寬，十英尺長，重二十噸。

其磨光的一面刻著幾行大寫的英文字，並飾以銀葉：「緬懷悼念二〇〇一年九月十一日羅難人士並向永恆之自由精神致敬——二〇〇四年七月四日」。

簡單儀式在地下七十英尺之處基岩進行。一個半小時之後，此一巨石即停放該地，做為世界貿易中心建築群第一幢、也將是世界最高一幢大樓「自由之塔」的奠基石。

換句話說，此石亦即世貿重建第一石。而此一巨石在原址才一亮相，即將永埋地下，再也見不到它了。

不為世貿重建如此龐大的發展計畫舉行正式破土典禮，而直接在地下深處奠基，是當事者三思而後行的關懷。就是說，無須在此一大災難之地，再以一把鐵鏟掘裂如此慘痛的傷口。

然而，走過了這條兩年十個月的漫長曲折的路之後，此一奠基石之於今年美國獨立紀念日正式入土，仍然算是表示世貿重建的正式開始。

而在目前，也只能算是表示。

這可從一粒沙中看世界。就在奠基後七天，世貿重建概念建築師，在已收到兩三百萬美元設計費之後，正式控告世貿發展商，指他仍在拖欠餘款的八十幾萬美元。一位專欄作家就挖苦說，這是天才建築師的「天才費」。

不管怎樣，這可不是一個好的重建預兆。無論建築師有多麼正當理由去告，或發展商有多麼正當理由拒付，這不太像是雙方在為一枚螺絲釘吵架。一粒沙中可以看到不少世界，這場訴訟至少暗示著世貿重建的道路，不但漫長曲折，而且處處凹坑陷阱，還不時自暗處飛來幾支冷箭。

記得嗎？只不過一年半前，當這位只有圈內人熟悉的建築師，丹尼爾·利伯斯金德（Daniel Libeskind），贏得了全球概念設計首獎的時候，他不但一炮而紅，而且紅為建築大師、設計天才、文化巨人、社會名流，連他習慣戴的名牌眼鏡都更加時髦了。

可是，風光了不到三個月，發展商斯維爾史坦（Larru Silverstein）即指定他的建築師，大偉·查爾茲（David Childs）為世貿重建總建築師。利伯斯金德一下子變成了查爾茲的合作建築師，而且是那種非請莫入查爾茲設計工作室的合作建築師。對伯利斯金德來說，問題才開始。一年多下來。媒體不時揭露一些幕後的辯論鬥爭，以至於還需州長親自出馬來排解糾紛。等到去年聖誕前夕公佈了世貿第一幢大樓最後設計的時候，紐約才發現利伯斯金德的原始概念設計，早已面目全非。

各大樓的外觀造型全改了。「光楔」——那每年九月十一日早上八點四十六分，當雙塔第一座被飛機擊中，到早上十點二十八分第二座倒垮這段期間，陽光將從各大樓之間無陰影地照射世貿公園——是否仍然構成光楔，也大有問題。「泥漿牆」，那深入地下七十英尺基岩的防水牆，也因其他建築需要（如地下停車場、公車站……），而僅暴露三十英尺等等。新設計之中還有點概念建築師手筆和精神的，大概只剩下那響應「自由女神」造型的螺旋，那回顧女神手臂火炬的塔尖，和那象徵性的一七七六英尺高度。

不論建築界和評論界如何看待這幢大樓，此座「自由之塔」倒是滿足了紐約居民的一個基本渴望。它的確毫不含糊地填補了下城天空線的空無。總建築師查爾茲更毫不含糊地宣稱，「這是曼哈頓尖端的驚嘆號！」

「自由之塔」是一個混合體，由三個可以說是各自為政的部分組成。其商用空間七十層，高約一一五〇英尺。其上是三五〇英尺的鳥籠式斜格鋼纜結構。裡面除其他必要機械裝置之外，是三個巨型風輪發電機。

這倒是一個具有實際作用、又具有相當象徵意義的創新。斜格鋼纜回顧了紐約第一座現代建築工程傑作——布魯克林大橋那斜撐的造形。三個巨型風輪，不但可供大樓用電，生態上正確，而且追溯四百年前第一批歐洲殖民地，就在這一帶建造的荷蘭風車。當然，人人心裡有數、而盡在不言中的是，萬一中的萬一，此座大樓再次遭受恐怖主義式的飛機撞擊，這商用七十層以上的高空，無人辦公。

在這個鳥籠式鋼纜結構之上，是那直達一七七六英尺的天線尖塔。整幢大樓是沿著原址棋盤式街道東北角升起一座平行四邊形，稍微扭轉（torqued），微呈錐狀的鋼筋玻璃結構的現代建築物。目前，世貿建築群各大樓，只有此幢「自由之塔」的設計算是定稿，並將在地基打好之後，從明年初開始層層上升。

可是「自由之塔」只是世貿中心三大組成部分之中一個組成部分裡的一個建築。此商用建築樓群組成部分其他如世貿二、三、四、五號大樓，以及表演藝術中心、視覺藝術中心、博物館等建築的設計，都尚未開始。現只有初步入選。發展商和主導重建的「下城公司」已經約請到至少三位國際建築大師負責設計：Norman Foster（英）、Fumihiki Maki（日）、Jean Nouvel（法）。

這的確是一個驚人的陣容。再加上世貿另外兩個組成部分——「交通中樞」（Transit Hub）和「九一一紀念設施」——其設計陣容不但更加驚人、而且更加全球國際化。

「交通中樞」的設計已在今年初選定了西班牙建築師聖地亞哥．卡拉特拉瓦（Sautiago Calatcava）。他的概念設計也獲得了認可，而且受到一致讚揚——飛鳥展翅形的鋼骨玻璃結構，不但允許自然光線照射到站內六十英尺地下各個角落，並可在溫度適當季節敞開樓頂，流通自然空氣。

而紀念設施的設計人選，也在今年初通過公開賽而決定。兩位合作建築師所推出的名為「倒映虛空」（Reflecting Absence）的概念設計，保留了原雙塔留下來各一英畝的「腳印」，並將他們轉化為兩個深深的倒映池。在此深入地下的水池四壁，不斷有流水瀑布似地靜靜下瀉，而其地面四周則圍繞著草坪林樹。共同設計者是年輕的以色列建築師麥可．阿拉德（Michael Arad）和資深美國景觀建築師彼得．沃克（Peter Walker）。「倒映虛空」簡易純淨，既象徵災難的悲痛空虛，又同時肯定生命與復活。

這種陣容及合作在紐約好像只出現過一次，就是半個世紀之前，在洛克菲勒親信建築師哈里森（Wallace K. Harrison）的策劃之下，約請了包括法國的Le Corbusier、巴西的Oscar Niemeyer、瑞典的Sven Markelius、和中國的梁思成在內等十幾位國際大師共同設計，而於一九五三年完成的那個現代建築經典作——聯合國總部。

沒有人敢保證這佔地十六英畝的世貿中心，將來最終將以何種面貌出現，或將造成何種後果。究竟是各位天才盡情發揮其想像力，任意自我表現的拼湊，而將世貿中心變成一個現代前衛建築的呈列？還是一個具有創造力和生命力、重畫紐約天空線、並可配合帶動下城發展的新社區？

目前，塵埃雖未但已大致落定。紐約願意相信並寄望這些建築師的才華和誠心，總覺得他們不會在此一全世界注目之地，搞出一些令設計者難堪、更令紐約面上無光的大大小小的玻璃盒子。

好像紐約比較安心，也比較放心了。好像所欠的只是東風。只是這個東風，照目前情況來看，不太好借。

記得嗎？發展商斯維爾史坦從二〇〇一年初承租世貿中心至今，按照合約每月一千萬，已經支付了三年半和四億多美元的房租。而今年夏天，他和主要承保公司 Swiss Re 關於「九一一」究竟是一次還是兩次事件的官司，終於敗訴，因而只能拿到三十五億，而非他一直堅持雙塔因被兩架飛機先後擊中倒垮，因而應該算兩次攻擊，而應該享有加倍的賠償七十億。

這表示什麼？這表示發展商手中的籌碼已經所剩無幾了。

不妨替他算算看。他已經付了四億的租金。而且單單律師費就又是一億。這還不算這些年來他所聘請的建築、工程、規劃等等專業人士的酬勞。然後是「自由之塔」那將近二十億的建造費。再考慮到這幢大樓至少要四年完成，那又是五憶多租金。光是這些必要的開支，已經差不多三十幾億了，而與此同時，付出了如此巨額款項之後，他要等到大約二〇〇九年才可能有第一分錢的房租進帳。

不錯，世貿中心另外兩個組成部分的經費，都有了著落。「交通樞紐」將由「港口管理局」出資建造。「倒映虛空」也將由民間捐款資助。那仍剩下世貿其他四幢大樓和劇院、美術館、博物館……，而聯邦政府當初那兩百多億的重建承諾何時全部兌現，也因伊拉克戰爭而日益渺茫。

就連發展商已約請到的那幾位建築大師，非但不知道他們將來究竟為誰設計、由誰出錢，更不知道何時何月才有苗頭。

所有這些未知數，在當前，仍然還是未知數，還是回到已知的現實吧。

現實倒相當安慰人心，奠基石剛一象徵性地奠基——現代建築畢竟不是中古廟堂，還需要巨石奠基——工程人員即著手清除原址最後一道障礙，地下停車場那剩餘的幾層鋼筋水泥結構，然後開始打「自由之塔」的地基。

只是這項工程不是人人皆知或可見。今年，你去下城原址參觀，所看到的仍然是那片空無，或那片工地。倒是有兩個民間行動，不但與重建和緬懷「九一一」有關，而且人人都有機會知曉和見到。

一個具體成就，雖然只是開頭，卻仍具有特殊意義，就是早在二〇〇一年底即在原址四周大樓上安置六架35mm攝影機，每五秒自動拍一個鏡頭，直到世貿中心全部完工，以便為重建過程留下一套完整的視覺記錄，現已剪接出頭三年的成果，而且上了網（www.projectrebirth.org）。

另一個是當初為了立即響應「九一一」災難而設計的燈光雕塑「悼念之光」。儘管原先只打算、而且只有錢打亮一個月，但因市民反應極佳，而於三個月前決定，並且有了自願捐款，以後每年九月十一日打亮一夜，至少今後五年。

今年九月十一日晚上，我剛好和韓湘寧在其附近街邊喝酒。遙望那雙塔之魂，那兩道白色光柱直射夜空黑暗，我們二人為死難者在天之靈乾了手邊的小半杯……

我最近才從《紐約時報》兩位記者合寫的書中得知（*City in the Sky —The Rise and Fall of the World Trade Center*），「世界貿易中心」這個概念，是因中國當年未能參加一個博覽會而緣起。時間是一九三九年，紐約市在其皇后區的法拉盛（Flushing）舉辦了一次展望未來的世界博覽會。中國應邀參加之后，立刻爆發「七七」盧溝橋事變，舉國上下陷入水深火熱的抗戰而不得不退出。「中國館」因而樓空，主辦單位才臨時決定以此館來宣揚一個日益嚴重的主題——世界貿易。

博覽會閉幕之後，這個概念一直沒有消失。二次大戰結束，全球一半廢墟，紐約市的經濟貿易也出現了根本的變化（海運沒落，下城蕭條，商業北移中城……），但仍覺得只有曼哈頓有資格設立一個「世界貿易中心」來迎接這個新時代，並振興下城。從上個世紀五十年代構思籌劃，到一九七三年雙塔落成，這一條漫長曲折的路，一走就走了二十多年。

不論雙塔當年受到多少嘲諷，以及之後的日久生情，也不論它也曾一度世界最高，更不論它矗立在世界之都的黃金地帶，世貿重建今天之所以受到全球的關注和期待，基本上是因為「九一一」這場大災大難。即使萬里之外的世界，也受到衝擊，為雙塔之毀滅，為死難者，為紐約之悲痛而悲痛。

一九七二年，我從洛杉磯到紐約，眼見世貿雙塔的落成。之後三十年，做為近鄰，也曾進出雙塔無數次。二〇〇一年九月十一日早上，我在家中電視上看到雙塔之銷毀。過去三年，我目擊到原址的善後和紐約的哀悼。三個月前，我又在電視上看到新世貿第一石的奠基。明年，我會見證那一七七六英尺「自由之塔」的層層升起。

即便如此，世貿中心和我的生活沒有什麼真正的交接重疊。我只是鄰居，一個旁觀者。可是，本來和我沒有任何直接關係的世貿中心，卻像是老友般地佔據了我生命中不算小的一部分。世貿和我，說遠，則遠在天邊；說近，則近在眼前。

世貿之路，如同人之一生，恆變是唯一不變的真理。任何哪怕是明智的選擇和善意的安排——如當年「中國館」樓空的緣起，都會出現意想不到的變化與後果——而「九一一」更是恐怖慘痛地象徵其緣滅。這一切都非人類智慧所能洞悉，更非個人主觀願望所能左右。

世貿中心目前已經走完了那坎坷輝煌的過去，正處於悲憤難消、仍在掙扎陣痛的現在。「自由之塔」第一石已經奠基。「交通中樞」和「倒映虛空」也在起步。世貿重建即將邁向充滿變數的今後十年、二十年，和一個但願繁榮光明的遙遠未來。

這就是老天發給我們的那張牌，在今後這條漫長曲折的重建之路上，除非神明另有啟示，我們只能在這張牌的現實上明智的選擇，善意地安排。然後？然後是等待和希望。

——*2004*

「月舞」餐車

「月舞」（Moondance）是我公寓附近一家有七十多年歷史的火車餐車式飯店，而就在兩個多月前，它搬走了。

真的把這座小吃店的建築物，硬給架上一部巨型拖拉卡車，再給運載到兩千多英里之外西部懷俄明州，落磯山下一個人口不足一千的小鎮。

它是我近三十年來經常光顧的飯店，每當精神肉體都有此需要的時候，一杯滾燙免費續杯的咖啡，一客 toasted English Muffin，一碟 bacon and eggs，煎馬鈴薯絲——這裏可不是擔心膽固醇的所在——再一份報紙雜誌……老天！紐約，或人生，還有比這個更廉價的享受嗎？連小費不到十塊！

沒有在美國住上一陣的人，很難體會這類小吃店在社會上扮演的角色，尤其難以想像它竟然被視為美國經典。

所謂的「餐車」（diner），是指以長途火車的「餐車」（dining car）為其造型的小吃店，類似供應三餐的咖啡館（dining shop/cafe）。今天，尤其在大都市，幾乎沒有人真的把報廢的火車餐車改裝，而是向幾家專門製造這一類型餐廳的工廠訂購，再將這些預製的結構送到打好地基的場地裝置，然後開業。「月舞」正是這樣在一九三〇年代初，給拖運到了曼哈頓下城，更於七十五年之後的今年夏天，再給搬去了西部。

這類餐車店賣的都是非常一般的標準美國吃，非但沒有什麼新烹調，連後面做菜的也沒有資格稱為「大師傅」（chef），而是「快餐廚子」（short order cook）。上桌的菜，不油也膩。難怪這類所在的外號是greasy spoon（油匙），好，既然如此，那它怎麼會變成了美國經典？

不錯，一般美國人，比如說在時裝上，或在日用科技產品上，都比較喜新厭舊。但是偶爾也會有一兩條漏網之魚，像這類快餐店，這麼看的話，它的命運有點類似牛仔褲的傳奇，時間給它染上了一些浪漫色彩。這類廉價吃處是一代又一代美國人從小吃到大的所在，使一百多年前一個本來只是街邊便宜又方便的小吃攤，不知不覺地蒙上了一層歷史傳統之美。

它的前身，「大蓬馬車餐車」（lunch wagon），早在南北戰爭前後就在美東出現了（是東部美國人乘大蓬馬車（covered wagon）開發的西部）。食客主要是夜班工人或夜遊者，但是你得站在街邊蓬馬車之旁吃。沒有多久，馬車餐車越來越大，大的可以容納少數人上去坐下來吃，此門一開，這類廉價吃處就傳開了，並且隨者時代的進步，由報廢的「馬拖街車」（trolley）取代了蓬馬車。與此同時，食客也多了一批歐洲貧苦移民，菜單也因之而豐富了少許，但其聲譽依然徘徊在「廉價」與「油匙」之間。

很難說是這個「車型」結構，還是「蓬馬車」引起的聯想。總之，到了十九世紀末，美國西部的開拓，早已通過那些一毛錢一本的廉價西部小說而變成了當代傳奇。因而必然地，當美國跨大陸的東西橫貫和南北縱貫鐵路成為主要交通工具的時候，這類要走上幾天幾夜的長途火車所必備的餐車，很快就取代了老舊蓬馬車或馬拖街車，而成為今日例如「月舞」的原型。

火車餐車的形象及其服務對象給人耳目一新，寬敞講究不說，其食客多半是坐得起臥車和頭等艙的乘客，正式裝扮，正式用餐，喝的也多半是香檳。現在改用這種式樣的餐車店，也就附帶沾了點光，形象聲譽也都稍為好了一點，更吸引了一大批中產上班族。不過，來餐車店吃飯的，喝的多半是啤酒。

靈機一動的是，一位先知業主將「火車餐車」（dining car）一詞簡化，直稱這類吃處為「diner」，此一稱呼上的小小改動，卻給人們一種脫胎換骨之感，而且成為美國一個獨特的專有名詞。我們不得不佩服這些早期業主對餐車的信心和堅持，而且能跟得上時代前進。餐車店的造型也因而隨著火車的改進而改進，像一九三〇年代那個機械時代和流線型的影響，其Art Deco的美感至今依然迷人。

這還不算，其菜單也一步步反映了美國社會近半個世紀的變化。不錯，它仍以漢堡、炸薯條、煎薯絲、馬鈴薯泥、炸雞、炸洋蔥圈、蘋果扒、起士蛋糕、冰淇淋蘇打，以及那客半夜十二點仍可以點的bacon and eggs等等標準美國吃為主。但不知不覺地也多了一些中東北非、中南美、加勒比的口味，只是還沒聽說哪家餐車在賣牛肉麵。

「月舞」見證了曼哈頓下城七十五年的變遷。它的原始業主之所以將這列餐車拖到今天日益昂貴時髦的地點，是因為一九三〇年代初，紐約正在挖掘哈德遜隧道，這一帶剛好是工地進出口，工人聚會之處。換句話說，不論「月舞」稱呼上多麼優美，它當初是流血流汗的隧道工人的廉價「油匙」。「荷蘭隧道」（以其總工程設計師命名，與荷蘭殖民無關）通車之後，附近輕工業區的職工也就自然地成為它的經常食客了。

「月舞」的前半生很像牛仔褲的前半生，二者都是無產階級出身，然而，幾乎就在牛仔褲搞得成了時裝那段期間，「月舞」的身價，因天時地利人和，也一下子給提高了。它的所在地，六號大道和堅尼路之北那個街段，正是一九六〇年代開始蛻變為一個藝術家殖民地的「蘇荷」區之西南角。

它的「油匙」開始不那麼「油」了，價錢也水漲船高了，去吃的人也一個個時髦漂亮起來，也更青春貌美了。「月舞」一下子變成曼哈頓下城一個路標。它的餐車造型，尤其是它那個極其醒目的大招牌——耀眼霓虹燈襯托出一彎淡黃色新月，亮晶晶的星星，一個大寫的「吃」字EAT，下面是更大的一排字：DINER, Moondance, DINER——更吸引了不少以今天曼哈頓為背景的電影電視製作來此取景。難怪某集《蜘蛛人》的女主角，在電影開頭，根本就在「月舞」侍應跑堂。

「月舞」餐車搬走了，其位於黃金地段的店址上，將升起一幢豪華公寓。好消息是，「月舞」業主只賣掉了那列餐車，但保留了其紐約註冊店名及其形象招牌，並在不久的將來，在那豪華公寓臨街店面，重新打開「月舞」的大門。

那給拖到西部落磯山區的「月舞」呢？它多半會再過這一生。那個不到一千居民的小鎮之旁，正準備開挖一個老礦。看樣子，這個「月舞」又回到了從前，從「油匙」幹起，為這一代勞工準備bacon and eggs。我看到了蘇荷「月舞」的今生今世，哪怕只是它的後半生。現在這班餐車開走了，可是顯然還有下一班。實在難得，我還有機會看到蘇荷「月舞」的來世。

一個門關，一個門開，生生世世。這或許是美國餐車的輪迴。

——*2007*

保齡草地

——也算是美國獨立革命聖地，但是人們今天只看到那頭牛

今年三月中，紐約市政府靜靜地慶祝了下曼哈頓「保齡草地」公園（Bowling Green）二百七十六周年紀念。之所以沒有慶祝更像個整數的二百七十五周年，是因為去年的活動更沒有什麼人理會。怎麼搞的？這片草地，就算不怎麼起眼，也畢竟見證了荷蘭和英國殖民，美國獨立……也就是說，紐約近四百年的起起伏伏，怎麼竟然變得如此無所謂了？

遊客倒是不少，多半都是來摸摸其前方那頭大銅牛的。當然，周一至五公園裡總有不少附近上班族吃午餐曬太陽，可能還有幾個走累了的觀光客。他們之中也或許有人會想到，大約三百六十年前，荷屬西印度公司駐地「總督」（Director General，但非皇家殖民地總督Govemor General），就在這一片土地上，以大約二十四塊美金的布料、珠鍊、農具等等，從印地安人手中買下了曼哈頓。

除了帝國主義殖民式掠奪，或強佔民地之外，這大概是最划得來的一筆地產交易了。紐約人才有點不太好意思熱鬧一番。可能是這種心理，就是，即使名義上是筆商業交易，也未免是有點連哄帶騙式的「交易」，紐約人才有點不太好意思熱鬧一番。

這也或許說明為什麼曼哈頓和阿姆斯特丹兩地都將熱烈慶祝馬上就到來的另一個日子，慶祝受雇於荷屬西印度公司的英籍探險家亨利・哈德遜（Henry Hudson）在一六〇九年四月四日，駛進了紐約海灣和這條後來以他的大名為名的哈德遜河的四百周年紀念。沒有他的發現，沒有曼哈頓的荷屬

新阿姆斯特丹。

不過，話說遠了。再想到今年恰逢牛年，那就不妨先從那頭牛開始。是一頭銅牛雕塑，總共有三噸半重，一般稱之為「猛衝公牛」（Charging Bull），但也有人說它是「華爾街公牛」或「保齡草地公牛」。

它原來不在這裡，是一九八七年前次股市慘跌，促使一位英國藝術家Arturo Di Modica，沒有任何私人或政府資助，以自己「游擊藝術」方式創作，並在一九八九年私自半夜偷偷地把它置放在下曼哈頓，離保齡草地一箭之遙的華爾街「紐約證券交易所」大門前，作為他個人送給紐約的一件聖誕禮物。

他的用意簡單明顯可愛，就是以象徵財富樂觀的公牛，來證明並強調他對美國資本主義的信心。哈！紐約警察才不管你的信心和善意，也不管你搞的是游擊藝術還是主流藝術。他們公事公辦，就是私自在任何公共場地置放任何東西均屬非法。就這樣，把那頭大銅牛給扣押沒收了。

這下子可惹火了紐約人。天上掉下來這麼好禮物，又沒浪費納稅人一毛錢，還帶給我們一點點希望……好，在市民抗議聲中，紐約市公園部才收購，並在一九八九年將銅牛重新安置在「保齡草地」公園前門，朝北，面向華爾街和百老匯。

你們有誰有空來紐約，不妨也來摸摸它那已經給摸得發亮的牛角、牛鼻、牛頭、牛屁股和垂在那下面那個玩意兒。摸完了之後，也順便去他後邊的「保齡草地」走一走。只不過在這裏，記得去摸摸四周的鐵欄杆，同時記住，你在摸歷史。

今天的保齡草地公園是當年荷屬新阿姆斯特丹（一六二四—一六六四）志願民兵的操練檢閱場地。空閒時也當作市場，買賣牛豬羊。它好像比籃球場大一點，一塊略微橢圓的不等邊三角地帶，夾在百老匯大道起點和另一條街之間。

然而，這一塊並不起眼的場地就這樣給保留了下來。但又何止這小片地，當曼哈頓一變再變，一再易手，一再擴建，荷屬殖民時期的街道，卻大多一直保持原來的面貌，一八一一年紐約市（曼哈頓）都市規劃方案也保留了這些歷史遺跡。十九世紀末和二十世紀初在這一帶升起的一幢幢高樓大廈，也都建在幾乎兩百年前那些又窄又不規則的荷蘭街巷兩側。

從這裏，百老匯大道起點沿街北上，你看到的是曼哈頓近似百年的歷史，而從這塊土地的變遷，從印地安人的游獵草原到荷蘭操場市場，到英國保齡球場，到獨立戰爭前夕的革命舞台，到今天的公園，更可體會出曼哈頓的滄桑。

或許有人會覺得奇怪，這小片土地怎麼和保齡球扯上了關係？

是有點奇怪，但並非不可思議。保齡球戲歷史悠久。不提傳聞，在中世紀歐洲，玩草地保齡球已經是王室貴族的娛樂了。

至於紐約，是荷蘭人在十七世紀中將保齡球引進了曼哈頓。可是真正起步，是在英國接管了荷屬曼哈頓之後，先在一六八六年宣佈這個操場市場為公用土地，再於一七三三年，為了美化百老匯，並為市民的娛樂，才以當時可作為貨幣使用的一顆「胡椒粒」（peppercorn）年租，將這片土地租賃給三位有公益心的市民。是這三位（其大名早已成為附近街名）把這塊地鋪上了草皮，作為戶外草地保齡球場，四周種上了樹，並圍起了木頭欄杆。「保齡草地」從此上了曼哈頓地圖，更成為紐約第一個公園。

然而好景不常。一七七〇年，英國殖民政府不但收回了這片土地，更傷口塗鹽，在上面豎立了一座四千多磅，鉛製鍍金的英王喬治三世塑像，更在園地四周圍了一圈鐵欄杆，變成了英國王室權威的象徵。何止是王室權威的象徵，看一看當時報刊的插圖就知道，英王的打扮可不簡單，喬治三世的扮相，不是英國國王，而是騎在戰馬上的羅馬哲學家皇帝奧里歐斯（Marcus Aurelius）。一點不錯，大英帝國明白宣示它是羅馬帝國的繼承者。

紐約人可氣壞了。想想看，到十八世紀七十年代，北美洲英國殖民地人民已經給統治了一百多年。有至少三代四代北美英國人，除了極其少數之外，從來沒有去過母國，只知道他們的命運操縱在三千英里外的倫敦，只知道左一個苛捐，右一個雜稅，而現在竟然連一個草地保齡球場都給收回去了。

無論你覺得雕像豎立的時間不巧還是剛好，都不無道理。才六年，北美英國殖民地人民代表在費城召開第二次大陸會議，並於一七七六年七月四日通過杰佛森的《獨立宣言》。已受委任為大陸軍統帥華盛頓這時已經來到了紐約，宣言通過之後五天（七月九日），他下令在保齡草地之北一片廣場上（今市府公園）向官兵和市民宣讀此份革命文件。群眾一時情緒激昂，當天晚上就全衝到保齡草地，將喬治三世拉下了馬。

然後把塑像的鉛融化，鑄成抗英火槍彈丸。傳聞甚至於說是一共鑄成了四萬二千零八十八粒彈丸！（這正是傳聞迷人之處，既像回事，又無以查證。）把皇帝拉下馬！再也沒有任何象徵行動能比拉皇帝下馬更刺激人心的了。這一幕是美國獨立革命史詩中一場精彩的演出。

雕像一些殘餘，現仍保存在「紐約市歷史協會」，但公園四周相當部分的鐵欄杆還都是原來的。有興趣摸完那頭大銅牛之後，不妨也去摸摸這些鐵欄杆。記住，你是在摸歷史。

其實，你站在保齡草地中間，環繞你四周的都是歷史。

一平方公里之內——也正是荷屬新阿姆斯特丹的市區——就是建國至今的金融區：華爾街，紐約證券交易所，世貿中心，全國跨國銀行，投資、信託、保險公司，聯邦儲備，還有那個現在成為過街老鼠的AIG……也就是說，這裏就是紐約、美國、世界的金融中心，牛市即從這裏開始牛。只不過，在全球經濟給搞得如此慘痛的今天，那頭大銅牛也不再像是牛市那頭猛牛了，簡直變成了牛魔王。

還是去摸摸保齡草地四周的鐵欄杆吧。不少地方都生鏽了。去摸摸，說不定還能給美國帶來一點點新的革命熱情。至少先趕走那批把全世界給搞得如此烏煙瘴氣的牛鬼蛇神。

——*2009*

哈德遜的夢想

——嘗試錯誤？無心插柳？悲劇英雄？

總之，因此我們有了紐約。

整整四百年前這個月，航海探險家亨利．哈德遜（Henry Hudson），乘著一艘三桅帆船，駛進了今天的紐約海灣，並順著現以他為名的一條大河北上，航行了幾天之後，發現河流越走越窄越淺，了解到這條水路並非可以駛往日本、中國、印度的「西北通道」，終於返航，繼續追尋他的夢想。

這正是歐洲大航海、大探險時代。從十五世紀中到整個十六世紀，葡萄牙和西班牙的航海探險家——Dias，哥倫布，da Gama，Balboa，麥哲倫……先後繞過了非洲好望角而進入印度洋，橫渡大西洋而找到了美洲，又從這兩塊新大陸之間的地峽，向西而看到了那一望無際的太平洋，並且首次航海環繞了地球一周。

哈德遜即生在這個大時代的十六世紀中。他的前半生資料很少，只知道他生在英國，從小上船，遠洋近海航行多次多年，一步步當上了船長。

在恰好也是另一種探險，即人類首次登陸月球的四十周年，我們不妨把五百年前的航海探險家和當代的航天探險家歸為同類的開拓者。他們都在發現未知，走一條前人沒有走過的路，或航行過的水域，以開拓新的世界，同時名揚四海，永垂青史。當然，太空人在宇宙航行的時候，後面和下面有成千上萬的科學工程技術專家的支助，而無論是哥倫布、麥哲倫、還是哈德遜，則基本上是憑靠著個人的知識、經驗、勇氣、意志、自信、夢想，和不止一點點追求名利的野心。

大歷史背景為航海家打下了基礎。文藝復興啟發了歐洲人的想像力，解放了思想，歐亞兩洲已經有了相當的接觸。馬可波羅的經歷更是刺激了歐洲人對亞洲，尤其對中國的好奇心。只不過，無論南北水旱絲路都遠長艱難，中間還有個回教世界的種種障礙。到了十五世紀，已經開始形成商業經濟的歐洲，開始另謀途徑，開發市場，殖民，貿易，掠奪……換句話說，想辦法賺錢。

歐洲已經在南半球海域找到了前往亞洲的航路，但是都不容易走。無論是從歐洲向東繞過非洲的好望角，再穿過印度洋，還是向西繞過南美的麥哲倫海峽，再橫渡大平洋，都不好走。就算有了羅盤之類的航海儀器，不發生意外也要在海上走上一年兩年。

因此到了十六世紀下半期，歐洲各航海國都在推測是否可在北半球找到一條新的水路。首先吸引歐洲人的是「東北通道」（Northeast Passage），即繞過北歐，再穿過俄羅斯北邊海域到亞洲。哈德遜一六〇七年和一六〇八年兩次探險，就是為其雇主，英國「莫斯科公司」（Muscovy Company）效勞而嘗試。但嘗試成功自古無，他的船兩次都給冰困在俄羅斯和北冰洋之間的「新地島」（Novaya Zemlya）。他失望失敗而歸，也失業了。

像哈德遜這類的航海探險家，理想和夢想幾乎壓倒一切。只要有誰相信並贊助他們，就為誰效勞。為西班牙王室服務的哥倫布是義大利人，麥哲倫是葡萄牙人。這有點像是今天來美國金融電子企業工作的外國專業人才，或職棒大聯盟，全美職籃NBA的外籍兵團，也有點像我們孔老夫子周遊列國，待價而沽。就這樣，當一六〇二年成立的荷蘭東印度公司得知這位大航海家在倫敦失意失業，且被英國限制出境，就偷偷地把他接到了阿姆斯特丹。

十七世紀是荷蘭世紀。這猛一看的確有點不可思議。剛脫離西班牙統治而獨立，面積窄小，長年和海水鬥爭，全國人口還不到兩百萬，卻先後打敗了西班牙和英國而建立了海權。看來荷蘭比誰都更早就悟出了一個道理，就是不必再像以前的波斯、亞歷山大、羅馬、成吉思汗那樣征戰異域，侵佔領土，臣服人民，才能號稱帝國。貿易也可以。少流血，少死人，而且還賺錢。

獨立前後的荷蘭出現了一股非常誘人的吸引力——容忍。它不但接受而且歡迎歐洲各地那些受到宗教、政治、經濟、社會迫害的流亡者。大思想家如法國的迪卡爾、猶太哲人斯賓諾沙、英國的洛克，都曾因這種容忍精神來此躲避或移居。而且也是這種容忍精神，加上自由貿易，吸引了各地各行各業的人才和勞力，為荷蘭打下了一個紮實的經濟基礎，建立了現代化商業金融體系（證券、股票、信貸、期貨、交易所……）。而且也不能忘記這個時代的荷蘭，重商之餘，還孕育出偉大畫家林布蘭和維梅爾。

地不大，物不博，人不多，小小一個荷蘭卻成為十七世紀全球化商業帝國。其殖民地、交易站、商館，遍佈世界各個角落，亞洲一地就有日本、臺灣、印尼。可是，荷蘭東印度公司所享有的權利和權力，只限於壟斷南半球海陸的亞洲貿易，如果其他殖民國在北半球找到或開闢一條通往亞洲的水路，它的利益和海權必定受到衝擊。法國此時也在爭取哈德遜，連英國都在後悔讓這麼重要一位航海探險家給溜走了。

東印度公司先走了一步，給了哈德遜一艘新帆船，大約七十英尺長，三桅杆的「半月號」（Half Moon），和十幾名英荷兩國水手。他自己還帶了十幾歲的兒子約翰上船作學徒，但是公司合約規定他只能去探尋「東北通道」。「半月號」一六〇九年春出海，但剛過挪威，哈德遜就立刻改道，向西橫渡大西洋，三千浬之後，他看到了北美大陸。

這不可能只是哈德遜靈機一動。他知道此舉違反了公司合約規定。或許他覺得如果在北冰洋群島和北美大陸之間，給他找到了他夢想中存在的那條可從歐洲駛往亞洲的「西北通道」（Northwest Passage），可以將功折罪。但是這是回去之後的問題，眼前的危機更為切身迫急。他必須，而且竟然說服了那些幾乎造反的水手追隨他去冒險犯難，去尋夢。

然而，當他抵達了紐芬蘭之後，沒有立刻北上向西，反而南下，一直沿著北美東岸航行到今天的維琴尼亞州。他的朋友約翰・史密斯（John Smith），只不過兩年前才為英國在美洲建立的第一個殖民地「詹姆斯鎮」（Jamestown）。可是他又沒有上岸，多半是他感到一艘荷屬帆船不太方便去探訪一個英國殖民地。那他之所以來此地，可能是為了確定他的航行位置。

哈德遜然後沿岸北上。八月底，作為第一個歐洲人，他駛進了德拉瓦灣（Delaware Bay），發現此路不通，繼續北航，一百多浬之後，進入了另一個海灣，即今天的紐約海灣。他知道這個海灣遠在一五二四年，為法國做海岸勘測的義大利航海家維拉扎諾就曾繞灣一航。今天，紐約跨灣大橋即以他為名，Verraezno Bridge。

哈德遜和「半月號」在一六〇九年九月初駛進了這個海灣，發現其西北盡頭有一條又寬又深的大河出口。他們沿河上航，並沿途上岸，和原住民交往，並交換了禮物。他還記載說，大河口之旁東北側有一個原住民稱之為「曼那哈塔」（Mannahatta）的島嶼。「半月號」航行了一百五十多英里之後，哈德遜發現水越走越淺，河身越走越窄，終於了解到這條水路不是可駛往中國的西北通道。

他沒有直接回荷蘭，大概是要把英籍水手先送回家。英國當局查閱了他的一些記錄，並曾一度禁止他出境，但是哈德遜早已把一部分資料給了荷蘭駐倫敦領事，再等他回到阿姆斯特丹，才將所有的航海紀錄，包括航圖、海圖、航海日誌、個人記錄等等，根據合約規定，全部交給了東印度公司。

不錯，這次航海探尋又是一次「嘗試和錯誤」（trial and error），但是以貿易為宗旨的東印度公司，仍然非常感興趣地注意到記載中有關皮毛（海狸、狐狸……）、其他飛禽走獸游魚，以及茂林沃土之描述，體會到其商業價值，立刻公布哈德遜北美之航（顯然因功抵了罪），正式對外聲明這些發現——可不止是曼哈頓和哈德遜之河，而是北美東岸上千平方英里一大片土地——均屬荷蘭。只不過，東印度公司也沒再給他船去出海探險了。

哈德遜的夢想可沒有幻滅。回到英國沒有多久，他竟然說服了好幾位投資者，為他配備了一條船「發現號」（Discovery），二十幾名水手，請他再去探尋這條「西北通道」。他又帶了他的學徒兒子「發現號」一六一〇年春出海，經過冰島，格林蘭，穿過今天北加拿大現以他為名的「哈德遜海峽」駛進了也以他為名的「哈德遜海灣」……然後就給冰雪困住了。

這一困就是十個月，直到次年春。我們無法想像他們是怎麼熬過這個給凍死的冬天，反正，海灣剛開始解凍，哈德遜就下令繼續航行探尋。這個時候，那些飢寒交迫、疲病交加的水手們終於叛變，將船長哈德遜、他兒子和幾名忠心水手送上了一條小船，拋棄流放。這是歷史所知的哈德遜死前最後一景。我們後人只能推斷，或恐怖地想像，哈德遜他們，某日某夜，在冰封大地和靜寂中消失。

叛變海員回到英國，倒是接受了審判，可是沒給吊死。他們狡猾且巧妙但顯然有效地辯稱，哈德遜真的發現了那條「西北通道」，現在只有他們知道怎麼走。不無反諷感嘆的是，哈德遜的夢想並非空想。北半球——北極圈和北美大陸之間——確實有那麼一條可以從歐洲駛往亞洲的「西北通道」。只不過這片水域長年冰封，直到二十世紀初，才終於由挪威探險家阿蒙德森（Raold Amundsen），純粹為了冒險而非商業利益，在一九〇六年首次順利通航。

主要根據哈德遜一六〇九年航行的發現，荷蘭在一六二一年成立了「西印度公司」，以開拓北美市場，從今天美國德拉瓦州到康州，並稱這一大片殖民地為「新荷蘭」。同時更在一六二四年那條大河口東北側「曼那哈塔」小島上建立了交易站，並稱其為「新阿姆斯特丹」。而被西印度公司買下來的這座小島現給荷蘭人叫做「曼哈頓」（Manhattan）。

所以，嘗試錯誤？無心插柳？悲劇英雄？看來怎麼說都可以。可是又不夠。想想看，哈德遜的夢想，不錯，一再落空，且為夢想付出了生命代價，但在尋夢途中卻處處留下了痕跡。三片水域以這位航海探險家命名，而哈德遜河口小島上那片柳蔭，既非必然，亦非偶然，總之，幾經寒暑，更蛻變成一個國際大都會——紐約。

後記：阿姆斯特丹和紐約，為了紀念哈德遜一六〇九年歷史性航行四百周年，各主辦了一年的活動。紐約更一石二鳥，其七月四日國慶煙火特別為此移到哈德遜河上燃放。而我，只是在寫稿時喝了半打荷蘭啤酒。

——*2009*

二十四塊美金的傳奇

——一張「出生証」和一筆遺產

幾乎每個民族文化都有一大堆關於世界或人類活動起源的神妙故事，越遠久越神妙。盤古開天闢地，上帝創造世界，狼奶養大的兩兄弟建立了羅馬古城……近代則乾淨俐落，一項決定，就有了今天的深圳。

那半老不老的紐約？看樣子就只有那麼一個傳奇可以說說了。這個傳奇指的當然是荷蘭一六二六年以相當二十四塊美金的代價，從印地安人手裏買下了曼哈頓。

不錯，這個傳奇倒是有一封信作為根據，只不過大部分比較嚴肅的歷史著作都很少以它為準。即使提到，而且附加此信照片，也是輕輕一筆帶過，好像有點不太好意思細細道來的味道。

由於今年是荷蘭東印度公司的亨利・哈德遜（Herry Hudson）一六〇九年首次航行到曼哈頓四百周年，紐約和阿姆斯特丹各舉辦了為期一年的慶祝活動。其中之一是曼哈頓下城「南街海港博物館」和「荷蘭國家檔案」合辦展出的「新阿姆斯特丹：世界中心之島」（New Amsterdam: Island at the Center of the World）以紀念荷美關係四百年。

是在這次展出，我才首次看到了那封信的原件。只不過文字是十六世紀荷蘭文。幸好我手邊有此信的英文本。中譯如下：

收件：一六二六年十一月七日

崇高偉大的董事：

昨天，「阿姆斯特丹軍器號」（Arms of Amsterdam）抵達這裏。它在九月二十三日從新荷蘭的「毛里求斯河」（現哈德遜河）出航。他們報告說我們那邊的人精神良好，安穩地生活。有些婦女還在那裏生了小孩。他們從印地安人那裏以六十盾的代價購買了「曼哈特島」（Manhattes）。該島面積為一萬一千「摩根」（Morgens）。他們已在五月中播下了糧食的種子，並在八月中收割。他們送來這些糧食的樣品：小麥、黑麥、大麥、燕麥、卡內里的草蘆籽，豆子和亞麻。

上述船隻所載貨物如下：

7246 張海狸皮
178½ 張水賴皮
675 張水賴皮
48 張水貂皮
38 張野貓皮
33 張水貂皮
36 張麝鼠皮

此外還有許多橡木和山核桃木。

謹此，

蒙上帝慈悲，向崇高偉大的董事致候

一六二六年十一月五日，阿姆斯特丹

閣下忠心的

彼特．沙根（Pieter J. Schagen）

先澄清一下有關抬頭的中譯，英文是「High and Mighty Lords」。這是尊稱，但是考慮到這封信是下屬寫給東印度公司董事會的，我也就直接將此尊稱譯為「董事」，而非「Lords」的一般含意，如君主、公爵、議員、大主教……也不可能使用金融「巨頭」或文壇「泰斗」之類的形容詞。

好，既然有這麼一封信向當局報告的信，為什麼至今還有爭論？

這封信是在十九世紀中才被發現的。寫信的人既不是交易當事人，也不是在場的見證目擊者，而是一位負責收貨的公司職員，根據他聽船上的人的轉告，在荷蘭阿姆斯特丹寫的報告。此信既非地契，也沒有提及任何地產交易合約，或有無此一合約；而即使有，也從未出現。

其次，所謂的「六十盾的代價」（大約值當時二十四塊美金），是指相當於當時價值那麼多錢的物品（鋤頭、斧頭、鐵刀、布匹、珠鍊、鋁盆……）做交換，而非以金錢買地。

至於「一萬一千摩根」，則絕不可能正確。荷蘭一摩根相當於兩英畝多一點，即至少兩萬兩千多英畝。而實際上，今天曼哈頓，包括近百年來填河成地，面積也不過一萬五千英畝左右。但是這類錯誤可以被原諒。

真正的爭論是荷蘭和印地安人對土地擁有權的觀念有重大差異。也就是說，無論荷蘭認為這筆地產交易多麼公平合理，但是印地安人認為土地公有，誰都可以使用。印地安人很可能把這些鋤頭布匹珠鍊什麼的，當作是白人來此逗留的善意表示，沒想到從此曼哈頓就沒他們的份兒了。

再考慮到歐洲各個殖民國，像西班牙、葡萄牙、法國、英國、帝俄等等，以及獨立後的美國，五百年下來，佔領了南北美洲印地安人居住了幾千上萬年的全部土地，那荷蘭這筆地產交易，似乎給人一種聽起來好聽點的感覺。就這樣，二十四塊美金的交易，也就變成了紐約建都之根據。於是，沙根這封信也就被當作是紐約的「出生證明」。二十四塊美金的傳奇，也就應運而生。雖無神妙之感，但也夠傳奇的了。

今天回看，難道荷蘭留給紐約的，只是這麼一個傳奇和一塊地嗎？好像每個國家社會都有這麼一個習慣，就是除了政治需要之外，新朝沒有幾句好話說前朝。荷蘭殖民紐約也就吃了這個虧，才四十年，就給英國接收了。

不說別的，美國史就多半以脫離英國統治獨立為主，難怪今天連荷蘭殖民根據地——紐約州的檔案室仍有一大堆有待英譯的荷蘭殖民文獻。

然而，今天紐約和美國，即使熟悉荷蘭殖民史的人數有限，也都在不知不覺中享受著荷蘭留下來的另一筆遺產。

最明顯的當然是貿易。荷蘭西印度公司買下了曼哈頓，並在此設立交易站，其唯一目的就是貿易。相比之下，同時代英國殖民者都設法在這塊新大陸上建立了自己的樂園，宗教的或理想的，那以貿易為主的新荷蘭就很突出了。紐約之所以成為美國以及世界經濟首都，儘管一再出現像當前的金融危機，是有其歷史淵源的。

但是，潛伏在紐約精神深處，使紐約幾百年來一直是一個最富有生命力、創造力的大都會，卻是荷蘭流傳下來更寶貴的遺產，其容忍精神。你只需要看看頭幾批荷蘭殖民者的構成，就可以看出一個大概。這些創業移民殖民者，人數不過數百，大部分都給這種容忍精神所吸引，卻分別來自東南西北歐，說著好幾十種不同語文，有著不下十種不同信仰。

但是精神是一回事，甚至於有了憲法也是一回事，如何執行又是另一回事。前兩者比較抽象遙遠，但具體落實執行者是人，而是人就有人的麻煩，人的問題。

果不其然，新阿姆斯特丹最後一任總督，彼特．史岱文森（Peter Stuyvesant），不但又嚴又狠，還有濃厚的宗教偏見，尤其痛恨基督教的「貴格派」（Quakers）。他擅自下令禁止貴格教徒有任何公開宗教活動，違犯者受到刑罰。

這已經不是他第一次對他認為的異教分子進行迫害了，之前他也曾如此歧視猶太人。但是這次，定居在今天紐約市皇后區的「法拉盛」（Flushing）的居民，有一大批公開站出來為貴格派教徒講話，寫了一封信給史岱文森總督，其中強調「（荷蘭）國內的友善、和平與自由的法律延伸到猶太人、土耳其人、埃及人……並譴責仇恨、戰爭和奴役……我們本著良心不能對他們施加暴力……這在我們村鎮（法拉盛）建鎮特許證中明文規定……」。

這封信就是有名的一六五七年《法拉盛抗議書》（*Flushing Remonstrance*）。「本著良心」指的是「良心自由」（liberty of conscience），西印度公司正式答覆並告誡史文森說：「人的良心應享有自由，不受束縛……」但在發揮作用之前，新阿姆斯特丹已被英國接收，改稱紐約。

考慮到與其同時代那批逃離英國宗教迫害的清教徒，在今天麻州波士頓一帶建立了新英格蘭殖民地之後，反而排斥其他信仰，只以他們的教派為主，搞了一個近乎「神權」的政治體制，那這封《法拉盛抗議書》的意義就更為深遠了。一個最突出的近代例子就是當年美國反越戰分子正是以「良心反對」（conscientious objection）拒服兵役。

難怪《法拉盛抗議書》被不少後人稱讚為美國第一份獨立宣言，為信仰自由打下了基礎，但它之所以經常被人忽略，是因為其基本精神後以宗教，以及言論、新聞、集會、申訴等自由，列入了美國《憲法》第一修正案，而成為公民基本權利。

好，物換星移，荷蘭殖民、英國殖民，具往矣。美國也早就獨立了。那且看今朝，且看當年那些抗議者的定居點，三百五十多年後的法拉盛。

今天，這個社區的東南西北歐移民後代人數日減，取而代之的是上個世紀七十年代開始來此定居的港台和東南亞華人和八十年代的大陸同胞，以及韓國、印度、巴基斯坦、中南美洲和加勒比移民……加起來總有二十幾萬人。社區之內，店鋪林立，還有廟宇教堂、政府機構、醫院、圖書館、殯儀館、植物園、公園（兩次世界博覽會所在地）、學校、公寓私宅、地鐵公車船塢飛機場，更別提那總有上百家各個民族風味的餐廳……而居民的語言（包括各地方言），可想而知，總有上百種。

一張出生證書和一筆遺產。好在後代子孫都蠻有出息，沒有把荷蘭留下來的財富糟蹋掉，也沒有坐吃山空，反連本帶利，翻了幾十幾百翻，一直翻到今天這個紐約國際大都會。

這可要比二十四塊美金的傳奇——傳奇多了，也真實多了。

——*2009*

紐約生蠔

約四十年前，當我來紐約定居的時候，先暫住在聲譽其糟無比的包厘街（The Bowery）。這條曾經時髦過的街道，及其鄰近社區，大約在南北戰爭之後，因曼哈頓日益向北擴建而開始沒落。等我住進來的時候，包厘街一帶早已淪為貧民窟，而且成為酒鬼區的代名詞。

然而，正因如此，也和我以前來紐約的經驗不同，當我走在這條髒亂的大街上，看到的是一家家廉價酒吧，廉價旅社，遍地酒鬼，慈善廚房，以及日落之後冒出來的一些馬路天使，幾乎讓我覺得走回到一百年前的老紐約。

然而，也正因如此，也正是在這條酒鬼街上，讓我首次接觸到老紐約的一個特徵：蠔吧（oyster bar）。

不錯，沒來紐約定居之前，在洛杉磯那十年，我也曾偶爾在南加州幾處海邊餐廳吃過半打一打的生蠔生蚝，但都是在比較像樣子，至少可以闔家光臨的所在。直到一九七二年，我走進了包厘街邊一家蠔吧。

首先吸引我的是它門前那塊木板菜單：半打生蠔七毛五，冰啤酒七毛五。是個半地下，窄窄暗暗的一個所在。只有一排吧台和幾把高腳椅。半地下室臨街牆的上端有窗，透進來一些昏暗的自然光線。我一坐下來的感覺是，這是一個窮途末路的所在。我點了半打生蠔和冰啤酒。很意外地發現，剛給你撬開的生蠔又肥又大，躺在帶有海水鹹味汁液的半貝殼內。我先吃了一個什麼料也沒有加的生蠔，之後幾個也只滴了一兩滴檸檬，配上幾片蘇打餅乾，再一口兩口冰啤酒……讓我驚訝一個如此沒落的所在，竟然有如此之美的生蠔，我才突然發現生蠔就應該這麼吃。

生蠔確實應該如此吃，再沒有任何生吃能比吃生蠔更原汁原味的了。就連日式生魚，儘管仍是生吃，可是大師傅已經為你去皮去刺，再去掉任何不下口的部分，然後還要蘸點芥末醬油，才終於入你的口。

之後又去了這條街上另外幾家蠔吧，我才漸漸領悟到，這又何止是在吃紐約之海味，我是在吃紐約的「海」之味。

而且，有吃有喝，外加小費，不到兩塊，剎那之間，我真的好像是回到了老紐約。一點沒錯，老紐約，自從荷蘭人四百多年前初次登陸曼哈頓，從印地安人手裏接過第一個生蠔開始，一批又一批的歐洲殖民移民定居者，就吃上了紐約生蠔。

當然，歐洲人吃生蠔，非但不陌生，而且歷史悠久。古羅馬、英國、法國等地，早已吃了幾百幾千年。考古學家早就在歐洲岸邊發現了前人遺留下來的一個個「蠔殼堆」（middens），有的足有三層樓高。只不過，儘管今天歐洲沿海各地仍有上好的蠔，可是大部分蠔床早因幾世紀的挖撈、人口增長、污染、新養殖法在老歐洲尚未成熟而日漸消失。到了十八世紀，尤其在十九世紀，紐約蠔產不但世界第一，而且外銷歐洲。

直到二十世紀，紐約人吃生蠔簡直吃瘋了。連外地人想到紐約的時候，首先想到是紐約生蠔。我記得有篇報導說——大概指的是十九世紀末——紐約人平均每年每人吃六百多個生蠔，英國人一百，而講究吃的法國人，每人每年平均只吃了可憐的二十幾個。

老紐約居民如此之狂吃生蠔，有其客觀條件。紐約有好幾個大島，一千多個小島，好幾條大小河流在此匯海，處都是蠔蛤海鮮。就蠔床來說，比起老歐洲，紐約是個處女地。遠在荷蘭殖民時期，紐約海灣中一個小島，即十九世紀歐洲移民登上新大陸之前第一關，位於自由神像之旁的「艾利斯島」（Ellis Island），當初即因其豐富蠔產，根本就叫做「蠔島」（Oyster Island）。那個時代，有的蠔可以大到一英尺（約零點三米）。難怪有位英國遊客就曾殘忍地開玩笑說：「吃到這麼大的紐約生蠔，有點像是吃嬰兒。」

紐約蠔產既然如此豐富，其價格也就自然便宜。你只需看幾張老紐約照片，你就會發現，曼哈頓下城，當時的市中心，到處都是蠔吧、蠔攤、蠔車。木牌上標明「生蠔一分」或「六分吃到飽」。因此，其基本吃客也正是紐約那數以百萬計的移民打工仔。即使考慮到十九世紀廉價勞工每年只賺五百美元左右，吃生蠔也不能算珍貴。換句話說，一兩百年下來，生蠔是老紐約最平民化的吃。

當然，生吃只是吃蠔的一種吃法。你還可以烤、煮、煎、醃、炸、燻、燉、蒸……上個世紀中，紐約一位名廚寫了一本蠔譜，竟然長達一百五十幾頁。

這還不說，素食主義者也可以吃，至少理論上如此，即蠔沒有中樞神經系統，不會感受疼痛；比較接近植物而非動物。而堅持素食的一個主要考慮是，不忍見吃下去的東西受苦。這還不說，減肥的人更可以吃，蠔的熱量非常之低，吃一百個也不會發胖。不過，你吃十個，二十個，天天吃，也不能存有任何幻想，吃生蠔不見得能壯陽補陰，更永遠看不到一粒珍珠，產珠的蠔不能吃。

今天紐約蠔產早已不比當年，現在這裡餐廳供應的生蠔，很多都非土產，而是外地運來的。而少數一些本地名種，像長島的「藍點」（Blue Point），雖然不缺，只是這種「名牌蠔」，一個賣你兩塊兩毛五。

換句話說，紐約生蠔時代，在持續了二百多年之後，到了二十世紀中，已接近尾聲。像我那年偶然走進的那種半地下蠔吧，那半打七毛五的蠔價，早已隨風而逝。

可是從另一個角度來看，今天你走在包厘街上及其社區，固然不時仍可見幾處當年遺風，但地盤已被一家家時髦酒吧餐廳、精品店、前衛時裝、美術館、高級旅店公寓給佔領。換句話說，曾經時髦而後淪為貧民窟酒鬼區的包厘街，又開始時髦了。

不過，如果你愛吃生蠔，紐約大部分比較像樣子的餐廳，仍有供應，但也只是作為開胃菜而已。而如果你不但愛吃，講究吃，還要享受哪怕一點點老紐約氣氛的吃蠔所在，仍有一處可去。

此一可去之處就是以吃生蠔生蛤及魚蝦海鮮為主（但缺魚翅），而且是其中最好、最出名、歷史最久，最有味道的「大中央（火車）終站」地下那家「蠔吧」（Grand Central Terminal Oyster Bar）。

火車站於一九一三年落成，此蠔吧也同時開業。但你不必去它的正式餐廳。你走進它的大門，左邊是正式餐廳（不便宜）。你向右轉，先經過一排排快餐式食台，不要停，這是給趕火車的人和上班族用餐的所在。你繼續走，在其後方角落，有一道西部酒吧式雙開彈簧門，你推開這道彈簧門，就走進了大中央生蠔兼酒吧（saloon），也走進了老紐約。

你可以坐吧台，也可以坐餐桌。再看菜單，不提其他海味，光是生蠔就有幾十種。你選上半打一打生蠔生蛤。再一杯冰啤酒，你可以幻想你回到了老紐約，唯一的差別是，生蠔已經不是一分一個。

不飽的話，也不必點什麼主菜，叫一碗「新英格蘭蛤蜊濃湯」（New England Clam Chowder），或一晚「燉蠔」（oyster stew）……過完癮之後，你大概不會忘記此頓生蠔給你的快樂享受。

同時，即使你無法想像回到老紐約，尤其是四周總有人在打手機，那你也至少嘗到一點點老紐約吃生蠔的氣氛。

想想看，有上好生蠔可吃，有冰啤酒可喝，又在二十一世紀稍微感受到一點點老紐約，你還能要求什麼？

後記：回到現實，今年四月二十日，墨西哥灣內「英油」（BP）的深海油井鑽台爆炸起火倒塌。水下五千英尺深處的油管破裂，至今無救，更已嚴重污染了美南沿灣各地，包括今天全美一半以上蠔產的路易斯安那州。生蠔是一道美味，吃生蠔更是一種快樂的享受。可是，此時此刻，考慮到當地受害各州的漁民、蝦民、蠔民（及其他無數行業），因這場空前的石油災難及其環境生態污染後果，使存在了幾世代靠海吃飯的生活遭受到了致命打擊，實在難以站在遠處回味生蠔之美。而當我在此感嘆老紐約生蠔時代消失的同時，即使你最樂觀的估計，也很難沒有這個預感，就是，這場大災大難真可能演變成美國生蠔時代尾聲的前奏。

——*2010*

曼哈頓的樹
——人才濟濟，樹木稀稀

從曼哈頓下城百老匯大道我家開始，東西南北各走上幾條街，除了兩三個小公園之外，我曾經數過，街道兩旁的樹木不過十幾棵，而且沒有一棵像點樣子，更沒有一棵可以在下面乘涼。怎麼搞的？怎麼這個人才濟濟的國際大都會，其樹木竟然如此稀稀？

不錯，這裏指的只是曼哈頓，紐約市五個區的一個區。但是，直到一八九八年，這五個原本各自獨立的城鎮才合併為今天的大紐約。

其他四個區的街道樹木都比較多。只有曼哈頓，難得有那麼幾條街上會有樹蔭。怎麼回事？我跟你說，不容易。

四百年前，當荷蘭西印度公司發現了曼哈頓，並在其南端建立了交易站的時候，這個不過一萬五千英畝的小島，可以說是一片處女地。有山有樹，有溪有湖，有鹿在跑，有魚在跳，有鳥在叫。

這個自然面貌，儘管一直不斷有人口增長、市區擴展，農地開墾，但是在荷蘭和英國殖民時期，大致上沒有太大的改變，直到美國獨立。

整整二百年前，紐約市政府通過了一個都市規劃方案，即所謂的「一八一一年格狀計畫」（1811 Grid Plan），徹底改變了曼哈頓島的原始景觀。

可別小看這個聽起來像是又一份官僚文件的都市發展計畫。想想看，一八一一年（清嘉慶十六年），紐約人口不到十萬，聚集在這個不過十三英里長，一至二英里寬的曼哈頓島最南端，大約二平方英里的範圍內。其他都是原野，有山有樹，有溪有湖。

而這個「一八一一年格狀計畫」，儘管保留了當時的市區（大體上一直保留至今），但是要把市區外整個那片原野，有山剷山，有水填平。雖然市政府也在設法保留林木，但是可以想像，大部分的樹還是免不了成為這個愚公移山都市規劃的犧牲品。當然，這是一個目標長遠的都市建設方案，經過了半個多世紀才算落實。可是，今天你看到的曼哈頓市容，其南北大道和東西橫街，也正是按照這二百年前確定的棋盤式格狀都市規劃方案擴建出來的。

可是當初又怎麼會搞出如此一個大刀闊斧的都市計畫？二百年前的紐約都市發展計畫，究竟不是大約同時期的倫敦、巴黎，或近二十年來的北京，不是古城現代化，曼哈頓當初可以說是從零開始。

從最基本的角度來看，其中心思想是荷蘭留給後代紐約的一筆遺產。當初西印度公司之所以在曼哈頓建立交易站，其首要目的，其唯一目的，只是貿易。這個商業精神也正是「一八一一年格狀計畫」所繼承的一個主要考慮，即一步步將曼哈頓島上的原始山丘湖溪林樹，剷填砍伐之後成為平地，再一步將一切可以，也應該埋在地下的基礎設施全埋在地下，再一步步把地面街道鋪上碎石柏油水泥，再一步步在其上蓋起房舍和日後的摩天大樓。

平地和棋盤格狀街道方便了測地量地，買地賣地，從事各種商業活動。經濟考慮戰勝了大自然。但是這個「一八一一年計畫」，不論它當時和之後受到多少指責，說它摧毀了整個自然原始面貌，可是它的確為後世紐約成為一個國際大都會，打下了一個可供發展的物質基礎。

不錯，代價很高，但是都市的需求壓倒一切。這是人類發展的一個無可避免的後果。想想看，在世界各地文明出現之前，整個地球都是自然原始面貌。

以這個商業精神為主導，並在如此一個大環境之下，曼哈頓街道對其兩旁樹木之不友善，可想而知。

街道樹木在此的定義是，任何距離人行道的路沿十五英尺內的樹木。那考慮到曼哈頓，除了一些住宅區之外，全島幾乎都是熱鬧的商業區，辦公大樓，或吃喝玩樂的所在。那再考慮到栽培樹木需要大量的人力財力，更不提街道樹木擋住了招牌廣告，帶來了蚊蟲病患……那曼哈頓因此而樹木稀稀，幾乎必然的了。

但公平的來看，市政府並不是不想綠化紐約。在世界各國都有定期人口普查的今天，很難想像是紐約，遠在一九四八年，就曾舉辦過一次「樹木普查」（Tree Census），真的一棵一棵數遍全城的街道樹木。結果？公園之外，全紐約五個區共有五十四萬八千多棵街道樹木。

樹木普查雖然不像人口普查那樣定期舉行，但是比較單純，至少沒有什麼「非法」、「偷渡」或「流動」樹木之類的問題。

一九九五年，紐約再次舉進行樹木普查。市政府在上千個志願人員協助之下，兩人一組，一條街一條街，邊走邊停邊數邊記街道樹木。這次要比上次全面而科學：地址、位置、該處棵樹、大小（以樹身離地四英尺半處圓周為準）、樹種、樹狀、根狀……結果？紐約街道樹木比五十年前還少了四萬多棵。

唉！在紐約，十年樹木可要比百年樹人還要難！

不錯，五十萬棵是紐約五個區的街道樹木總和。曼哈頓有多少，我不敢確定，但是從我家門口向北張望百老匯大道，窮極目力，一棵樹也看不見。

當然，這裏說的只限於街道樹木，不包括紐約大大小小公園內的樹。而就曼哈頓一個區來說，大小公園總有六十多個，其中最著名的當然是舉世聞名，至今已有一百五十多年歷史的「中央公園」（Central Park）。

二百年前的「一八一一年計畫」，因為沒有規劃公園而受到市民的抗議。為了彌補此一失誤，市政府開始在曼哈頓正中間，為建造公園而逐步收購私人擁有的八百四十三英畝地產。然後經過一次國際性景觀設計公開競賽，再又花了二十多年建造完工，這才終於有了這座於南北戰爭前夕一八五八年開放的中央公園。

這是一座工業革命之後，在英國首先創始的將鄉野帶入城市的浪漫主義風格設計，一座偉大的景觀建築傑作。

對紐約居民來說，除了在熱鬧市區中心可以享受一個鄉野式公園之外——其大草坪當初真的靠牧羊來維持——景觀建築設計還引進了不少新樹種。但最難能可貴的是保留了更多的原始林樹，這就是為什麼，當你站在帝國大廈或洛克斐勒中心的瞭望台上，向北遙望中央公園，你所看到的，除了幾座湖泊水池和大小草坪之外，是整片叢林。

但是這個中央公園又究竟有多少樹？市府公園應該知道至少一個概數。但究竟有多少？好，我現在可以轉告各位，中央公園共有兩萬三千多棵樹。

怎麼會如此精確？這主要歸功兩位熱心市民，一位是前《讀者文摘》編輯，也曾寫過一本關於紐約樹木著作的愛德華．伯奈德（Edward S. Bernard）。另一位是平面藝術設計家肯．查雅（Ken Chaya）。他們二人各自獨立研究公園樹木多年，並在沒有任何公私資助之下，單憑二人對紐約樹木熱愛關注，各自掏腰包，花了兩年半的時間，一棵一棵地記錄描述，最終合作繪製了這份二〇一一年春出版的《中央公園整體：繪圖定本》（*Central Park Entire: The Definitive Illustrated Folding Map*）。

這份中央公園樹木圖，不但一棵一棵列出每棵樹的位置，還以不同顏色區分樹木種類：深綠表示松樹，楓樹深紅，木蘭淺紅，銀杏淺綠等等；又以簡易圖形分別顯示桑樹、紫藤、橡樹……總之，這分公園樹木圖，以抽象符號彩色繪製了一萬九千九百九十三棵樹，將近一百七十五種樹類，並顯示了這八百四十三英畝園地上百分之八十五的植物。

當曼哈頓的街道樹木是如此之稀稀，就不難理解中央公園的樹是多麼受到居民的熱愛，保護和尊重。在一個八百萬市民的大都會，有兩萬多棵樹的中央公園，是紐約的一個最佳天然空氣調節——吸入了市區廢氣，釋放出純淨的氧氣。

曼哈頓大大小小六十幾個公園，除了中央公園之外，還有一個聲譽極佳，位於西城，沿著哈德遜河而建的「河邊公園」（Riverside Park）。這座細細長長的公園不如中央公園出色，也沒有那麼多的樹，可是在這裏，隔著那條大河，在那日將西落黃昏時刻，你可以目送那夕陽徐徐消失在地平線下。

尤其是對華人居民遊客來說，這河邊公園還有一個值得到此一遊一感嘆的獨特一景：曼哈頓一株極不尋常的樹。

公園北端立著一座雄偉壯觀的紀念館——即美國內戰北軍統帥，後當選第十八任總統，尤利西斯．辛（普森）．格蘭特的將軍墓（Grant's Tomb）。而在其北花園，一位近代中國風雲人物，曾在此處植樹一棵。

十九世紀末，大清帝國太子太傅文華殿大學士，合肥李鴻章，首次代表天朝，於一八九六年二月前往俄國，參加沙皇尼古拉二世的加冕典禮。之後順道周遊歐洲，訪問德國、荷蘭、比利時、法國和英國，並在次年一八七九年春（光緒二十三年），橫渡大西洋而來到美國，在紐約登陸。

可以想像，來到了紐約，除了參加一系列的集會宴席之外，我們這位大清最高使者，恰逢其時，不能不去憑弔他的一位老友，即那位挽救了美國命運，並剛在河邊公園落成的國家公墓入葬的格蘭特將軍。

二人是舊識。早在此之前，格蘭特將軍於其總統任期屆滿之後周遊世界，並在亞洲訪問了暹羅（泰國）、緬甸、日本。同時，一八七九年（光緒五年），當他以這個年輕共和國第一位總統（卸任）的身份，訪問我們這個古老帝國的時候，代表大清王朝接待這位貴賓的，正是李鴻章。

於是，二十年後，大學士李鴻章，在出使美國大臣、二品御督察院左副都御史鐵岭楊儒陪同之下，前往河邊公園格蘭特將軍墓行禮，再繞到其北花園親手種下一棵樹苗，一棵可以活上幾千年的銀杏。

兩位十九世紀歷史人物，一東一西，因這棵樹而在曼哈頓留下了一個根深持久的紀念。

一個多世紀下來，物換星移，這棵銀杏現在也已長到好幾十英尺高，且枝多葉茂，欣欣向榮。而在它跨入其生存的第三個世紀的今天，依然默默無語地俯視著哈德遜河水滾滾東流入海，曼哈頓萬物生靈的世代輪替，紐約這一百多年來的沉浮。

——*2012*

美國夢

BROADWAY'S LAN
MUSICAL EVE
LG
LG
COUPLES
THERAPY
DOUG
HUTCHISON
NEW EPISODES
WEDNESDAYS AT 10PM
The Next B
Is Already
GALAXY
Corona
Light
Get Personal
With Your M&M'S
swatch+

OMING SOON
Hankook
driving emotion
TIMES SQUARE
PARANORMAN
nuchas
HAND-HELD FOODS
Empanadas baked fresh all day, using all-natural ingredients.
FRESH ★ BAKED
EMPANADAS
PASTRIES·COFFEE

好萊塢之夢

雖然當年我在北平、天津、重慶，就已經跟著大人去看美國電影了，例如像，讓我提幾部還記得中文片名的老電影，《大盜傑西》、《神槍手》、《魂斷藍橋》、《東京上空三十秒》、《北非碟影》、《反攻緬甸》、《出水芙蓉》、《鐘樓怪人》、《亂世佳人》……但我是在五十年代開始進入青春期的時候，在臺北的西門町，才真正的迷上了她。每個星期看上三、四場，寧願逃課也不肯錯過哪怕是一部三流的片子。如果照（好像是去年）法國文化部長所說的，而且後來又因此公開道歉，好萊塢電影是「美國文化帝國主義」，那我可以說，自從我明白了為什麼米高梅那頭雄獅要在電影開始之前吼叫幾聲之後，我就被征服了。

雖然後來在日漸長大的過程中，接觸到了日本電影、義大利新寫實、法國新潮，還有瑞典和印度那兩位大師的作品，以及雜七雜八的各種其他片子之後，我也曾對好萊塢產生過不同程度的懷疑。但是現在看來，總的來說，我覺得我仍然算是美國電影的忠實觀眾，儘管我最近一陣子反而很少看了。

我好早以前就發現，非美國觀眾中，大多數都像我一樣迷。當然也有些人像那位法國文化部長一樣敵視，而且也有不少人好像並不把好萊塢電影看在眼裏。可是不管是誰，也不論他的反應是什麼，他們幾乎都有意無意地把好萊塢與美國劃了一個等號。換句話說，他們對好萊塢的喜怒哀樂，差不多相當於他們對美國、或美國文化、或美國生活的喜怒哀樂。

劃這個等號是很自然的，而且儘管一定會有例外，但可能比人們所想的更為接近事實。在美國以外無論任何地方看了幾年好萊塢電影之後第一次來到此地的人，往往發現，不論有多少莫名其妙的疑問需要解答，但這個社會和其中生活的人，也並不是那麼陌生。他同時會發現，看了幾年好萊塢電影要比看了幾年美國小說更容易至少初步認識這個社會。即使考慮到有太多的好萊塢片子只是非常表面或片面地反映這個社會，即使好萊塢多年來拍片的一貫原則一直是要講一個「有快樂問題的快樂人物的快樂故事」，也還是這樣。

當代美國史學家雪辛格（Arthur M. Scjhlesinger, Jr.）曾經說過：

> 電影是美國起了真正作用的唯一藝術。把美國在戲劇、繪畫、音樂、雕塑、舞蹈，甚至於可能還有詩和小說方面的貢獻勾消掉，那全世界的成就只不過輕微地失色。但是沒有美國在電影上的貢獻卻是不可思議的。電影一直是美國想像力最有效用的工具，此一事實即更加表示電影是有話要說的，不光是關於美國生活的表面，而且還有美國生活的奧秘。

一點也沒錯。我還記得，當我在非洲一家漆黑的電影院裏看完了《計程車司機》之後，我差點不敢回美國。

好萊塢電影是美國文化的主要部分似乎早已不在話下，雖然它作為一種藝術卻因為它從一開始、就太受人歡迎了、太娛樂性了，而直到最近才被確定，儘管它一直有「大眾藝術」的稱號。

因為有了這種承認，所以現在好萊塢電影的所有方面，從它的藝術方面到商業方面，從橫的方面到直的方面、總的方面、局部方面，以及從其他各學科角度的方面，你都會發現有看不完的文獻。我手邊有一本一九七〇年出版的關於電影與社會的著作，光是作者所開列的參考書目就有一百三十七頁！

可是對於像我這種年輕時代就成為基本觀眾的人來說，無論是當年走進臺北西門町一家電影院，坐在黑暗之中看 *Viva Zapata*、*High Noon*、*Rebel Wihout A Cause*，還是今天走進紐約時報廣場的一家電影院坐在黑暗中看 *Kiss of the Spider Woman*、*Pale Rider*、*Back to the Future* 的時候，我們不需要、也未曾想到要接觸這些文獻。我們認為好萊塢電影就是為我們這些人拍的。我們在黑黑的電影院裏，真的被帶進了好像夢一樣的世界，經歷著我們日常生活中可能永遠不會遭遇的體驗。我們都接受了好萊塢為我們製造的這個夢。我們都把銀幕上的人物和映象、電影的故事和主題，慢慢變成一個個象徵，反而忘了這些象徵本身卻又是好萊塢根據我們一般人的夢想所編織出來的。好萊塢製造的這個夢，其實就是美國夢。

好萊塢，不管它在哪裡（但絕不在今天洛杉磯的好萊塢區），本身就是美國夢的一個象徵。多少年輕男女，眼睛亮亮的，在做這個打進好萊塢的美夢，希望像當年拉娜·透娜（Lana Turner）那樣，在好萊塢日落大道一家冷飲店喝汽水的時候被星探發現，一夜成名。不管這個小故事是真是假，是真的話，她實現了她的夢想；假的話，那這又是好萊塢製造的另一個夢，但仍然是美國夢。可是這個製造夢的大工廠在製造過程中卻是清醒的，或者也許應該是清醒的，因為它也不時會製造出像幾年前的 *Heaven's Gate* 那樣的惡夢，將一整個電影公司拖垮。不過，話又說回來了，這也正是做美國夢所要求你冒的險，付出的代價。

既然好萊塢是一個製夢工廠，一個大工業，那其生產目的首要是賺錢。既然它生產的是夢，從市場角度來說，這個夢必定是大多數人需要做的夢，於是好萊塢拍電影的一個普通真理就是尋找這個大多數人的一個「公約數」，而且為了保險起見，往往找其「最低公約數」。不少人指責好萊塢大部分產品庸俗、膚淺、無聊、幼稚的原因就在這裏。這是不需要任何人來為它辯護的，連它自己都不否認這一點，而且如果真賺了錢，還引以為榮。但這並不能解釋為什麼好萊塢，與此同時，卻又能夠一再不斷推出具有藝術水平（而且賺錢）、具創造力，而且在主題、演技、編劇、導演、製作方面具有突破性的偉大經典作品，像，讓我再稍稍提幾部電影：*Citizen Kane*、*My Darling Clementine*、*The Grapes of Wrath*、*The Best Years of Our Lives*、*On the Waterfront*、*Shane*、*Easy Rider*、*Bonnie and Clyde*、*2011:A Space Odyssey*、*The Godfather*……。我看只有從另一個角度來看，那就是，如果實際創造電影的藝術家們不具備應有的才能，或懶於進行藝術上的鬥爭，而只是一件工作，那就可以想像，電影公司的最終目標——賺錢——就變成拍片的唯一目標了。

儘管好萊塢電影在最早時期是專門為美國社會最低層人民拍的，是窮人的主要娛樂，但隨著美國社會生活水平的提高，階級差別小了很多，把上面一些人拉下來一點，再把下面更多人拉上去一點，而出現了數額龐大的中上、中中、中下階級。當年老福特就是要為這一大批人，才搞出來流水線生產，使家家能有部汽車。好萊塢後來也是為這一批人拍電影。不難想像，其理想和價值觀也都反映了這批人。無論是悲劇、喜劇，無論是音樂片、警匪片、喜鬧片、戰爭片、西部片、愛情片、偵探片、文藝片、恐怖片、差不多都是這樣。我們不能以太多人所指控的觀眾「逃避心理」來解釋為什麼好萊塢在美國、在全世界任何可以放映的地方，是如此之受觀眾歡迎。他們欣賞的，除了故事、情節、演技（或明星）、導演、場面、效果之外，除了欣賞（模仿）各個角色們的打扮、化妝、髮型、言行、舉動之外，我猜他們還在不知不覺之中欣賞美國夢。

一部公認的好萊塢傑作，導演Howard Hawks一九八四年推出的《紅河劫》（*Red River*），可說是個好例子。我是五十年代初（中？）在臺北第一次看，非常喜歡。對唸中學的一個小男孩兒來說，英雄（明星）的造型、拔槍的技術、決鬥、美女……幾乎都具有無比的吸引力。幾乎任何西部電影及其英雄，《紅河劫》當然也不例外，所表現出來的自由傳統、個人主義，和有機會憑本領闖天下的精神，也會令當時像我們這批小孩們半知半解地嚮往。來到美國之後，好像又看了幾遍，逐漸發現電影要說的話，不只是當初吸引我們的一個精采、緊張、動人的故事。它還有更廣的一面，作為電影的基礎。

《紅河劫》是講一個由John Wayne主演的牛仔，和他多年前收養的義子（Montgomery Clift），二人白手起家，十幾年下來，在美國西部建立了一個大牧牛王國。他們有的是牛，但附近沒有牛肉市場，而賺不到什麼錢。在求生存的情況下，他們決定向外尋找市場，才首先開闢了歷史上重要而且有名的Chisholm Trail，將一萬多頭牛，不遠千里，花了三個多月的時間，趕過「紅河」，趕過平原，而且有好幾個人付出了生命的代價之後，才送到有了火車通行站的Abilene, Kansas。這樣才能將一頭頭牛轉運到芝加哥，再銷售到東部市場。所以說，《紅河劫》講的是美國如何趕走了印地安人、趕走了墨西哥人，才有機會開發西部，然後又如何使一個當初只能養牛的德州，走上市場經濟道路。這才是牛仔、英雄、美女、槍枝、決鬥這些小故事後面的大框架。但五十年代臺灣一個沒有放過一天牛的中學生，又怎麼能夠看出這一點。

這是好萊塢製造的一個最好的夢……自由、個人主義、白手起家、創業機會、自由貿易、市場經濟、資本主義——而且成功了！——這不也正是美國夢嗎？即使在今天，在每個人都高喊「日本第一」的今天，世界各地之所以還一直不斷有人想來美國，不也正是想來這裏實現他們的美國夢嗎？我猜他們多半一定有人像我當年一樣，從小就心甘情願地中了好萊塢的毒了。

——*1985*

搖滾與革命

這裏說的六十年代不是指乾淨俐落的日曆上標示的年代，不是指一九六〇年一月一日到一九六九年十二月三十一日這十年。這裏說的六十年代是一個代號，象徵著不是太久以前那麼一段時間，美國社會上一貫相當沉默的種種集團和力量，先後公開而又公然地對既成體制和秩序的挑戰。

我們很難確定這裏說的六十年代是什麼時候、什麼事件開始的。是一九六一年北部和西部黑人白人Freedom Riders乘巴士南下支援南部黑人的民權運動？還是六二年在密西根召開了影響整個六十年代學生運動、反戰運動、政治運動的SDS（Students for a Democratic Society）第一屆全國大會？是六三年馬丁·路得·金（Martin Luther King, Jr.）在華盛頓數十萬黑人示威遊行結束時「我有一個夢想」的演說？同一年代表自由主義，理想主義的甘迺迪總統被暗殺？是一九六四年「披頭四」征服了美國和搖滾，使這種反叛音樂成為六十年代唯一最主要的藝術形式？還是同一年國會有關越戰的東京灣決議？還是同一年在洛杉磯出現了六十年代反主流文化喉舌的第一份地下刊物 *L.A. Free Press*？還是同一年柏克萊加大的自由言論運動？

我們也同樣難說六十年代是哪一年、哪一事件結束的。一九六九年八月固然出乎所有人（成年人）意料之外，在紐約州一個田園，成功舉辦了三天三夜、聽搖滾、抽大麻、做愛不作戰、被公認為六十年代反主流文化象徵、有三十多萬年輕人參加的Woodstock Festival。但只不過才三個多月之後，同一年十二月，在舊金山附近Altamont，也出現了無數人受傷、數人身亡、將搖滾夢想變成夢魘、被稱為「搖滾文化之死」、「反主流文化之死」的「滾石」合唱團的演出。搖滾世代也許喜歡以這一年做為他們的「六十年代」的結束，但反戰分子、學生運動卻不得不接受一九七三年的巴黎（越戰）和平協定為他們六十年代的終結。

不管怎麼樣，當第一批於一九六四年滿了十八歲的戰後嬰兒爆增的一代，無論以個人或政治或任何其他理由投入了六十年代的大運動之後，從其中有人開始剪頭髮，開始在他們所反抗的社會上找工作的某年某月某日起，對這些人來說，六十年代從此成為過去，成為一個代號。

在這個六十年代，涉及到幾乎所有人的因素和力量，無論是戰爭、階級、種族主義、婦女解放、生活方式、反文化、次文化……都走上了街頭，迫使所有人，哪怕是旁觀者，也要面對這些問題。起帶頭作用的，而且也是整個運動的骨幹，正是年輕人。是戰後第一代青年，在他們最富有理想和感情的年齡，提出了他們對社會、對文化、對戰爭與和平的看法。這個看法是什麼？照運動發展最高潮的六十年代下半期，一位以「黑豹黨」為藍圖組織「白豹黨」，設法將搖滾與革命相結合的激進份子John Sinclair的說法，很簡單，只有一段話：

> 我們的文化、我們的藝術、音樂、書刊、海報、我們的衣服、我們的家、我們怎們走路、怎麼說話、我們怎麼留頭髮、我們怎麼抽大麻、怎麼搞、怎麼吃、怎麼睡——只有一句話，這句話就是自由。

簡單嗎？當然。天真嗎？當然。真的嗎？當然。別說聯邦調查員的胡佛聽了受不了，就連他的老爸老媽也受不了。

六十年代有它的陰和陽。新左派、毛派、反戰、反資、反帝、黑人革命、婦女解放等等是大運動中的一部分：大麻、LSD、嬉皮、鮮花兒女、搖滾、禪、易、印度教派、人民公社、性解放、地下刊物等等，也是大運動中的一部分。在面對白人成年中產特權帝國軍事工業既成體制這個共同敵人的時候，這陰陽兩方面有一個統一戰線。但在其他時候，從和平共存到互相敵視，存在著各種程度的微妙關係。

再沒有比六十年代和平與愛的象徵 Woodstock 搖滾樂會上發生的一件小事，更象徵地說明搖滾與革命、嬉皮與左派之間的愛恨關係了。新左派一直利用搖滾吸收新分子，儘管他們也同時感到這批抽大麻抽昏了頭的嬉皮們沒有正確的政治和社會意識。可是在反既成體制的統一戰線上，是非需要他們的支持不可的。所以正當搖滾樂團The Who在臺上演唱的時候，六十年代最出名的一個大左派霍夫曼（Abbie Hoffman）上了臺，呼籲大家為剛被抓起來的「白豹黨」領袖John Sinclair聲援抗議。可是，樂團吉他手Pete Townshend卻用吉他把Abbie撞到一邊。革命想要爭取搖滾，搖滾有時也參與革命。政治固然想要利用這個搖滾舞臺，可是這個搖滾舞臺，雖然偶爾允許政治上臺表演，但卻始終拒絕讓政治給霸佔，變成搖滾只不過是一名臨時演員的政治舞臺。換句話說，搞搖滾的盡量和搞革命的保持一個安全距離。

一九六七年在舊金山問世的搖滾雙週刊《滾石》雜誌是另一個例子，當時仍算是地下刊物，也自認為屬於運動的一部分。可是，它一開始就把搖滾放在核心，而不是把這份地下刊物當作運動的一個小螺絲釘。在反戰方面，《滾石》和左派站在一邊，但主要還是搞搖滾和搖滾文化。這就是為什麼在一九六八年，他一反地下刊物潮流，公開譴責左派利用搖滾來勾引天真無知的嬉皮們去參加那一年的芝加哥暴動。這也是為什麼它早已升到地面，到現在還在出版。

其實，搖滾與政治這種關係早就形成了。老左派根本無法接受五十年代中期發展出來的搖滾樂，認為這是美國資本主義的腐敗與墮落的象徵（這一點很有意思，因為當時的保守派、大小右派也這麼認為，只不過他們說這是腐化美國青年的共產黨陰謀）。三十年代和受那個時代影響的老左派的音樂是接近民粹派的「民間」（Folk），Woody Guthrie和後來的Pete Seeger，以及他們二人的繼承人，早期的鮑伯．狄倫（Bob Dylan），六十年代上半期的任何抗議示威活動，好像都少不了他們和瓊．貝絲（Joan Baez）的這類民間抗議音樂。這大概就是為什麼當狄倫在一九六五年的Newport Folk Festival上突然拋棄了「民間」音樂使用的傳統吉他而改用電吉他的時候，除了「民間」純正派之外，大概是這些老左派的反對聲音最大了，幾乎認為狄倫背叛了革命。事實當然不是這樣，狄倫抗議是有，但從未參與任何革命（要有的話，也是音樂性的而非政治性的），他只是在「披頭四」風靡全美之後，接受了新的現實，因而將「民間」帶進了搖滾，豐富了他的藝術，也豐富了搖滾藝術。

從一九六四年到六十年代末一直霸佔搖滾樂壇的「披頭四」，更與革命劃清界限。就在極左派大鬧芝加哥的一九六八年，而且幾乎是同一個月，「披頭四」推出了一張小唱片（Single），正面是「Hey Jude」，反面是「Revolution」，歌詞裏清楚地告訴大家，別來跟我談毛主席。「披頭四」是要求改變，甚至公開抗議，但還做不到以革命的手段來謀求的地步。當時紐約的「解放新聞社」就公開表明說，「（我們）支持『滾石』與『披頭四』的思想分裂。」就好像「滾石」代表左派一樣。其實，真要說起來，貓王、「披頭四」才是真正的無產階級出身，「滾石」裏面的樂手大都是中產階級。而且，在他們幾首被認為有政治意義的曲子（如Street Fighting Man）裏面，「滾石」只是在形象上給人感覺凶悍，鬥爭性強。但這種形象，與其說是政治性的、不如說是反叛性的、前衛性的。

但就搖滾與革命來說，最直截了當的一句話是一份地下刊物 *Guardian* 的文化思想家 Irwin Silber所說的：「我們的目的不是要把我們要說的話灌在一千萬張哥倫比亞的唱片上，而是接收哥倫比亞唱片公司，並且把它變成以人類需要和人類表現為基礎的人民社會主義制度的一部分。」不要以為靠搖滾發大財的哥倫比亞唱片公司大老闆聽了要嚇死，我想連「滾石」聽了也要發抖。沒有哥倫比亞這類大唱片公司，「滾石」也只不過是滾石而已。

這一點，只有給壓迫了一百多年的黑人懂，搖滾樂的老祖宗根本就是黑人音樂 Rhythm and Blues，所以，一位屬於「黑豹黨」的底特律地下刊物 *Inner City Voice* 作家William Leach就說，「音樂不是革命，黑人一直在唱、在跳、在吹喇叭，可是我們還是沒有自由。」

這大概就是為什麼六十年代的一些第一流黑人樂手Fats Domino, Ray Charles, Sam Cooke, Otis Redding Aretha Franklin, B.B. King, Jimi Hendrix, Wilson Pickett……沒有一個跟革命掛鉤，連運動都不碰。Jimi Hendrix可能是唯一的例外。但就算是他，在反西方帝國主義的同時，卻自稱「非政治」（apolitical），而且如果再考慮到他搞的是「幻覺搖滾」，更是這類搖滾的代表人物，那就更難和革命扯上關係了。

六十年代主流文化之中，大概只有抽大麻與黑人關係密切。但就算是這個，如果還需要提醒嬉皮的話，黑人樂手早就開始抽了。黑人就知道，要搞革命，你就搞黑人解放陣線，參加黑人解放軍，真背槍桿子去搞革命（也不是沒有）。否則，就樂手來說，你就老老實實地忠於你自己，忠於你的藝術，設法在因為偷竊你的音樂而創造出搖滾的白人樂壇上奪回你應有的地盤。

而在這方面，只有一個黑人成功（本來應該還有Sam Cooke，但他於六四年中彈身亡），這個人就是Berry Gordy。是他在五十年代末、六十年代初，在底特律汽車城創立的Motown Records，只不過短短的幾年，就成為可以和哥倫比亞競爭的大公司，而且完全由黑人擁有。你只要看看從Motown出來的樂手和樂團，你就可以知道它有多成功了（隨便提幾個名字）：Smokey Robinson, Mary Wells, Marvelettes, Marvin Gaye, Diana Ross and he Supremes, Four Tops, Stevie Wonder, Temptations, Jackson Five……（Jackson 5在一九六九年推出第一張唱片時候，五兄弟老么Michael Jackson才不過十歲）。

這就是為什麼在談六十年代的搖滾與革命的時候，這個搖滾多半以白人樂手為重點。搖滾有時參與革命，但參與的人和音樂，大都是白人樂手，和以「披頭四」、「滾石」、狄倫為代表的白人搖滾。白人民間樂手的確支持過五十年代中期以後的黑人非暴力民權運動，可是自從一九六五年洛杉磯黑人貧民區Watts的大暴動（死了三十四人），和一九六七年的黑人「漫長炎熱的夏天」（the long hot summer）在全美一百多個城市的總暴動（光是底特律，就死了四十三人，七千人被捕）之後，黑人越來越不相信白人，管你是搞搖滾的還是搞革命的，而且把白人，包括有時參與革命的白人搖滾樂手給嚇壞了。

如果還記得前面一開始就提到在Woodstock Festival上發生的一件小事，那就可以想像，搖滾與革命，不論雙方有時多麼願意合作、有多少共同，但其不同則更為顯著。其實，這是自有人類活動以來一直存在的鬥爭：藝術和政治（或金錢）的關係。

將藝術結合政治而創造出偉大的作品，六十年代提供了一個絕好的嘗試機會，我們不能說它失敗，只能說它沒有成功。但就搖滾來說，這也許正是它的成功。

——*1986*

美國國債

我記得雷根總統上任沒有多久，美國發生了一個劃時代的事件，那就是，美國國債突破了一兆美元大關。六年之內，美國國債又創下兩次新紀錄。一九八四年是一點五兆美元，一九八六年是兩兆美元。

這個簡單的事實卻給非經濟學家又非數學家的我帶來了兩個難題：一個是國債，一個是兆。我從來沒有搞清楚什麼是國債，當然，我知道什麼是債。這麼多年，我也曾累積下一些經驗。我甚至知道大約紀元前五世紀古代羅馬人的債務人，如果無法如期向債權人償還所欠下的債務，就要去給他做奴隸。乾淨俐落！

可是國債是什麼？我問過好幾個應該比我懂的人也無法給我一個簡單的答案。當然，我也知道今天世界各國各有各的定義和統計方法。因此才出現一個很奇怪的現象。曾公開宣布沒有內債外債的中國大陸還是很窮，今天有兩兆美金國債的美國還是不很窮。

兩年前，當美國國債抵達一點五兆美元的時候，我記得有位參議員評論說，這個數額是美國花了兩百年累積下來的。一點沒錯，美國人今天借錢（好，貸款）買汽車、買房子，先用後付……是有歷史淵源的，那就是，美國是靠借錢搞的革命。也就是說，美國在還沒有獨立建國之前就已經背了一身債。只不過，頭兩百年所累積下來的國債總額只是今天的五分之一，才四千億美元。

這位參議員發現一般人非但搞不清楚一兆這個數目的意義，也搞不清楚這筆國債跟個人有什麼關係之後，就做了一個小小的統計。他說，一九七一年，全美國每個男女老幼在國債上應該分攤的債額是一千九百六十六美元。一九八一年加了一倍多到四千三百四十六美元。到一九九六年，他當時的估計是每個美國人（包括拿到綠卡者）要欠七千七百三十三美元的債。申請在美永久居留者請注意，在你一旦領到綠卡之時，也正是你要分攤一部分美國國債之刻。這就是自由民主的代價。

不過也不用太擔心，國債不是私人債務，國債是所謂「國人欠自己的錢」。不要問我這句話是什麼意思，也不要問我「自己欠自己的錢」如何還法，我只知道，要美國破產你才破產。

好，我對經濟學的認識（不能說是知識，因為我還沒有搞懂）到此為止，我也不預備繼續追問下去了，因為我知道越問越玄。所以讓我回到一開始所提到的兩個難題的另一個：兆。

別以為你會加減乘除就以為你知道什麼是兆。

當美國國債在雷根總統選上不久突破一兆美元的時候，記者們問他究竟是多少。好個雷根，究竟做過演員，很會說話，他於是就半開玩笑地指出，一兆美元相當於六十七英里高的一疊千元大鈔。

很好，那今天的兩兆美元國債早已進入外太空了。

這雖然要比國債這個概念容易捕捉，但是還不足以讓我更切實地感受到一兆或兩兆是多少。更何況，在「伊朗門」正在打開的此時此刻，你還敢相信雷根總統的任何話嗎？

這裏所說的一兆（trillion）是美國和法國的用法，是指阿拉伯數字1的後面有十二個0（零），英文是千進位，所以英文說一千個百萬（million）等於十億（billion），一千個十億等於一兆

（trillion）。中文是萬進位，所以我們不說一千個十億，而說一萬億，一萬億就是一兆。別問我英制如何，我才現買現賣地把美制搞通。

去年九月，一位在西雅圖的女士投書給《紐約時報》，也在談一兆的問題，她也搞不清楚什麼是一兆，更別提兩兆。可是這位女士卻找到一個比較容易讓人了解和體會的方法，她是從時間角度來看一兆美元。很恰當，在美國，時間就是錢。

她假設一塊美金是一秒鐘，那一兆美金就是一兆秒。六十秒一分鐘，六十分鐘一小時，二十四小時一天，三百六十五天一年。那一兆秒是多少？在你沒有看下去之前隨便猜一下。一百年？一千年？一萬年？我保證你沒有猜對。

她發現一千秒差不多等於十七分鐘。一百萬秒是十二天左右。十億秒相當於三十一點七天。因此，一萬億秒或一兆秒就是三萬一千七百零九點八年。

從今年一九八七年倒算，三萬一千七百多年前，別說是萬里長城、金字塔還沒問世，連蓋這些玩意兒的人的祖宗八代的祖宗八代也都還沒有出生。

而這才只不過是美國六年前的國債。今天的美國國債是兩兆美元，如果有人問你這究竟是多少，而聽到你說兩兆就是兩萬億之後仍然搞不清楚的話，那你不妨建議他從時空角度來衡量。

兩兆美元相當於六萬三千四百一十九點六年，或者照雷根總統的空間算法，一百三十四英里高的一疊千元美鈔。

——*1987*

良心基金
——天真？（是的）內疚？（肯定）可愛？（哈！）

這幾個月來，引起全世界注意的美國醜聞接二連三地未曾停過，比電視肥皂劇還精彩，比成年人電影還過癮，比通俗小說還有意思，頭版新聞比娛樂版更娛人。

總統的安全顧問和他那位「藍波」型的上校，「欺」上瞞下，私售軍火給一個敵對國家，然後又利用這筆見不得人的錢去支援一股反抗軍來顛覆另一個「不友善」國家的政府，而且在補給飛機回美國的時候，又載滿了毒品，黑市銷售，為他們的秘密非法活動提供經費。

滿口不得違反「十戒」的一些全國性教派，不但騙善男的錢，還騙信女的身。

保護美國大使館安全的陸戰隊士兵，不是為了意識型態，而是為了錢與性，心甘情願中了蘇共女特的美人計，出賣國家機密。

華爾街身價千萬的證券商，利用非法獲得的內幕機密情報，賺取暴利。好幾個已經進了監獄，其中一人（是他與政府合作將案子抖出來）被罰了一億美元。他當場就開了張支票給政府，不用替他擔心，謝謝你，他還有四億美元在戶頭裏。

大學體育主任，為了吸引中學（美式）足球甲級選手，在請他們週末參觀校本部的時候，不但私下以錢收買，還找女生陪他們過夜。

就連地方性的醜聞，也都上了世界報紙的國際版。紐約市政府的集體大貪污，好像除了市長一人是清白的以外，紐約市政府的二十幾位領袖人物，全部判刑入牢，還有一人畏罪自殺，另外一人貪污貪得賞司機小費的時候，一給就是五千美金……

夠了嗎？是在這樣一個為名、為利、為色、為勢，而不顧一切法律（更不要提道德），去幹他們自以為其聰明無比的勾當的背景之下，我注意到了一則消息，讓我輕輕鬆鬆地舒了一口氣，就像在一個炎熱悶濕的酷夏傍晚，突然吹來一陣涼涼的清風一樣。

我也是上個月才從報上得知美國聯邦政府居然有這樣一個安排。這個安排是指，美國財政部遠在一八一一年就曾設立一個帳戶，專門為那些一生之中，不論何時何地，出於任何理由，任何動機，或多或少，一次或數次，無論在任何方面，曾經騙過政府，但後來有所覺悟，良心發現，而自動地向政府交回所欠的全部或一部分非法收益的美國人而開的帳戶，叫做（美國人真會取名字）「良心基金」（Conscience Fund）。

就算你看了上面一段的解釋，可能你還是搞不清這個「良心基金」到底是怎麼一回事（這個概念太新奇了），所以讓我先舉幾個例子。

有個美國人去年給財政部寫了一封信「……我（在一個專欄上）讀到有關你們『良心基金』的消息。隨信附上兩百美元，這是因為當我做政府職員的時候，曾經請過一次病假，可是那次我沒有生病……」

另一個人說，「這張一千三百元的支票是為了償還我從一九六二年到一九七六年在海軍服役的時候所偷的工具和其他東西……」

還有一個人要求政府接受他的錢，因為他用了兩張已經用過的郵票去寄信……

天真？是的。內疚？肯定。可愛？哈，可愛極了。

我想美國人的這種可愛，中國人很容易感覺到，也多半都同意。美國人的這種內疚，也還容易接受，除了喪盡天良的人之外，都可以體會出這種心理。我們每個人一生之中也都有過不曉得多少次這樣的內疚。只是，我猜，大概只有美國人會天真到，因為沒病請了病假、重用了兩張已經用過的郵票，而將錢還給政府。

我覺得這種天真不是我們一般以為的天生的天真，也不是所謂天真無知的天真，更不是老天真的那種天真。我還覺得尤其是中國人更難了解美國人的這種天真。我並且覺得美國人的這種天真，與其說是與人性有關，不如說是與他們的法律傳統和精神有關。是這一點，才使沒有什麼法律概念的中國人幾乎輕視地嘲笑美國人的這種天真。而在這個意義之下嘲笑美國人天真，其實是在笑美國人笨，至少沒有中國人那麼「聰明」。

可是，就算我們承認，美國人一般來說，比中國人天真；那天真像沒病請了病假、重用了兩張用過的郵票，而將錢還給政府的這種美國人也真是沒有幾個。「良心基金」一九八六年收到的「良心錢」打破了那個帳戶自一八一一年設立以來任何一年的紀錄，但也只不過才三十八萬美元而已。如果再考慮到「良心基金」這一百七十六年來的總收入也不過才五百七十萬美元的話，那良心發現的美國人平均每年也只不過才交還給政府三萬多美金而已。相比之下，教棍、貪官、奸商們吞起錢來，卻動不動就是幾百萬、幾千萬、幾萬萬。

這麼看來，美國人也逐漸失去他們的天真，而變得，照我們的說法，越來越聰明了。不過我們還是可以放心，他們要想在這方面超越我們可不是騙個幾億美元那麼容易就辦得到。像我們這種聰明是需要文化和歷史做後盾的。而一談到文化和歷史，那我們絕對可以高枕無憂。別忘了，這方面我們已經領先了五千年。

——*1987*

酒戒

在臺灣的時候，我基本上是喝金門高粱或臺灣啤酒和生啤酒，非常偶爾才有可能喝點外國酒，主要是威斯忌或白蘭地。至於清酒、米酒、紅露、五加皮，以及各式各樣的藥酒，我完全沒有胃口。

這是二十五年以前到目前為止我的前半生的喝酒習慣和興趣。自從到了美國以後，我就完全改為喝外國酒，主要是威斯忌，偶爾一點白蘭地或啤酒。至於其他成百上千種雞尾酒，不是說它不好喝，而是我喜歡簡單直接的酒，以不改變酒的味道為原則。所以如果我不是直喝（straight）我的威斯忌的話，我也只是加一些冰塊、一點水而已，只是起一點沖淡的作用。

而法國紅酒和白酒，我始終沒有真正進入情況，只有在相當好的外國菜陪襯下，經過懂得的人的介紹，我才能真正地享受。

我還是喜歡威斯忌，但來美國以後開始認真地喝，也經過好幾個階段。作學生的時候，以美國威斯忌（Bourbon Whiskey）為主，因為只需要蘇格蘭威斯忌三分之一到四分之一的價錢即可買到一瓶滿好的。愛爾蘭威斯忌還可以，但很少喝加拿大威斯忌，味道比較衝。

開始打工做事了之後，口袋裏比學生時代多了那麼幾塊零錢，才喝起了蘇格蘭威斯忌（Scotch Whiskey），也有人音譯為「蘇考赤」）。我當時並不知道，且連大部分喝的老美也不知道，我們常喝的Johnnie Walker, Chivas Regal, Dewar's, Cutty Sark, White Horse……都是所謂的「雜種」蘇考赤（Blended Scotch），這些名牌蘇考赤都是用好幾個「純種」（Pure Malt），再混上不少其他的「雜種」配製出來的。

稱這兩種蘇考赤為「雜種」和「純種」絕不含任何貶的意思。剛好相反，我是從科學角度來翻譯這兩個名詞。最早期的蘇考赤都是只用大麥（先發酵，再蒸餾）來製作，因而英文稱之為Pure Malt或Single Malt Whiskey，也就是說，「純種」威斯忌。過了很久才有人想到用不同酒廠的「純種」，加上其他各式各樣的「雜種」（糧食，如玉米、小麥、黑麥）酒配製而成，因而英文稱之為Blended Scotch Whiskey。「純」與「雜」只是表示「一種糧」和「雜種糧」而已，而不是在褒和貶。不過有一點要知道，「雜種蘇考赤」的商會多年來一直在阻礙「純種蘇考赤」銷往美國，直到好像七十年代。這就是為什麼「純種」是近十幾年來最吸引（當然指蘇考赤愛好者）注意的蘇考赤。

這也正是我目前的階段，只不過並沒有完全拋棄我的「雜種」。它還是比較便宜，雖然只便宜大約四分之一左右，可是對常常喝酒的人來說，還是可以少支出一點。不過我家經常總會有一兩瓶「純種」（Glenlivet, Glenfiddich……）為知音，為遠方來的有朋，為自己的心情，為春分，為初雪……

我的酒齡只比我小十來歲。除了年輕的時候為了酒而出過醜、失過態、丟過臉之外，我多年以來早已告別「濫飲」。「濫飲」是任何愛酒的人很難逃過的洗禮。如果非要經過不可的話，那就跟失戀一樣，越早越好，越快過去越好。這一關過不了，或拖得太久，很容易變成酒鬼。當然，就算你過了，也不見得就能夠成為酒仙。問題就在這裏，你聽我說，你可以自貶為酒鬼。但任何人都無法自封為酒仙。酒仙是修來的，只不過，就我所知，太多太多的酒友，在還沒有想到修成酒仙的時候，已經變成了酒鬼。不過，讓我在此扮演一次菩薩，就算我不能助你修成酒仙，但至少也許可以使你不必淪為酒鬼。

酒鬼是現實寫照，酒仙是浪漫幻想。既然講酒戒，就只有從現實開始。現實是，酒是一種麻醉品，也許它不是鴉片，但它也絕不是雞蛋（去問問四十歲以上的人看看），吃多了都對身體有害。

美國一般用「血液酒精」（Blood Alcohol）來測量人醉酒的程度。所謂的「血液酒精」，是指人類血液之中的酒精百分比。就美國各州公路警察逮捕酒醉駕車來說，酒駕的標準是百分之零點一，或千分之一。這就是說，每千單位血液之中有一單位的酒精的話，無論你身高體重如何，也不管你多久之前喝了多少，才在當時出現這個血液酒精百分比，就請你立刻坐牢，至少一夜，事後的懲罰雖因州而異，但絕不會輕。就醉酒標準而言，這千分之一的規定相當精確。問題是，在你喝酒的時候，怎麼知道幾杯下肚之後才使血液酒精高到這個程度？另外，要停喝之後多久，身體才會排泄掉所有酒精而使你完全清醒？最後，有沒有一個所謂之「高潮」（high），也就是說，在沒有醉之前的一個最過癮快樂舒暢的時刻？

讓我先澄清一個引起不少誤會的概念。不少人以為烈酒（如威斯忌或白乾）要比紅白葡萄酒（或清酒）和啤酒更容易醉人。一般來說，除了因各人體質不同而會有少許差別之外，任何酒喝多了（喝到血液酒精千分之一的程度）都會醉。使你醉的不是高粱酒的高粱、葡萄酒的葡萄，而是這些酒中間的酒精。就這麼簡單。

為了方便起見，我用三種不同的外國酒來舉例。一種是烈酒（liquor），如威斯忌、白蘭地（中國的白乾，從山西汾酒到金門高粱，則較烈一點）；一種是葡萄酒（wine），如法國的紅酒、白酒，中國和日本的清酒（中國的黃酒如紹興，則相當於西方的「加強葡萄酒」fortified wine，酒精強度介乎烈酒和葡萄酒之間）；一種是啤酒，中外幾乎一樣。

三種酒的酒精成分雖然不一樣，可是普通一杯威斯忌（shot，看你去哪個酒吧，大約一英兩至一點五英兩，在此我們不妨用平均數一點二五英兩做標準）的酒精含量相當等於普通一杯四英兩的任何葡萄酒，也相當等於任何十二英兩裝的啤酒。這種比較的意思是說，你喝一杯威斯忌，加不加冰塊都無所謂，從身體所吸收的酒精來說，與喝一杯四英兩葡萄酒和一罐十二英兩啤酒一樣。

一般而言，我們的身體重量是一個決定因素。雖然我也碰過比我瘦的人比我還能喝，比我胖的人並不見得都比我能喝，但是總的來說，體重高的人比體重低的人，至少在時間上，能晚醉一會兒，如果目的是酒醉的話。換個方式來說，以同樣速度喝等量的任何酒，身體重的人可以持久一點。至於那些有特異功能的、天生異稟的、內功出神入化的，如果在傳聞和武俠小說之外真有他們，則不在此限（萬一碰到這種人，也千萬別和他們比酒）。

讓我再用三種不同體重的人來做個比較：一百二十英鎊，一百五十英鎊，一百八十英鎊。用這三個體重作基準，你大致可以找到你醉酒的時間和杯數，請注意，這裏所說的「杯」，指一杯一點二五英兩威斯忌，或一杯四英兩紅白葡萄酒，或一杯十二英兩啤酒。還有，以千分之一血液酒精為酒醉的標準。

一百二十英鎊：一小時只喝一杯，你六小時內不會醉；一小時喝兩杯，你兩個半小時一定醉。

一百五十英鎊：一小時只喝一杯，你七小時內不會醉；一小時喝兩杯，你三個小時一定醉。

一百八十英鎊：一小時只喝一杯，你十小時內不會醉（不過你會睏）；一小時喝兩杯，你四個小時一定醉。

這當然是指一般人，而且這當中絕對有不少例外。一個是，如果還記得酒是麻醉品的話，那人體會慢慢適應（入芝蘭之室，久而不聞其香；入鮑魚之肆，久而不聞其臭）。常喝酒的人在這方面比不常喝酒的人佔點便宜。酒量是可以練的，但也只能練到某一個程度而已。同時，這是你的身體在付出代價，而且代價不低。好，不管怎樣，考慮到這一切之後，你大概可以計算出我前面提到的第一個問題的答案了，至少你可以知道，以哪種速度喝酒，你可以不出醜失態，說一些你清醒之後懊悔的話。

至於第二個問題，要多久才能排掉體內的酒精，才能完全清醒？

酒一入胃，你就完全無能為力了。人工嘔吐太丟臉，何況在賭酒逞能的時候，這等於是在作弊。只有靠陪酒過日子的人有資格那麼做。無論如何，要多久才能完全清醒，醫學上肯定有更精確的計算方式。不過，照我個人的經驗來看，假設喝酒有那麼一個難以捕捉的「高潮」，那個沒有醉但其快樂舒暢無比的時刻，那麼從這個時刻算起，你完全清醒所需的時間，要比你從開始喝到抵達這個高潮的時間稍微久一點。

我用高潮做為界線是因為，很簡單，如果以酒醉為標準的話，你只有睡一夜才能醒得過來，那就沒有意義了，更沒有意思了。所以，最後一個問題是，如何抵達高潮？

這個問題並不容易回答，因為這個高潮不像，比如說，那個高潮，那麼容易下定義。用最簡單的方法來衡量，如果我們接受（而我接受）千分之一血液酒精是美國法定酒醉標準，那一般人喝酒的高潮是抵達這個界線所需時間的一半。讓我再用上面用過的三種不同體重來舉例。這雖然只是一個大概，但也差不多可以做為你飲酒的燈塔……好，喝酒的最終目的，喝酒的人所追求的理想境界——高潮。

一百二十英鎊：兩小時三杯（我是說到此為止，而不是兩小時三杯、四小時六杯……四小時六杯你非醉不可），或四小時四杯（到此為止）。

一百五十英鎊：一小時三杯（到此為止），或三小時四杯（到此為止），或五小時六杯（到此為止）。

一百八十英鎊：一小時三杯半（到此為止），或二小時四杯（到此為止），或三小時五杯（到此為止）。

這是喝酒的一個理想境界。它沒有另外那個高潮那麼石破天驚、天搖地動。有的時候過了你可能都不知道。而且就算知道了、感覺到了，你也只不過經歷一個有限期間的享受。一旦抵達了這個顛峰，假設你不再繼續喝下去（而又有幾個人真能守得住？），你大概可以過上一個小時左右的癮，然後就慢慢清醒。問題是，清醒的過程比抵達高潮要久一點，而傷感情的是，清醒的過程沒有抵達的過程那麼令人舒暢。前者情緒高昇，後者情緒下降。而且，這一點比什麼都重要，就算你三個小時抵達了高潮，而且不再繼續喝，那你可能在之後兩小時就感到完全清醒。但事實上，你並沒有，這個清醒感覺是假的，至少開車絕對還是會受到其影響。一點不錯，喝酒容易消酒難。

我想正是因為消酒難才會有人不醉不歸。因為酒在體內消失的過程中反而使你更煩、更悶（藉酒絕對消不了任何愁），於是你就再來一杯，希望能再回到慢慢進入高潮過程中的那種舒暢感覺。但問題是，這個高潮一去不返。你永遠無法再回到從前。除非你在真的完全清清醒之後從頭來過。那多麻煩！於是你就又來一杯……是高潮過後這一杯又一杯，最終送你進入醉鄉。長遠下去，還使你的肝硬化。

沒有喝酒的時候，什麼道理都明白，都可以說清楚。可是除了酒仙之外，有幾個人在享受高潮的時候還把持得住？酒是麻醉品，而麻醉的又剛好是支配理智的大腦神經。這真是人生享樂的莫大矛盾、莫大諷刺、莫大不公平。就在你喝酒喝得快樂舒暢的時候，也正是你的大腦神經被麻醉到不那麼理智的時候，而今天的科學飲酒行為守則（千分之一血液酒精是法定酒醉標準！）卻規定你就在此時此刻停止喝酒。

所以，酒戒歸酒戒，還是隨你便吧！人生一場，人生幾何，為知音，為遠方來的有朋，為自己的心情，為春分，為初雪，為任何你要為的……什麼？瓶子空了？好！五花馬，千金裘，呼兒將出換美酒！

——*1987*

編註：一英磅等於零點四五公斤。一英兩等於二十八公克。

一塊錢和一個夢

對紐約居民來說，一九八九年第一件大事是一月四日的兩千六百萬美元一人獨得的「樂透」獎。

就獎金而言，這兩千六百萬並沒有破紀錄，這個數目只不過是有史以來第五大而已。而就獨自一人中獎而言，這個數目也非最大，而是第二大（第一大是八六年一人獨得的三千零五十萬）。不過，那次有十二張票中獎，每張票只分到四百萬左右而已。你看，一談到「樂透」，尤其是這次一人獨得兩千六百萬，連四百萬美金也只能算是「只分到四百萬左右而已」了。連八年之中只玩過兩次的我都莫名其妙地開始白日夢式地貪了。

我是這次才發現，挑選六個中獎數字的幅度，已從當年的一到四十八增至現在的一到五十四。中獎的機會（哈！）是大約一千三百萬比一，差不多相當於你坐飛機失事的機會。儘管前者是希望中，後者是希望（老天幫忙）不中。

不要以為你中了兩千六百萬，就可以拿到兩千六百萬。任何中了獎的人，真要說的話，永遠有一位伙伴。不，不是你家人，而是美國政府，半個家人，山姆叔叔。稅率是多少我不清楚，但除非你把獎金放入免稅的投資，否則這筆錢就像任何收入一樣，該付多少就付多少。而因這次中獎的人是個非洲窮留學生，他還要另付百分之三十的非居民稅。紐約「樂透」是按二十年分期付款的，所以這兩千六百萬，扣掉一小部分給獎金儲備金之後，就變成每年一百二十三萬八千零九美元。不過，因為這「窮」小子是個外國留學生，所以還沒付所得稅前就少了百分之三十，而變成每年八十六萬六千六百六。他最後一筆獎金要到公元二〇〇九年才能拿到。至於到了二十一世紀第九個年頭，這一百二十多萬美元，扣掉所有該扣的稅之後，還剩多少，還值多少，我想連猜都不用猜，反正總該可以買部汽車、吃頓飯吧。

所以，不管誰贏了這個每星期開獎兩次的「樂透」，真正穩贏、而且連贏的是紐約政府和聯邦政府。當然，話也需要講回來，他們是為了保證自己一定受益以便為人民服務（「樂透」獎大約有一半以上的錢和利息好像是用來支持紐約州的教育系統），才肯主辦。要說狠的話，政府可比拉斯維加斯和大西洋城還要厲害，而且經過人民的核可，冠冕堂皇。

這就回到我們頭上了。這個「我們」是指所有肯花一塊錢去做一個夢的人。

為「樂透」做宣傳的這句「你只需要一塊錢和一個夢」（All you need is a Dollar and a dream.）是近年來最成功的一個廣告口號。我相信每個人都心裡有數，玩和不玩的結果一樣。因為除了中獎的那一或數人之外，我們每個人都有一千兩百九十萬個機會不中。所以這句宣傳口號直接打進一般人的內心深處。明明知道贏的機會實際上是零，可是期待著中獎，以及計畫如何花這筆錢的滋味卻是其美無比的。更何況一塊美金並不多，夢想又不要錢，而且人人都有。只要沒有開獎，你就可以繼續享受這個夢。開了獎之後，你幾乎可以立刻快樂下去，需要的只是另一塊錢和同一個夢。這樣看的話，玩的人都是贏家。一塊錢買來幾小時或幾天的快樂和幻想，實在比看電影便宜得多。

我沒有做過研究，但照我這幾年的耳聞目見，中獎的幾乎都是打工仔。你可以說「樂透」是在中下階層作每星期兩次合法的財富重新分配。

我猜這倒不是因為千萬富翁們都捨不得這一塊錢，或者沒有這個夢，而是他們在玩「大樂透」，而且保證中獎的機會絕不是一千三百萬比一。我想大概正因為「外面」真有這麼一批真刀真槍的大玩家，才有了只需一塊錢和一個夢的千百萬小玩家。在真刀真槍的世界裏，小玩家的各種煩惱和苦痛，都可以靠中「樂透」來解決，至少解決一部分。就算錢買不到愛情，但是錢還是可以買到幾乎其他一切。大玩家都明白這個秘密，但同時也明白天下少有白給這回事，更何況這個「白給」的機會又是一千三百萬比一。

這也是為什麼「樂透」的宣傳是針對小玩家。在紐約乘過巴士和地鐵的人都應該很熟悉這個「樂透夢」了：「買下我做事的那間公司，叫我的老闆給我做事。」

曾幾何時，有遍地機會讓你努力奮鬥而成功的「美國夢」，變成了盼望這一千三百萬比一的機會作老闆的「樂透夢」？

我既不是大玩家，也不是小玩家，但我有一大堆夢想。我算是一個職業夢想家。對我們這類職業夢想家來說，夢想不需要成為現實，夢想高過於現實。這就是為什麼我不玩「樂透」，我怕中獎。

——*1989*

鑽石不朽

只要你翻閱過任何美國綜合性雜誌，月刊或週刊，或者是報紙，你總應該看過這樣一幅廣告：一對緊緊擁抱中的年輕男女，碧眼金髮的她，臉上帶著充滿愛情的微笑，手指上一粒二點五克拉的鑽石閃閃發光。背景浪漫，求婚的理想所在。整幅廣告只有三個英文字：Diamonds Are Forever——鑽石不朽。

我們不必過分挑剔這句話的真實性，因為誰都知道，再過六十幾億年，如果不是更早的話，連我們的地球都要消失了，何況「不朽」的鑽石。不過，考慮到這句話比它所套用的名言「愛情不朽」要稍微實在一點——想想看，你能數得出幾個不朽的愛情？——那它不但科學，簡直近乎完美了。

不管怎樣，這其實是一大陰謀，是鑽石工業為了挽救鑽石業一度的極不景氣，而設想出來的一句宣傳口號。

鑽石和愛情的關係很難解釋。就算他們之間真有關係，那也是近世紀，而且是（西方）人為的。十八世紀以前，好像只有印度和東南亞一帶產鑽石，而且好像它只和貴族的愛情有關。直到十九世紀中，才在南非發現大量的鑽石礦藏，金鋼鑽才逐漸開始流到民間，儘管這個民間的範圍非常非常之小。

鑽石與美更難分析。你也許無法為「美」定價（比下定義還難），但任何珠寶都各自有一套既定的標準來鑑定優劣。就鑽石來說，是用所謂的4Cs（carat, color, clarity, cut），指任何一粒鑽石的大小（克拉）、色度、清晰度和切磨出來的形狀，來決定其好壞，因而決定其價格。但就美來說，誰也不能一口咬定鑽石絕對比，例如，紅寶石、珍珠等等要「美」。

只有一點，鑽石絕對壓倒其他一切，而且不光是壓倒其他一切寶石，而是壓倒其他一切已知的自然物質—它的硬度。所謂的「鑽石不朽」，其意義，至少是科學性的，在此。然而，唉，諷刺中的諷斥，鑽石的問題也正是出在這裏。我是說，除非你將它磨碎，用於工業，或真的用天然鑽石來切玻璃，否則它本身沒有多少實際用處，連鐘錶都不太用它了。金鋼鑽不像黃金或白銀，既不能加以鍛鑄，也不能取代他物。它只有被取代，例如人工鑽石。人們唯一想出來的用途，也正是它多年來，而且至今仍扮演的角色，只有在貴婦手指上閃閃發亮，向其他太太小姐少奶奶們示威。

這樣看的話，鑽石的確比珍珠要珍貴。人老珠可以黃，而鑽石明亮不朽如舊。

然而問題和麻煩，從長遠的角度來看，也正好出在這裏。

依照市場經濟的供需規律，每挖出一粒新的不朽鑽石，就會使已存在多年無數仍然未朽的鑽石的真正價格降低一點（不過，已經成為藝術品一部分的鑽石不在此限。可是話又說回來，大理石，在米開朗基羅手中，或在羅丹手中，也可以達到這個境界）。於是，鑽石的價值，就這樣一點一點一分一秒地變成……好，也許不能夠說一毛不值，但應該能夠說可以變得像沒有成為藝術品之前的大理石一樣，不大便宜，但也不太貴。

好，既然如此，那為什麼鑽石還如此寶貴？道理相當簡單，讓我先舉一個旁例。紐約有一大一小鑽石中心。大的，也是全美最大的，在曼哈頓西四十七街。五、六大道之間；小的在唐人街堅尼路。你去打聽一下價錢，同樣一點五克拉左右的鑽石，在不同珠寶商號，可以賣到四千美元、八千美元、兩萬八千美元。除了其他（色、清、切）的鑑定因素之外，我告訴你，無瑕的鑽石就和無瑕的鑽石商一樣難以遇見。

不管怎樣，我要說的是，鑽石不便宜。而且其道理簡單無比。因為有一家比美國「國際電話電報公司」還龐大、比「日產」也龐大的壟斷企業，即以南非的奧本海默家族（Oppenheimer）為首的「德比爾斯統一礦業有限公司」（De Beers Consolidated Mines Ltd.），半個世紀以來，一直靜靜而巧妙地左右全世界鑽石的分配。其手段是雙管齊下，一方面限制鑽石的供應，但同時又大力鼓吹人們對鑽石的渴望與需求（「鑽石不朽」）。不少女人真以為沒有鑽石就沒有愛情，不少男人也真以為沒有鑽石就得不到愛情。

就宣傳戰略來說，如果真有百分之百的成功的話，這大概就是了。然而，這大壟斷企業厲害的地方還更基本。全世界百分之八十五的粗鑽石的買、賣、存，都由它一家公司經手，而且只能在色度和清晰度方面討價還價。價格本身根本無價可談，完全由它一家決定。世界所有主要鑽石出產國，包括蘇聯，甚至於包括反對南非種族隔離政策的非洲國家在內，都不得不與它充分合作。而這家公司的創辦人，正是大英帝國殖民非洲的老始祖，西塞爾·羅德茲（Cecil Rhodes），前羅德西亞（Rhodesia，現辛巴威）即以他的大名建國。

不過，金鋼鑽的日子不可能永遠「不朽」。今天，世界一般大眾手中擁有五億克拉以上的鑽石。任何哪怕是小規模的傾銷拋售都必定會打亂市場。你只要想到如果沙烏地阿拉伯全額生產，全額向外拋售石油，對世界汽油價格的影響，你就大概可以體會到同樣的情況在鑽石市場上的破壞力了。最有可能打破「德比爾斯」美夢的是鑽石存積已經到了溢滿程度的以色列。另一個可能是正在積極抗拒「德比爾斯」對其日益興起的鑽石工業加以控制的澳大利亞。再有可能的話是最終的可能，那要來自我們。總有一天，一般人也開始慢慢地認識到，鑽石本身不見得有什麼內在價值。它的任何價值都是人所賦予的，而凡是人所賦予的，人也可以取回。人如果要這麼做的話。

而且，鑽石好買不好賣。你手中如果有一個鑽戒，不妨去試試看，你絕對賣不到你買的價錢，除非你哄你的弟弟妹妹，鑽石商可不會上這個當。換句話說，總有一天，人們就會發現，鑽石因其不朽的特質而貴，同時最終也因此一不朽的特性而賤。所以，只有笨蛋才買金鋼鑽。

當然，我也知道，只有笨蛋才陷入愛情。

——*1989*

訃聞

自從我大約十八年前由洛杉磯搬到紐約，開始定期（每天）看《紐約時報》以來，我逐漸不知不覺地有了一個可以告人、但從未告人之密。我每天必看它當天的訃聞。

我已經發現好一陣子了，就是，不只我有此一很少告人之密。紐約有一大堆每天必看訃聞的人。我最近又在一篇文章裡讀到，《紐約時報》訃聞版編輯說，以前人們是在年紀大了之後才開始看訃聞版，現在，他發現許多年輕人也在看。

我想這不僅僅是因為八十年代出現了愛滋病，使上了訃聞版的大小名人的年紀，從以前的七十、八十、九十幾，可以突然下降到四十、三十幾。之所以難得有二十幾歲的人上訃聞版，只不過是因為難得有二十幾歲的人，不管死因為何，有足夠的成就或聲譽，使他的死亡消息值得在《紐約時報》上佔哪怕只是一個兩英吋欄的篇幅。例如，今年十一月初有這樣一則訃聞，標題是：「蒂莫西．巴瓦德拉（Timoci Bavadra），五十五歲，斐濟前總理。」訃聞說他因癌病去世；一九八七七年任斐濟國總理，一個月後因軍事政變而下臺等等……只有一段，不到八十字，兩英吋欄。這就是我的意思，就連一國總理，哪怕只做了一個月，也只不過配給到兩英吋欄的篇幅，那二十幾歲的人，除非當事人是娛樂或運動明星，或神童棋王，否則就很難在訃聞版上競爭了。

當然，我這裏談的是所謂的「社論性」（editorial）訃聞，指報紙認為有值得一提的死亡報導。

另外當然還有誰都可以出錢刊登的「死亡通告」（或訃告，至少四行，大約六十美元，額外的每行另外算錢）。只不過報紙要有確實死亡證據，例如死亡證書、殯儀館或教堂等地的喪禮通知等才肯登。這一方面是負責，另一方面是防止有人搞惡作劇，還怕被告。

不過，就算「社論性訃聞」，也分大小兩種。《紐約時報》每一天的訃聞版，除了自費的告喪通知之外（三十至六十則不等），其他都是「社論性訃聞」。報導斐濟前總理去世的同一天，另外還有七則。這七名死者之中，我只知道一人，就是當年（一九六六）越戰期間以「綠色貝雷帽部隊之歌」（*Ballad of the Green Berets*）聞名全美，並引起當時反戰分子反感的巴利．沙德勒（Barry Sadler）：他近年來在瓜地馬拉訓練尼加拉瓜反抗軍，頭部中彈，死於美國，年四十九，留有一妻二子一女。其他六名死者，想來各有各的成就，但是除了當事人的親戚朋友同行同業等人之外，大概沒有幾個其他人會注意到他們的死，更不要說為他們的死而悲痛（我這裏絕沒有對死者有任何不敬的意思），儘管他們都上了「社論性訃聞」版，儘管一人是五十八歲的投資銀行家，一人是七十七歲的心理學家，一人是七十五歲的醫學院教授，一人是四十九歲的藥品公司主管，一人是三十九歲的護士兼律師，一人是七十歲愛爾蘭文學評論家。

不論他們在訃聞版上得到的篇幅是兩英吋欄，還是六英吋欄，有沒有照片，顯然訃聞版編輯認為他們各自一生事業成就或貢獻，足以佔據這寶貴的兩英吋欄。我祝他們在天之靈。但這些仍然算是「小」訃聞。只有從《紐約時報》頭版（國際國內大事）刊起的訃聞才有資格被稱為「大」訃聞（這大小之分是我的說法，報紙自有它們的標準）。最近只有一人有此榮譽和資格（十一月六日）：「弗拉基米爾．霍洛維茲（Vladimir Horowitz），八十六歲，鋼琴大師，故世。」在頭版左下角佔了三個六英吋欄加半身照之後，下轉到第三部分的整整一頁，同時還有七張照片。這七張照片之中，除了生活的、家庭的（其夫人為托斯卡尼尼之女）、年輕時代的、演奏的、謝幕的之外，還有一張是他在世界各地演出時永遠使用的那架鋼琴，正從他曼哈頓家的樓上被吊著搬運出來的照片。只有這樣的大師才能享有如此大的「社論性訃聞」的待遇。霍洛維茲晚年的閱報習慣是，每天早上首先看訃聞版。他對朋友說，如果當天訃聞版上見不到他的名字，他這一天就很快樂。由此又可證明，看訃聞的有各式各樣的人，而各式各樣的人又有各式各樣的目的。

當然，這類大師或大人物（如尼克森、季辛吉，或鄧小平）的「訃聞」早都已經寫好，存放在《紐約時報》的訃文數據庫，只等他們某年某月某日嚥下最後一口氣（死最民主，死也最絕對），再加上幾段最新情況罷了。

如果說新聞是歷史的初稿，那訃文可以算是尚未蓋棺的論定。大訃聞不談，日後多半自有無數傳記論著另外介紹分析研究，但小訃聞的當事人則，不是說絕對沒有，而是很少有機會成為一部傳記或論著的主角。前面提到的那位越戰美軍沙德勒，很可能有人為他作傳。但是，不論他一生是多麼傳奇性，他那訃聞的標題，即蓋棺前的論定，卻是「巴利．沙德勒，四十九歲，民謠樂手，故世。」打了一輩子仗的沙德勒，給今天比較年輕的訃聞讀者留下的最後印象卻是六十年代的一位歌星死了。

我的意思是說，因為大部分哪怕是上了《紐約時報》訃聞版的人，多半也只有此則訃聞做為他一生的總結，那這尚未蓋棺的論定就很突出了。想想看，關於蒂莫西．巴瓦德拉的小標題只是「斐濟前總理」，那「某某某，四十九歲，藥品公司主管」的標題，的確顯得和死一樣的冷酷。但反過來說，就算有關斐濟前總理的訃聞，除了提到他幹了一個月的總理就給軍事政變趕下臺之外，還介紹了他幼年生活、教育背景、成長過程、奮鬥經驗、家庭狀況、社會貢獻、品行為人、喜怒哀樂——這才可怕，有誰在乎嗎？斐濟到底在哪裏？

我覺得這是定期看訃聞的人的一種自然而又矛盾的反應。所以，除非一則訃聞無論在哪一方面和你能夠扯上一點點關係（親朋好友理所當然，我指的是不相識但卻例如同校同屆同行同業同年同病……），你會經歷一種所謂的「認識的震驚」之外，絕大部分的訃聞，我們只能站在遠遠的地方看。這樣比較保險，因為，儘管是在報紙上公開發表的，我們畢竟仍然是在偷看一個否則永遠無從得知的陌生人的一生，哪怕這一生只容納在一個六英吋欄。

冷酷嗎？我想不是。不錯，我從未見過任何人為一個陌生人的訃聞流淚，但他並不比那則訃聞，或這個世界，更冷酷。

——*1989*

一個美國現象

雖然說只要是人，就有這個基本經驗，可是卻是美國最先把人類此一共同經驗中的一段，變成為一個現象。

我們都是從我們母親肚子（好，子宮）裏生出來的；我們吃奶、斷奶、爬、坐、站、走、跑；我們上學、長青春痘、我們唸書、打工、做事；我們成家、生子、立業……最後是誰也免不了的一死。大同小異，我們的祖先如此，我們如此，我們的後代也如此。不去做任何價值判斷的話，這就是所謂的人生一世。

但是這個人生一世有那麼一段期間是所謂的「尷尬」期間——青春期。這不是問題，至少不是我要談的問題。我要說的，是美國二十世紀下半葉，把這個人生階段的男孩女孩，不但推上了社會舞臺而變成了一個人口組群，而且變成了一個龐大的消費集團，同時還為英語制定了一個特定名詞——teenagers。

中文始終沒有一個恰當的相對名詞。「青少年」是傳統的說法，沒有錯，只是不夠精確。所謂之「妙齡」是在形容，而且更不精確。不論生理上青春期是從幾歲開始，英文teenagers明確地指「十三」（thirteen）到「十九」（nineteen）歲的男孩女孩。

雖然teenagers這個英文字戰前即存在，但是做為一個特定名詞來普遍使用，卻是五十年代下半期開始的。為了方便起見，我這裏用「三九少年」來表示，來指英文teenagers所指的十三到十九歲的少男少女。好，它之所以到了五十年代才在美國流行，成為一個美國現象，如果允許我用大字眼來說的話，很簡單，自由、民主、開放、富裕。

直到二次大戰，美國或西方社會在童年和成年之間、在一般觀念上，並沒有一個固定的中間地帶。「青春期」基本上是一個生理名詞，指發育的一個必然過程而已，不帶有任何社會意義。說實話，即使在西方國家，戰前的規律是，絕大部分人家的子女，一旦唸完小學或初中（十五歲左右），都幾乎立刻開始工作賺錢，因而被視為「成人」。而如果不是法定成人的話，也至少被普遍看做是「成人」。因為哪怕還是小孩兒，一旦開始工作，就有了收入，就貼補家用，就有了責任。只有至少中上階層家庭才享有讓子女繼續就學、甚至於上大學的奢侈，而使他們在步入「成人」之前享有更久的緩衝時期。

是富裕社會的普及教育根本改變了美國青少年的生活週期。想想看，只不過本世紀初，十四歲到十七歲的青少年，只有百分之十三就學；而到五十年代初，這個比例已經增加到百分之七十五左右；再到六十年代中，可以說幾乎全部（百分之九十五以上）就學，而其中過半數上大學。「成人」於是就這樣給推到二十歲以後。

所以，就算在自由、民主、開放的基礎上，社會不富裕也仍然不會出現「三九少年」這個集團，人們也不會確認「三九少年」為一個單獨的、個別的實體。而「三九少年」之所以得到社會確認，很簡單，他們有錢了。

他們有人是家裏給的零用錢，而這零用錢在六十年代初的一般規矩是一天一美元，相當於今天至少五美元。除此之外，他們多半都有機會打零工，或週末工。這表示什麼？這表示他們多數吃在家裏、住在家裏、基本開支全由家裏負擔，而自己又無家累，所賺所得全花在自己身上。突然之間，「三九少年」變成了社會上重要的消費者。好，也許不是那麼突然，總之，到六十年代初，不考慮父母花在初中高中子女身上的錢，「三九少年」自己的消費額是令人震驚的每年一百二十億美元。而這些錢不是用來來買房子家具，而是去買時裝、化妝品、唱片、汽車……

這個美國「三九少年」現象雖然在五十年代中開始形成，但在五十年代下半葉，幾個連續發生的事件加強、鞏固、擴大了「三九少年」的聲勢和地位：好萊塢關於「三九少年」和青少年幫派的電影（James Dean, Marlon Brando 等等）；搖滾樂；和一九四六年出生的第一批戰後嬰兒（Baby Boomers），他們於一九五九年剛好滿十三歲，「三九少年」的第一年。「三九少年」一詞從此在美國文化上刻上了它的大名。與此同時，「代溝」（generation gap）一詞也因而誕生。

「三九少年」不但在馬龍．白蘭度和狄恩身上發現了自己，更在搖滾樂中發現了自己，同時還隨著它跳，隨著它笑，隨著它愛，還有後來的隨著它抗議和示威。「三九少年」有了屬於自己的音樂。

但是真正把「三九少年」變成社會一股不容忽視的力量的是戰後嬰兒的加入。你知道他們當時的力量有多大嗎？

戰後十五年之間，「三九少年」的數目，從一千萬增加到一千五百萬；再到一九七〇年，又增加到二千萬。他們的購買力？所有冷飲的百分之五十五；所有電影的百分之五十三；所有唱片的百分之四十三。他們每年平均花在唱片上是一億美元，五分之一有自己的汽車。

此外，以「三九少年」為主要對象的快餐店，業務每年增加五分之一。六十年代中的一百股「麥當勞」值二千二百五十美元，而到一九七二年，已經漲到不可思議的十四萬一千美元。「肯德基炸雞」從一九六四年的四百家增加到一九七一年的三千三百一十七家。「三九少年」不但去光顧，而且同時也靠在那裏打工服務賺錢。

此外，僅佔總人口百分之十一的「三九少年」，卻購買化妝品總銷售量的百分之二十——光是口紅，就是一千二百萬一年。六十年代初，越戰之前的一項調查發現，三分之一的「三九少年」認為最嚴重的問題是青春痘。

到了五十年代末，已經成了氣候、變成一大勢力的「三九少年」完全知道他們要什麼。用最簡單的話來說，就是做他們要做的，聽他們要聽的，去他們要去的，吃他們要吃的，穿他們要穿的，玩他們要玩的，也就是說，遠離父母家長社會的干擾和控制。

這就是為什麼只有一個自由、民主、開放的社會，還要有錢，才有可能形成「三九少年」這種集團。專制社會免談。第一它專制，誰也別想獨立生活；第二它沒錢，就連比較富裕的家長式社會也不太可能。很簡單，「三九少年」第一個要擺脫的正是這個家長式權威。而在戰後美國，他們成功了，甚至於改寫了美國現代史。

五十年代中的頭一批「三九少年」今年都應該五十上下了。就連一九四六年出生的第一批戰後嬰兒，今年都四十三、四了。這些人是今天美國社會的中間分子，同時也多半是今天的「三九少年」的父母家長。所以，我想，當他們發現今天的「三九少年」每年在衣裝上花費一百一十億美元、美容上花費六十億美元，「三九少女」二十歲以前花在化妝品上的錢，超過他們以後一輩子的化妝費的總和，那就不應該有什麼抱怨了。

同時，如果再想到今天「三九少年」之中的三分之一也認為最嚴重的問題是青春痘的話，做父母的簡直就要發出會心的微笑了。

——*1990*

又一個美國現象

雖然說只要是國家，就有這個基本需要，可是卻是美國，因其獨特的歷史、政治、社會、文化背景，才把一個國家的一個基本需要，或其中一個單元，變成一個獨特的美國現象。

我指的這個基本需要是它的國防部隊。如果你考慮到連一個只有一百多萬人口的國家，都有一支幾百幾千、甚至於幾萬來人的武裝部隊來捍衛其疆土（有多大效率暫且不管，總之它會有），那美國，超級大國美國，世界第一強國美國，當然有一支絕不會輸於任何國家國防部隊了。儘管十九世紀初以來，除了當年的日本（好，日本軍國主義者），不知天高地厚，偷襲了一次珍珠港以外，從來沒有遭受過任何外國軍事侵略。

美國的國防（兼治安）部隊的通用名稱是National Guard，中文一般譯為「國民警衛隊」。其實，這樣譯法未免太小看美國國防軍的力量了。國民警衛隊？連英國的The Guards都是「皇家禁衛軍」。堂堂美國的這支國防部隊，光是它的陸軍，就是其國防地面部隊的最大組成部分，是其戰鬥部隊兵力的一半（其正規部隊佔另一半的大部分，餘下的是陸軍後備），而其國防空軍負責四分之三的日常攔截任務（如果它是獨立的空軍部隊，那它是世界第五大的空軍等等，所以，怎麼變成了「國民警衛隊」了？它畢竟不是防小偷，看守大廈、工廠，維持城鎮交通秩序和治安的警察！

不管怎樣，就讓我沿用大家慣用的「國民警衛隊」吧。不管怎樣，它的歷史比美國的歷史還要久。說實話，「警衛隊」倒是很恰當地說明這支部隊在美國獨立之前，在荷蘭和英國殖民時期的情況。

要追溯它的前身的話，可以一直追到一六三六年。是當時的商人、醫生、律師等專業人士，出人出錢出力組織起來的，一點沒錯，一支志願警衛隊，來保護他們免受印地安人的襲擊。換句話說，他們是當時的民兵，但是因為他們非但自願，而且自給自足，所以參加的人多半是地方上的特權階級，至少你要有錢到自己買得起槍，買得起馬，有空操練打靶。美國國民警衛隊的這個特權性質，至少在主管一級，一直延續到二次大戰。

美國憲法授權國會組織民兵來執行立法、鎮壓動亂、擊退侵略。可是國會，大概認為無此需要，一直沒有採取行動。直到十九世紀初，各州才將有兩百年傳統的民兵組織起來；而直到二十世紀初，國民警衛隊才正式成為聯邦部隊的一支。空軍警衛隊直到一九四七年才建立。因為有這樣一個歷史淵源，國民警衛隊就有了一個獨特的雙重性質。戰爭期間，它是正規軍的一部分（去年美國侵略巴拿馬的部隊主力之一就是國民警衛隊）；但在和平時期，它由州政府管轄，如果該州發生任何嚴重事件，例如大規模暴動、重大自然災害，或當年龐大的反越戰示威等，而如當地警察無法維持秩序，則可由州長下令動員該州國民警衛隊來負責保安工作，控制局面。

美國憲法只說「民兵」（militia），沒有說「國民警衛隊」（National Guard）。這個英文名稱直到一八二四年才出現。但在我講它怎麼出現這個故事之前，讓我先拐一個必要的小彎。

今天，在全美及其屬地的兩千多個大城小鎮，駐紮著四千多個不同兵力（師、團、營、連）、不同兵種（步兵、裝甲、導彈、通訊……）的陸軍國民警衛隊。我想各地自有各地自己的名師、名團，也就是說，有光榮作戰或其他傳統的部隊。但就整個國民警衛隊來說，一個最有名的是總部設在紐約曼哈頓公園大道和六十七街的國民警衛隊「第七團」。

第七團是紐約一些地方名流在一八〇六年，為了應付當時英國提出的要求，即在美國船隻上搜查英國逃兵而組織起來的。它雖然參加一八一二年戰爭的一些戰役，但並不出色。可是到了一八二四年，它卻出了一次大風頭，並且給美國一直被稱為「民兵」的民間部隊，取了一個響亮大名——National Guard。

因理想（和反英）而參加美國獨立戰爭，華盛頓之友，而且官拜美國陸軍少將師長的法國貴族拉法耶特侯爵（Marquis de Lafayette），於美國建國之後回到法國，參與政治，並在大革命期間攻破巴士底監獄的次日，奉命統率剛組成的法國「國民自衛軍」（Garde Nationale）。他於一八二四年訪美，而美國指派紐約州第七團擔任護衛。第七團因為拉法耶特侯爵是法國「國民自衛軍」的總司令，於是就藉此機會自稱他們是美國的Garde Nationale，即National Guard。結果一砲而紅。從此，美國各地的民兵也都如此稱呼自己。就這樣，「國民警衛隊」自此取代了「民兵」，而成為民兵的一個非正式的正式名稱。

這一切我想都滿有意思，俱有雙重性質的國民警衛隊也滿獨特，但還不足以構成一個美國現象。

民兵也罷，國民警衛隊也罷，既然是武裝部隊，那怕是志願部隊，哪怕志願兵的兵役期間（在今天）只不過是每月一個週末操練，外加每年兩個星期的野外演習，也總要有個場地才行。村鎮的警衛隊不愁沒有空曠的草地操場，來練每個二等兵都必須經過的洗禮，一、二、三，齊步走。但就紐約市來說，自十九世紀初以來，人越來越多，房子越來越擠，這裏的警衛隊有時都不得不租場地來出操。

南北戰爭之後，第七團因為以前的團總部和操場不夠用（也不夠紮實，室內無法出操，但別問我為什麼必須在室內操演），才說服紐約市捐出座落在公園大道與六十六和六十七街之間的一塊土地。這個所在是當時所謂的「絲襪區」（silk stocking district），就是說，有權有錢有勢的人的地區，也就是說，第七團官兵的地盤。

第七團邀請了自己的一位成員，名建築師克林頓（Charles W. Clinton）來設計。這幢於一八八〇年落成的第七團總部就是今天曼哈頓這座建築物，「第七團軍械庫」（Seventh Regiment Armory）。

因為這是一個獨特的美國現象，所以連一個普通名詞 armory（軍械庫、武器庫、兵工廠……）一旦用在國民警衛隊身上，就有了不同的意思。

第七團軍械庫（或任何帥團軍械庫）當然有各式各樣的武器，但基本上它是團總部和操演場。它的外形和佈局像是一個大堡壘，但因其建築設計取自十九世紀的火車站，並使用當時先進的工程技術，才可能在一個屋頂之下容納著兩座獨立的建築物：一座四層行政大樓（團總部），一個兩層高、兩百比三百英尺的大空間（操演場）和觀眾臺。

從第七團軍械庫於一八八〇年落成到一次大戰前夕，紐約市一共建造了將近三十個軍械庫。難以想像的是，這筆龐大的投資多半來自民間。比如說，第七團軍械庫就是私有財產，今天還是。問題於是很自然地出現了，為什麼當年民間社會人士肯出那麼多錢來建造這一個個不從事生產、因而也賺取不到收入的軍械庫？

用心簡單，用心良苦。以「絲襪區」為代表人物的紐約（或美國）中上和上層階級人士，在看到十九世紀下半葉各地的政治、經濟、社會動亂後，感到萬分恐懼。想想看，什麼石油大王、鋼鐵大王、鐵路大王等等財閥，都是那個時代形成的。貧富不均，懸殊之大，在美國史無前例。這也正是美國工會運動迅速成長的時候，罷工不斷，再加上一波一波數以百萬計的東歐和南歐貧苦移民和難民，這些特權階級真怕罷工走向動亂，動亂走向革命。他們想出來的答案之一就是建造軍械庫，駐紮民兵，緊急時刻可以平亂，同時又可以做為一個法律秩序的象徵，明白地暗示新移民：你可以來，但可別亂來。

第七團軍械庫外型或許像堡壘，也表達了它所要表達的戒備、力量和權威，但是考慮到民兵的傳統，尤其考慮到紐約州國民警衛隊第七團當年的背景，那就不難想像第七團軍械庫的團總部的設計，可不是一般的步兵營房。第七團總部是上流社會的名建築師、名室內設計、名藝術家，來為他們在同一社交圈往來的特權官兵設計的，一切以上流社會的所謂「男人俱樂部」為典範。因為他們都是「軍官和紳士」（officer and gentleman），所以即使在服役，他們的社交生活還是下午茶、星期六舞會、馬球、慈善宴會……而又因為每個國民警衛隊都在設法吸引與自己的成員身份相等、至少要有相同的價值觀念的人士加入，那就更不難想像第七團在照顧服役隊員的生活、起居、食宿方面的種種奢侈，簡直是必要的了。

這一切到了國會通過一九一六年的「國防法案」，正式將國民警衛隊併入聯邦部隊，才開始改變。首先，軍械庫建得少了，只有經濟大恐慌的三十年代，政府大力投資為失業人士安排工作，才又建了一些，可是再也不可能如此豪華了。今天，不少軍械庫因其獨特的建築結構，經常為地方活動提供場地，舉辦田徑賽、慈善宴會、義賣展覽，做為臨時影棚等等。

因為經常有這些活動，我才有機會去了曼哈頓的兩個軍械庫。一個是西十四街的「四十二師軍械庫」（麥帥曾任師長），一個就是第七團軍械庫，都是去看古董展（但從未買過，好的太貴，不好的也不便宜）。另一個著名的是列克星頓大道和二十六街的「六十九團軍械庫」，我沒有進去過，但它之享有大名是因為一九一三年在這裏舉辦的所謂「軍械庫展覽」（Armory Show），才將已在歐洲興起的現代藝術介紹到了美國。

雖然在，比如說，布魯克林的某個軍械庫現在變成了無家可歸的人士收容所，但這個美國現象仍有跡可尋。第七團軍械庫仍無比時髦，從其對外開放的餐廳和酒吧仍可感受一些當年的味道。而如果你剛好碰上它正在舉辦什麼慈善宴會的話，那你仍可看到大禮服、高級時裝、珠光寶氣的紳男仕女，以一個人一千美元的票價，為愛滋病人籌款。

——*1990*

禮物

好像尤其在美國，人與人之間種種關係上，除了其他各式各樣的快樂和煩惱之外，最令人難以做出最佳選擇的，恐怕就是送一份恰當而適當、又令對方驚訝而滿意的禮物。

我指的當然不是在如此商業化社會上給搞的幾乎是法定節日，譬如說，情人節、母親節、父親節等等，也不是指在西方世界有悠久相互贈送的歷史傳統的聖誕節、新年、生日、婚禮等等時刻贈送的禮物。我指的是完全無緣無故、甚至於一時興起、只不過因為你想送而送的禮物。它之所以寶貴，因為它完全沒有必要。

我最近就有一次送禮的機會，還沒有達到我上面提到的境界。可是從另一角度來看，它雖然並非那樣寶貴，但也相當接近的一個快樂的難題。

我的一個外甥女，出生在紐約，但是剛上小學就全家搬去了北加州，一直就再也沒有回來過。多少年來，我一直請她來紐約玩玩看看，並且說好會送她一套她喜歡的衣服，作為重訪出生地的紀念。好，在離開紐約整整二十年之後，她突然來了。我本來以為只要陪她去一家任何她要去的衣店，為她買一件任何她喜歡的衣服就完了。可是不，她要我決定，要我獨自去挑一件我認為樣式最適合她穿的時裝。

我知道麻煩來了，而且我指的不是上街逛店，雖然這也夠麻煩的。說得嚴重一點，這表示她要知道我是不是真的認識她、了解她。說得輕鬆一點，這表示她想知道我如何看她，至少想知道要把她打扮成什麼樣子——是打扮成另一個Madonna，還是打扮成她的老媽？

我寫這篇東西的時候，美國送禮的季節已接近尾聲，但還沒有過去。可是各式各樣的時裝廣告和禮品介紹，非但無法啟發我的靈感，反而令我視覺麻木。我想正是因為選擇太多，再加上我們一般人多半沒有什麼時間和精神，或懶得在禮物上花太多的心，所以美國的大小報紙雜誌，在尤其像現在這樣一個送禮的季節，才會有各種專家為送禮提供各種建議。禮物價格可以從十塊美金到兩千，禮物內容可以從首飾到配件到時裝到實用物品。這的確為一般人省了不少麻煩。但其中不少禮物，從別致到近乎無聊到調情，我想大部分老中，甚至於老美，都絕對不會去碰，更不要說去送了。

有位編輯建議的禮物是一個青銅貝殼型鳥澡盆。不錯，如果你住的不是公寓，而且有院子，而且喜歡看鳥洗澡，而且不便宜——兩百五十美元。還有一位專欄作家認為最好是送一件對方自己絕對不會去買的禮物，像以美國五十州的各州為形狀設計、而且還印有地圖的州狀琺瑯別針（難怪對方絕對不會去買）——她沒有說多少錢一個州，只是說並不貴。但最妙的恐怕是專門為男人送給女友而建議的禮物了：你先加入一個「幻想俱樂部」，期限至少三個月，但也可以是六個月或十二個月。然後，每月一次，這個俱樂部就郵寄一盒禮物給你情人，其中包括一首情詩、一個小香袋和一條三角褲。不錯，身心情慾全照顧到了。

這就是我的意思，除非你剛好願意如此送禮，而且對方也真的需要一個青銅貝殼型鳥澡盆，或州狀琺瑯別針，或每月收到一首情詩、一個小香袋和一條三角褲，否則……唉，也不用否則了，反正，沒有幾個老美，更不要說老中，會送這些玩意兒。當然，我也只是在猜。

我覺得最好的禮物不是你為送禮才去買的禮物，像我面對的快樂的難題。這種送禮不是有什麼不對——我們都免不了要送這種禮（紅包之外）——而是這種送禮是一件工作，甚至於有一個目的。最好的禮物在你完全沒有心理準備之下，在外出逛街，或出國旅遊的時候，無意之中，在店裏或街攤，突然看到一件東西，而你直覺立刻的反應是：啊，這應該送給他或她，然後沒有任何理由就買來送給他或她。這才寶貴，因為你完全沒有必要送，只是你覺得這件東西就是應該屬於他或她，而且對方也認為送對了，更真心地歡喜，驚訝地高興。不過，當然，其先決條件可不簡單，你要先有值得你如此關心的朋友才行，你數得出幾個？

好，你想知道我最近送禮的結果嗎？因為她臨時急於趕回舊金山，使我沒有機會能親眼看到她打開盒子，第一次拿起衣服的時候的表情，當然也就更沒有機會親眼看到她穿上身之後的反應和樣子。我是在她走了以後才託人帶去給她的。唉！送出去的禮物，就像，就像君子一言一樣，駟馬難追。我對我這個每一兩年才見到一次面的外甥女有多少認識、有多少了解？我只能乾等裁決！好，上個星期她終於寄來一張卡片，在感謝我送她禮物之後，她說：「我會穿去聽交響樂。」（不錯，不但肯穿，而且穿去聽交響樂）可是下面又補上一句，使我對我眼光、對我對年輕人的認識，產生了懷疑：「這在舊金山是可被接受的！」

你也不必知道我送她的是什麼樣式的衣服，但是我問你，你覺得我是送對了、還是送錯了？

而就算你覺得我送錯了，也無所謂，反正二十年後又是一條好漢！

——*1993*

吸煙者的悲歌

大約一個多月以前，不知道出於哪位無名善意人士的關懷，我收到兩本（分別寄到家裏和辦公室）關於「二手煙」禍害的研究報告。

稱其為研究報告可能有點小看了它。它畢竟不是一個小研究生的論文。它的出版者是美國環境保護局，負責撰寫的科學家不下數打，其內容之學術、之專門，我想只有他們的同行才能看得懂。光是目錄就有八頁，厚達一英吋以上，重幾達一英鎊，三百多頁，一百多個圖表，外加數打方程式。其標題《被動吸煙導致的呼吸健康影響：肺癌和其他病症》，以及其內外形象之令人望而生畏，絕不亞於不吸煙的人如何看待二手煙。我告訴你，我差點戒煙。

差點，可是沒有。今天，尤其在美國，像我這樣吸煙的人，應該算是最受壓迫的少數了。

如果你們看過好萊塢老電影的話，你們應該發現，五十年前、四十年前、三十年前，甚至於二十年前，銀幕上的美男美女、英雄壞蛋、騷客蕩婦。從藝術家到政客，從藍領到白領，從上流社會到黑社會，幾乎大部分都吸煙。那個黃金時代，點支香煙是成熟、瀟灑、帥、摩登、時髦、見過世面、混過江湖、歷盡滄桑、有思想、有靈感、熱鬧、瘋狂、孤獨、無奈、痛苦、絕望、愛情、戀愛、失戀……也就是說，人的成長過程中一切經歷感受的一個外在表現。我問你，譬如說，你們能想像那個時期的電影裏的男女主角，在做完愛之後，至少其中之一，能不點一支煙嗎？

那個時候，直到只不過二十幾年前，你我可以在任何地方，從飛機到火車到長途巴士到餐廳到戲院到辦公室，甚至於到醫院，也就是說，任何地方都可以吸煙。儘管自從哥倫布將美洲印地安人吸了千百年的煙草介紹到歐洲之後，就一直有人從宗教上、道德上，還有從健康的觀點反對吸煙，可是直到六十年代中才出現一個反吸煙運動。它們的聲勢不但越來越兇，而且終於找到了一個最有效的反對手段——法律。直到一九七二年，美國衛生局局長公開宣佈，非但吸煙有害健康，「二手煙」也是健康危害物。之後幾年，全美五十州，百分之九十以上都有了禁止在公開場所吸煙的立法。吸煙者的悲歌不但開始，而且是四面楚歌。

而且我們完全無力反擊。雖然大部分吸煙者都不承認，但許多吸煙者都多多少少有點內疚，無論對自己還是周圍受影響的人。這正是為什麼反煙派和反二手煙派如此振振有詞。最近加州甚至於要修正已夠嚴厲的立法，就是除了本人私室之外，禁止在任何地方吸煙。這表示說，就算你有一家私營商店，就連在你自己的私人辦公室，哪怕獨自一人，你點支香煙也是犯法的。我的老天！反煙派的這種政治上正確、道德上優越的態度，更不要說行為，實在難以令人忍受。

另外，在他們四處遊說之下，尤其正當今天美國經濟之不景氣，真有可能把已經相當可觀的香煙稅增加一倍，以至於每包香煙可以高達五塊美金！這不但是道學家所慣用的煙酒「罪惡稅」的手段，而且是反煙派雙重戰略的另一路軍。先立法，再加稅，左拳打不死你還有右拳！

反煙派知道在美國或任何自由民主國家，不可能以法律徹底禁煙。以前嘗試過徹底禁酒，但酒未禁成不說，反而禁出來一個有組織的黑社會。因此，上面提到的加州吸煙法修正案，從個人權利角度來看，實在令人感到不安。不過，我相信還是常理會佔上風。我記得大約十年前，舊金山一批清潔狂硬要通過法律來禁止唐人街的燒臘店將全隻半隻燒鴨露天掛在窗前，太不衛生了。結果，當時一位州議員，後來（因此？）當了市長的阿諾斯先生提出一項法案，宣佈燒臘店在窗前掛燒鴨完全合法。

但是反煙派可比加州那些清潔狂的勢力大多了。最近，他們又打了一次勝仗，就是我一開始所提到的那部美國環境保護局出版的研究報告。這部巨著聲明，美國因二手煙而死亡人數每年高達三千！

這部聯邦政府研究二手煙禍害的著作是去年十二月出版的，至今已經半年了。我至少在一般刊物上還沒有看任何文章提出任何反對看法。這就是說，一般人在大眾媒介上聽到或看到所引用的數據，即美國因二手煙而死的人數每年高達三千的時候，都不加考慮而自然而然地接受這是鐵一般的事實。直到今年四月中，我才在《紐約郵報》讀到一位客座專欄作家（約瑟夫·帕金斯）寫的一篇反駁的文章。

帕金斯首先表明他本人不吸煙，但當他看到吸煙者近年來所受到的打擊的情況，連他都感到同情（謝謝）。他提出的反駁，對吸煙者來說可更加溫暖。他說他看過環境保護局出版的研究，並且指出三千名非吸煙者因二手煙而死亡的這一點。但是他認為，這是一個利用壞的科學來證明政治上正確政策合理的一個明顯例子。他提到環保局審查了十一項美國研究，對象是吸煙者的配偶，而在其中十項，研究人員沒有發現肺癌在統計上有任何顯著增加，只有一項研究證實確有增加，而環保局正是以那項研究做為被動吸煙是危害健康的根據。他最後說，不錯，吸煙不衛生，但二手的致癌危險充其量也是微不足道的；如果各個州政府根據此一似是而非的科學證據來禁止吸煙，實在對全美將近五千萬吸煙者太不公平了。謝謝！

我必須承認，我也看了那一章，但我完全沒有看懂，太專業了。所以我只能假設帕金斯所公開聲明的不無道理。我還必須承認，我對他一無了解，他甚至於可能是美國煙草工業代言人。可是，他的文章出現至今也有一個半月了，我也沒有看到或聽到環境保護局的公開答辯或駁斥。

至於我，我可以向你保證，在像紐約（或洛杉磯、臺北、北京、曼谷、墨西哥城……）這樣的大城，空氣污染到不吸煙的人也等於每天抽半包的地步，再如果你生活在曼哈頓，每當你等紅燈過街，你所吸進前面任何一輛汽車排出來的廢氣，相當於……相當於你一年所吸進的二手煙。

最後，這是我，做為一個吸煙者，給所有人的勸告：不吸的話，不要開始。吸的話，可戒就戒。不戒的話，別在兒童孕婦面前吸。盜亦有道！

——*1993*

七十年代的美國

序幕

沒有人會期望任何人在一篇文章裏去談像美國這樣一個大國在一年、更不要說十年之中所發生的事件。因此，我也不去談。我只是盡我的力，選擇上可能帶有偏見，但不下結論地在這裏提供以美國為主的七十年代的一些大事、小事，以及我還沒有忘記的瑣事。有的你們還有印象，有的可能你們第一次聽到。總之，我只能保證，不管是好、是壞、是醜，它們的確發生了……

一九七〇

尼克森總統成立環境素質委員會，表明聯邦政府開始重視環境問題。

反越戰的「芝加哥七」（Chicago Seven）因大鬧一九六八年民主黨大會，被判有罪。

「披頭四」解散。

美國防軍射殺俄亥俄肯特州大抗議美軍侵略柬埔寨的四名學生，之後，全國兩百多家大學罷課。

去世：法國總統戴高樂、埃及總統納瑟；搖滾樂手 Jimi Hendrix、Janis Joplin。
四月份 *Penthouse* 首次顯露陰毛。
波蘭群眾抗議示威，三百人被殺。
新名詞：未來震盪、綠化。
智利民主選出馬克思主義者阿葉德為總統。
黃金自由市場價格降到標準的一英兩三十五美元以下。
首次有了婦女將官。
美國人口：兩點零五億；聯邦預算：一千九百七十億美元；國債：三千八百億美元。
女權運動全國化……

一九七一

自元旦零時起，禁止煙草商在收音機和電視上做廣告。
最低投票年齡降到十八歲。
「熱褲」上台。
乒乓外交開始，季辛吉秘訪周恩來。
華府甘迺迪中心開幕。
紐約州阿蒂卡監獄牢犯暴動，三十一名犯人被殺。
新名詞：垃圾餐、黑洞、工作狂。

中華人民共和國取代中華民國為聯合國會員國。
去世：俄裔美籍作曲家史特拉文斯基。
Apollo 14 登陸月球。
二十萬人參加華府反戰大示威。
《紐約時報》開始連載《五角大廈秘件》。
東巴基斯坦獨立，改稱孟加拉國。
加州「英代爾」推出微處理機。
四分之三的電影觀眾在三十歲以下。
美國本世紀第一次進口超過出口。
紐約州開始合法賭外圍馬……

一九七二

第一份女權主義雜誌 *Ms.* 問世
舊金山地下鐵通車。
「水門事件」開始。
流行名詞：因美蘇談判而走紅的「緩和」、「開放式婚姻」。
美國最後一支戰鬥營撤出越南。
《教父》電影大紅特紅，「教父」名詞大紅特紅。

美國職棒聯盟啟用「指定代打」。
美泳手史畢茲在慕尼黑奧運一人獨拿七面金牌。
阿拉伯突擊隊劫殺十一名以色列奧運選手。
道瓊指數首次突破一千點。
第六次和最後一次登陸月球的Apollo 17返航，美國終止載人月球航行計畫。
《生活》週刊停止出版。
杜魯門總統去世。
卓別林流放歐洲二十年後首次返美。
流行事務：健康食、超覺靜坐、針灸。
伏特加銷路首次超越威斯忌……

一九七三

「水門」的「門」成為任何醜聞的詞尾。
最高法院裁決 Roe V. Wade 人工流產合法。
尼克森總統宣佈越戰一月二十八日結束。
阿拉伯聯盟各國在西方國家共有一百億美元存款，美國一國為八十五億。
智利阿葉德總統因政變下台，自殺他殺不詳。
新名詞：古拉格（Gulag）。

阿拉伯石油輸出國組織對美實施石油禁運。

美國心裡學會改變其一貫立場，聲明同性戀不是精神病。

流行標語：「美化美國——剪頭髮」、「節約用水——與友共浴」。

去世：畢卡索、導演約翰·福特、詩人奧登、賽珍珠、詹森總統、大提琴家卡薩爾斯。

傳奇性的CBGB（鄉村、藍草、藍調）搖滾俱樂部在曼哈頓下東城開幕。

牛仔褲、便裝、舊軍服、T恤白熱化流行。

尼克森總統宣佈：「我不是壞蛋。」……

一九七四

石油禁運結束，汽油仍漲。

水門事件波及總統。

「裸奔」不時出現。

人人手戴數字顯示錶

眾議院司法委員建議彈劾尼克森，一星期之後，尼克森宣佈辭職，福特接任總統，並立刻「徹底、無保留、絕對寬免」尼克森。

漢克·阿倫第七百一十五支全壘打，破了貝比·魯斯四十七年的記錄。

時裝：「線」比基尼，指剪下一塊比郵票略大的軟布，再由一根線在上面繫起來的女泳衣。

流行名詞：綠色革命。

流行廣告（泛美）：享樂今天，明天會更貴。
林白上校去世。
巴勒斯坦解放組織以觀察員身份進入聯合國。
報閥之後派蒂・赫斯特被綁架。
墨西哥發現石油……

一九七五

紅色高棉佔領柬埔寨，開始大屠殺。
北越佔領西貢，改稱胡志明市。
發現新星系，命名3C123，距離地球八十億光年。
美蘇太空人在地球一百四十英里上空握手。兩國外太空競爭結束。
《大白鯊》來了。
西班牙弗朗哥獨裁三十六年後去世。
劃時代電視喜鬧節目《星期六晚現場》（Saturday Night Live）問世NBC。
三十五個東西方國家簽署赫爾辛基人權協議。
福特對破產求救的紐約說：「去死吧！」
卡車司機工會老大吉米・赫法失蹤。
新事務：狗旅店（紐約州）……

一九七六

美國獨立兩百週年。

一個平均的美國人是二十八點七歲；完成了十二點四年學業；有二點三個小孩；擁有五點三個房間的住宅。

《洛基》上演，打招呼的時候，Yo!取代了Hi!

Apple 推出個人電腦。

加州頒佈第一個「死亡權利」法。

大西洋城可以設賭場。

卡特當選總統，對《花花公子》訪問說：「我心中常犯通姦。」之後出現的標語：「在他心中，他搞過你老婆。」

流行標語：真人穿假毛。

Viking 1 登陸火星。

最高法院裁決極刑有違憲法。

作家湯姆．沃爾夫總結七十年代為「（以）我（為主）的十年」（Me Decade）。

諾貝爾獎首次由美國人全包……

一九七七

卡特總統寬免幾乎全部越戰期間拒服兵役者。

卡特宣佈今後美援將視受援國人權紀錄而定。

貓王去世，四十二歲。

「龐克」搖滾上台。

《星際大戰》、《第三類接觸》上演。

紐約市大停電。

巴拿馬運河將在公元兩千年前交還給巴拿馬。

流行事務：瓶裝（飲用）水。

流行用語：遺傳工程、雌雄不分（androgyny）。

去世：卓別林、平．克勞斯貝、馬克斯三兄弟老大、歌劇女星卡拉絲、作家納布可夫。

Studio 54 俱樂部在曼哈頓開張，立刻成為迪斯可舞中心。

中子彈製成，只殺人，不毀物。

紐約連環殺手（七死八傷）「山姆之子」被捕……

一九七八

瑞典成為禁止使用噴霧罐（aerosol can，以防止破壞臭氧層）的全球第一國。

世界第一個試管嬰兒在英國出生。

流行事務：共泡熱澡盆。

流行用語：船民（逃離越共）。

人民教教主瓊斯命令其信徒集體自殺。九百一十四人死亡。

蘇聯一座人造衛星墜毀在加拿大。

去世：肯亞開國之父肯亞塔、數理邏輯學家格德爾、德國走鋼絲家族之長卡爾·瓦蘭達、人類學家瑪格麗特·米德。

加州通過「提案13」，將州的地產稅減百分之五十七。其提案人成為民間英雄。

卓別林瑞士墳墓中的屍體被盜。

教宗若望保祿一世升天，波蘭大主教繼任教宗為若望保祿二世。

自動對焦相機問世。

聯邦法官裁決棒球聯盟主任委員對女記者進出球員更衣室的限制為非法。

洛杉磯成立「全國女同性戀女性主義者組織」……

一九七九

中（共）美建交，中（華）美斷交。

美公共衛生局局長宣佈吸煙是「致使早死的最重要環境因素」。

伊朗國王巴勒維外逃到美國。

伊朗伊斯蘭什葉派教主何梅尼由法國回伊朗，不久之後宣佈「這是神的政府的第一天」。

在卡特總統見證之下，埃及和以色列簽署「大衛營」和平條約，終止了兩國三十年的敵對。

賓州三浬島核電廠發生事故，幾乎造成大災難，居民撤出。

連環圖《超人》成為電影《超人》。

SONY Walkman「隨身聽」上市。

伊朗激進份子佔領德黑蘭美國大使館，要求交回伊朗國王。

美國選出首任女首相佘契爾夫人。

遇刺：蒙巴頓勛爵；去世：影星珍・西寶、約翰・韋恩。

尼加拉瓜內戰，桑定主義者奪權。

石油輸出國組織再度加價百分之五十。

蘇聯進兵阿富汗。

烏干達獨裁者衣地・阿敏被推翻。

七十年代被命名為「婦女十年」。

唯一的三次重量級拳王阿里（56-3-0）正式退休。

美國氣象局開始以男人名字命名颱風，男女每年輪流。

最高法院裁決未成年者有憲法權利墮胎，但需要她說服法官她已經成熟到可以做出那個決定。

Voyager I 探測木星。

為男女同性戀者的權利在華府大遊行。示威者來自全國各地。

新名詞：滯脹（stayflation，經濟停滯加通貨膨脹）、同居贍養費（palimony）、酸雨（acid

rain）、超級恐龍（Supersaurus）。

美國有五十二萬人是百萬（和以上）富翁，每四百二十四人之中有一位……

尾聲

……所以，七十年代就這樣（或那樣）一去不返，是好，是壞，是醜，也都成為歷史了。經歷過這十年的人不妨想想看，之後的八十年代又怎麼樣？雷根上台、藍儂被殺、愛滋病流行、垃圾證券氾濫、國債更高築，還有那批好在已快絕種的「優痞」，而且別忘了我們的天安門大屠殺……，所以，讓我們一起熬過這九十年代的同時，等待著、期望著二十一世紀吧！

——*1993*

需要和想要

今年紐約市零售服裝界的一件大事，是九月初在曼哈頓上城麥迪遜大道與東六十一街之間開幕的巴爾尼斯（Barneys）高級時裝百貨公司。

「巴爾尼斯」老店七十多年來一直在下城第七大道和西十七街一帶，從經營廉價男裝一步步轉為一家高級男女時裝公司。上城的新店是曼哈頓自三十年代大恐慌時期以來唯一新設的高級百貨公司。

在上城「巴爾尼斯」開張之前半個月，下城「巴爾尼斯」剛舉辦過一次年度半價拍賣，我去看了一下。這還是我這麼多年來第一次去看它的半價拍賣，以前曾兩次過門而未入，因為是週末，還要排隊進場。

「巴爾尼斯」的時裝不便宜，我逛了一圈，看中了一件皮背心，原價一千六百美元，半價之後是八百多一點。幸好（！）太大，使我無需做出要不要買的決定。但是萬一當時有一件小一號的，我又怎麼辦？我們在談的，究竟只不過是一件皮背心，而半價之後還要八百！

想想看，我究竟不是一個台上鏡前表演的明星，也不是一個要靠打扮才能社交的名人，更不是有錢無處花的闊佬。那拍賣之前一千六百、半價之後八百的一件純裝飾性的皮背心，就算它非常合身，也和我口味，而且就算我手邊有這筆閒錢，我仍然覺得——更不要說多半別人也這麼覺得——這實在有點過分。

但是這個過分並不光只它的價格。這是一個完全無此需要、儘管合適的話、可能想要的東西。需要和想要是兩個完全不同的境界。

我們不必把問題搞得太大、太複雜。但需要和想要之間，需要意義上比較單純，儘管不是人人都可以得到滿足。麻煩的是「想要」，因為它有好幾個等級和層次。有人想要當總統、黨主席，至少哥們兒中的老大；有人想要成為億萬富翁，至少來個自摸；有人想要美男美女，或名男名女；有人想要成為才子才女，聞名全球、全國，至少全省、全市……。總而言之，這都是一些「大想要」和「小想要」，自古以來，不知道毀了多少人。有沒有解決辦法？有，不過都比較被動。你可以看破紅塵、剃度出家、削髮為尼；你也可以奉行「無欲則剛」這個人人都會說、但是很少人做得到的格言。不管怎樣，這都是為幫助那些想要「大想要」而又要不到的人而設想出來的近乎自欺欺人之道。

基本原因是基本地簡單，因為基本慾望是基本需要。凡是不能滿足我們人的這些基本需要的社會，一定會出問題。但是僅僅滿足了人的基本需要仍然不能解決人的問題。道理也很簡單，因為人不光是有這個基本需要，還有基本的「想要」。我指的是合理又合法的想要，而不是多半非法的貪，儘管兩者之間的界線很難劃分。

大陸直到七十年代才逐漸去掉了毛裝。穿衣是一個基本而正常的需要。真的說起來，大陸十億人民每人永遠有兩套夏冬毛裝就可以滿足人這個護體耐寒基本需要了。可是人還會合理的想要，於是大陸服裝解禁之後，穿毛裝的想要穿西裝，以至於今天的名牌。這都是基本正常合理的想要，但這個合理的想要必須在合法的範圍之內，你不能、或不應該以非法得到的錢來滿足你服裝上合理的想要。

因此，讓我大膽地說，整個人類發展所依靠的主要力量就是滿足人的這個正常的需要與合理合法的想要。

任何政府都有責任先滿足社會上人們的正常的需要，無論衣食住行育樂，還是醫療、社會保障等等。能夠做到這一步的社會，在今天世界上已經是少數了。但如果它想要發展成為一個較好或更好的社會，就必須不但允許它的人民有合理的想要，而且還必須給他們機會去追求這個合理的想要。所以，我想我下個週末會去新開的上城「巴爾尼斯」逛一下，看看那件皮背心有沒有小一號的。有的話，全價一千六我也會買，我覺得這是我的合情合理又合法的想要。

當然，一千六百美金的皮背心之下，不好再穿一件我現在穿的八塊錢的襯衫……

——*1993*

西裝與便裝

一

遠在世界各地的大龍小龍開始模仿、或仿造什麼電動玩具、電子配件、黑白彩電、整組電腦，或者是全盤西化的麥當勞、肯德基炸雞之前，老早就有了一小批時髦人士，無論有沒有出過洋，就已經首先拋棄了各自的民族傳統服裝，而開始——還記得這句曾經一度流行的名詞嗎？——「西裝革履」起來。

一點不錯，西裝是非西方人士面向西方的第一道關，是事後一切模仿的老始祖。

西方服裝之標準化、簡化、現代化，是發動了工業革命之後的英國社會有了這個需要。就連獨立之後的美國，儘管是第一個自由民主的國家，但其當時的政治經濟領袖，或上流社會的打扮，仍然屬於歐洲貴族式的，甚至到了南北戰爭前夕，南方大地主的千金小姐們，如果你還記得《亂世佳人》開始的幾個鏡頭，沒有老媽子在後面幫忙，費雯·麗所演的郝思嘉，連衣服都無法自己穿。

當然，差不多就在這段期間，美國也工業革命了。美國社會上的男人服裝，才日趨簡化，開始模仿已被英國標準化的「西裝」，做為社會上可被接受的標準服裝。換句話說，即「西裝（領帶）革履」。

到了本世紀初，這場工業革命在美國是如此之成功，不但超越了它的老師英國，還給我們帶來了至少兩個新名詞：「白領職工」和「藍領工人」……勞資的分界線就是他們衣裝打扮。一方是藍色牛仔褲開領襯衫，另一方是西裝上衣、白襯衫和領帶。

二十世紀初到二次大戰前夕，像美國這樣一個民主自由的社會，在服裝上仍有一大堆成文或不成文的嚴格規矩。沒有西裝上衣領帶長褲皮鞋，不可涉足任何正式餐廳、娛樂或公共場所。婦女必定落地長裙，而絕不可能想像身穿長褲外出。就連藍領工人同志禮拜天上教堂的時候，也必定西裝領帶。除了農牧或邊遠地區。小孩子們仍不能穿牛仔或工人褲上學。也就是說，服裝上仍不那麼民主自由。傳統風氣，儘管這個傳統的歷史並不那麼久，但仍然相當濃厚。

可是美國究竟是美國，而且現在回頭來看，也好像只能發生在美國。意思是說，在一個偶爾或偶然的情況之下，一人可以改寫歷史，或更改傳統。

算它是虛歲六十吧！因為嚴格說來，根據我手邊的資料，應該是整整五十九年前，即一九三五年八月六號，一位當時才二十五歲、負責收賬的白領小職員，在紐約市七號馬路時裝中心一幢大廈等候電梯去收款的時候，發生的一次事件，為美國便裝打開了一道門，也為美國人隨便穿衣服創造了一個新時代。

據說紐約五十九年前的八月和今天一樣，悶熱、酷熱。而我們這位無名英雄（當然他有名有姓，可是他扮演的卻是真正無名英雄的角色），只是因為他只身穿一件長袖襯衫和一條領帶，沒有穿西裝上衣，而被開電梯的認為衣冠不整拒絕他進入搭乘電梯。二人開始爭吵，大樓經理叫了警察，小白領被捕。

誰也沒有料到，幾乎全紐約，至少大半白領人士，都站在這位無名英雄小白領這一邊。報紙雜誌封其為「人權捍衛者」，並稱整個訴訟程序為一場「社會革命」。誰也沒有料到西裝革履的背後潛伏著如此深遠的不滿和憤怒。當然，這是美國，三天之後法院開庭審判的結果是，這位白領小職員完全有權利在如此悶熱的酷夏紐約，不穿西裝上衣，而只是一件襯衫和領帶，去搭乘任何電梯，或進出任何場所。

可是美國便裝時代並沒有因為如此精采的先例而流行。還有一陣，這要等到二次大戰結束，先由五十年代的年輕人開始，接著是六十年代的各式各樣的社會政治文化運動，才真正將美國便裝的概念傳遍各地。但仍打不進、也影響不到根深蒂固的老體制，像什麼銀行、保險、工企業界等等。這些領域的陣腳，要到八十年代才開始有點動搖。

今天，這些傳統的大企業，無論在其總部或其他各大小辦公樓，都在主動地鼓勵其白領職工，至少每星期有一天，而多半在星期五，可以穿著便裝上班，除非你有重要會議要開，或有重要客戶要談。而這些大公司企業的說法是，身穿便裝、開領長短衫、卡其褲等等，來辦公室工作，會促進職工的生產力、創造力和活力！而沒有人敢承認，身穿便裝舒服，而穿舒服的衣裝去工作，至少工作起來舒服一點。

不管怎樣，將近六十年前開始畫的一個圈子，到現在差不多要完結了。而再考慮到因為今天科技資訊發展到有相當一部分人根本就在家裏的個人電腦前工作，那你穿什麼或不穿什麼根本不需要考慮了。真正需要考慮如何穿著，反而是你休閒外出玩樂的時候，那才真的需要你用心打扮，那才是真的麻煩！

二

除了近代少數一些共產和極權國家，為了非常表面而武斷的原因之外，西裝（business suit）是最容易被引進非西方社會的一件產品。不但容易，而且明顯，而且自動自發。

原因可能不止一個，但最簡單基本的是，無論你，例如在民國十幾年，是否已經認識了解西方，或已經學會外語，一旦「西裝革履」起來，你給人的印象必定是，如果不是趕時髦西化的話，也立刻和現代，至少和西方掛上了鉤。

西裝是二十世紀以中產階級為主的代表服裝。你可以說是他們的制服。是這些人在交往日益密切的國際關係中，滲入到非西方社會，與其當地對手人士打上交道。無論政治、外交、經濟、貿易、社會、文化、軍事等等，莫不如此。

看看當年袁世凱，甚至於孫中山的軍裝照片就清楚了。就算今天看來有點不倫不類，那也是經過西方洗禮之後的不倫不類。

在亞洲，這方面學的最早、也最徹底的是日本。遠在十九世紀明治維新前後，日本上層人士發現從中國再也沒有什麼可以模仿的時候，即主動去歐洲學習，除其他之外，如何穿衣、打扮、社交，一直到如何飲享下午茶、如何使用刀叉。儘管當時的大清帝國沒有這個國策（連義和團都還沒有上場），可是到了二十世紀二、三十年代，至少有租界洋行的中國大城市，你只要看看黑白照片和老黑白電影就會發現，不少風流才子、富商闊少、名流雅士、歸國子弟，幾乎一個個都西裝革履起來，有的在特殊場合甚至於全身燕尾服。

但不論是日本還是中國，這些有心和有此需要的人要模仿的，基本上還是西方中產既成體制的西裝，而非藍領階級的工人裝，當然更不會是西方邊緣族群，例如藝術家或影劇明星或流氓無產者的那種奇特反叛裝扮了。而且就算有的話，也是極少數。這當然是因為，無論戰前三十年代和更早，還是戰後五十年代和以後，西方是中產階級當道，那他們的西裝也自然地成為最早的一個外銷成功的產品。

臺灣上場得比較晚和慢。抗戰勝利之前五十年它歸屬日本，但人民的地位又次於日本國民，因而很難從日本或中國的角度來看西裝的問題。而光復之後的五十年代，臺灣仍然相當封閉，經濟還沒有起飛，社會還沒有出現一批具有經濟社會影響力的中產人士。西裝是那個有什麼穿什麼的時代的臺灣社會上仍然相當引人注目的裝扮。

而當時的中國大陸，自從五十年代開始與西方中斷了一切關係之後，更無法從這個角度來衡量。反正上下一致都是毛裝，充其量是高幹的上衣是毛料，或多了一兩個口袋，但也只不過是如此而已。大陸方面的西裝，要到八十年代初才開始慢慢如履薄冰似地上場露面。而便裝在此時此刻還只被當做是亂穿衣的後果，而非時裝。我記得我一九七四年去北京，當我的叔叔看到我身上是一件連燙都不燙的印度棉襯衫和牛仔褲，年輕時代西裝筆挺的他，在當時的情況之下，也只能堅持要我去買一件「的確涼」（當時流行的一種國產人造纖維，不用燙，更無需布票）。文革時期的西裝，和市場經濟一樣，仍在中南海的地平線之下。是，大陸的西裝到了八十年代初才開始唱這場戲。記得嗎？某某政治局常委身穿西裝出席國宴在當時是件頭條新聞——穿西裝成為一種政治表態！

雖然美國在西裝領域之外一直有一個反主流的服裝傳統，例如好萊塢或佛州度假勝地一些有閒有錢人士的各種便裝和運動裝（casual or sportswear），但是直到六十年代初，西裝仍是主流，而且本身基本變化也不是太大。但是就算戰後五十年代的西裝和二十世紀初的西裝有所不同，仍不外是上衣、長褲、襯衫、領帶。偶爾再多一件背心。也許翻領或領帶寬了、窄了，也許流行了一陣單排扣、雙排扣，或流行了一陣英式剪裁、美「常春藤式」、義大利式，或某種材料色調，但仍不外是傳統的西裝領帶。縱的如此，橫的也如此。例如說：一般西裝和上流中上有錢有閒階級的西裝相比的話，大不了是在材料之好壞、手工之粗細、剪裁之優劣、價格之高低方面有一些差異。但總的來說，手做的和成批生產之間，在樣式上已經沒有多少分別了。對大部分不講究穿著的男人來說，西裝就是西裝，不外是西裝領帶而已。

美國男人服裝是在六十年代中才真正有了一次「內亂外患」式的革命。內亂是美國自己的年輕一代黑人抬頭，他們的衣著也因而抬頭；外患是與披頭四同時發生的英國（西裝的始作俑者）男裝的突破，即所謂的「孔雀革命」（Peacock Revolution）。穿著不光是為守規矩和實用，而是為裝扮。一點沒錯，男人開始像女人一樣著重打扮，一樣愛美。

當然，在各大企業公司商號任職的白領上班族仍然規規矩矩地西裝領帶上班。可是，當英國貴族此時此刻都在西裝上衣之下，套上一件龜領毛衣，而非白襯衫藍領帶，去出席宴會的時候，你就知道西裝的獨裁時代就快要過去了。果不其然，到了六十年代末——記得那個整整二十五年前的一九六九年，除了性、藥、搖滾之外什麼都反的「烏士托」搖滾音樂節嗎？四十萬年輕人，而不見一套西裝！——對，到了那個六十年代末、七十年代初，連美國社會的中間分子白領階級，都有意無意冷落了他們的上衣和領帶，而開始在便裝上尋找自己、表現自己、肯定自己。

最妙的是，差不多就在這段時期，亞洲出現了一條大龍和若干小龍的影子。而在這些大龍和小龍的社會裏。新興中產人士，因為其中多半也才發現，因而也就非常邏輯地、非常容易地，以身穿一套標準的西裝，為事業成功、或進入主流、至少登堂入室的一個象徵。這也附帶說明了，為什麼在七十年代初，那些經過美國六十年代社會革命洗禮的早期留學生，暑期返臺度假省親的時候，他們的打扮——開領襯衫、馬球衫、牛仔褲、T恤、球鞋……，給臺灣親朋好友的感覺幾乎是：「怎麼美國回來的打扮都是那麼隨便！？」

而有意思的是，就在臺灣中產中上家長發出這類感嘆之前不久，從六十年代下半期開始，先歐洲後美國，服裝設計師配合了男裝革命的新潮流，搞出來今天人人皆知的「名牌」（designer）西裝和便裝，而尤其是便裝。好，一旦有了其貴又時髦無比的這個名牌和那個名牌——我的老天！連牛仔褲都有名牌——在那經濟已經起飛的臺灣，那些口袋裏有不少餘錢的家長及其子女，也就無需多加思考而光靠刷卡，就可以又保險又時髦地藉名牌來裝扮自己。

唉！實在難說名牌到底是幫了他們、還是阻礙了他們的成熟。

當然，西裝並沒有因為便裝的興起和流行而沒落。它仍然是比較正式場合的標準服裝。因為西裝不光是服裝，它是制服。你可以說它是中產布爾喬亞的生活、工作、身份、地位以至於世界觀的一種具體表現。傳統大企業之所以要求其白領職工每天西裝領帶上班，可以說正是它們管理自己的一種控制手段。我覺得這是不少人厭煩西裝的主要原因之一，而不是因為西裝不好看。合適合身的西裝可以非常漂亮、非常瀟灑，只不過當你每天必須如此穿著才能外出工作辦事社交的時候，才令人感到窒息和約束。

這麼看來，穿西裝可以說是一種相當被動的行為，因為老闆和社會要求你如此穿著。因而不難想像，從八十年代下半期以來，當便裝在大部分場所都可以和西裝平起平坐的時候，無論是傳統的老體制還是新興企業，都接受了這個新潮流而逐漸開始給其白領職工在服裝上一個自主和主動的機會。才逐漸出現了所謂的「星期五便裝」（Casual Fridays），使其工作人員更高興地、更不要說更舒服地，為公司經營業務。更何況，自從七十年代北加州「矽谷」闖出天下以來。一個個年輕電腦鬼才，不要說叫他們每天西裝領帶上班，他們肯穿襪子皮鞋已經不錯了。

每天只知道穿、而且穿了半輩子西裝的人，現在可有點麻煩了。這是一種由被動改為主動的麻煩。因為決定選擇在你，也就是說，你本人要為你自己的裝扮負責。但是考慮到便裝的選擇和搭配幾乎可以無窮，好壞醜美也都是你自己本人的決定，而且立刻反映出你這個人的品味和認識和自信，那缺乏美感膽識和風格的人，多半不願多費心思地又依舊套上了他們熟悉的西裝領帶。也許，其中有點餘錢的人多半就去照顧名牌了。

在美國，「便裝是時裝」早已經是一件事實。在任何一個時髦場合場所——我指的還不是穿西裝連門都進不去的年輕人聚會所在——我是說任何一個當年必定全部都是西裝領帶的場合場所，今天，一眼望過去，差不多一半都是相當帥的便裝。換句話說，今天，西裝只是各式各樣男人時裝的選擇之一，而非唯一。

我想大概可以這麼說，便裝是西裝的未來。明天看今天，那西裝就差不多像昨天的燕尾服一樣正式、一樣奇特好玩。

——*1997*

牛仔褲

無論今後人們如何看待動亂的六十年代，有一件事實既無可否認又無可扭轉。六十年代的美國青年，徹底打亂了西方的時裝秩序。

無論美國六十年代對我個人有多少正面或負面的影響，有一件事實既讓我心安、又讓我理得。我可以一年四季，在任何場合，穿我到六十年代已經穿了半輩子的牛仔褲。

打開我的衣櫃，走進我的衣櫥，你會發現我總有上百條牛仔褲。

這多半是因為我有幸（或不幸）一生都處在一個歷史夾縫：我沒有做過任何需要穿西裝打領帶的工作。

這句話似乎表示，在一個現代化社會，西裝領帶是標準，牛仔褲是例外。情況如非絕對，也大致如此。想想看，今天，包括中國人社會在內的大半個世界，都在以西方合乎規矩的服裝為榜樣，而非以，比如說，阿富汗民族服裝為借鏡。

可是西方服裝，直到十九世紀末，仍一直有一個相當嚴格的秩序。跨越了這個界線，雖然不算犯法，但也不為社會所容。衣裝多半反映符合你的年齡身份。時裝遊戲只能在上流社會中演出。

這場遊戲直到二十世紀中才有我們一般人的參與。西方服裝在二次大戰之後，才算是走向了民主化大眾化。時裝不但可在、而且已經在民間流行。同樣背後還有一個商業消費文化在大力鼓吹。

因而自然而然地也出現了一套又一套的時裝理論。

一九四〇年代末，一位研究西方服裝的學者萊佛（James Laver）為我們一般大眾制定了一套有關時裝的定律：

> 一件衣服在流行那年穿出，你很時髦。
> 流行前一年穿出，你很大膽。
> 流行的前五年穿出，你下流無恥。
> 而在流行後一年穿出，你過時。
> 流行後五年穿出，你荒唐。
>
> 可是，他又補充一句。
>
> 在流行之後一百年、一百五十年穿出，你不但浪漫，而且可愛。

不錯，這套定律完全沒有慮及牛仔褲，也根本不在他考慮之內。很簡單，一九五〇年之前，除了從事體力勞動的打工仔之外，沒有人穿牛仔褲。

「牛仔褲」（blue jeans）這個中文譯名，我猜多半是五十年代初臺灣，因為西部片的風行而創造出來的。無論正確恰當與否，它極其上口，且已被普遍接受。我願藉此機會向這位無名譯者致敬。

不管怎麼樣，這種綻藍、斜紋粗棉布、打有銅釘、右後口袋邊上一小面紅旗的緊身「工人褲」，遠在一八五〇年（清道光），由利瓦伊．史特勞斯（Levi Strauss），在北加州、連裁帶縫、而創造出第一條之後，百年下來，只有牛仔、礦工、伐木人、鐵道工、農民等等戶外賣力流汗者才穿。也就是說，牛仔褲只在勞工階級之中流行。在那個時代，一般家長教師根本嚴加規定子女學童不得身穿這種不登大雅之堂的工人裝外出。

今天回顧，我們真應該感激好萊塢，特別是大明星狄恩和白蘭度。是西部片和這兩位偶像，首先為五十年代美國青年，衝破了服裝上的枷鎖，並為日後青少男女，以及再日後的一般男女老幼，解放了綑綁了一代又一代的服裝束縛。

我也正是在那個年代的臺北，穿上了我的第一條「利瓦伊五〇一式」牛仔褲。

今天臺灣四十歲以下的青少壯年，多半無法想像，在五十年代初期的臺北，身穿一條牛仔褲去西門町，會招惹出什麼樣子的麻煩。

父母訓你關你，老師記你大過，報紙罵你，警察抓你，太保太妹揍你……我全領教過。

今天臺灣四十歲以下的青少壯年，如果無法想像的話，那不妨去問問你們的父母兄姊，他們之中或許也有人嘗過這些苦頭。反正，這種「藍色恐怖」不是一個可懷之舊。

然而，經過五十年代各位先驅的奮鬥，再經過六十年代的洗禮，短短十幾二十年內，牛仔褲變成了全球年輕人獨一無二的時裝。

而今天，你去遍世界各地任何一個有國際機場的城市，你多半會發現，在任何十字街頭，至少一半男女老幼，都在穿牛仔褲——而且不是以牛仔褲做為一種個人聲明來穿的。

當然，讓一個穿了半世紀牛仔褲的我，來談牛仔褲，未免帶有偏見。更不要說（我也必須坦白），牛仔褲穿在一位六十三歲長者身上，遠不如穿在一位十八歲青春男女身上性感。

可是，又怎樣？

牛仔褲方便舒適，耐洗、耐髒、耐穿……更何況，在牛仔褲問世一百五十年、且流行全球五十年、又且仍在流行的今天，只要你穿——不早就有此定論了嗎？——只要你穿，你不但時髦，而且浪漫可愛。

——2000

歌后，妖姬，門徒

離我的公寓一條半街，有一家相當出名的夜總會，「針織工廠」（Knitting Factory）。這一帶是「翠貝卡」的中心。附近十幾個街段之內，有數不清的時髦餐廳、酒吧、畫廊，以及越來越昂貴的豪華公寓。「針織工廠」就夾在當中，一幢並不起眼的百年六層舊樓。其前身的確是一家從事工業生產的針織工廠，夜總會也因此取名。

它算是紐約數以百計的那種小型夜總會，也算是曼哈頓下城夜生活漫遊者的一個主要漫遊場所。自從它十幾年前開辦以來，我總路過它門前千百次，但也只在其臨街酒吧喝過幾次酒，卻從未進去欣賞過裏面的演唱。

八月初，一位叫 Michael Berry 的朋友問我有沒有興趣去聽一位白人樂手改編的中國流行樂曲，就在「針織工廠」。

Michael 有個中文名字，叫白瑞克。他是兩年前張大春介紹我認識的。小白是個爵士迷，也是哥大王德威的學生，中國現代文學博士候選人，還在寫論文，且已翻譯過大春的小說、莫言、葉兆言和王安憶等人的作品。

而演唱國語歌曲的，是作曲家吉他手 Gary Lucas（加利・盧卡司）和歌手 Gisburg（吉斯堡）。

至於中國流行歌曲，則是三十到五十年代的國語老歌，且只限於「一代歌后」周璇和「一代妖姬」白光的幾首經典。

「針織工廠」有三層，臨街一層和兩層地下，每天晚上有三組不同的樂團分別在三個場地同時演出。只要你喜歡當代西方非古典音樂，你總可以碰上一場你喜歡的演唱。

盧卡斯和吉斯堡二人的演出是在第一層地下室。場地不大，也沒有什麼裝飾，幾盞暗燈，一些蠟燭，一個小舞台，一個酒吧，幾個小圓桌和三十幾把椅子。

他那天晚上先以吉他獨奏白光的〈牆〉開始，然後簡單地介紹了一下周璇和白光。盧卡斯說他雖然曾在臺北住過兩年，可是不懂中文，只是完全給歌后妖姬的聲音給迷倒了。他覺得四十年代前後的中國流行歌曲，不少都受到當時西方流行音樂的影響，有相當濃的爵士和藍調風格。

我不記得當晚演唱的歌曲順序，總之，在吉斯堡上台之後，她連續唱了十幾首：周璇的〈許我向你看〉、〈夜上海〉、〈瘋狂世界〉、〈街頭月〉……和白光的〈如果沒有你〉、〈牆〉、〈等著你回來〉、〈假正經〉、〈何處是兒家〉……

我不算真正的國語老歌迷，但究竟在它們流行的年代就已經在聽了，所以也還能唱上一兩句什麼「我正青春，你還少年……」之類的曲子。而且，儘管當時尚未進入青春期的我，無法真正體會歌詞的含意和暗示，也仍半知半解地給白光那懶慵慵的沙啞歌聲給迷住了。

吉斯堡女士是奧地利人，在她與盧卡斯合作之前，已在世界各地演唱多年，也曾錄過好幾張光碟，並為前衛音樂家 John Zorn 的唱片公司出過自己的作品，並已開始在學中文。儘管不會有人怪她的聲音不如周璇的金嗓子，或不如白光的磁性（而又有幾人如？），但是她顯然下了功夫，唱字夠正，唱腔夠圓，表情身段也夠甜（只是歌聲有欠白光的鹹），而且整個味道，仍至少可以把我帶回到半個多世紀前的古都，或十里洋場。

盧卡斯這天晚上沒有唱，但是他也唱，多半是藍調或民歌曲子。他的才能在於作曲、寫歌、改編、演奏，以及影劇視的配樂。周璇和白光只是他三十多年來多種創作嘗試之一。在已發行的無數唱片光碟之中，他的音樂傳統及風格覆蓋極廣，實在難以歸類，有美國民歌、搖滾、藍調、爵士、猶太歌曲、古典、即興、前衛……

但是他改編演奏國語老歌，並不等同於外國人唱中國歌或學任何中國藝曲。三十年代北平就有位德國女票登台唱戲，五十年代臺北也有位美國女士拜章翠鳳為師學大鼓，去年我還在電視上看到一位美國學生在北京說相聲，今天也總會有幾個老外在卡拉OK唱幾首中文歌，盧卡斯不屬於這一類。

他是在國語老歌的基礎上改編，保留了這些經典的旋律，凸顯它們的藍調爵士根源，表現他自己的風格。

而以他那敏銳的音樂感受力，難怪他被周璇、白光歌聲魅力征服。再以他那傑出的樂曲創作力，更難怪他能把我們熟悉的國語老歌，以舊中國和新大陸再次交配之後的新面貌還給我們，讓我們重新欣賞這些經典之作。

演唱結束之後，我上去恭賀二人，尤其是盧卡斯。我一半自我介紹，一半稍微透露一點私事來引起他的注意，「我認識白光，你有興趣的話，改天一起喝杯酒。」

說我認識白光，雖然不算是欺騙，也總有點言過其辭。大約二十幾年前，經由人間副刊金恆煒的安排，《中國時報》約我寫白光的傳記。幾位知情的朋友聽說之後，都幫我收集資料，而白先勇還給我寄了一套他手邊的白光錄音帶。可是雖然當事三方都原則同意，只是細節未能談妥而使寫作計畫流產。不過，我卻因此漁翁得利，認識了正在紐約度假的當代傳奇。

回想起都有點臉紅，當我捧著一打白玫瑰，像第一次約會那樣去拜訪我們的妖姬白光的時候，我之緊張興奮，連稱呼都不知如何開口。但是白光究竟是白光，她拉我坐在她身旁，安慰我說，「既然你是金銓的朋友，那就跟著他叫好了，就叫我白姐。」

我和盧卡斯約好在Cedar Taverr見面，他滴酒不飲，我叫了杯Dewar's加冰。我簡單敘述了一下我和白光幾次見面的經過之後補充說，幸虧白光傳記沒有動筆，因為白姐（我在他面前沒有用白姐，但在這裏，我忍不住使用經當代妖姬特許使用的親密稱呼，儘管我也知道，她身邊友人都叫她白姐），好，因為白姐在第二次見面就堅持，不許我問任何有關她在抗戰敵偽地區的細節，也不許我問她在美國佔領下的東京開辦夜總會的任何情況。

我跟盧卡斯稍微提了一下白光的身世和周璇的遭遇。他非常感慨，說這些事情他都不清楚，但是無所謂，這並不妨害他欣賞二人的才藝，也不妨害他改編二人的歌曲。

盧卡斯今年四十九歲，耶魯英國文學系畢業，喜愛恐怖片，從小玩弄吉他，慣用的是一把Stratocaster，一把古老的鋼吉他，和一把四十年代的Gibson，《紐約時報》說他是「有千種樂思的吉他手」。

他問我經常聽什麼音樂，我說我與搖滾同時成長，貓王只比我大一歲，所以多半仍在聽五十和六十年代搖滾、傳統藍調、reggae、民歌、鄉村。他說他什麼都聽，然後提了幾位同他合作過的樂手，像Lou Reed、Patti Smith、Peter Stampfel、Iggy Pop，甚至於搞古典音樂的Leonard Bernstein。他說他至今仍欣賞最早與他合作的前衛搖滾祖師Captain Beefheart。我只能慚愧地向他坦白，我從來沒有聽過。

盧卡斯唸完耶魯就去了臺灣，幫他父親做事。在臺北，他組織了一個樂團，經常在「艾迪亞」

演唱。他還記得當時在那裏唱過歌的幾個人，一個是胡茵夢，一個是「Stan」（我猜是賴聲川），並託我問候他們二人（胡和Stan，聽見沒有？）。我告訴他胡茵夢不久前寫過自傳，提到她早期的外國男友名字是Dan，不是Gary。他微笑不語。

他給了我幾張光碟（其中一些國語老歌由新加坡電視歌星Celest Chong主唱），和厚厚一疊關於他的作品、演出、評論的資料，總共有五十多頁，這裏當然無法列舉，但只需提幾個經常出現的字眼，即可看出同行內行對這位樂手的評價：原創性、一流吉他手、天才、傑作、怪才……

我問他對臺灣的印象，他說非常好，只是有一次在臺北一家叫做Scarecrow的酒吧演唱，台下打架，有個小子的手指給人切斷了，他覺得不能再這麼混下去，才回美國。

再次見面，我送了他幾卷錄音帶，建議他再選幾首改編，像什麼〈拷紅〉、〈東山一把青〉、〈何日君再來〉、〈醉在你的懷中〉、〈嘆十聲〉、〈未識綺羅香〉……，還建議他先聽〈禿子溺坑〉，稍微解釋了一下歌詞之後，還給他唱了頭兩句，「扁豆花開麥梢子黃唷，哎唷……手指著媒人罵一場唷，哎唷……」。盧卡斯大笑。

他八月底前往歐洲十幾個大城巡迴演出。臨分手，我問他在不在意稱它為一代歌后和一代妖姬的「門徒」，盧卡斯微微一笑，「這是我的榮幸」。

——*2001*

帆布球鞋
——從昨日之古到今日之酷

固然每個世代都有其獨特的流行式樣（中年人不妨去回看你們的老照片），甚至於每隔一陣就會又出現一種時髦打扮，但以近百年西方時裝遊戲來看，無論出現過多少風靡一時的款式，在此萬紫千紅的舞台上，一直存在著那麼幾個角色，上場時幾乎沒沒無聞，但久而久之，它們在掌聲之中走到了台前，而成為時裝明星。

牛仔褲人人皆知，且幾乎人人皆穿，所以，讓我們現在來讚美帆布球鞋。

帆布球鞋，尤其是我的老朋友Converse All Star 絕對是大明星，絕對有資格算是時裝經典。就是說，那種禁得起時間的考驗、流俗的火煉、市場的淘汰，不受任何時代風氣影響而永不過時的裝扮——經典 classic。

中文「帆布球（膠）鞋」是英文通稱 sneakers 的直譯，即一雙由帆布鞋面和橡膠鞋底製成的運動鞋。

我第一雙帆布鞋是上個世紀五十年代初臺北買的「回力」牌。等我六十年代在洛杉磯有了Converse All Star 之後，才發現我穿了幾乎十年的仿造。

帆布球鞋的歷史悠久，太早的只能做為美談。遠在十六世紀，英王亨利八世即穿上了一雙「氈面鞋」去打網球。其近代史比較可靠，就是十九世紀上流社會紳男仕女在打草地網球、板球和槌球的時候，腳上穿的是帆布面膠底鞋。

問題是，天然橡膠有它的特性，熱天軟起來太軟，冷天硬起來易裂。是美國發明家Charles Goodyear（固特異）在一八三九年發明了「橡膠硫化處理程序」，使天然橡膠硬化，才為帆布膠鞋（及自行車胎和之後的汽車輪胎）走入現代世界開闢了一條大路，以至於到了十九世紀末，六毛美金一雙的帆布鞋已在市面上出現。

不過，今天暢銷全球的Goodyear Tires與他無關，公司只是利用他的大名。而發明家本人則下場悲慘，他的專利一再被人抄襲盜用，貧困而終。你可以說他是今日世界各地仿冒盜版、知識產權遭受侵犯的早期受害人。

Sneakers／帆布膠鞋穿起來舒適方便，走起來輕快無聲，這就難怪它不但在貴族式球類運動圈子中流行，還意外吸引了兩路人馬。英國獄卒（外號sneaks，偷偷摸摸者）在監探罪犯時穿它，美國小偷（外號sneak thieves，竊賊）作案時也穿它。帆布膠鞋通吃了黑白兩道。

十九世紀末期，西方社會越來越認識到健康的重要，和體育的必要。這種覺悟至少可由兩個具體而明顯的事件來表明。一八九一年，麻州青年會一位體育教練發明了籃球；一八九六，現代奧林匹克運動會誕生。

現代帆布球鞋也就在這樣一個大環境大氣候之中誕生了。一九〇八年，Marquis M. Converse在麻州創辦了以他為名的球鞋公司，並在一九一七年推出第一雙Converse All Star。其樣式和我現在穿的基本上沒有什麼改變。

無論是時勢創造英雄，還是英雄創造時勢，總而言之，一次大戰之後，體育成為風氣，籃球打進了全美各個中學大學，帆布球鞋也因而跟著起飛，儘管仍僅限於球場。然而，當歐美時裝帶步人英國威爾斯王子，在一九二〇年訪問美國的時候，上身正式西裝，足下一雙帆布球鞋，公開亮相，不但震驚了上流社會時髦人士，也回應了中產社會對這類帆布球鞋的偏見，諸如不登大雅之堂、危害腳部健康等等。

有意思的是，帆布球鞋同時還給蒙上了一種大致和當時牛仔褲那類的象徵——帶點叛逆、反權威、不太遵守成年社會的遊戲規則……，難怪像那位皇太子登基為愛德華八世之後一年，就因「不愛江山愛美人」而遜位，只能帶著他的美人（和帆布球鞋？）以溫莎公爵及夫人的身份，遊玩世界？算他是個運氣還不錯的皇族叛逆吧。

從十九世紀末到二十世紀頭二十幾年，除了Converse之外，還有一大堆今天都成為名牌的球鞋先後問世，像Reebok（英）、Bata（捷克）、Keds、New Balance（美）、Dassler（德，四十年代末二代兄弟分家，創辦 Adidas 和 Puma）……，然而，是Converse球鞋公司在一九二三年靈機一動，點燃了一把越燒越猛的廣告宣傳之火，更把自己推到台前。

公司聘請了一位職業籃球明星 Chuck Taylor 為其推銷兼代言人，並將他的大名簽在球鞋之上，再由他本人親自帶著一箱箱 Converse「Chuck Taylor」All Star，在全國各地大中小學或任何職業半職業籃球比賽去宣傳兜售（電視時代前的土辦法）。今天的Michael Jordan、Shaguille O'Neal、LeBron James……，不論在為哪個名牌球鞋做廣告，都是他的後代子孫。

Converse「Chuck Taylor」All Star 是如此之紅，它不但獨霸全美籃球場，還壟斷了球鞋市場半個多世紀。且不談它這五十幾年的銷售額，光是配備美國代表隊的運動鞋，就從一九三六年柏林世運會，連續九屆，一直到一九七六年加拿大蒙特利爾奧林匹克。

二十世紀的五十和六十年代是Converse和任何廠牌的帆布球鞋顛峰時刻。這戰後四分之一世紀，何止是籃球、網球、排球運動員穿它，James Dean 也穿它，幫派少年也穿它，更別提隨之而出現的嬉皮，以及管你在反什麼的街頭抗議分子，也都在穿它。帆布球鞋、牛仔褲、搖滾樂，形成了神聖的三位一體，戰後嬰兒潮一代青春期的符號，自由民主美國的生活方式。

然而到了七十年代中，情況開始變了。儘管 Andy Warhol 還在穿它，而且Woody Allen甚至於在一身禮服下面穿了一雙高幫 Chuck Taylor 赴宴，可是氣候開始變了。

打扮越來越輕鬆隨便（六十年代抗議運動造就的福？），便裝成時裝（六十年代社會運動惹的禍？），運動不再限於球場體育館而伸入社會，健身成為風氣，成為時髦……。於是，無論是市場創造需求，還是需求創造了市場，Adidas 跑步鞋和 Reebok 那皮面微皺微軟的有氧運動鞋，幾乎一夜之間，橫掃全球。

一點不錯，時代變了。就像美國三大汽車公司忽視了日本小汽車，就像 IBM 忽視了PC，就像Levi's忽視了高級時裝牛仔褲——而且差不多同一段期間——傳統的帆布鞋也忽視了時髦休閒運動鞋。附帶補充，大約與此同時，亞洲也正在靠生產這類運動鞋而出現了幾條小龍。經濟（和時裝）全球化時代來臨了。你想Nike和它那無所不在的Swoosh 商標還會遠嗎？

一九七二年，Nike 上場，一九八四年 Air Jordan 上市。當然，Michael Jordan 不但比他的前輩Chuck Taylor 球打得好，而且有了電視代勞，不必真的提著一箱箱球鞋去巡迴推銷。結果？結果是一年之內全美一半人口買了他的鞋——一點三億！我猜其中除了職業半職業、大中小學生、業餘運動員之外，大概不少是那批當時開始步入中年的嬰兒潮一代，在老之將至之前積極健身，延續一下青春活力。不的話，也要給人這種印象來表示跟得上時代潮流。當然，運動鞋摩登漂亮，哪怕一百多美金一雙，更是追求時髦人士的額外享受。

不過今天回看，一雙運動鞋之所能在過去二十幾年一直走紅，必定另有一些若隱若現的社會力量，在台前幕後發揮著推動作用。其一，全美職籃NBA，從七十年代到千禧年，一下子三級跳成為最精彩的球賽，其出神入化的球星更抓住了千萬球迷的想像力，而他們足下那雙不少以他們大名為名的幾十種名牌球鞋，像 Adidas Jabbar、Pony McAdoo、Converse Dr. J、New Balance Wonthy、Nike Air Jordan……不但出現在全美各地的球場上，也出現在大城小鎮的大街小巷。

其二，此段期間青少年之間又突然流行起來那充滿刺激的「滑板」（skate board）運動。而那套新配裝，頭盔護肘護膝之外，是雙新一代高性能運動鞋。

然後當然是Hip-Hop和樂手們那身打扮，以至於大約二十年前，當Run-D.M.C.穿了無鞋帶運動鞋唱起那首My Adidas 的時候，你簡直搞不清楚到底是誰捧誰，誰給誰打廣告。

結果？結果是帆布球鞋／sneakers 變成了不受歡迎的字眼，變成了高科技高性能運動鞋（high tech，high performance athletic shoes）市場專家所痛恨的名詞。結果是到了二十世紀末，Nike獨霸全美運動鞋市場的百分之四十，而我們帆布球鞋老前輩 Converse，只分到可憐兮兮的百分之三。

結果？結果是最近在談運動鞋新款式的時候，除了什麼真皮假皮、反刷皮、亮皮、龜裂紋，什麼高筒低幫等等之外，幾乎像在談尖端武器：氣墊、避震、抓地力、可見式、防油滑、流線感、材質、全方位……以及一大堆連字典裡都少見的生物化學工程名詞。結果是今天的Nike，光是它的新款設計造型工作室，就有三百多名專家，包括建築師、布景設計師、土木機械航空工程師……夠了嗎？那你再聽。

今天最新最尖端、高科技高性能電腦運動鞋——Adidas 1，內嵌 20 megaheritz，電子計算機，其電動機械操作微處理機，界面按鈕控制鞋底軟硬度，鞋跟敏感測器檢定所需防震度，鞋內側發光二極管每秒可做兩萬次讀解，其電子儲存每秒一萬次計算，隨附 CD-ROM 備有圖表和操作解說，包括每百小時換裝電池的程序……開價二百五十美元。不過，這套電子設備倒是附帶一雙球鞋。

當一雙穿了去打球、散步、慢跑、健身的運動鞋，給搞得像是穿了去登陸火星的時候，你就知道地球轉得太快了。

這或許是為什麼大約從本世紀初開始，歐美的運動鞋世界出現了一個回歸原型的潮流。帆布球鞋——對，帆布面膠底鞋，sneaker ——尤其是我們的老朋友 Converse「Chuck Taylor」All Star，突然變成了時裝。

但也許不是那麼突然。Gucci早有了一雙三百美元的低幫帆布球鞋。但至少三年多前，在我日常逛街的時候，就注意到曼哈頓下城一些球鞋專賣店，和一些連招牌都不掛的小店鋪（因而保證時髦），其櫥窗陳列出現了一排排一架架高筒中筒低幫的雜色Converse All Star，和一些較新廠牌的運動鞋（xoxo、Miss Sixty、KIX、Penguin……）。最近一兩年，竟然在報刊的時裝版面讀到有關帆布球鞋新款式（美其名曰retro 復古）的文章，甚至於還介紹擁有並收藏上千雙的「球鞋迷」（sneakerheads）。這還不算，連時裝之都巴黎都有了Converse All Star帆布球鞋專賣店。

因而當我大約一年多前看到一篇來自巴黎的報導說，Issey Miyake的時裝秀中展出了他的工作室專為Converse All Star 設計、並以此經典為主題的一雙球鞋——或一套鞋裝，因其高筒一直高到膝腿——當我看到這則消息的時候，心情感慨。固然不必將球鞋當作是電腦的附件，但也大可不必花半小時才能繫好鞋帶。一雙平凡實用而普羅的帆布球鞋竟給推到了這兩個極端，總應該有人說「夠了吧！」

果然有！而且來自一個意想不到的所在——Nike。

Nike雖然獨霸運動鞋市場四分之一世紀，但近十幾年來，其企業形象受到些損傷。一個打擊是它在亞洲的「血汗工廠」（sweat shops）被各個勞工機構、人權組織、宗教團體等等圍攻。另一個打擊則因它自大作風所引起，像當年買下了生產冰球運動器材的老牌 Bauer 之後，便把它那 swoosh 商標打在每件冰球用品上，而引起了所有冰球手、冰球迷的公憤和抗議。

它這才體會到聖像不能亂碰，經典不得亂改。這就是為什麼Nike前年收購了Converse 之後第一件事，就是公開保證此一帆布球鞋先祖的獨立，尊重它的廠牌和主權，絕不將其 swoosh 商標武斷地強加在這聖像經典頭上。

可能是懷舊，可能是復古，可能是新浪漫主義，可能是有意無意地反極度商業化，但也可能是這一代年輕人在他們父母的衣櫃裡，發現了這雙看起純真美觀，穿起來舒適方便，沒有造作、沒有特技，是什麼就是什麼，但又具有其獨特風格的Chuck Taylor。

今天，你走在街上，搭乘公車地鐵，進出熱鬧場所，處處可見帆布球鞋。這個現象，我的前輩早已知道，我的同輩也早已知道，我的晚輩，今天這新一代年輕人也漸漸知道，穿一雙經典的Converse「Chuck Taylor」All Star，又何止是擇善而固執，我們是擇真善與美而固執。

這就是經典，也正是為什麼帆布球鞋，這上個世紀流行了六十多年的昨日之古，經過了時間的考驗、流俗的火煉、市場的淘汰，非但沒有被高科技高性能、高級時裝運動鞋所取代，反而——也不必反而了，這就是經典。

Cool！一點不錯，酷極了！

——*2005*

迪士尼的樂園

四十年前，我曾在美國洛杉磯海邊的太平洋樂園（Pacific Ocean Park）打過一次暑期工。那是一個即將沒落的老式遊樂場，雖然也有各式各樣的 rides（機動遊戲），還有我打工的海洋馬戲班，但無論是規模、設計、工程科技、環境規劃還是企業管理方面，都遠遠無法和不久就取代了它的迪士尼樂園相比。可是那三個月的暑假經驗，卻讓我稍微體會到一點點這類娛樂場所的台前和幕後。

為市民、村民、百姓提供一個吃喝玩樂的所在，自古有之。但就近代樂園歷史來說，到了華特·迪士尼在二十世紀中創建他的樂園的時候，遊樂園也已經有一兩百年的歷史了。遠在一七六六年，維也納就建立了佔地兩千英畝的Prater（普拉特）遊樂園，它不但在君權時代就相當自由地開放給各階層居民，而且在一八九六年還築起一個以人力推動的「天輪」，這是今日 ferris wheel（摩天輪）的前身。

那個時候，工業革命初見曙光，其有限成果尚未滲入到遊樂場所。人類活動仍以人力、獸力、風力、水力為主。但之後兩百多年，蒸氣機、鐵路、電力、汽車、飛機……一一先後問世，乃至今天的電腦國際網絡。科技進步徹底改變了人的生活，也把世界變小了，並為全球化打開了一面機會之窗。作為人類活動一環的遊樂園，幾乎立刻抓住了科技發展的成果，帶你上天下海，帶你穿越過去、現在和未來，還帶你遨遊虛幻世界。

十九世紀末開放的紐約 Coney Island（康尼島）遊樂場，周末一天可以吸引一百多萬人次。二十世紀初開放的洛杉磯太平洋樂園，紅了半個世紀。第一次大戰前後，光是在美國，竟然就有兩千多家遊樂園。但這一切，在今天看來都是遊樂園的史前史。

一九五五年，整整半個世紀之前，華特．迪士尼在洛杉磯南郊Anaheim（安那漢）橘林之中打開了他的樂園城堡的大門。這是一個歷史時刻，是這位天才扭轉了遊樂園的乾坤。在給了世人米老鼠、唐老鴨，在好萊塢建立了他的卡通電影王國之後，他的夢想是創造人間樂園。五十年來，他的夢想一次又一次地實現，迪士尼樂園先在加利福尼亞州走紅，然後輪到佛羅里達州，接著進軍東京和巴黎，然後登陸今天的香港，而這只不過是他那魔幻帝國的一支部隊。你當然可以說這是帝國全球化的具體表現，但這未免只看到了台前，而忽視了幕後。

華特．迪士尼為了實現他這個夢想，特別創造了一個新名詞——Imagineering（幻想工程，即imagination + engineering）。迪士尼樂園正是這幻想加工程的最佳表現，或可換個方式說，迪士尼樂園是這個浪漫與現實的最佳結晶，或可再換個方式說，推動迪士尼樂園的主力，也正是推動任何企業全球化的主力——你的想像力加科技文明。

然而有意思的是，迪士尼樂園一直是西方知識分子嘲笑、諷刺、批評的對象，說這不是美國，只是華特．迪士尼認為的美國，說它太消毒衛生，說它是通俗文化；說它永遠天真無邪，說它遠離現實世界——沒有犯罪，沒有污穢，沒有貧困，也見不到少數民族、移民、同性戀；說它是Peter Pan（小飛俠）的Neverland（夢幻島或新樂園）……

其實這一切恰恰是華特．迪士尼的夢想。這夢想的最佳表現，以我唯一去過的洛杉磯迪士尼樂園為例，是它的Main Street, U.S.A.（美國大街）。

在「美國大街」上那二十世紀初期的街景，那市府郵局、火車站、救火站、冰棍店、藥店、理髮店、糖果店、電影院……不要說早已不存在，事實上，好像從來沒有如此光明、寧靜、美好地存在過。

這是好萊塢製片場搭建的布景，它只給你一個印象和感覺。這條「美國大街」是讓你逃離外面世界的醜陋、痛苦、創傷、雜亂、險惡、掙扎而鋪造的。它懷念一個理想過去，追求一個理想的未來。這就是華特・迪士尼的夢，而他這個夢其實就是吸引著千千萬萬前來新大陸的人的美國夢。

可是這條大街所吸引的又何止是貧苦移民？當洛杉磯迪士尼樂園開放之後沒幾年，發生了兩起不大不小的事件，為我們提供了不大不小的啟示。

一是蘇共中央第一書記赫魯曉夫在一九五九年訪問完美國，回到莫斯科之後大發脾氣，說行程是如此之緊張，以致無法安排他去迪士尼樂園參觀。二是日本裕仁天皇一九七五年親善訪問美國，返回東京之後表示，他此行最大收穫是在迪士尼樂園和米奇老鼠握手。

唉！難怪日本不久之後即成為經濟大國，也難怪蘇聯帝國早晚解體。這一東一西、一左一右的二戰、冷戰代表，原來都在嚮往迪士尼樂園的美國夢。

現在回看，這個美國夢不就是西方資本主義全球化嗎？諷刺的是——不，有意思的是——除發達國家之外，今天擁抱全球化的，幾乎都是曾經一度堅持社會主義計畫經濟或一黨專政的發展中國家，而反對全球化的聲音和憤怒，卻大半來自西方資本主義培育出來的子女。

還是回到浪漫現實吧。

今天去香港迪士尼樂園的遊客，百忙中偷閒，應該盡情享受，暫且不去理會這當中的諷刺和矛盾。只是不妨提醒自己，不論你在樂園搭乘任何列車，推動你抵達高潮、銷魂、極樂、忘我境界的，不是人力，而是也在推動全球化的科技工程，外加一點浪漫和幻想。

——2005

迪士尼的魔幻

當你坐在昏暗的台下，望著台上那位魔術師攔腰鋸斷箱中美女的時候，你明明知道這是假象，你還是感到驚愕，還是哪怕暫時信以為真。

這就是魔幻。魔術師讓你我看到的，是他多年構思、設計、試驗、製造出來的幻象。你我看不到的，也就是他不讓我們看到的，是這一切後面的機關和運作。也就是說，他如何變這個戲法。

就像時髦男女，只要你欣賞他們當時的形象，當時的酷，而不希望你看到他們之前的努力和汗水。

當我們穿過迪士尼樂園的大門，我們走進了另一個世界，一個光明美好，充滿歡樂的魔幻國土。我們，也許除了六歲小孩之外，也都明知這一切都是假象，但是情願，尤其在付了真金白銀之後，更是情願暫時忘記所有現實考慮，情願哪怕暫時信以為真。

迪士尼先生的魔力廣大，他和手下那批「幻想工程師」，不但設計出一個比一個精彩的娛樂節目，而且將這一切置放在一個完整的受控環境。從你進入樂園開始，你其實進入了一個被徹底控制的魔幻世界。

在這裏，何止是所有的娛樂被一套電腦系統操縱，連所有的服務人員的言行舉止，都有一套既定的規矩。這就是為什麼多年前在洛杉磯，當扮飾米老鼠的那個小子，脫下了頭上那頂大耳朵帽罩去和一位兒童握手，不但那個小女孩嚇了一跳，也把四周遊客嚇一大跳。至於他本人，則立刻給炒了魷魚。

這個罪過可大了。他何止是破壞了米老鼠的形象。他根本就破壞了魔幻王國的魔幻。

這種控制尚不限於園內的打工仔，也不限於園內的空間、行動、氣氛和生態環境。它還要保護這個烏托邦不受外界的干擾。這就難怪，上世紀六十年代全美都在抗議動亂的時刻，一對年輕男女嬉皮——男的長髮牛仔褲，女的無奶罩T恤迷你裙——就被請出了伊甸樂園。

異議分子？請你出國異議。難怪多年來的一句玩笑話是：「迪士尼是沒有死刑的新加坡。」

但魔幻歸魔幻，可是在創造這個魔幻之前，卻需要理智，膽識和無比的信心。迪士尼請了史丹福研究學院，根據他的構想，來為他做初步調查研究。然後他招兵買馬，僱用了一批年輕傑出的「幻想工程師」，再根據他的構想，才創造出一九五五年問世的洛杉磯迪士尼樂園。

媒體問他為甚麼在好萊塢建立了卡通電影王國之後，去做如此龐大的投資來冒這個風險。他簡單地回答說，電影或一部片子拍完了就完了，而樂園永不完成，永遠可以根據新的現實去增減改進。

一點不錯，迪士尼樂園非但永不完成，而且一個接著一個繁殖下去。佛州兩座，東京巴黎各一，和今天的香港（及明天的上海？）。

迪士尼一九六六年去世，才六十五歲。除了洛杉磯迪士尼樂園是他親自創造的之外，其他全是繼承者按照他那套娛樂哲學建設的。你可以說他是一位概念性天才，而且一向如此。米老鼠、唐老鴨等等等，都是在他創意之下別人的手筆，連「華特．迪士尼」（Walt Disney），那全球皆知的商標簽名，也是別人代筆。

這都沒有關係，他是概念藝術家，不必親自動手。

只不過偶爾還是會出現一個小小的反諷。他本人簽字的支票有一次被退回，原因是對方認為此一簽名肯定是拙劣的仿冒。

這就是魔幻，假作真時真亦假。魔幻國王肯定欣賞才子雪芹這句名言。

——*2005*

回到未來
——如果北京是棵樹，歷史是它的根

城市是有機體，古老城市，還有歷史。

如果城市是樹，它的歷史就是埋在土裡的根。你知道它在那兒，可是又看不到這地下的生命線。看得見的，是地面上的幹枝綠葉花果，至於城市，則主要是它的有形結構，人為的建築物。不無反諷的是，具體表現出城市精神面貌的，在相當程度上，是它的物質面貌。換句話說，城市的靈魂，你看不見，可是你一上街就感覺到了。

城市是人類文明的偉大創造，自從幾乎一萬年前的中東兩河流域出現了最早期居民點以來，世界各地不同民族文化都先後創建了各自的大城小鎮。以物質建築為其具體象徵的城市。是人類想像力的最佳最終表現。

城市是人為的，也就無可避免地隨著人類活動的演進而演進。工業革命導致了一次大蛻變，西方各大城，經過長久陣痛而邁進了現代世界，其成就雖然不盡相同，但是都意識到，無論如何發展擴張，總要在各自的歷史傳統和現代進步之間，找到一個合情合理的解答。總的來說，就是不忘過去，考慮現在，展望未來。

我人在紐約，因興趣和寫作的關係，也經常關注國際大都會的演變。同時，我生在北京，近三十多年來也曾前往出生之地十好幾次，多多少少感受到京城各個方面的種種變動。今天北京城市建設中的大拆大建，自然讓我聯想到紐約，尤其是近半個世紀前那個慘痛教訓。

自從荷蘭於一六二四年在曼哈頓建立了交易站（幾乎與其殖民臺灣同時），紐約即一直以貿易為主。以都市建設來說，主要基於經濟考慮，紐約幾百年來的一貫做法是，把好好的樓房拆掉重建更高更大更新更賺錢的龐然巨物。每二十三十年，不少社區（而非小區）的面目全非，地產商也理直氣壯，「老兄，我拆的又不是巴黎聖母院，你叫什麼叫！」直到一九六三年，紐約市一粒明珠，一座建築大師仿照古羅馬「卡拉卡拉（皇帝）浴宮」於一九一〇年落成的偉大工程科技建築傑作「賓州車站」，就這麼為了錢硬給拆掉了。

這才一棒打醒了紐約，民間多年的呼籲抗議，才終於有了結果，就是「一九六五年紐約市地方法第四十六號」。可別小看這項聽起來毫不響亮的立法。是它授權設立了具有決策能力的「紐約市陸標保存委員會」

單憑這個委員會組成其成員條件，即可大致體會到市府民間共同努力的方向。成員十一人，均由市長任命，任期為交疊之三年。委員之中至少應有三名建築師，一名地產商，一名都市規劃者，一名紐約歷史專家。其他五名市民之中必須有一名以上為律師和了解市府運作人士，而且包括紐約市五個區每區至少一位居民。除主席之外，其他委員完全義務為紐約服務。

從這委員會成立以來這四十多年的努力和成績可以看出，他們認識到城市之經濟發展的必要以及市民生活所需的要求，更不提以摩天大樓稱霸全球百年的紐約在建築上的自豪……也就是說，委員們體認到，既不能把紐約保存的變成一座老建築博物館，也不能任由投資開發商為所欲為，亂拆亂蓋一些不得人心的高樓大廈，也不能以現代化為藉口摧毀整個歷史區域，也不能毫無約束地任憑建築大師天馬行空，利用這個國際大都會來展示他們的才華。

六十年前，已故小說家、專欄作家懷特（E.B. White），寫了薄薄一本至今仍受重視的傑作《這裏是紐約》（*Here is New York*）。他在結尾提到曼哈頓有這麼一棵老柳樹，長年風吹雨打，掙扎著生存。他覺得這棵樹倒是象徵著紐約。每次看到這棵樹他都在想，必須保護這棵樹。它一旦消失，什麼都消失了。

羅馬不是一天造成的，沒錯，可是一天就可以給毀掉。兩千年前，尼祿皇帝一聲令下，一把火就燒掉大半個羅馬古城。

今年初，北京一位記者問我，老北京（指抗戰前後）的靈魂早已消失，那新北京的靈魂在哪兒？我跟她說我無法回答。可是在寫這篇東西的時候，我有點感到，或許（也只能是或許）好好保護這棵老樹，新北京的靈魂就將無所不在，你一上街就感覺到了。

——*2008*

電視餐

——天下沒有不散的宴席

我住的社區 Tribeca，今年夏天開了一家以其健康有機食品聞名的連鎖性超級市場Whole Foods。我上個月去逛了一趟，發現一排排冷凍櫃中，竟然沒看見一盒「電視餐」（TV Dinner）。怎麼搞的？怎麼這個好幾代美國人從小吃大的方便餐，落得一個如此寂寞的下場？

在亞洲，或中國人地區，這種冷凍電視餐好像從未打開任何局面。原因很多，但除了飲食口味和習慣之外，恐怕是，當電視餐在上個世紀五十年代初美國問世之時，歐亞兩洲仍處於戰後復原階段，有得吃已經不錯了。

大家公認，電視餐於一九五三年打進了全美各地的超級市場，而且公認是家名牌廠Swanson兄弟食品公司發明推出的。可是公司只是一個架構，一個抽象機制，它什麼也發明不了。發明創造者是人。然而，是人就有麻煩，就像那句西方老話所說的，「成功有一堆爸爸，失敗是個孤兒」。因此，電視餐究竟出於何人手筆，一直存有爭論。

長久以來，美國冷凍食品研究所一直確認該公司推銷員Gerry Thomas，是電視餐唯一發明者，且已將他的大名載入其名人堂。可是近年來又有當年參與者翻案，列舉不少實例，來證明其實是Swanson 兄弟二人（Gilbert和Clarke），首先提出了電視餐的構想和概念，再由公司的技術、市場和廣告專家設計內容和造型，並制定TV Dinner這一專有名詞。Gerry Thomas 只是其中一位參與策劃者。

這種爭論恐怕很難會有個確定答案，但是不管怎樣，電視餐的發明者，就籠統地算在Swanson兄弟食品公司的頭上了。

推出任何一種新產品都不容易，再能使其暢銷，更是難上加難。決不是單憑產品好壞就能決定的。時機未到，或沒有及時把握已呈現出的機會，那再好的產品，也只能落個出師未捷身先死的命運。

電視餐在五十年代初的出現，真可以說東風來的正是時候。冷凍，尤其急凍技術早已成熟。二次大戰美國士兵已經在吃了。還有，航空旅行也日益取代火車輪船。而飛機上供應的餐食，大半是加熱之後才送到你座位上的。然後，當然是電視機在這段期間進入了美國家家戶戶。

但是光具備這些條件仍無法保證它的流行。這樣看的話，社會因素就發揮其潛在作用了。首先，都市郊區在四十年代末的興起，無意之中為電視餐奠定了一個廣大基礎。住在市郊的一個個中產家庭，三口四口，下班放學之後，邊看電視邊吃電視餐，幾乎成為戰後唯一富裕的美國的一種新的生活方式。因而所決定的英文名稱是TV Dinner（晚餐），而非TV Lunch（午餐），儘管你什麼時候吃都可以。

而三口四口之家，其子女正是戰後嬰兒潮（baby boomers）那首批小孩，大約七歲左右，正是好像永遠吃不飽的年紀。電視餐相當方便，營養也不差，不怎麼好吃，可也不那麼難吃，不但滿足了這批小餓鬼的飢，更替老媽省了不少時間精力。放進烤箱，半個多小時後上桌，連盤子都也不必洗了，一丟了事。

根據傳聞，電視餐是Swanson公司為了設法銷售其上一年感恩節留下來的幾乎三百噸冷凍火雞肉而想出來的辦法。因此，第一批問世的電視餐，也正是火雞肉片、玉米麵包、牛油豌豆、蕃薯。

一九五三年定價：零點九八美元。

一炮而紅之後，才又陸續推出Salisbury steak（其實是沒有「包」的「漢堡」）、meatloaf、炸雞……配菜花樣也多了，還有甜點。

畫龍點睛的一筆，是其餐盤的造型。它既像人們已經熟悉的飛機上的餐具，又像早期的電視的屏幕。難怪此一設計（先鋁製，後因微波爐而改用塑料），現已成為華府史密森國家博物館美國工藝產品的永久收藏。

然而，電視餐並沒有在烹調方面有所創新，只是在做法吃法方面的概念突破，所有電視餐都是美國傳統菜。即便如此，它仍然可以算是半個多世紀以來的新玩意兒，而且要比五十年前在日本問世，意義上類似電視餐的五分鐘速食麵要好吃，也更豐富營養。

我去年看到紐約的報紙新聞才得知，速食麵（日本的速食麵一般通稱「拉麵」），現已成為英文名詞。可是，對於像我這樣一個從小吃真正拉麵的北方人來說，實在有點哭笑不得。把我們的北京拉麵，給變成現今日本的速食「拉麵」，哪怕只是借用名稱，真有點像把紐約的「社區」，硬給叫成國內新富園地「小區」）發明者是吳百福，是位土生土長的臺灣嘉義人，一九四八年入籍日本，日名安藤百福，是這位前輩一九五八年在他大阪住家後院，設計出第一包速食麵。而在他去世之前，並眼見他發明的速食麵，於二〇〇五年隨著一位日本太空人進入了外層空間。

好，速食麵升天，那電視餐呢？

在人們今天講究健康食，少吃紅色肉，多吃蔬菜水果，少碰油的炸的，以及什麼新烹調、創意菜的衝擊之下，超級市場冷凍櫃中都少見了。有的話，也以低熱量或素食為主，而在紐約，其拉丁亞洲風味越來越濃。那再看那無肉無菜，大半靠味精調味的速食麵，它今天不但是美國的中日韓越，星馬泰菲家庭的應急麵，更吸引了那些懶得或沒時間或根本不會不願做飯的美國一般年輕人。它更是在宿舍裡開夜車的窮大學生，在飢不擇食的情況下三口兩口吃完玩意兒。是在這樣一個大趨勢之下，電視餐出現了一個怪胎，像是迴光返照。

紐約一家名餐廳大廚，覺得當年嬰兒潮世代現在也都六十好幾了，其中不少都有點餘錢可花，開始懷舊，想吃小時候吃慣的東西，或媽媽做的菜，就推出一道新電視餐。雞是有機飼料餵大的，乳酪歐洲進口，牛豬羊肉是法國紅酒燉的燜的，餐盤造型如舊，不過是瓷器，一盤售價三十美金。老天！比牛排還貴！

可惜良好時機已過。目前全國正在一片愁雲慘霧中掙扎。就算有那麼一批又想吃又吃得起的騷包，很可能其中不少現已失業在家，偷偷地泡他們的速食麵了。

總會有人懷念或懷舊，或為電視餐此一寂寞下場感到惋惜。但是他們總也心裡有數，天下沒有不散的宴席，何況從來就上不了枱面的冷凍電視餐？更何況它究竟也算是風光了五十年。

——*2009*

兜頭

——運動裝？便裝？流氓裝？時裝？休閒裝？

這件運動衫，這種款式，這種打扮，在美國已經有近百年的歷史了。

去問問任何美國小孩，以及曾經年輕過的中年老年人，幾乎沒有一個沒穿過這種套頭運動衫。可以這麼說，套頭運動衫、牛仔褲、帆布球鞋和棒球帽等等，是一般美國小孩成長過程中的日常穿著，也是他們的必要打扮。

這種套頭運動衫（hooded sweatshirt），以及近十幾年來更為流行的稱呼，「兜頭」（hoodie，台稱「連帽上衣」），是一件非常簡單、舒適、柔軟、溫暖、實用、方便、美觀的衣裝。開襟（也有套頭），拉鍊，前方口袋，上有兜頭，其末端伸出一條束帶以調整兜頭鬆緊。最早、最普通的料子是純棉。最普通、最流行的顏色是灰、藏青和黑。它可以配幾乎任何打扮，都蠻瀟灑，都很帥。

這種款式並非某一個人，或某位設計師創造出來的。但無論是誰，或哪些人，其現代基本式樣大約在一九三〇年代，由名服裝廠牌Champion生產問世。但是這早期的兜頭是為了一個實際需要，即為紐約上州冷凍儲藏庫勞工而設計的保暖裝。換句話說，像牛仔褲一樣，它最早是一件工人裝。

看過上世紀七十年代好萊塢的《洛基》（*Rocky*），就多半還記得史塔龍（Sylvester Stallone）主演的那個勞工拳手，在電影開始時那個難忘的鏡頭。洛基身穿一套灰色運動裝，上身就是那件兜頭，在掛滿了半身牛體的冷凍庫房內，朝著冰凍的牛身打擊練拳。

這是一個非常真實的場景。兜頭正是為這種冷凍庫房勞工而設計的，儘管好像只有電影中的洛基才靠牛體練拳。而且最後——別忘了這是好萊塢——奪得重量級拳王錦標歸。電影得了奧斯卡，史塔龍（自編自導自演）也得了。兜頭也跟著紅得發紫。

然而，兜頭的設計卻非創意，其基本式樣來自西方中年男士一直講究穿的開襟毛衣（cardigan）。而其兜頭，亦非原創。西方社會幾百年前就有了，就是那種帶有兜頭的斗蓬。即使在三十年代北京、天津、上海時髦圈子裏，也不時可見一些紳男仕女，穿著這種兜頭斗蓬大衣外出赴宴。再如果你看過歐洲中世紀宗教畫，就更不難發現，早在一千多年前，天主教的僧侶修道士就在穿有兜頭的僧袍。然而，是美國（及英國）把一件上衣，這裏弄弄，那裏改改，拼湊出來這件兜頭運動杉。

我在上世紀七十年代初，首次環繞了地球一周。我發現，凡是有國際機場的城市，那裏不在少數的年輕人，吃的是麥當勞和肯德基炸雞，喝的是可口可樂，聽的是搖滾，看的是好萊塢，穿的是牛仔褲和一點不錯兜頭（熱帶除外）。尤其是在第三世界國家，我才首次真正感受到美國這種軟實力的衝擊。難怪那個冷戰時代流行著一句口號：美國文化帝國主義。

不無反諷的是，美國本土也一直有那麼一批人，或左或右，在批判自己人搞出來的音樂電影、衣裝打扮和速食。想想看，當年的搖滾和牛仔褲，都經歷過這種洗禮。現在好像轉到兜頭了。

身穿這種兜頭，一直給人一種處在社會邊緣之感。儘管八十多年前，它就已經被中學大學球員和田徑選手所接受。而這些校隊運動明星的兜頭運動衫前後的校名校徽，不但令外人羨慕，更令他們的女朋友著迷。而當這些青春少女借穿校隊男友的兜頭外出，不但讓她們更出風頭，更無意之中把這件衣裝伸入到了家庭社會。

今天，走進任何大小百貨公司，你就會發現，衣架上一排排、一層層的大大小小兜頭，各種顏色，各種料子，從嬰兒裝到任何尺寸，從名牌到雜牌到無牌，你可以從小穿到老。或照美國的說法「從搖籃到墳墓」。

可是，大約在上世紀七十年代，出現了一個新的聲音，為兜頭蒙上了一層陰影。這就是 hip-hop 音樂在紐約（和洛杉磯）街頭上的起飛。

這些樂手們的形象、行為舉止、音樂詞曲、舞台動作，既反叛，又充滿色情暴力。他們身穿兜頭，而且套起了頭，更給自己一種孤立、隱蔽、神秘、險惡、恐怖之感。而這種個人對抗世界的味道，更是吸引了一批莫名反抗的憤怒青年。年輕人，憤怒與否，模仿他們的偶像，本身無可厚非。但是利用兜頭的隱蔽去幹一些見不得人的事，那又是另一回事了。

這正是為什麼兜頭也吸引了一批真正為非作歹的不良分子。近十幾年來，各大小商店、公私辦公大樓，為了治安和交通，而在門上、樓角、電桿、十字街頭，安裝了無以數計的錄像監測器。每次，幾乎任何地區，發生了任何事故，無論是車禍，闖紅燈，搶劫，打架，群鬥，還是殺人事件，幾乎都有錄像作證。當人們在電視轉播上看到任何違法行為的時候，其肇事者多半都套著兜頭，更加深了不少人對這種裝扮的恐懼，搞到紐約附近幾家中學，根本就禁止學生套著兜頭走進校門。

結果？結果好像是沒有什麼結果。

想想看，當樂手、影視音樂偶像、球星、名人（如「臉書」那位一天到晚都在穿兜頭的二十來歲創辦人），以至於從搖籃穿到墳墓的一般大眾，甚至於大半個世界的老中青，都經常在穿兜頭的時候，那誰還管得了誰？誰還在乎紐約附近幾位中學校長的話？扯得再遠一點，在二十一世紀全球化的今天，誰還好意思再提什麼文化不文化的帝國主義？

其實，人們在這場熱鬧之中反而忘了一個基本事實，就是，兜頭簡單，舒適，柔軟，溫軟，實用，方便，美觀，價錢也不貴（除非你買名牌）。那真要說的話，不穿兜頭反而是件怪事了。

——*2011*

啊！火雞

有點虛榮，有點可笑，可是很勇敢——富蘭克林

上世紀五十年代初，家住臺北龍泉街，從後院矮牆望出去，是一片稻田。是在這片農地上，我首次看到了火雞。

之後十年，環島遊蕩無數次，我發現南北臺灣每個農家都養著火雞。我當時就覺得很奇怪，在處處可見火雞的寶島，竟然沒有一道火雞臺菜。

不錯，火雞固然不能算是一流美味，但也不是那麼難吃。而大江南北的中國烹調，還是很難找到一道中菜有火雞。就算新食譜中有，也多半是在介紹美式烤火雞。只有在紐約，我曾經在一家以猶太食客為主的中國餐廳，看到菜單上列有一道木樨（火雞）肉，好不好吃，由你決定。我的感覺是，這道菜，既對不起火雞，也對不起木樨肉。

奇怪，當我們早已接受了外來的西紅柿（蕃茄）、葡萄（波斯語音譯）、胡椒，以及其他無以數計的外來果菜、飛禽、游魚、走獸、穀物、香料的同時，卻始終難以接受這個也是外來的火雞。

火雞是美洲的原住禽，早在一千年前即已被原住民幾個偉大的文明（阿茲特克、印加、馬雅）將野火雞馴化。是早期西班牙殖民者，大約在十五世紀末，首次把美洲火雞帶回歐洲。但他們誤以

為火雞是孔雀家族的一支，因為公火雞也可以展翅開屏。

無論是出於無知，或想當然爾，還是陰錯陽差，總之，始作俑者還是哥倫布。是他一直到死都堅持他發現的「新」大陸是東方的亞洲。因而才有了至今仍一直沿用的加勒比海中的「西印度群島」（West Indies），和一直到最近才改稱「美洲原住民」（Native Americans）的「美洲印地安人」（American Indians）。

而當時的歐洲，習慣把任何來歷不明，超乎尋常的奇珍異獸，都說是來自古老神秘的東方。但是那個時代，對歐洲衝擊力最大的東方，不是中國，而是從十三世紀到二十世紀初，霸佔著東南歐洲，西南亞洲，北非……其政治、宗教、軍事、文化中心在土耳其的奧圖曼帝國（Ottoman Empire）。就這樣，火雞傳到了英國，一個古老偉大的國家Turkey（土耳其）的國名，就很冤枉地和一個長得不怎麼好看，叫得也不怎麼好聽，肉也不怎麼好吃的美洲原住禽火雞同了名——turkey。

火雞也大約是在那個期間，大約十六世紀前後，應該是通過水旱絲路，傳到了中國。中國人實際，一看到火雞，儘管其羽毛有黑有白，有灰有雜，但紅色比較突出，因而（我猜）取名「火雞」。其實，這倒是比較合情合理。火雞確實屬於「松雞」（grouse）家族。所以，儘管華人不怎麼吃火雞，至少在名稱上沒有擺個烏龍。

其實，歐洲人也不太吃火雞。而在土耳其，只聽說有些餐廳在聖誕節會有烤火雞，只是他們稱火雞為「大鳥」。這倒是接近另一個傳說，即當哥倫布首次看到火雞的時候，他船上一名醫生驚呼「Tukki!」（希伯來語「大鳥」）。其發音更接近英文火雞讀法。所以，看樣子只有美國加拿大比較經常吃火雞，與其說是因為火雞是美洲原住禽，不如說是這兩個前英國殖民地有個共同獨特傳統——感恩節（Thanksgiving）。但其歷史，至少一部分，只能算是美國建國前的神話或野史。

當英國首批美洲移民「清教徒」（pilgrims），為了逃離政治宗教迫害，而於十七世紀初來到了今天的波士頓。一百零二個墾荒定居者，在極其艱困的情況下熬過了一年，但仍死掉一半。倖存者，為了感謝上天保佑，而在一六二一年秋收之後，舉行了好幾天的慶祝，並邀請了教他們耕種、捕魚、獵食等等生存技能的印地安人。據說這些原住民還帶了鹿肉、南瓜、玉米來赴宴，但沒說還有火雞。

其實，這些清教徒在搭乘「五月花號」（MayFlower）來美洲的時候，隨船即已帶了早已流傳到英國的火雞，說不定他們在宴席上還以烤火雞待客。但火雞究竟是美洲原住禽，傳說中就把火雞當做是那首次感恩之宴的主菜。大概就是這樣，正史加野史，傳聞成為神話，純美國的感恩節，就和火雞扯上了關係。

火雞的故事已經夠亂了，感恩節也差不多，幾經波折才被確定為每年十一月最後一個禮拜四。是首任美國總統華盛頓決定在十一月底之前為感上帝之恩的一個節日。當時美國也確實需要感恩。想想看，十三個殖民地一批雜牌軍，竟然打敗了當時最強大的英帝國。但這項決定沒幾年就給《獨立宣言》作者，第三任總統傑佛森否決，認為一個共和國，必須政教分家。直到南北戰爭，林肯在一場血戰之後再度感恩，可是他既沒有提清教徒或印地安人，也沒說過這一天要吃烤火雞。

反正，美國究竟是美國，任何節日到最後都免不了被商業化（情人節、母親節……）。於是，從感恩節到聖誕節到新年這一個半月期間，就變成了美國一年一度最瘋狂的購物送禮季節。

那火雞呢？

結果是變成了感恩節的正式大餐。光是這一天（不算聖誕節和新年），美國家庭團聚之時，就要吃掉至少四千萬隻火雞。難怪總統要在白宮草坪上舉行一個象徵性儀式，以赦免一隻火雞來贖罪。

這還不說，火雞的運也倒楣，就差一點當了美國的國鳥，美國的象徵。英國十三個殖民地組成的大陸會議（Continental Congress），在一七七六年宣佈獨立，正式向母國宣戰，但本身還沒有建國也無憲法，可是卻已制定了國徽（The Great Seal）。這個國徽正中間，有隻象徵美國的國鳥，是一隻「禿鷹」（bald eagle 白頭鷲）。

開國原勛之一富蘭克林非常不贊成把禿鷹作為象徵，他覺得應該是火雞。可是大陸會議已經作了決定，他也就沒有公開表示反對，只是事後在他給女兒的一封私信中抱怨了幾句。我在網上找到了這封信的片段：

> 就我來說，我希望沒有把禿鷹選為我國的代表。這隻鳥沒有高尚的品德，也不誠實地生活。你經常會看到牠暫栖在河邊一些死樹上，可是牠懶得自己找魚吃，牠盯住「捕魚鷹」（fishing hawk），等到那個勤快的猛禽捕捉到一條魚，再把魚帶回巢餵養牠的伴侶和幼小的時候，禿鷹就上去搶奪這條魚……
>
> 禿鷹一般來說生活貧困，又極其膽怯……因此，禿鷹絕不適合作為我英勇鬥士的象徵。相比之下，火雞更值得尊敬，而且又是美洲的原住禽……儘管火雞有點虛榮，有點可笑，可是很勇敢，絕不猶豫去攻擊侵犯家園的英國官兵……

寫到這裏，我突然想起當年曾經問過幾位臺灣朋友，為什麼臺菜少見火雞，他們說可能是因為火雞的警覺性高，一有點什麼動靜就叫個不停，所以農夫養來看家防偷防盜，所以捨不得吃。這有點像以前臺菜也很少見牛肉，農人不忍見到為他們勞苦一輩子的耕牛——和看家的火雞——最後變成了上桌的一道菜。

如果此說成立，那寶島農民可的確是在以德報恩。逢此感恩佳節，富蘭克林地下有知，也會點頭微笑讚美。

——*2011*

太平洋樂園

人生所遭遇的種種失望之中，從純粹個人滿足的角度來看，恐怕再也沒有比沒有能夠有機會充分發揮個人某種潛力的這一類失望更令人失望了。至於你本來根本不知道你擁有這個潛力，而等到你自己發現或被人發現的時候，機會已過，為時已晚，潛力已不復存在，那只能使你失望之餘更加沮喪和痛心。這個你一輩子也無從知曉的謎，真要說起來，比到底有沒有天堂地獄還要更令你煩心。天堂地獄畢竟是身後之事。

我知道，因為大約二十二個夏天以前的一個暑假，在聖他摩尼卡的太平洋樂園，一位職業訓練家告訴我，如果我當時不是已在唸研究院，而是仍在上中學，那根據他的觀察，我有上好的潛力，因而真有可能，成為一個一流的騎師。

那是我從臺灣來美留學的第二年，半工半讀的工也已經打了好幾個，可是一兩個中國餐館的經驗之後，我發誓絕不再給中國人做事。所以當我的一個美國同學介紹我去太平洋樂園找份暑期工的時候，我記得我好像第二天就去了。

太平洋樂園，Pacific Ocean Park，像迪士尼樂園一樣，是一個遊樂場，只不過規模小得多，可是更接近美國鄉下傳統的集市。這類遊樂場所必備的各種 rides，什麼恐怖洞、愛情洞等等它當然都有。它的 roller-coaster，雖然沒有紐約康尼島（Coney Island）的有名，但在當時也算是美國有名的之一。你上去的時候還不大覺得，可是一連幾次，一次比一次陡的下降，因為就在太平洋的海灘上，你真以為你和整個列車就要幾乎筆直地衝進藍色的水中去。

太平洋樂園雖然比不上迪士尼樂園之龐大，也沒有它出名，可是玩起來一樣好玩，不僅便宜得多，而且方便，就在洛杉磯的聖他摩尼卡，旁邊就是海灘，只要你入場的時候請收票人在你手臂上蓋上只有他的一種燈可以照出的水印，你就可以隨時進進出出，游游泳，曬曬太陽，逛逛樂園，有一天玩一天，有半天玩半天，而且就算你只有一個小時，你也可以乘一次 roller-coaster 來刺激一下，或者是看一場表演。

接受我申請表的那位中年女士說我來的有點晚了，好的（指工資高的）、輕鬆的（事情不多）、有意思的（有機會多接觸男孩女孩）都已經填滿。不過，她還是讓我上太平洋樂園的海洋馬戲班去試試。雖然我一來美國就因為離校園比較近而住在這一帶，並且也來過一兩次，可是不知道為什麼，就從來沒有看過它的海洋馬戲團表演。在我走出人事室去海洋馬戲班的途中，我想這肯定不會是什麼好差事，多半是餵魚、洗魚池之類又髒又臭的工作。

我第一個驚訝是海洋馬戲班的規模，一個可以容納至少五百人的看台，一個相當職業的舞台，和只有這種演出才會有的兩個圓形大池塘，位於舞台前的左右兩方。大概是我一離開人事室，那位女士就打電話給海洋馬戲班，所以我才進大門，就有一個人來向我招手。他大約四十歲，六英尺高，算是比較瘦，但相當結實。從他白色T恤、白短褲、白帆布鞋露出來的手臂、大腿和小腿，可以看出他大概每天都在曬太陽，但不是日光浴那樣曬法，而是要在大太陽下幹活兒那樣給曬出的咖啡色。他說他叫杰克，正在等我。

杰克只和我談了差不多半小時，介紹了一下海洋馬戲團搞的是些什麼玩意兒。整個這段期間，他除了要我保證做滿三個月之外，唯一要我示範給他看的是將擱置在台左的一根大約十五英尺長、一英尺寬、一英尺高的鐵軌型鋼條提起來，在台上走半圈。鋼條是挺重的，總有一百多磅。好在不必舉上去，只要以兩臂垂直的高度提起來就可以了，而且因為他是工字形，也好下手抓。抓完以後，杰克就當場僱了我作他的助手。這個時候我倒有些猶豫了。完全出乎我意料的是，不用餵魚，也不用清洗那兩個大魚池，需要我做的是，也就是說，我要賺錢的暑假工是：上台表演。當然，上台表演有點過分其詞。

杰克是個職業教練、專業訓獸家。水裏游的，地上跑的，四隻腳的，兩隻腳的，他全能訓練。他本來在西岸北部一個動物園做事，直到六十年代初才自己組織了一家訓獸所——從狗、馬、象、豹、虎、獅……到大鯨魚他全訓練過。他還經常出海為各個動物園捕捉鯨魚或鯊魚。他也訓練其他人，到現在還是西部好幾家動物園的顧問。太平洋樂園前幾年特別請他過來主持海洋馬戲班。所以他說他現在有點藝人的味道，但又據他說，這並不是他本人十分喜歡的一個新身份。

海洋馬戲班的演出還相當豐富，雖然每場才不過四十分鐘左右。節目由一個等於是司儀的小丑先上台講幾分鐘的笑話開始，然後是一對年輕男女的空中飛人表演，下面接著是杰克的兩條小鯨魚（或海豚，Porpoise）。這場表演之後算是中場休息，由一直負責伴奏的四人搖滾樂團演奏三支或四支曲子。樂團下台之後才是壓軸戲，杰克和他的大象。所以，海洋馬戲班的演出，與其說是海洋馬戲，不如說是海洋加馬戲。

需要我上台（還要穿制服）、用得著我的地方只是杰克負責的兩場演出。小丑司儀與我無關，空中飛人也與我無關，搖滾演奏就更與我無關。與我有關的只有小鯨魚和大象。

我去報到的那天早上，雖然還不到十點，可是已經有不少遊客了。因為幾件簡單的手續都早已經辦好，所以我就直接去找杰克。入口的地方掛著一個大木牌：「海洋馬戲班，還有三天開幕」。我一看就開始緊張，如果不是正在池塘旁邊餵小鯨魚的杰克看到了我，招手叫我過去，我幾乎想不幹了。

杰克一步步教我，告訴我在演出的過程中，什麼時候該做什麼，要我不光是看小鯨魚或大象的動作和表演，還要隨時注意他的動作，一定要算好時間，在他指揮小鯨魚或大象做某一項表演的時候，為下一個表演做好準備。

小鯨魚的表演看起來很複雜，其實很簡單。牠們之所以容易討好、受人歡迎，是因為，首先，小鯨魚的確相當聰明，相當能體會到人的意思。二次大戰期間，有不少美國飛行員都有過類似的經驗，就是當他們掉下海之後，是這些小鯨魚帶領他們，甚至於推著、馱載他們到最近的海岸。杰克說這絕對是真的。他說小鯨魚真的有智慧，也有牠們的語言。他現在正在和一家海洋研究院合作，一起研究我們這個海洋馬戲班的兩條小鯨魚在水下如何以聲音傳達信息和這些聲音的意義。他指給我看池塘下面安裝的錄音設備。

我在這場表演中的工作相當輕鬆，先將兩大桶魚放在杰克指揮的時候所要站的兩個不同位置。桶裏的大魚小魚是小鯨魚完成某個動作之後的獎賞。其他的工作也一樣簡單，在小鯨魚表演從水中檢起一頂大草帽之前將草帽丟到池塘的某個地方（當然要丟得準）。撿救生圈的表演也是一樣。另外，在牠們要表演跳高、穿鐵環、穿火圈之前，我要將架在池塘邊上的鐵桿和鐵環圈推到水池上方。除了這些之外，當然還有其他一些把戲，但那些都不需要我做任何事。然後等全部節目表演完畢，我再把所有道具收起來，如此而已。唯一需要記住的是，步驟絕對不能亂，因為杰克是以一個固定程序來訓練這兩條各個都有七英尺長的小鯨魚的。

大象表演基本上也是跟著一套既定的步驟，只不過獎賞牠的不是大魚小魚，而是杰克事先裝在口袋裏的花生。大象從後台出來先彎一下腿，等於是鞠躬，然後再分別以三隻腳、兩隻腳，後以一隻腳站立，接著牠就走到我已經放在台中央兩側、直徑大約只有兩個半英尺；高不到兩英尺的圓形木台。大象於是就先後在這一左一右兩個小木台上重複牠剛才在平地以四、三、二、一隻腳站立的技術。以牠一噸半重的體積，當然不容易，可是我卻沒有任何奢侈替他擔心，因為這個時候我要守在大象背後不能太遠的地方，因為下一件工作有時間性，一定要在幾秒鐘之內完成，否則不是命沒有了，就是手臂沒有了，這個動作是我演出的高潮。

我要在大象剛走下那個圓形木台的時候，立刻將擱置在台左架上那根鋼條，那根我第一次見到杰克時他要我提著走上舞台半圈的十五英尺長、一百多磅重的工字型鋼條，提起來，橫架於大象在上面剛表演完畢的兩個圓形木台之上。大象這時候頭也不回，就一屁股坐在這條鋼條的正中間、面向著觀眾，蹺起兩條前腿，象鼻朝天地大吼一聲。

我之所以怕，很簡單，是因為這是所有需要我賣力氣的工作中唯一有生命危險的舉動。

想想看，大象從木台上下來，就算牠的動作慢，也用不了十秒鐘就可以走到兩個木台的中間位置。牠被訓練的只知道這時候牠應該坐下，至於後面有沒有東西給牠坐完全不是牠的責任。這個責任是我的，我需要在短短十秒鐘之內，兩手以相隔大約三英尺的距離，抓住鋼條的中間部分，提起來，從台左放到台中央，再將它橫架在兩個木台之上。

再想想看，如果我沒有來得及架上去，大象已經朝後面坐下來，那牠坐的不是鋼條，坐的是我血肉之身。而且就算我及時將鋼條架上去了，但沒有來得及時兩手抽回……壓死了固然不是滋味，手臂給壓扁也不見得好多少。

每次上台，這是我最緊張的十秒鐘，不是怯場的緊張，而是怕死的緊張。這個完了之後，雖然大象還有更精彩的壓軸戲，可是對我來說，這都是反高潮了。

杰克不只一次告訴我他非常欣賞我的動作和我身體各部分的協調。這大概是為什麼在暑假快結束的一個下午，所有表演因為下雨而全部取消，我們師徒兩人在他那小辦公室喝咖啡，感嘆太平洋樂園不久就要拆除的時候，他突然問我有沒有興趣考慮走職業騎師的路。他說他立刻就可以開始教我，他正在訓練幾匹純種賽馬，等我高中一畢業就全時投入練習。經過三個多月的觀察，尤其是看我提鋼條，他覺得我的臂力和腰力和腿力都應該不錯，差不多五英尺十的身高和尤其是才一百二十來磅的體重對做騎師來說更有利，但是要快，他說在還算年輕的時候不及時發揮我這個潛力實在太可惜，我有成為一個一流職業賽馬騎師的可能。

短短幾分鐘的談話，我在心跳加速到火一般的興奮，然後就如同讓窗外的大雨給一下子澆滅了一樣，心中突然感到一陣無比的寒冷和淒涼。當我告訴杰克我已經唸了好幾年的研究院，已經二十七，而不是十六歲的時候，我才有生以來第一次感到自己老了。我不敢說我從杰克的面部表情上察出他是驚訝還是失望，因為他只是用那一雙淺藍色的眼睛盯住我，過了半天他才輕輕的吐出一句話："I'll be damned."

那天晚上我做了一個夢。大象將我兩個手臂壓碎了。

——*1986*

一個時代

烏鴉炸醬麵

魯迅創造出來的所有名詞中，除了「阿Q」之外，對居住在海外的中國人來說，或者對任何離鄉背井的人來說，我覺得最有意思的就是他在《故事新編》的〈奔月〉裏杜撰出來的「烏鴉炸醬麵」了。讓我先節錄幾段，來說明這個偉大名詞「烏鴉炸醬麵」問世的經過。

……羿在垃圾堆邊懶懶地下了馬，家將們便接過韁繩和鞭子去，他剛要跨進大門，低頭看看掛在腰間的滿壺的簇新的箭和網裏的三匹老烏鴉和一匹射碎的小麻雀，心裏非常躊躇。但到底硬了頭皮、大踏步走進去了；箭在壺裏豁朗豁朗地響著。

剛到內院，他便見嫦娥在圓窗裏探了一探頭，他知道她眼睛快，一定是瞧見那幾匹烏鴉的了，不覺一嚇，腳步登時也一停——但只得往裏走。使女們都迎出來，給他卸了弓箭、解下網兜。他彷佛覺得她們都在苦笑。

「太太……」他擦過手臉，走近內房去，一面叫。

嫦娥正在看著圓窗外的暮天，慢慢回過頭來，似理不理的向他看了一眼，沒有答應。這種情形，羿倒久已習慣了，至少已有一年多了。他仍舊走進去，坐在對面的鋪著脫毛的舊豹皮的木榻上，搔著頭皮，支支吾吾的說——

「今天的運氣仍舊不見佳，還是只有烏鴉……。」

「哼！」嫦娥將柳眉一揚，忽然站起來，風似的往外走，嘴裡咕嚕著，「又是烏鴉的炸醬麵，又是烏鴉的炸醬麵！你去問問，誰家裏一年到頭只吃烏鴉的炸醬麵的？我真不知道走了什麼運，竟嫁到這裏來，整年的就吃烏鴉的炸醬麵！」……

讓我首先補充一句，我這裏不是要談沒落英雄的悲哀，也不是要談嫌丈夫越混越窮的老婆（最好別談，誰能保證你我的下場？），我要談的是烏鴉炸醬麵，因為它讓我想起了海外的中國吃。

羿和嫦娥何嘗不想吃那個道地的豬肉丁兒炸的醬，只不過，照魯迅的說法，羿每天一早騎馬出去跑上好幾十里去打獵，連隻兔子也看不見，所以一年多下來每天只能吃用他射下來的幾隻（匹只是魯迅用語）烏鴉的肉炸的醬（對了，誰要是把炸醬麵的炸唸成炸彈的炸，那就烏鴉了）。

所以，就算他們有油、有醬、有蔥、有蒜、有薑，而且就算他們（或使女們）會炸，那還是烏鴉炸醬麵。更何況，主要作料由豬肉丁變成烏鴉肉丁，肯定作法因之而起了哪怕是少許的變化。這就是說，凡是就地取材，再考慮到他鄉之地的飲食習慣（膽固醇、高纖維）、生活方式（減肥、瘦就是美）等等，在外國要想做一道真正的家鄉菜，就算作料齊全，包括罐裝，還包括你真的會這個手藝，那仍然是一樣，也許不能說絕不可能，而是可能性太少。因此，美國任何一家賣炸醬麵的中國館子賣的都是「烏鴉炸醬麵」，儘管它們用的是豬肉，而絕非是烏鴉肉，儘管也許真的不算難吃，可是還是烏鴉炸醬麵。

讓我舉一個時間和空間都比較遙遠的例子，從另一角度來談道地炸醬麵和烏鴉炸醬麵。

小時候在北平，我們家（當然還有幾乎所有人家）差不多天天都吃麵。先不談包子、餃子、饅頭和烙餅，就麵條來說，主要是拉麵，偶爾也吃切麵，要不然就是貓耳朵、撥魚兒、刀削麵這種我們老家山西的土玩意兒。可是另外還有一種常吃的麵，一種我還沒在港臺或美國見過的，那就是盒漏，或者叫壓合漏。這是一種利用槓桿原理造的機床，叫盒漏床，壓出來的麵條。我猜港臺海外大概沒有幾個聽過，更別說吃過壓盒漏，因此大概也無從想像這到底是一種什麼樣子的麵，那就先讓我憑記憶（只能憑記憶，我自己也好幾十年沒吃了）來解釋一下。

這個盒漏床的座很像一條長板凳，只不過板可厚很多。看床的大小，有的板半尺厚，有的一尺多厚。床中間有個筒形洞，直徑也根據床的大小而定。盒漏床就架在煮麵的大鍋上。做麵的時候，先將和好的濕麵半滿地塞進那個筒形洞，再以人力用床上方一根與床在一頭相接、在洞口正上方部位牢牢釘著一個木錘的槓桿，硬將筒形洞中的麵從下面有圓孔的銅板中給壓出去，而壓出來的圓形麵條就直接進了下面水正開著的大鍋。這就是壓合漏。

好，我要說的是，多少年來，我一直以為這是咱們老北平或老山西兒的玩意兒，一直到我十年前在非洲東岸一個受阿拉伯文化影響深遠的小島上的一家雜貨店，突然看見好幾個有新有舊、大大小小的盒漏床！我一開始簡直不敢相信我的眼睛。我問老闆，而他的回答更令我吃驚。這是他們阿拉伯人幾百上千年來做麵的一種工具。唯一不同的是，他們的筒形洞底那片銅板打的不光是圓形小孔、還有三角形的、月牙形的、星形的、方形的。

好，假設那家雜貨店的阿拉伯老闆說的是實話，那我要說的是，如果這是阿拉伯人首先發明的，再經由回民傳到了華北，那管你是老北平還是老山西兒，你我加上我們的祖先，幾輩子吃的都是烏鴉炸醬麵。

反過來看，如果盒漏床是咱們中國人發明的，再經由也多半應該是回民傳到中東一代的阿拉伯社會，那阿拉伯人幾百上千年來吃的其實也是烏鴉炸醬麵，尤其他們醬的做法肯定和我們的不一樣，至少絕不會用豬油炸。

這麼說來，因馬可波羅十三世紀從中國將麵條和西柿醬帶回威尼斯而後出現義大利麵條（spaghetti），真要說起來，其實也是烏鴉炸醬麵，儘管全世界都認為這是義大利的國麵，其實還是烏鴉炸醬麵。

我的意思是說，時間空間一變，就很難說什麼道地不道地了，連什麼才算是道地都很難說了。今天大陸和港臺的中國吃，如果拿它與二十年代或三十年代的當地中國吃（夠道地了吧？）相比的話，我敢說找不出幾樣菜的口味是完全一樣的了。至於美國的中國吃，那可以說全是烏鴉炸醬麵。

讓我再舉一個親身例子，一個比較近的例子，來說明另一個層次的烏鴉炸醬麵。

我去年去了一趟山西，去五台山下的金崗庫村尋了一下我的根。是在五台縣我才吃了幾次西紅柿醬刀削麵。這次的經驗讓我感覺到，我在美國家裏自己作的、所有朋友愛吃、都讚不絕口、幾乎是海外獨一無二的西紅柿醬，其實根本完全就是烏鴉炸醬麵，而我多年來就為了這碗寶貝醬給大家捧得幾乎忘了形。

首先，在山西吃的西紅柿醬（千萬別說蕃茄醬，那是老美吃什麼玩意都加的玩意兒）根本沒什麼肉，現在回想起來，以前在北平家裏吃的也沒什麼肉。而我在美國炸的西紅柿醬可有不少肉，雖然有更多的西紅柿。就憑這一點，我已經烏鴉了，這要給老北平或老山西兒損起來，就絕不亞於損南方人炸醬還放豆腐乾和蝦米，還有花生之類更要命的玩意兒。

這個可以先不去管它，我要說的是，去年六月間我在臺北待了三個星期，臨走之前，我借用一個朋友家，不能說請客，因為菜錢都是她出的，而是親自下廚——對，一點不錯，炸了一大鍋西紅柿醬，來感謝這半個多月來熱情招待過我的一些朋友。我怎麼也不會料到，這十幾個年輕朋友竟然從來也沒吃過西紅柿醬，他們（一半是女孩兒）很給面子，把足有十五斤的拉麵幾乎全給吃光，而且其中幾位還跟我學了幾手（更給面子）。可是現在回想，我簡直要臉紅。雖然當時我絕不是有意欺騙他們，但除非他們看到我這裏的坦白，否則絕不會想到我餵他們的其實是我在美國，因為時間空間的改變，而自己搞出來的烏鴉炸醬麵。

當然，這並不表示我那個西紅柿烏鴉炸醬麵不好吃。剛好相反，沒有趕上那天我的西紅柿炸醬麵的朋友還要我答應下次去臺北一定要為他們再下廚一次。

其實，這才是我要說的。一定認為烏鴉炸醬麵絕對比不上當年（四十年代？三十年代？二十年代？乾隆年間？）北平或北京的道地的炸醬麵的那些人，倒是未免有點烏鴉了。

——*1987*

五台山上，五台山下

祖籍山西五台，可是生長在北平的我，除了九年前遊覽過大同雲崗石窟以外，從未去過家鄉，去年夏天（一九八六），奉我住在加州老母之命，去看了一次五台老家。結果發現，金崗庫村和父母描寫的幾乎一模一樣。還有，我連一句五台話也聽不懂。

我們早上八點多離開太原。毛參謀長開車，我坐他旁邊。後面是我太太和小李，一位年輕漂亮的女導遊。汽車是部全新的蘇聯房車（用糧食換來的），可是儀表版上手套櫃的門已經關不緊了，車尾的信號燈也不靈。本來我打算直奔我的老家，山西省五台縣金崗庫村，但是接待我們的朋友建議最好先上五台山去遊覽幾天。一方面有新公路，由太原直達五台山，另一方面，金崗庫村是在老公路上，下山回太原的時候再去比較方便。想到我母親土生土長在五台山下，總以為隨時都可以進山，一拖就是好幾十年，結果一輩子也沒有去成。所以我這次覺得我不但有責任代她看看老家，而且代她老人家遊山。

五台山開放觀光沒有幾年。我們在一九七八年也正是因為無法去五台才和朋友去遊覽大同雲岡石窟。去大陸觀光旅行的幾次經驗告訴我，沒有人接待是寸步難行，除非你是阿城。他跟我說他身上一毛錢也不帶也在大江南北流浪上兩年。我的嬉皮時代已過，絕對需要人接待，不是為了逛五台山，而是為了去金崗庫村。

不過所謂接待，不一定是指官方正式接待，那反而麻煩，雖然我也知道，即使是非官方接待，像我這次山西受到的接待，也要利用不少官方的協助，只不過是非正式的。例如我們上山乘坐的轎車，駕駛毛參謀、導遊小李等等，都是靠所謂的「關係」才有的。而這個關係不是我找來的關係，是我太太的一個朋友的朋友介紹的關係，而這個最後關係，剛好是山西省軍區司令部。毛參謀一開始還以為我在美國一定也和軍方有關係，等到我告訴他，我和軍方唯一的一次關係是我在一九六一年在金門當陸軍預備軍官（解釋了半天他才明白什麼是預官）少尉排長的時候，他嚇了一大跳。不過他很幽默，立刻問我要不要加入「解放軍」，連我太太都笑了。

五台山是太行山的一條支脈，離太原不過兩百四十公里。公路是新擴建的，可是一過忻縣不久就開始上山，柏油路面也只鋪到入山之處，所以我們開了五個多小時才到。我們是從叫做大關的南門入山。五台山有四個關門，我們走的南門大關和西門峨峪嶺、北門鴻門塢，都在五台，只有東門龍泉關在河北。

我想不論在哪裏上過小學的人都知道，五台山是我國佛教四大名山之一，與四川峨嵋山、浙江普陀山、安徽九華山齊名。但也許不是每個人都知道的是，這四大佛山中，以五台山的佛教歷史最久、寺廟規模最大、也最多。同時在民間也最出風頭。楊五郎、魯智深五台山出家當和尚的故事，人人皆知。而且光是清朝，就有康熙五度朝台、乾隆六次遊山。可是多少年來，尤其是自從還珠樓主寫了那部《蜀山劍俠傳》之後，好像峨嵋才是正宗，五台（派）只是「餘孽」。不論我多麼喜歡那部小說，連我這半個五台老山西兒都覺得有點冤枉。

中國四大佛山之中，每一個都是一個特定菩薩的道場。峨嵋是普賢，宣揚「大行」；普陀是觀音，宣揚「大悲」；九華是地藏，宣揚「大願」；而五台山則是文殊菩薩顯靈說法的道場，宣揚「大智」。東漢永平年間（公元五十八至七十五年）開始建廟，然後從魏晉隨唐到宋元明清，及至民國，就未曾間斷地興建、擴建、修建，規模變化之大，沒有任何其他佛山可與其並比。唐太宗一個人就蓋了十個廟。在其輝煌時代，五台山至少有三百多座寺院，散佈在周圍兩百五十公里的山峰台頂之中。我記得我看過一個敦煌圖冊，壁畫裏就已經有一幅五代繪製的「五台山圖」。今天，好像只剩下不到六十座，而六十座之中，又大概只有不到一半經過整修。而即使整修過的，也沒有一個算是真正完工。雖然因為時間的關係，我們只參觀了以台懷為主的十來個廟（真要好好逛完五個台至少要一個月），但我們去看的幾乎每一座寺院都仍有工人在打磚、砌石、補牆、鋪地、換柱換樑、上瓦、油漆、重畫泥雕、加添木雕等等。所以，當我看到一座還沒有上任何油彩的佛像，就會有一陣突然之感，好像這不是歷史古蹟，而是在搭布景一樣。可是，一想到這裏的廟宇基本上多是木頭蓋的（當然也有石頭），完全是靠每一個朝代的維修才能保持到今天。例如，早在一千多年前，武則天就已經需要派人修建金閣寺了，那我也只好告訴自己，這還是歷史，你只不過剛好趕上歷史的一個夾縫而已。

五台山在我們五台縣的東北角，有五座主峰（東、南、西、北、中台頂）環抱而成，五台山本來叫做清涼山，佛經之中一直如此稱呼它，道家則稱其為紫府山。五台之名，始於北齊，公元六世紀下半葉。這五座高峰，五個台，海拔都在兩千公尺以上，最高峰北台頂海拔三千多公尺，頂部平坦寬闊，面積也在百畝之上，又沒有多少樹，故稱五台。一般來說，五峰之外稱台外，五峰之內稱台內，而台內又以我們所去的台懷（現為台山）鎮為中心。五台山上的寺廟有兩種，一種叫做青廟，住的是和尚，一種叫黃廟，住的是喇嘛。不過，今天五台山的廟，非但和尚喇嘛不分，佛與道也不分，全數混在一起。還有，和尚尼姑也住在同一座廟裏，雖然一個住在東院、一個住在西院。

說實話，我們夫妻二人是糊里糊塗地跟著毛參謀和導遊小李跑。他們雖然不是五台人，毛參謀甚至於不是山西人，但都逛了好幾十回山了。對我們這種不信佛教、而且在佛教或中國佛教的藝術和建築和歷史方面的認識也只不過和一般人差不多的遊客，哪怕我還是半個五台老山西兒，左一個廟和右一個廟，過了一陣之後，都差不了多少了。除了少數幾個例外，比如離我們住的一號招待所步行可到、全五台歷史最久、東漢永平年間即建成的顯通寺，和在它下方，有大白塔的塔院寺等等，其他十來個我現在都有點分不清了。留在記憶之中的只有一堆寺名：金閣寺、圓照寺、廣宗寺、碧山寺、鎮海寺……而對另外的三座寺廟（菩薩頂、南山寺、龍泉寺）的印象深刻與廟本身無關，主要是因為要逛這幾座廟，先得爬一百零八級石台階。

我的結論是，五台山無論對誰都值得一逛，而對中國佛教及其歷史文物藝術建築有興趣的人，則應該是必朝之山。

我回到美國之後，曾經和一位信佛的朋友談起我這次五台之遊（和你們現在看的差不多），她聽了之後氣壞了，大罵我五台山白去了，還說五台山不是五台人的，是她的。而她，生長在台南。

其實，她還是搞錯了。五台山也不光是她的，應該是所有中國人的。可是這還不夠，五台山是世界之寶，是全人類的共同遺產。

不過，維修廟宇、重建五台的物質面貌是一回事，雖然我也明白此一回事不亞於重修萬里長城，而要想把五台山在精神面貌上恢復到，不必也不可能到唐宋，即使恢復到清末民初，都無法設想。就算今天大陸開放了點宗教信仰，而我在五台山上也看到來自各國各地、數以百計的善男信女朝山拜佛，但基本上——我不知道應該怎麼說才對——基本上五台山也罷、靈隱寺也罷、雍和宮也罷，整個寺廟，無論修得多麼金碧輝煌，可是廟裏廟外的味道沒有了，氣氛不對了，精神不見了。如果再想到今天大陸上的寺廟內，有不在少數的和尚尼姑都是上班下班、放工之後回家抱孩子的「和尚尼姑」，儘管有的還真的在頭上燒了好幾個點，可是全是工作分配到廟裏來的，那就更不對勁了。廟的實質變了。光是入佛門要先買入場券就又打破了一個幻覺。

我並不是反對收票，古蹟需要保護，保護需要經費，可是我情願在入山的時候，或之前交錢，因為意義上，這究竟不同於以前進廟燒香佈施，至少前者是硬性的，後者是自願的。所以我只好從朝山拜佛的信徒身上去感受信仰的存在。我看到很多，大多是中年以上的，可是不時也會看到一些十幾二十歲的男男女女，從他們表情上可以感覺出他們是真的有個信仰，而不光是來抽個籤、要個兒子。但最令我感動的是一家蒙古人，一對夫婦和一個十七、八歲的女兒。他們的帽子袍子靴子，他們那金銀銅鐵錫打的耳環項鍊手鐲掛刀，完全是我心目中蒙古人的傳統打扮，連袍子上面的油跡都是真的。我們幾個和他們一家人在好幾個廟都碰過，已經到了見面點頭的地步了，可惜語言不通，無法交談。聽廟裏的和尚說，他每天都會看到這些蒙古人。這一家人也是一樣，翻山越嶺，從內蒙步行到五台山，一入山就一步一伏，見廟拜廟，見佛拜佛，不拜完整個五台山的廟宇，絕不回去。他們很多人將一輩子的積蓄全部佈施給五台山的廟了。是要有這種信徒才能把一個死廟變成活廟。沒有信徒，廟的存在就失去意義。宗教如此，政治如此，婚姻也如此。

我們在山上的時候，招待外賓的觀光飯店還沒有全部完工（這座賓館不知道是誰設計的，相當不錯，至少從外表看，造形、色彩、材料等等都很自然配合四周的古建築。一個多月之後，我紐約的老朋友、和我同期在鳳山步校受訓、同時去金門服役、同機飛美的黃光明和他的夫人張艾女士，也去了五台，剛好住進新落成的國際賓館），所以我們就還是靠關係，被安排在「一號招待所」，是新賓館之前招待中外貴賓的所在。二號、三號、四號等招待所聽說只招待自己人。除此之外，台懷鎮主要街道兩邊還有不少像是個體戶的小旅店，給來遊山的（一九八五年，國內的大陸遊客將近五十萬人），尤其是給來趕每年陰曆六月的「騾馬大會」的善男信女、跑單幫的，以及其他各式各樣的人住的。「騾馬大會」現在已經不是以騾馬交易為主，而是趕集，有點「廟會」的味道了。

我們在山上的時間很不湊巧，剛好有一個一百來人的日本佛教協會正式訪問五台山（剛訪問過嵩山少林寺），前後左右跟著一大批記者、電視機、接待人員，把一號招待所裡面所有室內有衛生設備的房間全佔滿了。結果我們分配到的是一間糊著報紙、門窗也糊著報紙、水泥地、一盞燈、一個臉盆、兩張床的双人房。不過，水雖然要到前院去打，可是毛坑就在屋旁，你要是不在乎味道的話，倒是不必走遠。

上山第三天，五台山不曉得什麼單位給這批日本人開了個晚會，還有個南京來的歌舞團表演。大概因為我們是地球那一邊紐約去的，我們也被邀請了。南京的這個歌舞團，無論是樂器、歌舞、服裝、燈光、音響，都非常簡陋，不過倒很賣力。兩個小時下來，有一兩支曲子聽起來很熟，想了半天才發現是電影《搭錯車》裏面的。散會之後，我帶了幾瓶酒去找這、好像是四男三女的歌舞團團員聊天。除了領隊之外，全都是二十幾歲，班子是自己組成的，到處找機會登台表演賺錢，大概算是另一種個體戶吧。他們有一大堆問題：美國現在流行什麼音樂（我給他們上了短短一課搖滾樂史）？認不認識羅大佑？（認識）鄧麗君？（不認識）麥可．傑克森？（不認識）……一直到差不多清晨兩點多，毛參謀突然急急地找上門，說我太太半夜醒來發現我人不在，起來敲他的門，請他去看看我是不是喝醉了酒掉到毛坑裏去了。

所以我覺得毛參謀很聰明，他知道我不會喝醉，更不會掉進毛坑，尤其知道我肯定在和這些唱歌跳舞的聊天。毛參謀個子不高，不過三十來歲，從駕駛兵幹起，二十幾年下來，現在好像升到了省軍區司令部一個汽車隊長之類的職位，可是卻掛著一個參謀之名。不過我沒追問為什麼。小李人緣特好（這是大陸流行的字眼，不是很好，也不是非常好，而是特好），長得挺漂亮，一點也看不出已經做媽媽了。她原來在太原一家大旅店做事，前幾年才改為導遊。我們經過之處，幾乎沒有人不認識她，辦起事來，確實方便多了，連毛參謀都佩服。他們二人都很爽快，都很熱心，都不教條。因為毛參謀是軍人（都沒有官階，我問他什麼時候可以恢復，他也不知道），所以我盡量不談任何軍事問題，而且我知道，就是問了，他知道也不會說。中共要是保起密來，可以什麼都包括。不過，當他發現我是在聯合國做事的時候，他倒是有不少問題問我。然而，除了我的年薪使他感到不可思議之外，他並不對於我關於聯合國、國際情勢、美蘇對峙、核武器談判、拉丁美洲國債等等問題的解釋有任何感到驚訝之處。一個多星期下來，我發現他的確是一個誠懇努力認真的好幹部，而且車開的一流。不，特好。

離開五台山的那天清早，毛參謀已經把車子裡裡外外洗得乾乾淨淨。他說他知道現在走老路去我家金崗庫村，不出十分鐘汽車內外就又滿是灰土，可是他還是覺得出發之前，車子應該又乾淨又明亮。

一來我把這次出發當作只是另一次遊山，二來我沒料到金崗庫村離五台山這麼近，十幾公里下山之後，在黃土石子路上開了二十分鐘，毛參謀就把車子慢了下來，指著前方大約兩百公尺土路右邊一排房子說，「你老家到了，那就是金崗庫。」還處於遊山心態的我這才感到震動。我請毛參謀停一下車。這樣子不行，我需要一點時間。為什麼我也不知道，我只是覺得我不能、我無法那麼快、那麼突然地就陷入其中。

我一個人下了車，遠遠地看，金崗庫確實相當美，甚至於可以說是我沿路看到的一個個小村莊中最漂亮的一個。上山之前和下山之後所看到的都是，都是在黃土崗子附近，有那麼十幾、二十幢零零落落的泥牆、磚牆、瓦房、水泥房，還有三三兩兩的窯洞，聚在一起。四周是幾乎寸草不生的山崗，一堆堆亂石。偶爾有那麼窄窄的一片田，這裏，那裏，有那麼一點綠色，看不到山水，有山的話也多半是沒有樹的禿山。這應該是武松打虎的所在。住家種田過日子求生存的話，連從來沒有下過田的我都可以想像是什麼樣子的艱苦生活了。我從小就聽說晉北苦，五台一帶更苦，而且不是到了民國才苦，好像清也苦，明也苦，元宋唐隋一直苦到春秋戰國。好像只有五台山上的和尚不苦。要不然是宋朝的哪個皇帝？一上山看到廟裏的生活比他宮裏還舒服，乾脆落髮出家。

你必須要先了解到這一帶的苦、這一帶的窮，兩千多年下來靠天吃飯、靠地穿衣，一個個小村子四周的山不明，有水的話也不秀，你才能明白我們金崗庫村之美。從我在兩百公尺之外望過去，坐西向東的金崗庫背山面水，而且後面那座並不算高的山還長滿了樹。村子前面不遠就是那條曾經是主要通道的老黃土路，再往前十來步就是那條、水少的時候是小溪、水漲的時候可以變成一條兩百英尺寬的大河。我那天清早大約不到九點，太陽早從山那邊冒出來，站在路邊看到的是一條小溪。溪的兩岸有一些三三兩兩在水邊石頭上洗衣服的姑娘。再往遠看，還有一頭頭在溪邊飲水的牛羊。我的老天！我在驚嘆的同時又拜託它，此時此刻千萬別給我走過來一個騎在牛背上吹笛的牧童！

毛參謀慢慢地走到我的身旁，「您又不是生在這村兒裏，緊張什麼？沒人認得你。」我舒了一口氣，請他再給我幾分鐘。我太太則安安靜靜地在車裏等，完全無動於衷。也難怪，一九七四年我陪她回去她蘇州老家時候，我也是這樣。

在我這次還沒去大陸之前，就有人建議我要不要跟官方打個招呼，回了老家好有人接待一下，我說不必了。而且，如果是我八十八歲的老母回去，那或許可能需要協助，因為真要說起來，這是她的老家，雖然她生在附近的古城村。同時，就算今天我媽在金崗庫已經沒有近親，但是一個只有五、六百人的小村子，總會有那麼幾個老一輩的還應該記得她老人家。可是這次只是我回去，於是就單憑輾轉認識的關係，像打游擊似的，獨闖金崗庫。

我還沒進村子，可是我知道那幢房子大概的樣子，而且找起來也不會太難。我父親老早就告訴過我們，抗戰初期，中共曾在五台設立一個邊區司令部，而且總部不但在金崗庫，而且根本就在我家。邊區司令，中共名將聶榮臻，就住在我家後院小樓樓上那間我幾個哥哥和姊姊都用過的睡房。在紐約，我也曾看過一些有關五台山的指南，其中差不多都記載了這一段歷史。這個司令部是「七七」事變之後，國共第二次合作的時期，中共中央於一九三七年十一月七日正式成立的「晉察冀軍區」的司令部，任命聶榮臻為司令兼政治委員，司令部駐金崗庫村。這個時候我才一歲多，好像是在重慶（還是抗戰勝利後在北平？）第一次聽我爸談起這件事。一個也認識我父親的聶榮臻的同志（李？）剛好在那個時期去金崗庫我家去看聶司令，才發現總部原來設在張子奇的家，就告訴了聶帥，並介紹了我父親的為人等等。這位好像是姓李的是個共產黨員。他對我老爸的評論是：「什麼都好，就可惜不是共產黨。」好，不管怎樣，這位李同志在聶榮臻面前的一番話的確發揮了實際作用。我奶奶當時還在那兒，一天到晚只能吃點雜糧。可是從此以後，聶榮臻就叫人經常發給我奶奶一點油麵吃（以代替房租？）。（油麵，看起來難看，第一次吃也很少人習慣，可是對老山西兒來說卻是美味。）

正是因為我們金崗庫老家曾是中共晉察冀軍區司令部，這幢兩進四合院，後院還有一幢小樓的宅院，就變成了今天中共的革命聖地。我知道不管維修的如何，但絕對沒有給拆掉。

這幢房是我父親為我爺爺在民國二十年左右在原地基上蓋的。我大哥（文華）、二哥（文莊）都生在那兒，雖然他們生的時候還是老房子。從我們家兄弟姊妹六人的出生地即可看出我父親早年四處奔波的生活。辛亥革命時參加了山西起義之後，就去了日本唸書；所以我最年長的大姊（文英）生在東京；一次大戰後回到山西，我媽（楊慧卿）生了大哥二哥。這時又因為我父親和閻錫山不對（儘管勝利之後又成為朋友），只好離開山西，所以我二姊（文芳）生在張家口，三姊（文芝）和我（文藝）生在北平。反正是這樣，自從我們家於三十年代初遷往北平之後，除了我爺爺出殯那次之外，就再也沒有回過金崗庫村……直到現在，我代表已故的父親和二哥，還代表我媽和大姊大哥二姊三姊，探望老家。

我們慢慢往前開，老公路上一個車子也沒有，行人也很少，偶爾一輛自行車迎面而來，或者因為我們實在開的很慢，反而會有一輛從後面超我們的車。路兩邊的界線是很整齊地堆起來的石頭，界線的兩邊就是田，一片黃土。路左邊的田再過去就是那條溪，路右邊的田再過去就是金崗庫村。一幢幢的白牆灰瓦的民房，雖然沒有什麼格局，可看起來還滿舒服。我們在右邊第一條街道轉彎，一開過田就進了村。有幾個小孩看見有部汽車來了，就開始跟在旁邊跑。毛參謀問他們有沒有聽說這兒以前有個司令部的，可是沒有反應。直到在第一個横叉的小胡同看見有一個老頭兒蹲在一棵樹下抽煙袋鍋，毛參謀才停下車。小李說毛參謀的五台話不靈，由她下車去打聽。只見二人說了一會兒，又指劃了一下，小李才上車，「現在是衛生局啦……就順著這條胡同，前面第一個巷口左轉……」

我太太問我興不興奮，緊不緊張。如此陌生的一個所在，如此陌生的一種經驗，與其說興奮緊張，不如說是好奇。也許好奇的同時又有點無可如何之惑。我用手捏了自己一把，怎麼如此沒有感情，一點也不激動？一陣輕痛過之後，我發現我的感受還是一樣。

車子一轉進那條巷子，十來步的前方就正面迎來一座開著的大門，大門屋簷之下一顆紅星，大門裏面一座白色磚屏……我知道這就是了。

我們四個人邁進了大門。一繞過磚屏就發現到了前院。院子並不大，但也不小，八百來平方英尺左右。站在中間談話的幾個人一看到我們出現，就全停住了。我也不知道下一步該怎麼辦。還是小李，她走上去解釋。

我借了幾分鐘的時間觀看四周的屋子。因為現在用來辦公，保持的還可以，玻璃窗，紙窗，都好好的，只是院子地上的水磨磚有不少地方有點損壞。柱子和樑大概很久沒漆了。屋子牆上看得出來曾經寫過不少口號，但是現在只是隱隱約約地可以看出「勤儉建國」四個字，其他的字大概是文革時期的口號，已經都給塗掉了。

小李和一位年輕的同志走了過來，大家介紹一下。我只有請小李做口譯，請她轉達我的來意和謝意。我說我只是來看看，拍幾張照片，絕不打擾他們，也不會耽誤太多時間，而且不必陪。那位同志的名字我不記得了，不過他表示非常歡迎，請我們隨便逛，但同時叫住一個小孩，跟他說了幾句話。那個小孩拔腿就跑。經過小李的翻譯，我才明白是去找一位應該知道我們家的老鄉。

前院顯然是辦公室，可能還有診所，因為我看到一位姑娘戴著白帽子，可能是護士。他們沒有請我進屋看，我也沒有要求。這時，大門口上已經擠上一堆人了。從前院到後院要再穿過一道門。這道門上的「屋頂」相當講究，是我爸在蓋這幢房子的時候知道有個村子的宅院在拆房重蓋，特意把它買回來安上去的。因為我父親覺得當時的工匠已經沒有這個手藝了（而今天的工匠又做不出三十年代的手藝了。所以，千萬別和前人比古）。一穿過這道門就進了後院。第一眼看到的是曬的衣服毛巾，同時也立刻發現後院左右廂房和正房都全空著，門上著鎖，紙窗上全是洞。後院和前院一樣大小，我們沿著四周繞了一圈，紅色的柱子也不太紅了，藍色的大樑也不太藍了，還有些木頭也開始壞了，油漆到處都有剝落……這個時候我才有點傷感。可是這好像與老家無關，而是人們看任何老東西未經善加保存的反應。

我知道內院在正屋大廳左邊。我就繞了過去。內院盡頭靠著院牆有一座上二樓的石階。這並不很高的樓上就是我哥哥姊姊在老家時候的睡房，也就是後來聶榮臻的睡房。我是知道，可是那個同志也說了一遍。樓梯下有三個圓形拱門，裏面是當年的煤屋。現在可能還是放煤，不過內院石階旁邊也都堆著煤。我沒有上樓，也沒有進內院。

那位同志說，這幢房子在六十年代以前是五台縣政府，後來縣政府搬到五台城，才改成五台縣的衛生局。村子裏不少人都知道從前這是我們張家的房子（沒錯，但金崗庫村有一半姓張），老早就離開老家到外面闖去了（沒錯），還做了國民黨的官（沒錯），還發了大財（沒有）。他也問了我一些問題，哪個單位的，住在哪裏，怎麼是軍方招待，為什麼不早通知，讓他們有時間早點做安排，好好歡迎我回老家……我和他走到擠滿了男女老幼的大門前，往外一看，整個巷子，還有前面那條胡同，都擠滿了老鄉，我就說這個歡迎就已經夠了。

大概因為這是個政府衙門，看熱鬧的人都擠在外面和大門口，沒有走進院字裏來的。我們回到前院，發現那個小孩已經帶了一位中年人士在那兒等。我起初不知道他們是從哪裏進來的，後來才發現，二進院正房右側院牆有個缺口。但或許是以前就有的側門，只不過現在少了個門和門框。

那位中年人也姓張，通過小李的翻譯，一代一代名字追上去，我發現他的祖輩和我父親同輩，他可以算是我八竿子打得著的遠房侄子。但是我沒好意思讓他叫我叔叔。他也只是模模糊糊地知道有我們這樣一個張家，早已經在北平定居了。不過，我這位本家說，這裏有個街坊，一位八十多的姓楊的老奶奶，認識我們家，問我要不要找她聊聊，他已經打過招呼了。我說當然。

那位老奶奶（我也跟著這麼叫，雖然後來我才知道她比我媽還年輕好幾歲）的家就在我家後面一條胡同裏。一個小四合院，好像住了好幾家人，而且已經有人在家門前的院子裏生火做飯了。我們進了一間西屋，看見一位老太太，還是小腳（使我更佩服我那從未見過的外婆外公家，一九〇〇年生的我媽，居然沒有給她裹小腳），一身傳統鄉下打扮，還戴了些首飾，坐在炕邊等我。她一見我們進屋，就要下炕。我們趕快上去攔住了她。她於是就拍了拍炕，示意我坐在她旁邊。老規矩我全忘了，我也不知道該不該坐，就給她老人家鞠了個躬。屋子很小，一進門沒幾步就是炕。炕邊有一個台子，台子上面有個小櫃，還有些日用品。屋子的活動空間只能容上兩三個人，所以我們談話的時候，就只是坐在炕上的老奶奶、我、我那位遠房侄子，和沒她不行的小李。毛參謀陪著我太太在外邊和別人聊天。

老奶奶頭一句就問我是不是文莊。我兩秒鐘之後才明白她的意思。我二哥是她當年見過的我們家裏面最小的一個。她以為文莊現在長大了，就是我。我通過小李的翻譯（道地的五台話可真難懂，連在山西住了這麼多年的毛參謀都聽不懂），慢慢一句一句告訴她，文莊是我二哥，我們家離開山西之後，我媽又生了二女一男，我最小。她記得我爸、我媽、大姊、大哥二哥，一個個問起。我一直在猶豫，不能決定要不要告訴她二哥已經去世三十多年了。後來決定還是不講，只是告訴他我父親十年前在台灣故世，其他人都住在美國。她雖然和我母親同姓楊，但好像扯不上親。我回美國之後給我媽看這位老太太的照片，我母親也想不起來她是哪一家的。

老太太停了一會又說話了，我在還沒有聽到翻譯之前也只好陪著點頭笑，可是我發現小李一下子紅了臉。問她怎麼回事，半天小李才吞吞吐吐的說，老奶奶很高興我離家那麼久，到頭還是回老家娶了個本地姑娘。我不好意思笑，打算叫我太太進來給老奶奶介紹，結果發現她已經和毛參謀去逛村子去了。我臨時叫小李乾脆別拆穿老奶奶的想像，她既然這麼樂就讓她這麼以為，這麼樂一樂吧。小李沒說話，我們就這樣在楊老太太面前扮演了一次夫妻。

她要留我們吃飯，我怎麼敢打擾（而且又冒出一個老婆又怎麼交代？）就動身告辭。老奶奶又跟小李說話。我發現小李面部表情又有了變化，突然沉了下去。頓了一會兒，我看她眼圈兒都紅了，她才說，「老奶奶要送你一個雞蛋……」

……總有一兩百個老鄉目送我車子出村。開了半個多小時，車上沒人講話。我在點菸的時候，毛參謀才打破了這個靜默，「你這次一來，村子裏可有的聊了……我看會聊上半年一年……這麼個小村子，我都沒來過……好傢伙，這是件大事……我看他們會聊上一輩子……」

那個雞蛋使我有了一點回老家的感覺。這是家鄉的味道，而且是窮家鄉的味道。

我明白這次如果不是我，而是我媽，感受肯定比我沉重。我二哥因為是空軍，所以每年都得立一份遺囑，我記得他死了之後（他是一九五五年奉命駕「美齡號」專機飛馬尼拉接葉公超的時候，剛從臺北起飛就在新竹附近失事），我們才知道他希望最後安葬在五台金崗庫的祖墳。我父親當然也是如此希望，而我這次都忘了我家祖墳，如果還在的話，到底在哪兒。我向我母親道歉。可是她老人家很爽快，但沒有出我意料之外，「什麼祖墳。我很喜歡碧潭空軍公墓，地都給我留下來了，離你二哥不遠，就在你爸旁邊。」

我們在五台附近公路邊一家個體戶麵館吃的午飯，現做的刀削麵、西紅柿醬。小老闆很年輕，帶著母親媳婦兒和兩兄弟一塊幹，像是發了點小財，一直向毛參謀打聽一部汽車要多少錢、怎麼去買。飯後上路，還是老公路，路面窄，黃土厚，不幸又趕上一部卡車拋錨，堵住了整個南北交通，等了兩個多小時才通車。這麼在老公路上又走了好幾個鐘頭才到忻縣，上了柏油路。就這樣，回到太原的時候，太陽都快下山了。

——*1987*

小城故事

我們還在洛杉磯，我剛剛上了好萊塢高速公路，正預備走一〇一號公路去舊金山的時候，收音機說五號州際公路南加州的一段已經建好，政府沒有舉行什麼通車典禮就正式開放。我告訴我車上的朋友，一對已經在打瞌睡的黃家夫婦，說我要試一下這段新的州際高速公路，因為要趕時間的話，這就是了，幾乎可以筆直地從洛杉磯開到灣區。我於是就沒有轉上以前一直用的一〇一，而順著好萊塢高速公路開到金州高速公路。

他們是要趕時間，要趕到臺灣復興劇校當晚在舊金山唐人街的美國首演。他們知道我那天也要去灣區，雖然我是要去柏克萊。租的倒是一部新車，可是兩人都不太喜歡開車，尤其開長途，所以建議我把我那部留在家，開他們的車和他們一起去。等到他們來接我，七弄八弄，上了好萊塢高速公路的時候，已經下午一點多了。

從洛杉磯到舊金山大約五百英里。我平均每年都來回跑上兩、三次。一般來說，包括吃東西、喝咖啡、加油、上廁所，就算你平均每小時開七十英里（石油禁運以前），也總要差不多八小時，所以他們二人一上車我就說，八點以前肯定到不了戲院，他們也只好認了，雖然丈夫抱怨太太化妝慢，太太抱怨先生不早租車。

他們兩人很少開長途，所以不清楚走五號州際公路和一〇一號國家公路有多少差別。一〇一雖然是加州南北的一個主要交通路線，可是它要連接一個個大城小鎮。五號屬於全美州際高速公路系統的一部分，是為跨州交通而建的。在西海岸，你可以從加拿大邊界上五號州際，不下公路，吃喝拉撒睡在這條路上，一直從華盛頓州越奧勒岡州，再越加州，而開到墨西哥。

金州高速公路（Golden State Freeway）一出洛杉磯就改稱為五號州際。頭半小時還有些車子往來，然後越來越少，因為幾乎所有去舊金山的人都用一〇一，大家都知道五號州際中間有幾段還沒有建好。這次是因為政府沒有舉行通車典禮，只是不聲不響地正式開放，我發現只有我們這一部車。這真是一個非常少有的畫面，我的感覺更是奇特無比，又像是在夢中，又像是在看一部科幻電影。

他們租的是一部Mercury，才用了六千多英里。這部房車很重很穩，八個氣缸的馬力非常足。我把速度從每小時七十英里自然而然地、不知不覺地加快。先是八十，沒有問題，跟四十一樣平穩。然後是九十、一百，還是很穩。路是如此之直，路面是如此之平，前後左右又一部車也沒有，我的老天，這簡直是天堂。一百一十。雖然我因為他們兩個都在睡覺而將收音機放到很低，可是還是聽不到車外的聲音。一百二十……我想以這個速度開，現在還不到三點，肯定開戲之前就可以趕到了，說不定還來得及在唐人街先吃飯，這就不必在路上停了……是這個時候，速度表上的針不知不覺已指在一百三十五英里左右的時候，我突然發現，在極遠的前方，在對面南下的五號州際上，有一部車。我本能將速度減慢，沒有幾秒鐘，我看出是部警車，我又減速，它在我左手方一閃而過。可是我並沒有鬆口氣，繼續慢慢減速，一方面不斷注視反照鏡，看那部警車有沒有找地方掉頭追過來。前後看了三分鐘左右，看不見有任何車在後面，我才放心。又過了五分鐘，，我才又逐漸加快，先是九十，慢慢地到了一百……

是這個時候，我突然覺得一亮，又一亮，是車內和車外的反照鏡反射出來一閃一閃的紅燈。我抬頭一看，才發現那部警車已咬在我屁股後面。我把車子停在路邊的時候，睡在前座的先生和躺在後座的太太才醒。已經沒有什麼好解釋的了，一目瞭然。

那位警官告訴我，在他閃燈之前，他車上的雷達表計算出我當時的時速是九十六英里，並且很客氣的提醒我，（當時）加州高速公路的速限是七十五。他給了我一張罰單，而且加了一句，如果認罪，就照單子後面的計算方法，開張支票寄到他們也負責監督這一段路的那個小城。不服的話，兩個星期之內去他們那個小城出庭。

我當時的感覺就像小時候給學校開除一樣。不是錢的問題，雖然錢也不是少數。照那個時候的罰法，一張罰單好像是十五塊美金，超速十英里之內是每英里另加一塊，超速十英里到二十五英里每英里五塊，而超速二十五英里以上就算危險駕駛，犯的已經不僅是交通規則，而且還有刑法。我因超速二十一英里被抓，那我的罰額是十五加十加五十五，就是八十塊美金，在當時差不多相當我將近三天的工資。不過這不是我擔心的問題，何況黃家夫婦都感到歉意，我開他們睡，所以一定要替我付。

我的問題，而是真是要我命的問題，涉及到加州另一項駕車法律。當時的交通規則是，任何人每年不得有五次行動（駕車）犯規的紀錄。第四次犯規就要強迫接受警察局主辦的駕駛講習班，為期八週的再教育。第五次犯規則吊銷駕駛執照一年。我當時正在設於好萊塢中學的警察局夜校上課。換句話說，我那年已經四次犯規，加上這一次，就算有人替我出錢付罰款，我的執照也要給吊銷。我現在的駕車身份算是「緩刑犯」，連執照都不一樣。

這好像已經是十一月底，只要我設法過了這一關，下午一月一日零時起，我就又有一張清白的紀錄。我決定去那個小城找法官商量，不，去求情。

我已經無法開車，因為除非法官判我無罪（哈！），我那一年已經五次犯規，執照理論上已經失去效力，萬一再被抓就直接入牢。我只好改坐長途公共汽車。這時候我才發現，那個倒楣的小城，那個我現在連名字都不記得的小城，連「灰狗」長途車都不去，還要在三十多英里外另一個城市轉車，乘一種當地半長途公共汽車才能到。我從舊金山飛回洛杉磯大約第三天的一清早就請了假出發，等我終於到了那個小城，已經是下午一點多了，光是換車，就等了我足有兩個多小時。

一間房間的法院只有一個人，可是不是法官，那個秘書叫我三點以後再來。

那個小城唯一的一條大街用不了十幾分鐘就來回走完了。如果不是有部拖拉機、起重機、汽車的話，我真以為會有個西部槍手對面迎我而來挑戰。除了法院、警察局、市政府辦公樓（兩層）之外，還有一家雜貨店兼郵局、一家五金行、一個加油站和修車廠、一家戲院、一家咖啡店、一家酒吧。你站在街中間，就可以看到大街盡頭和兩側房子後面的農田。這是加州的農業區。遠遠的西邊，有架飛機在噴灑大概是農藥。

我坐在咖啡店裏耗時間。我剛吃完一客其難吃無比的烤牛肉三明治，卻已在喝第三杯淡咖啡。店裡唯一的幫手，一個負責端盤子、擦桌子、收錢的女跑堂終於和我說話了，「拿了罰單？」也難怪，半天一個客人也沒有。當我說我是在五號州際上被抓的時候，她才興奮起來，「真的？那你大概是第一個！好，咖啡不算錢！」我又耗了二十分幾分鐘才離開。付錢的時候我問她為什麼外面下半旗，她說是為了這個小鎮第二個當兵的在越南陣亡。

法官大約五十來歲，胖胖的，開領襯衫，卡其褲。這一帶是加州最熱的地區，動不動就是一百度。在法院房頂的風扇有節奏的旋轉之下，我告訴法官我的悲慘處境。這可不是強辭奪理的時候，更不是意氣用事的時候。雖然每個開車的人都知道小城一帶多的是「速度陷阱」（speed trap），只不過我沒有料到地方小城還可以管轄它們那一段的州際高速公路。我正在上的警察局夜校的教官也從沒有提醒我們這一點。

不過我首先博取他的同情。我告訴他我現在是靠駕車送貨維生（其實是送花，不過我怕送花給人的感覺太悠閒了，不足以說服如此一個農業區的法庭）。我說我到現在已經不幸拿了四張罰單，再加上這一張就無法開車（「我今天是坐長途公共汽車來的。」），就無法繼續工作，就失業，就無法養家，就要成為政府和社會的負擔，就……

「你的罰款是八十元，你肯付嗎？」

我再告訴他錢不是問題……

「這樣辦好了。我們現在就開庭，可是你不要認罪，要求重審，我就將下次出庭日期定到明年，可是你現在要開張八十元的支票給我們市政府，日期寫到明年一月，我看……寫明年一月十號……當然，你不用再跑來一趟了，你明白嗎？錢我們是一定要罰的，可是你的問題也解決了，是不是？這樣的話，這張罰單就不是你今年第五次犯規，而算是你明年第一次犯規，我是按你重審的時候認罪的日期為準。同意嗎？……好，支票給我秘書，此案審理完畢。」

我告訴你，我那個時候才真的明白什麼叫做心中一塊石頭落地。真的，而且落地有聲。

倒楣的車還有一個多小時才來，我一個人在大街盡頭的一棵樹下等，又悶又熱。兩支煙過去之後，小公路上走來一個中學女孩，抱著書，她經過我的時候腳步放慢，然後問，「你剛上完法院嗎？」我說是。「現在很少了，車子都不經過我們這個小城了……」她請我去她家等，「就在前面，有冷氣。」

她家裏有好幾個人，可是介紹完了之後就再沒有人理我。那個女孩陪我坐在廚房，叫我不要介意。她們家一個好朋友的兒子剛死在越南，他哥哥也在那兒當兵，她給了我一杯咖啡，問我洛杉磯是什麼樣子？？好萊塢有很多明星嗎？還去過什麼地方？問我……她母親叫她擺桌子，於是我謝謝她請我到她家裡坐，謝她給我咖啡。她送我出門的時候眼睛盯著前面小公路輕聲說，「明年一畢業我就離開這裏，舊金山，洛杉磯，無所謂……這兒什麼都沒有，我好幾個朋友都走了……」然後她轉頭帶者微笑看我，「祝我好運。」

我上車的時候天已經快黑了，車上連我才只有三個乘客。我非常累，這一天真是夠長的，可是還有好幾個小時才能到家。公共汽車轉了一個彎之後，那個小城已不見了。

——*1987*

烏士托國

那並不是太遠久的從前，在一個短暫而光輝的時刻，一個充滿了愛與和平與搖滾（還有大麻！）的時刻，曾經有一個「烏士托國」（Woodstock Nation）……

是在革命的、激情的、反叛的六十年代結束前四個半月，發生了一個最能引起那些以六十年代為他們世代的人們共鳴的事件，促使這個已經懷胎多年的六十年代象徵，終於在紐約州的一個農場上，以「烏士托音樂藝術節」（Woodstock Music and Arts Fair）的形式，在炎炎烈日之下，在大雨稀泥之中，以搖滾為背景，以做愛不作戰為前題，以大麻為夢幻到現實，或現實到夢幻的媒介，經過三天三夜的陣痛後誕生，而且幾乎立刻就被命名為「烏士托國」，並且使「烏士托」成為整個六十年代的一個代號。其國民除了現場的四十萬個見證之外，還包括所有在精神上與其同在的年輕人，換句話說，就是戰後出生的整個一個世代。

這個無影無形、無疆無土、而又無所不在的「烏士托國」，可以說是一個宣言，吶喊出了那一世代，在整個六十年代一直不斷以種種方式傳達給上一代的想法，就是，他們有自己的文化和理想。而照當時一位設法將文化與理想（搖滾與革命）相結合的激進份子的說法，很簡單：「我們的文化、我們的藝術、音樂、書報、海報、我們的衣服、我們的家、我們怎麼走路、怎麼說話、我們怎麼留頭髮、我們怎麼抽大麻、怎麼搞、怎麼吃、怎麼睡——只有一句話，這句話就是自由。」

而在這一九六九年八月十五日至十七日三天之中，在Jimi Hendrix, Janis Joplin, Joan Baez, Arlo Guthrie, Blood, Sweat and Tears, Jefferson Airplane, Ravi Shankar, Joe Cocker, The Who, The Grateful Dead, Greedence Clearwater Revival, Crosby, Stills, Nash and Young ……等等無數樂手的搖滾背景之下，那四十萬個搖滾迷反而變成了一劃時代事件的主角，而且更實現了他們那一世代的夢想：搖滾與與大麻、愛與和平、反叛行動、非暴力、理想主義……不錯，好幾百人抽大麻過量，或吃LSD過量，也有三人意外死亡，但仍有兩名嬰兒出生。不錯，也許除了少數樂手以外，整個音樂節的搖滾並不十分出色。但這一切都不重要，重要的是他們都來了，千百萬計的其他年輕人也認為他們參與了，哪怕只是精神上的參與，而且人人都感到這是一個歷史性時刻。

在不貶損中國大陸艱苦的民主運動的前提下，當我在一九八九年四月中到五月初在美國電視上看到現場轉播北京天安門廣場上絕食前的大示威的時候，真令我有點似曾相識的震驚，使我自然而然地立刻聯想到二十年前的烏士托：同樣的熱情，同樣地在唱歌跳舞，同樣地和平與非暴力，同樣地追求自由與民主與理想，同樣地學生和年輕人和一般老百姓，還有那同樣的幾十萬幾十萬簡直不可思議的人數。

當然，烏士托只是六十年代大運動中的半個故事。這個大運動有它的陰和陽、它的文化革命者和它的政治革命者。新左派、毛派、反戰、反資、反帝、黑人革命、婦女解放等等是大運動中的一部分；大麻、嬉皮、搖滾、禪易、神秘主義、性解放、長頭髮、地下刊物等等，也是大運動中的一部分。在任何靜坐示威的時候，有人唱「We Shall Overcome」，也有人唱「Yellow Submarine」。當他們面對白人成年中產特權帝國軍事工業既成體制這個共同敵人的時候，這陰和陽有一個統一戰線。但在其他時候，文化革命者、政治革命者，可以從和平共存一直到相互敵視，真有點像老莊對孔孟。

當然主要是搖滾（另外也許還有 Levi's 牛仔褲）才將這兩股力量結合在一起，所以發生在烏士托搖滾音樂會上本來應該是一件微不足道的小事，卻被擴大成為陰陽敵對的象徵，而成為六十年代運動陰陽兩方鬥爭中的一個腳註。

新左派一直利用搖滾來吸收新分子，儘管他們也同時感到這批抽大麻昏了頭的嬉皮們沒有正確的政治意識，太個人主義了。可是在反既成體制的統一戰線上，又非需要他們支持不可，因為，很簡單，反叛力量可以增加好幾倍。所以在烏士托音樂會上，正當搖滾樂團The Who在台上演唱的時候，六十年代最出名的大左派——「芝加哥八君子」之一、不久前因毒品過量去世的艾比・霍夫曼（Abbie Hoffman）上了台，呼籲大家為剛被抓起來的一位革命領袖聲援抗議。可是，樂團吉他手 Pete Townshend 卻用吉他把霍夫曼撞到一邊（有人說是撞到台下）。革命想要爭取搖滾，搖滾有時也參與革命，但這個搖滾舞台只是偶爾允許政治上台表演，卻始終拒絕讓政治給霸佔，變成搖滾只不過是一個小配角的政治舞台。

可是卻是這位大左派霍夫曼，因上一年的芝加哥民主黨大會期間示威而被控以暴亂罪，在烏士托之後一個月出庭受審的時候，才使「烏士托」這個夢一般的理想國，變成一個文化與政治相結合的烏托邦，並將「烏士托國」建立在每一個人的腦海之中：

問：請你向法庭表明你的身份。

答：我叫艾比・霍夫曼，我是美國一名孤兒。

問：你住在哪裏？

答：我住在「烏士托國」。

問：請告訴法庭它是在哪裏。

答：好，這是被異化的年輕人的國土。我們是做為一種精神狀態來肩負著它，就如同蘇族（Sioux）印地安人背負著蘇族國（Sioux Nation）一樣。此一國獻身於合作，而非競爭，認人應該有一個比財產和金錢更好的交易方式，而且在人類的相互作用方面應該有一些其他基準。

問：請告訴法庭你現在的年齡。

答：我三十三歲，但我是六十年代的小孩。

問：你什麼時候出生。

答：心理上，一九六〇。

當然，整個審判過程是一場荒謬劇，但問題不在這裏——或更精確的說，問題正是在這裏；霍夫曼以嬉皮加左派的鬧劇手法，公然藐視法庭，公然藐視既成體制的維護者，不但反映出了烏士托世代與他們所反的上一世代間的代溝，而且表達出整個六十年代文化革命者和政治革命者這個陰陽兩方的反叛精神。

不錯，烏士托國隨著六十年代兒童長大成熟而消失。今天，不少人是在輕鬆、半微笑地回顧此一事件，認為二十年前的烏士托音樂會只不過是六十年代青年的一次大派對。好，它發生了，它也熱鬧了一陣子，可是眨了幾下眼睛之後再看，它已經不見了。但是對那些走過六十年代的人來說，我們也或許不再背負著「烏士托國」這個精神狀態四處遊蕩，我們也許只能把它當做是……當做是初戀，一個熱烈的初戀。也許正應如此，可能正是如此，情願愛過而後失戀，也比從來沒有戀愛過要好。詩人早就如此安慰我們了。

——1987

後現代旅遊

現代旅遊的高潮可以用一句話來表示：「如果今天是星期二，那這裏一定是比利時。」這是典型的十四天八國一切全包（包括小費）旅遊團式觀光。這也是戰後旅遊平民化民主化的結果。

為公為私，自願或非自願，遠離家鄉，去陌生的外地，中外一樣，自古有之。但不論是為了討生活、被流放、做生意、跑單幫、闖江湖、傳教、取經，或為了任何其他目的周遊列國的時候，觀光旅遊非其優先，而是次要的、附帶的、順便的。自古至今（今是指五十年代以前），真正為旅遊而旅遊，為觀光而觀光（甚至於都不是「讀萬卷書、行萬里路」那種），除了極少數性情中人之外，基本上是有錢人的享樂。也許享樂二字有點過分，我是說，如果你看過一些前人的遊記的話，你就發現他們除了記載所見所聞等印象以外，總抱怨某地多冷、某地多熱、某地多髒、某地多苦、某地多蟲……

不管怎樣，在噴氣機沒有普遍化之前，旅遊是一件大事。西方有錢人要專為旅遊置裝，以前中國外地上京趕考的也要花一年半載的時間作棉衣、縫棉被、籌盤纏，還要找個書僮幫你挑書。就算到了二十世紀一次大戰前後，以美國為例，也至少是中上家庭才有資格送子女乘郵輪前往歐洲大陸經歷一下所謂的「大旅遊」（Grand Tour），去尋一下他們文化的根，同時也向親友表示一下，「出過洋了」。這是當年美國有錢有文化家庭子女成長過程的一個成年典禮，人生旅途的一個里程碑。

而這一切到了戰後五十年代就全變了。最明顯的跡象是一九五二年國內國際航線上開始有了「遊客艙」（tourist class），就是今天的「經濟艙」（economy class）。從這個三等機票名稱的改變，就可以感到「現代旅遊」的顛峰已過，沒有人願意被別人看做是「遊客」。是，我坐「經濟艙」，我的錢不多，但我可不是一般的觀光客，儘管我是坐「經濟艙」去牙買加度假。

接著是五十年代中問世的波音七〇七，乘客從戰前一架飛機只能坐幾十人一直增加到一架飛機可以坐一百、二百、三百，以致於四百人。隨之而來的就是一家家旅行社、旅遊公司、旅行團、包機……一直搞到六十年代初的「如果今天是星期二，那這裏一定是比利時」，一直搞到連聯合國都不得不宣布一九六七年為「國際旅遊年」。

第一批平民化民主化的國際旅客當然是老美。打完了二次大戰之後，只有他們最有錢，連平民百姓都有錢，而且這個錢是美金。是這批五十和六十年代的美國遊客為美國人爭取到的「醜陋的美國人」的外號：一個個中產中年白人，不論男女都是肥肥胖胖的，男平頭，女燙頭，百慕達短褲，夏威夷花襯衫，有小孩的話也是吵的要命，背著旅行包，掛著柯達，在名勝古蹟前到處互相拍照，收集他們的確到此一遊的證據。

到了七十年代，這現代國際旅遊陣容又多了一大批角色，歐洲遊客。「馬歇爾計畫」真的使戰後歐洲像鳳凰一樣，從灰燼中復活。七十年代的馬克和瑞士法郎相當於五十和六十年代的美元。一國的國際遊客，變成了那一國經濟成長的溫度表。所以一點也不奇怪，到了八十年代，一個個手拿小太陽旗的日本遊客來了，更多更好更便宜的日本相機，更多更好更強硬的日元。

今天，只有對第三世界的人民來說，國際旅遊是一大奢侈。今天，對第一世界的半個世界、對第二世界的人民來說，為國際旅遊而國際旅遊已經有點過時了。今天，你在美國聽到有人還去參加「如果今天是星期二，那這裏一定是比利時」之類的旅遊團，就算你本人很少旅遊，你也會覺得有點可笑。今天，真正旅遊者外出旅遊的第一考慮是，所去的地方是不是擠滿了觀光客。換句話說，西方世界已經達到了「後現代旅遊」。

其實，「後現代旅遊」就像後現代任何玩意而一樣，又回到了從前，再回到未來。美國嬉皮是它的前衛。這個前衛是在六十年代末、七十年代初，開的路，並且以他們的大名為名，就是所謂的「嬉皮路」（Hippie Trail）。路線不止一條，但最出風頭的是從摩洛哥的馬拉喀什，穿過北非和中東，前往阿富汗、不丹、尼泊爾、巴基斯坦、印度，再去印尼。之所以選擇這個路線也不難理解。沿路都是大麻，又便宜又好又多，而且多半不犯法。七十年代初高潮階段，甚至有人將其命名為「兒童長征」。我七十年代初在北非和西非、東非和印巴，碰到過成批成批的這類嬉皮，只不過當時沒有任何人覺得自己是在搞後現代旅遊。

那這批反現代旅遊常規的「後現代遊客」今天哪裏去了？變成什麼？以我為例，多半都變成「後後現代遊客」，也就是說，哪裏也不去。

旅遊和人一樣，也和王朝和國家一樣，都有一個興盛衰的週期。每一代都有初次遊客（興），有人初次之後就不再遊了，有人則成熟到老（經驗）遊客（盛）。如果不是職業或專業旅遊家，那大部分老遊客最終就變成了非遊客，或反遊客（衰）。之所以會有這樣的一個消極下場是因為，旅遊，除了所有其他各種目的之外，一個最基本的是通過對世界和萬物的認識和觀察而最終認識自己。老遊客們遲早都會發現，世界是看不完的。因此，初次的興奮好奇之感一過，該遊的想看的基本上都經歷過之後，你就了解到再給你五百年也遊不完你還沒有遊過的地方。一旦有了這個覺悟，那你馬上就成為反旅遊的「後後現代遊客」，哪裏也不去了，除非當地有你要見要談的好朋友。

正是這一點，使我更不要去旅遊看世界找朋友去了。

我最近一次旅遊是一年半以前，主要是看朋友。結果我發現，我在香港的朋友去了巴黎，北京的來了紐約，臺北的去了洛杉磯，洛杉磯的去了埃及。我回到紐約之後又發現，不到兩個月，這些在香港、北京、臺北、洛杉磯沒有能見到的朋友，一個個先後都來到我家。我去旅遊看世界的最後一個理由也因而消失。

所以，我現在面臨的問題是，「後現代旅遊」之後，我應該怎麼辦？

——*1989*

從北京到臺北美國學校

就我所知（而我確知），全臺灣及大陸，還有香港澳門，有史以來，除了我自己以外，只有一個半人有過這個共同經驗。是好是壞暫且不談，總而言之，只有我們這兩個半人是北京美國學校小學部最後一屆畢業生，而其中兩個同時又是臺北美國學校初中部第一屆畢業生。

也許應該先澄清什麼算是半個人。這個人是白俄，名字是喬治・卡諾夫，但稱他為半個人並不是因為他是白俄。我們是北京美國學校的小學同班。他父親官拜將軍，是帝俄時代的貴族，因蘇聯十月革命而流亡到北平，一九四九年又因中共佔領大陸而流亡到臺北。我想就算在反共恐怖到白熱化地步的五十年代的臺灣，喬治・卡諾夫這家人也算是非常反共恐共的人了。正是這樣，韓戰一爆發，當他從收音機裏聽到美國決定派其第七艦隊防守臺灣海峽，他比誰都興奮，就在當天下午，不曉得他哪裏弄到一瓶威斯忌，約我和另一個小學同班，就是前面提到「一個半人」中的那「一個」，劉岩，在校舍後面喝酒慶祝。劉沒有喝，我喝了一口，喬治・卡諾夫則一人喝了將近半瓶，不到半小時就醉倒在地。第三天，他就被開除了。所以，他並沒有讀完臺北美國學校，所以只能算半個。之後兩三年，我偶爾會在他們家另一個白俄朋友開的臺北「明星咖啡室」見到他。再之後就失去了聯絡，至今下落不明。

當年曾經就讀過北京美國學校（即使在「北平」時代，校址在乾面胡同的北京美國學校 Peking

American School 仍一直用「北京」），今天在臺灣肯定不只我們三人。我知道的就有世交金大哥金懋輝。不過，他比我高很多班，事實上，當我勝利之後由重慶回北平入北京美國學校的時候，他早已經高中畢業了。

我想今天還是有人不明白為什麼當年在北平，或今天在臺北，會有一個「美國學校」，也不明白為什麼竟有中國家庭送子女去那裏上學。原因很多，也很複雜。我這裏只想回憶一個我個人的經驗和感受。

坦白地說，我從幼稚園時代就開始念外國學校了。要追問為什麼的話，就出現了一個不大不小的諷刺：為了抗拒帝國主義。

我的父親張子奇故世多年，他在參與辛亥革命之後去了日本留學，一住十年。「七七」之後，我們家雖然一直住在北平，但我父親在天津任電話局局長，因此那裏也有幢房子，在英租界。那個時候，平津早已被日軍佔領，但太平洋戰爭尚未爆發，租界是唯一安全地帶。日本人知道我父親，不但一定要他交出在英租界的電話局，還要他加入偽政府，甚至於要以綁架我們兄弟姊妹來威脅。那時我才三歲多，我父親於是不得不送我和兩個姊姊去天津法國學校，聖路易。綁架真可能發生，而且出現過不止一次緊急情況。這樣一直僵持到珍珠港事變，英美正式向日本宣戰，租界因而也成為被佔領領土，我父親已無處可躲，才只有急忙先我們而逃到重慶。次年，一九四二年，我正在法國學校唸一年級，情況越來越危險，我母親才帶著四個小孩兒，我們姊弟三人和一位朋友托帶的女兒，走旱路，逃難到大後方。

換句話說，是因為我父親堅決不受日本人的威逼利誘，不當漢奸，我才上了外國學校。在當時的情況下，這非但自然，也是不得已的。但問題在於，在重慶唸了三年德精小學，抗戰勝利回到北平，我父親為什麼又把我送去美國學校。這有主觀客觀兩個因素。

客觀，當時北平沒有一家小學肯收我這個插班生，而只有北京美國學校肯。主觀，我父親認為，二次大戰前，日文可能是一個重要的外文，但他覺得以後必定是英文的天下。就這樣，我插班入了北京美國學校四年級。因為逃難，我的學業耽誤了一年多，一九四八年夏，我小學畢業。好，又一個問題來了，那到了臺灣，為什麼又去了臺北美國學校？這次非常簡單，沒有什麼主觀因素，全是客觀因素，而這個客觀因素對我來說，至今仍留有一道傷痕。

因為手上只有一張北京美國學校的小學畢業證書，臺北大部分中學都不准我報名。雖然有兩家准許，但我都沒有考取，美國學校出來的數學太差。最後，還通過介紹，我才以同等學歷考上了板橋中學。家在臺北龍泉街而上板橋中學可真麻煩，先在水源地乘小火車去萬華，再轉大火車去板橋。反正還年輕，也不覺得苦，倒是感到非常興奮。因為在同輩或一般人的眼中，我不「奇特」了，至少當時我這麼以為。

一學期下來，我每門課，甚至於包括數學，都是九十分以上，唯獨「品行」，學校給了我五十九分，將我開除！

五十年代初的臺灣中學教育，更不要提社會風氣，我想也不用我來介紹了。總而言之，比今天保守十倍。大陸帶來的傳統家長式教育與日本殖民留下來的權威教育結合在一起，變成了一座死硬的大山，就等著像我們這樣一個受過幾年西方教育的卵，來擊它們的石。所以，儘管當時我毫無察覺，完全無辜，但我已經命中注定是，借用美國一個說法，一個等待發生的意外。

受美式教育的影響，我上課的時候喜歡提問，偶爾還和老師爭論。我的打扮也比較美國化，我尤其喜歡帶棒球帽。我經常找女生講話、開玩笑，約她們一起吃飯，或她們約我一起乘火車回臺北……在今天看來都應該是平常而正常的事，但你可以想像在一九五〇年的板橋中學訓導處看來又是一種什麼行為。偏偏我書唸得很好，但「目無尊長」（及其他）的態度和行為，對校方來說，可要比什麼都可怕。初一上結束前幾乎整整一個月，因「屢誡不改」，每天升旗之後，第一堂課之前，我要自己去訓導處，自己找出尺子，再將尺子送給訓導主任，然後請他先在我的左手打十大板，再在我的右手打十大板。

結果還是被開除。理由？如果我說我不聽師長教誨，那就算我不服氣，也無話可說。但板中，混蛋的板中，給我家裏的理由竟然是——泡茶室玩茶女！

這是我第一次（但，我想你們也猜到了，並非最後一次）領教莫須有罪名的味道。我想我父親很清楚原因在哪裏，所以就讓我在家先待一陣子看看，每天練練大小字、寫寫日記、讀讀《文選》、釣釣魚、打打球，偶爾看場電影……不到三個月，劉岩來電話說臺北美國學校剛成立了初中部，正在招生，於是我又從初一開始唸起。

當時校址是在中山北路馬偕醫院對面，學生一共不到三十人。初一只有我和劉岩和稍後來的喬治・卡諾夫。我還記得我們三個人第一次在臺北碰面，還去了「明星」喝了一杯熱巧克力。

第二年，美國學校買了孫連仲將軍也在中山北路的三層樓房為新校址。這時，因為美援，學校一下子增加了好幾倍的學生。學校也比較上了軌道，相當於美國任何一般中學，也就是說，初二開始還要學拉丁文。喬治・卡諾夫這時已經被開除，但我們班另外多了三個外國學生，其中兩個是美國男孩，一個是父親在農復會任森林專家的哈利・佛瑞茲，另一個是父親好像任臺灣銀行經濟顧問的萊納德・戴維斯，以及父親搞進出口的韓國女孩艾琳崔。教我們的是美國老師梅麗特女士。到了初三又有了魏小蒙。因此，一九五二年，臺北美國學校初中部第一屆畢業生就是我們這六個人。我記得我們畢業典禮的貴賓，因為我們畢業班四個男生的堅持，竟然不知天高地厚地邀請了鼎鼎大名的「七虎」籃球隊，而他們也竟然莫名其妙的來了。

我就讀的那幾年，臺灣社會關於臺北美國學校的辯論和批評似乎未曾間斷，也無結果。有的基於民族主義，例如「崇洋媚外」；有的說這種學生是進不了中國學校或中國學校根本不要的「不良子弟」（倒是部分形容了我的狀況）；有的指責送子女上美國學校的中國家庭，不是有錢，就是有勢，就是有權等等。

前兩類批評，因為比較感情用事，所以很難辯解，但第三個指責，在相當程度上是相當有根據的，儘管並不完全適用於我和劉岩和其他一些家庭。我父親到臺灣已經半退休，就算在大陸時代，充其量也只能算中上級官僚。劉的父親是總領事級的外交官。至於經濟狀況，我們兩家都談不上富有。然而我也知道，在當時的臺灣社會，在五毛臺幣一碗魚翅羹的臺北，無論是本省人家庭還是隨政府來臺的外省人家庭之中，能付得起初一時每月七美元到初三時漲到每月二十一美元學費的，也恐怕只能說是少數。

那五十年代初，臺北美國學校是不是算是有錢有勢有權的家庭的子女就學？當然有。無論是和我同班、低一班或更多，就有一般人眼中的大官的子女，像桂永清、黃少谷、孫桐崗、孫連仲、周至柔、黃仁霖、魏景蒙等等。真正有錢的巨富也應該有，只不過我多半不認識。我只記得有一位姓林的小學二年級學生過生日，不但請了全校一百人來參加這小子的生日宴會，還招待我們全體師生去參觀他們家在金瓜石的金礦。

所以，當時臺北美國學校的中國學生，儘管才不過上百人，在各種場合卻引起幾乎普遍的不滿和反感。一個個小小年紀、滿口英文不說，同時又是一個個喬治、瑪麗、保羅、莉莉……然後是在臺北街頭「招搖過市」的「奇裝異服」。但你說奇也好、異也好，甚至於今天說有什麼了不起也好，臺北美國學校的學生的確是臺灣第一批穿牛仔褲的，和十三太保太妹差不多同時。也正是為了這個原因，我們首當其衝引起了當時日漸興起的青少年幫會的注意。例如，以中山北路為地盤的「十八羅漢」，就是一個喜歡找我們麻煩的幫派。這可要比當時報紙雜誌對我們的任何批評和責罵要真實恐怖得多了。

我於一九五二年初中畢業，那時美國學校還沒有高中，所以我又以同等學歷考進了當時聲名不亞於美國學校的強恕中學（並恰好和堵過我很多次的「十八羅漢」老么同班！）。等到次年美國學校有了高中，我父親和我都認為我應該在中國學校（哪怕是當時的強恕！）唸完中學。結果，我一九五五年畢業參加五院校第一屆聯合招生而進入師範大學，還是我生平第一次以教育部承認的畢業文憑報的名、考的試。

基本上，我不認為小時候上了美國學校，從北京到臺北美國學校，對我，做為一個人，有什麼反面影響（我的姪女張艾嘉也唸過臺北美國學校，而我也不認為對她有什麼反面影響）。至少，我的中文並沒有受到多大影響，不過，那可能應該感激我多年的家教，葉嘉瑩老師。

至於有沒有正面的影響，那我只能說，個性之外，我今天一切，從言行到舉止，甚至於到寫作等等，都是我過去全部經驗的結果，美國學校只是其中之一。而且這今天一切，是好是壞，個人怎麼看是個人問題，並非最後，還應該由別人來評價。上美國學校，對其中大部分人來說，只是比一般人早一點接觸到美國文化，但又沒有今天的「小留學生」徹底。說實話，就像唸任何學校或處於任何情況一樣，只有盲目自大的人，會因就讀美國學校被人另眼看待而覺得了不起，或者是信心不足的人因為讀美國學校被人指責而感到困擾。就讀美國學校，不必自傲，更不必自卑，它畢竟只不過是你人生旅途開始時的一個階段，而非其終站。

——*1990*

東非事件

人生旅途上的種種遭遇，不論是主動還是被動，有意還是無意，其中太多的後果不可預料。至於那種經過你善意安排而出現的，其後果也不一定如你所料地發生。在事件正在進行的時候，大概只有上天才能洞察始末，要不然就是充滿自信的年輕人才會認為有絕對的把握。

我這個東非事件的精神包袱已經背了十六年。當時我雖然早已不年輕，但卻不幸地仍然帶有少許早應失去的天真，而且更不幸地帶有年輕人那種盲目的自信。

一九七五年，我被調到總部設在東非肯亞首都內羅畢的聯合國環境規劃署。肯亞當時是一個新國家，獨立才十年，英國殖民味道還相當濃厚。我對這裏並不陌生，因為上一年我曾在這裏出差一個多月，所以這次由我先去，太太和兒子在紐約等我安頓好了再來。

我的運氣很好，才住了不到一個月的旅店就找到了房子，一幢歐式花園洋房，有四間臥室、兩間廁所、客廳餐廳都有壁爐。此外，在車房之側還有一幢單獨的兩間傭人房。院子足有三英畝。我知道，我完全不需要如此之大、相當奢侈的住宅，但轉租給我的是一位斯里蘭卡同事，馬上要調去曼谷，租約還有兩年，我等於是幫了他一個忙。更何況以紐約的房租來看，每月三百美元簡直令人難以相信。當然，我也知道，以當地人的生活水平來說，這簡直是天文數字。

那位斯里蘭卡同事轉租給我只有一個條件，就是繼續僱用一個年輕黑人——赫特郎。因為，很簡單，不僱他，他就失業。

東非這些新獨立的國家，因為遭受多年的殖民統治，對於受僱於「外國人」家庭的傭工，都有嚴格的法定工資規定，以防止再受到剝削：雇主負責吃住，每月工資不得少於三十五美元等等。這個數目在當時要比當一般勞工的收入好得很多。大部分外國人都付五十美元左右。斯里蘭卡同事因一家六口而付七十美元，我也繼續如數照付。

赫特郎大約二十六歲。我說大約，因為他母親早死，而父親也不記得他哪年出生，只記得大約十幾年前行的割禮。他長得相當漂亮，六英尺高，身體堅實，皮膚又黑又亮。我一個人很少做飯，所以他只是偶爾洗碗，主要是洗衣、洗車和剪草。星期日休假，他就和朋友去看電影、打彈子、喝啤酒。

好像是我搬進來不到兩個月的一個星期六下午。我和他在院子裏談話，才發現他已經結婚一年多，但成家不到一個星期就從西肯亞來到城裏打工。我隱隱地為他難過。新婚七天就因生活所迫而分離，而且這一年多只回去過一次。我問他為什麼不接太太來一起住。赫特郎突然沉默了下來。半天，半天，他才說話。當初他父親是向他老婆家裏保證給兩千頭牛才結的婚，但是當時他們家只買的起一千五百頭，還欠五百頭，所以婚是結了，但女方家裏沒有收到最後五百頭牛，不放人。

我真的呆了，我知道我沒有資格去批評另一個民族的風俗習慣傳統，但我實在感到悲傷。我沒有經過三思，就直問赫特郎本人的願望，要不要接她來——當然要——我說好，你明天或後天，反正盡早，回你家把你父親接來，我負責路費。我說，我願意幫你這個忙，替你父親買這五百頭牛，但我必須同你父親當面談，而且要得到他的同意。

赫特郎的村子在西肯亞，在離烏干達不遠的卡卡美加一帶。我一個人開車，半天多一點可到，飛車的話，當天可以來回。但赫特郎要乘長途巴士，一站一站地要坐十幾個小時才到。他第三天出發，我就開始有點緊張。倒不是錢的問題，肯亞鄉下的牛對我來說非但不貴，而且太便宜了，大約一塊美金一頭，總共不過五百美元而已。我緊張是因為我開始感到我是在玩弄別人的命運。我有什麼權利，除了出的起五百美元之外，來扮演上帝？但這個顧慮只在我腦中一閃而過，而且過了之後反而是興奮。

他父親看上去很老，雖然我評估他最多五十五，我首先問他明不明白我們會面談話的目的。經過翻譯之後，他點了點頭。為了不發生任何誤會起見，我請鄰居的傭人作見證，再度重複我所答應做的事，就是，按照他報的數字給他四千肯亞先令回去買五百頭牛，再接赫特郎的太太來內羅畢。我最後問他，除了這個之外，還有沒有任何其他阻止赫特郎偕老婆回家的條件。老頭說沒有，只有這一件，我於是將事先準備好的現款和一張英文收據給了他。他不會寫字，由赫特郎代簽，見證也簽了。老頭兩眼濕濕地捧起我的手親了三下。

我們等了有一個月才有消息，是一封掛號信，說牛已經送了過去，赫特郎可以回來接太太。我告訴赫特郎回去接之前趕快買好雙人床、被單、枕頭等等，算是我送他們二人的結婚禮物。

好像是一個星期五，我下班回家的時候，發現大門前站著兩個人，赫特郎和一個女孩兒，一個非常漂亮的女孩兒，看上去不到二十歲，身材結實優美。她叫瑪麗，可以講幾句簡單的英文。我們交談了一下，她帶著笑容但相當正式地謝了我。我舒了一口氣，一個多月下來的壓力完全消失，剩下的只是無比的輕鬆和成就感。

第二天一早，主要是為了給他們單獨相處的機會，我一個人開去吉力馬扎羅山下的「安勃塞利野獸保留地」住了三天兩夜。在叢林中、乾湖床、半乾旱地和大平原上，觀望著那成千上萬的斑馬、羚羊、一對對的長頸鹿、一家家的大象、母獅小獅和獨來獨往的雄獅，想到其實並不是很久以前，人類就在這一帶誕生，來設法把自己還原到現實，就是說，嘿，慢一點，你只不過是此時此刻地球上存在的一個人而已，就算做了一件好事，也只是能力所及的一件事，只不過比順水人情多五百美金而已。

我星期一傍晚回到內羅畢。在開進我家巷口的時候，發現路上閃者紅燈藍燈，還有兩部警車，車旁聚了一小群人。再往前開，才發現他們就在我家大門口，而且是在等我。

赫特郎向一位警官介紹了我之後就不再說話了，只是面色低沉的垂著頭。我請警官進屋去談，他說不必，在院子就可以。他很客氣和很官方地問我兩個問題。第一個是，赫特郎不久前報警，說他太太瑪莉昨天翻牆逃走，問我知不知情，有何評論。第二個其實不是問題，而是要我立刻進房查看有沒有遺失任何財物。

我當時完全糊塗了，在沒有回答任何問題，或反問任何問題之前，幾乎麻木地進屋巡視了一遍。其實我不看也知道，那麼大的一幢房子裏，除了我的衣物之外，只有一套音響設備和這幾個月買的幾十張唱片。我告訴警方說什麼也沒有遺失。他立刻安心了，臉上有笑容，然後好像任務已經完成似地向我和赫特郎宣佈，瑪莉逃走的案件目前沒有任何線索，醫院也沒有此人進住，但他們會去追查。

警察走了之後，赫特郎才在客廳裏帶著淚水告訴我，瑪莉在前一天晚上翻牆出走。他先一個人，後來又約了兩個朋友，找了一天一夜，直到今天下午才報警。

我的腦子現在完全空白，根本無法解釋，無從想像。我連安慰赫特郎的話都說不出。我半夜躺在床上不斷責備自己，怎麼如此之天真、如此之盲目、如此之大膽、如此之笨。你對這裏的人、這裏的事、這裏的任何狀況一無了解，竟然敢去介入別人的私生活！

第二天下午我在辦公室收到樓下聯合國警衛的電話，說有一位肯亞人要見我，講了名字，但我完全不知道是誰，不過我還是下去了。

走到面前我才發現是赫特郎的朋友，他曾經來過我家幾次，我也曾和他打過招呼。他大概不想警衛聽見我們的談話，就請我走到不遠之處的一棵樹下。他說他知道瑪莉為什麼逃跑。他說瑪莉有一位從小一起長大的情人，在內羅畢一家車胎廠做工，已經好幾年了。她根本不愛赫特郎，根本不認識他，一共只見過三次面，包括結婚在內。可是她那個情人更窮，連二十頭牛都買不起，別說兩千。我問他赫特郎知不知道這件事。他說知道，只是不肯相信。他請我不要講出去他來找過我，而且希望我叫赫特郎不要再去找了。他說他知道瑪莉利用這次機會——意思是說，從天下掉下來一個我——離開家裏，而且利用赫特郎到城裏不是為了丈夫赫特郎，而是來找她的真正情人。他最後說他知道瑪莉絕不會回來。他離開之前又補充一句：不用找了。

我當天下午提早下班，直接去我們那個區的警察分局去找問過我話的那位警官。聯合國外交身份在這個小分局有相當的效力。值勤的警察，在我前面排隊的十幾個黑人白人注視之下，親自引見帶我去見警官。他正在講電話，但用手示意，請我坐下。我一路上一直在跟自己辯論，要不要向警官透露我下午得到的消息，直到我坐在他面前，不知道因為他那一副官僚架式，還是我意外地獲得了遲來的智慧，決定還是不講。

他一掛上電話，沒有等我開口，就說謝謝我來，然後很正式地通知我，既然我沒有任何財物損失，此案與我無關——我聽了心裏一寒！——接者他說赫特郎是西部羅族人，和我在內羅畢接觸的吉庫尤族人不一樣，然後他非常委婉地建議我這個外國人，用中文最簡單的話來說，少管閒事！

剛回到家就接到鄰居的電話，請我去他家喝杯酒。鄰居是一對德國夫婦，有兩個小孩兒，我們從來沒有交往過，只是在我搬來的時候，他們表示歡迎。

男主人等到他的傭人、我的見證，放下了威斯忌和冰塊、離開了房間、而且關上門之後，才對我說，他的傭人已經將事件的經過講給他聽了。他現在有幾個問題請我考慮。第一，你如何證明那位老先生是赫特郎的父親。第二，有沒有結婚證書，或任何其他證件，表示瑪莉確實是赫特郎的太太。第三，假設瑪莉真的是瑪莉，又有什麼證據說明她是逃跑。

當然，第三個問題不需要考慮，至少事件發展至今不需要考慮就知道，第一，無法證明；第二，沒有證件；第三，沒有證據。我這個時候雖然喝了兩杯酒，但是卻感到更清醒了。我心裏在想，幸好沒有一時衝動，將五百頭牛的事情，還有將瑪莉的情人的事情，告訴那位警官，已經對羅族人沒有好感的警官，處理這樣一個沒有線索的案件，很可能反而替他找到了一個動機——欺詐，而將赫特郎逮捕，而且在關上三個月半年之後，清白的赫特郎也只好認罪了。

男主人在送我出門的時候給了我一個忠告。他說他在非洲前前後後一共九年，最後三年在肯亞。他說他對黑人的態度是平等地相待，但他絕不會把他們當作是失蹤多年的兄弟。

我不忍心去問赫特郎究竟瑪莉是不是有一位情人，也不忍心去問他究竟那位老先生是不是他的父親。之後一個多星期，我只是問他有沒有任何消息，再沒有多久，誰也不想再提了。直到我三年後離開非洲，我和赫特郎都再也沒有提起過瑪莉這個名字。

但十六年下來，我這個東非事件的精神包袱卻擺脫不掉。有的時候，我現實的一面告訴我，你太急於擁抱你以為是你失蹤多年的兄弟了。但又有時候，我浪漫的一面又告訴我，你可能犧牲了赫特郎，可是瑪莉卻因此而終於找到了她真正的情人。

東非事件就像我十六年前抛出去的一個球一樣，問題是，這個球到現在還沒有落地。

——1991

政變

政變，我想誰都知道，無論流血還是不流血，無論成功還是失敗，都不是一件輕鬆好玩的事。以此推論，政變絕不是喜劇，雖然成功的政變往往是悲劇，但失敗的政變卻肯定是鬧劇。

一九九一年下半年不到三個月的功夫，世界上發生了兩次政變。一次失敗，一次到我寫這篇東西的時候成功，一次發生在前超級大國蘇聯，一次發生在永遠的超級小國海地。失敗的一次令我們興奮，成功的一次令我們不安。

我不想多談這兩次政變，因為我想我知道的情況大概跟你們知道的一樣多，或一樣少。我感興趣的是政變本身。

各位大概很難想像，自二次世界大戰結束至、至少至一九八七年（我手邊的數據），短短四十一年，世界各地有七十九個國家，前前後後一共發生了三百一十一次政變，而且，其中一百七十次成功。可憐的阿根廷一國就發生過十三次。而且。分別在一九五五年和一九七一年，每年不下三次多。至於泰國我都懶得去數了。

從另一個角度來看，今天世界上獨立的主權國，其中大約一半是靠非法地推翻當時一個合法政府而存在，不論這當時合法政府以甚麼名義取得權力，也不論這當時合法政府是民主的還是一黨專政的政府。

為什麼這麼多國家這麼喜歡搞政變？很簡單，比通過民主選舉掌權方便保險，也比通過起義革命掌權快，也保險。

想想看，我們的孫中山先生「致力國民革命，凡四十年」，通過辛亥革命的成功而建立中華民國之後，臨走之前留給我們的遺言是「革命尚未成功，同志仍須努力」。也許他預感到一九八九年的血灑天安門！

想想看，正是因為搞政變的人沒有這個耐力，也沒有這麼多時間，才以國家，或社會，或人民的名義，或乾脆公開以赤裸裸的個人野心的名義，才走捷徑，才鋌而走險，才發動政變，以取當前當權者而代之。

而照前面提到的數字來看，四十一年之間的三百一十一次政變之中，成功的竟然高達一百七十次，百分之五十以上，那我們就不得不承認，搞政變成功的機會很大，至少比賭輪盤高多了，更要比選舉肯定。難怪那麼多人會覺得此機可投，此險可冒。更何況成功的報酬，可不是只賠你三十六倍，而是整個國家。那怕窮如海地，也究竟是個國家。那搞政變成功，你要國家社會人民賠你幾倍就幾倍，而且天天賠、月月賠、年年賠。當然，你要有把握沒有其他人背後搞你的政變才行。

政變不分左右，左右兩派都喜歡搞政變，今年的兩次政變剛好說明這一點。只不過蘇聯左派實在太笨了。想想看，在已經軟禁了戈巴契夫之後，政變主謀八人幫居然在電視上聲稱老戈病了，在黑海休養——我的老天！失敗的政變肯定是鬧劇！我當時一聽就知道此一政變注定要垮。

還是中共乾淨俐落——我指的是抓四人幫。無論你認為一九七六年的那個事件是政變還是反政變，都乾淨俐落。想想看，如果當時華國鋒在電視上說，江青、張春橋、王洪文、姚文元，都病了，在北戴河休養，你想貓專家鄧小平還有機會上台嗎？

所以，政變（或反政變）必須乾淨俐落、速戰速決、擒賊擒王，在現存的政治框架內，迅速而有效地奪取權力，無論這個實際權力是黨還是軍。而且，一旦掌握了實權之後，你還要有辦法在這個框架之內能按照你的「理想」統治。

所以，政變不是革命，不是人民起義成功，也不是打游擊戰，甚至不是部隊造反。但政變，或像蘇聯的反政變，卻可以導致革命。七十一年前，列寧站在坦克上宣佈革命（其實是政變）成功，共產主義勝利。今年，葉爾欽站在坦克上宣佈反政變（其實是革命）成功，共產主義瓦解。我告訴你，政變和反政變，就是這麼有意思，就是這麼諷刺。

導致蘇聯二次革命的反政變是個例外，因為基本上政變或反政變都與人民直接無關。一般人民，像你和我，根本沒有資格去搞政變。政變多半是接近權力中心但又不是權力中心的人搞的，而且所以才搞。

靠政變得權的人心裏都有數，就是既能發生一次，就能發生第二次（見阿根廷、泰國等）。因為只需要一次政變就打亂了一國的政治結構和體制，使整個社會失去了重心和安全感，幾乎什麼都可行。這也是為什麼成功的政變往往是悲劇。就算政變的動機和理由是純正的，甚至於崇高的，也是如此。新的政權必定認為國家社會人民絕對需要它，而且無它不行。而為了保證這個靠政變奪取的政權繼續存在，它幾乎必然靠軍隊來統治。

不過，近十幾。二十年來，很多政變出現了一個非常令人不安的異數。政變主謀者可能是一國的國防部長、內政部長、陸軍上校等等，但政變實際執行者卻非本國人民和軍隊，而是外國傭軍，一個最好的例子就是塞舌爾。

塞舌爾是個島國，位於印度洋，在東非和印度之間，前英國殖民地，一九七六年獨立，人口不到六萬，軍隊不到一百，特產是海王椰（Coco de mer，我不形容了，但看過它的人就知道為什麼）。我記得我在賽舌爾獨立的那年曾在那裏逗留了一半個下午，開車兩個小時就逛了小半個島。我當時的感覺是，如果我是塞舌爾人，只要給我一個步兵加強排的武裝力量，我就可以搞一次成功的政變。果不其然，次年，當塞舌爾第一任合法選出的總統詹姆斯．曼查姆（James Mancham）去倫敦開英聯邦首腦會議的時候，取而代之的反對黨領袖阿爾貝．厄內（Albert Rene），還沒有用一個步兵加強排的力量，只需六十人、二十支步槍，而且只花了十分鐘，就取而代之了。考慮到他本人是靠政變當權，上台之後第一件事就建軍擴軍到五百人。

這裏附帶一句。所有感到會有人取而代之的政府首腦，無論其國家是一人獨裁的「香蕉共和國」，還是一黨專政的「人民共和國」，在他沒有絕對把握之前，最好少去出國開會訪問。

被厄內趕下台的曼查姆當然不甘心，隨時等待機會搞反政變。一九八一年，他聘請到一位職業軍人，專業政變家麥克．毫爾上校（Mile Hoare），請他組織了一個以南非僱傭軍為主的四十五人突擊隊。其實，在第三世界小國搞政變倒是很像一次軍事突擊行動，只不過突擊的最終目的不是佔一個堡壘、破壞一個基地，而是奪取政權。政變固然不是革命，但也不是請客吃飯。毫爾上校的計畫詳細到一分一秒，如果不是因為一個其笨無比的錯誤（不亞於「戈巴契夫病了，在黑海休養」），應該絕對成功。突擊隊偽裝為一個足球隊入境，但毫爾上校千慮一失。一名南非僱傭兵從未出過國，不知道許多第三世界國家首都機場入境之處的「紅道」（需報關，檢查行李）與「綠道」（無需報關檢查）的差別，而誤入歧途，武器被查獲，立刻坦白，反政變因而立刻破產—失敗的政變肯定是鬧劇！

看樣子，二十世紀結束之前，無論亞非拉，絕對還會發生各式各樣的大大小小政變。雖然誰也無法預料它們將以悲劇還是鬧劇收場，但未來政變家倒是可以參考套用中共貓專家的名言：不管白政變黑政變，能抓老鼠（耗子？）就是好政變。

——*1991*

夸族（美國、臺灣）酋長的禮宴

這些零零落落沒有什麼情節的故事是關於擺闊和比闊……

我最近去紐約美國自然歷史博物館（American Museum of Natural History）看了一個展覽。展覽的內容我聞名已久，但從來沒有機會目睹。這是自然歷史博物館將其一百多年的收藏第一次展出。展覽的主題是「酋長式宴會：持久的夸奇烏特族禮宴」（Chiefly Feasts: The Enduring Kwakiutl Potlatch）。

夸奇烏特族（另譯「夸和特爾」，發音有誤）是長久以來一直定居在北美洲西北部太平洋沿海溫哥華島一帶若干印地安人部落的總稱。它之所以出名主要是因為美國前輩人類學家弗郎茲・波阿茲（Franz Boaz, 1858-1942）在十九世紀末關於該部族的研究。而且主要通過他的研究，我們才得知夸奇烏特族的「禮宴」是如此之奇特（但同時又如此之面熟），以至於經常被二十世紀的各式各樣的學者專家，用來印證或說明他們某些經濟或社會或心理或行為理論。

這個展覽主要來自波阿茲當年任美國自然歷史博物館館長時進行的收藏，非常豐富，有各種藝術品、漁獵用具、日常用品、面具、祭血、銅器、圖騰、雕塑、頭飾等等。這些我這裏都不去談，我也不去談夸族的歷史和藝術。我這裏只談夸族社會的一個主要傳統風俗，即其各部落酋長的「禮宴」（Potlatch）。

這種「禮宴」是他們的一個悠久而持久的傳統，表面上用來慶祝某一酋長的新身份地位、婚姻、樹立圖騰、破土建屋和落成等典禮。在這種禮宴上，主人酋長必定顯示其財富，贈送大批禮物給各位來賓酋長及其家屬——但有一項了解，就是在不久的將來，而且越近越好，各位來賓酋長必得回請回報。這些都可以理解，也不奇特。

奇特的是這種禮宴是夸奇烏特族的一個公開合法而有意的社會和經濟競爭。其實際目的，其主要目的，其真正目的，其唯一目的，是擺闊和比闊。

這就是說，「禮宴」被用來做為一種壓倒或打擊對手（個人或部落）的社會和經濟武器。雖然以前在夸族社會，英勇事蹟和贈送財產同樣光榮。但是到了十九世紀下半期，已經演變到相互競爭者只以財產為武器（property as weapon），只以財產相鬥，而且以毀壞財產為至高榮譽。而如果對手短期內無法回送和毀壞更多，至少同等數量和價值的財富，他就名譽破產。

所以，你如果想要毀滅一個競爭者、一個對頭，你只需要找個理由請他來參加你擺設的「禮宴」。把你的寶貴財產，比如說，兩千張皮氈毛氈送給他；而如果你一時興起，再當眾焚燒另外三百張來示威。然後你就等著看吧！他回請回報得起，你的財產反而增加，你還有機會再擺設一次禮宴請他、整他。而如果他短期內回請不起，那你不但擊敗了一個對手，你還消滅了一個對頭。因為這種比鬥一旦輸了就蒙上奇恥大辱，他就變成了夸族社會不受歡迎的人物，甚麼禮宴或派對他也別想參加了，根本別想在這一帶混了……不錯，這可能比生死決鬥文明，可是也夠殘忍的了。

難怪後來各式各樣的學者對夸族禮宴如此之感興趣。想想看，從南北戰爭結束到第一世界大戰，美國上流社會那些鋼鐵大王、石油大王、鐵路大王、航運大王、汽車大王、橡膠大王、煤炭大王等等大財閥，以及數不清的小財閥，不停地相互以各種方式來擺闊比闊，其實也正是在擺設大大小小的「禮宴」，儘管所有人，包括當事人和旁觀者，都不承認這一點。直到美國學術界和思想界的一位奇人，在理論上為美國社會的「禮宴」界定了意義。

這位奇人，就是托斯丹・凡勃倫（Thorstein Veblen, 1857-1929），而他關於此一問題的名著，就是一八九九年的《有閒階級論》（*Theory of the Leisure Class*）。

凡勃倫是耶魯的經濟學博士，但他的學識和興趣可不只限於此，從人類學到心理學到社會學到政治學到哲學等等，他都有研究，以至於被譽為「最後一位什麼都通曉的人」。他曾和波阿茲在十九世紀末一段時間同時在芝加哥大學任教。這是凡勃倫第一份正式工作。而他的教授起薪是五百元一年，教了十三年才加薪到一千美元（請記住這個數字，做為下面提到的另一個數字的參考）。

他的《有閒階級論》並不是關於整個「有閒階級」的理論，而是關於美國富有的上流社會（即英文大寫的Society）中某一特定集團，在某一特定歷史時限內的一套理論。我們甚至於以可以說，是針對美國這些「新富」（noveau riche）的社會批評。他在書中提出許多論點，其中一個最有名的就是今天人人皆知的「明顯消費」（conspicuous consumption，又譯「誇耀性消費」），而此一「明顯消費」也正是美國上流社會各大小「酋長」的「禮宴」。

《有閒階級論》文筆尖銳、文字艱深，而且當然是理論性的，所以讓我在此舉一個他所談的那個時代的「明顯消費」，「美國式禮宴」的一個實例。

就在凡勃倫在批評諷刺美國上流社會揮霍性和擺闊比闊的那個時代，紐約的一個財閥，還沒有資格同洛克斐勒、卡內基、杜邦、福特、哈里曼、梅隆、古根漢；史坦福、赫斯特、阿斯特、摩根、古爾德等等真正大財閥平起平坐，但也有足夠的財產，擺設了一次轟動全美的「禮宴」來擺闊和比闊，此人名叫詹姆斯・海德（James Hazen Hyde，倫敦海德公園的海德家族後裔），算是紐約一位保險界鉅子。做為一個法國迷，他先將紐約當時一家最豪華的旅館包下來，請了名建築師將它全部改裝為凡爾賽宮，在一九〇五年一月三十一日，請了將近四百人，三頓大餐，從日落到日出，舉行了一次法王路易十四時代的化妝舞會，花費——記得凡勃倫那五百元年薪嗎？——花費了二十萬美元！這正是凡勃倫「有閒階級」的「明顯消費」，這也正是美國上流社會的「夸族酋長的禮宴」。

今天，美國經濟雖然衰退多年，國債高達三點七兆美元（即三點七萬億美元——$3,700,000,000,000。換句話說，全美男女老幼每人負債一萬七千美元），但我們不時仍然會聽到某一「新富」買了一艘兩百六時英尺長、價值五千萬美元的遊艇。之後不久，另一個「新富」不甘示弱，也買了一艘，只不過它是三百二十五英尺、一億美元。

那美國一般人呢？今天，沒有失業的人能夠所謂「跟得上老張」（Keeping up with the Joneses）已經夠吃力了，但能跟還是跟，能比還是比。其實，『跟得上老張』正是一般大眾的「禮宴」。

所以，今天要找「禮宴」的傑出例子，不能在美國找，最好去非但沒有國債反而有七百億美元外匯存底的臺灣，那裏有的是大小「新富」。

有一個小子——這是我去年聽到的事情——他為了捧臺北一位酒廊小姐，同時為了擊敗其他情敵，在她生日那一天晚上在酒廊連開了一百瓶XO。你要問多少錢的話，套用當年美國一位財閥的一句名言：你就開不起。這是標準的臺灣式「禮宴」。

但這究竟是小規模的個人行為，可以少許但還不足以反應臺灣社會的現實。要找可以反應整個臺灣社會現實的「禮宴」，最好的例子莫過於「花開富貴」，就是那個臺灣一位財閥要在臺北蓋的世界最高的摩天大樓。這才是真正的「臺灣禮宴」。不去「明顯消費」，如何能顯示今天臺灣雄厚的經濟力量？——我不但可以送你兩千張皮氈，我還可以另外焚燒三百張！

不過，我建議「富貴開花」的主人參考兩件有關世界最高的摩天大樓的事實，一個過去，一個未來。過去的事實是，紐約在三十年代前後也曾發生過相同的情況。當克萊斯勒汽車公司大老闆，沃爾特・克萊斯勒（Walter Chrysler），決定在曼哈頓四十二街蓋一幢當時世界最高（「一定要比巴黎鐵塔高」）的摩天大樓的時候，他的死對頭，通用汽車公司（General Motors），立刻決定蓋一幢一定要比克萊斯勒大樓高的大樓。果不其然，當一千零四十六英尺高的克萊斯勒大樓於一九三〇年落成之後雄霸世界不到一年，就被一九三一年的一千二百五十英尺高的帝國大廈給「蓋」過了。

同時，「富貴開花」的主人最好再參考一個未來的事實。我聽說日本至少有三個財團，而且在日本政府大力支持之下，計畫在二十一世紀初，在東京連蓋三幢超級摩天大樓。三個一個比一高，最低的才一千公尺（但比帝國大廈高三倍！）。最高的將位於東京灣內，竟然高達——仔細聽，仔細看——竟然高達四千公尺！其目的——日本現在只能跟自己比了——就是要比日本最高峰、三千七百七十六公尺的富士山要高。考慮到這一個過去、一個未來約有關世界最高的摩天大樓的兩個事實，「富貴開花」即使建成，也多半風光不了幾年。我告訴你，這個「臺灣禮宴」不太好擺。

當年加拿大政府曾一度禁止夸奇烏特族舉行禮宴（效用不大，夸族人私下仍偷偷舉行禮宴），理由是如此毀壞財產就無法累積財富，難以促進社會發展；更何況，有些夸族酋長為了擺闊而調頭寸，情急之下，甚至於逼女兒賣淫等等。加拿大政府的禁令毫無疑問出自善意，但它忽略了一點，而這一點比甚麼都重要，那就是，夸族禮宴也好、美國禮宴也好、臺灣禮宴也好，嘲笑歸嘲笑，但仍然是人性。哪怕也許不是最崇高的人性，但仍然是人性。而要想以政治手段來禁止人性的自然流露和發揮，別說加拿大民選的政府，就連專制集權的共產黨都辦不到。

——1991

金門與我

對我來說，一九九一年的一件大事——也是樂事——就是戰地金門決定開放為觀光區。我和金門大概有緣。「八二三砲戰」的時候，我以毛頭記者的身份，前往戰地，差點葬身科羅灣。大學畢業之後。全班又只有我一個人被分發到金門服役。

一九五八年暑假，我正介乎師大英語系大三和大四之間，正在無憂無愁地每天享受那五十年代臺北市年輕人所能享受的一切，我收到我的一個好朋友、北京美國學校小學同班、臺北美國學校初中同班、當時正在讀東吳法學院的劉岩的一個電話，問我有沒有興趣去考他已開始兼職的中國廣播公司海外部英文組的播音。有幾個人應考我不記得了，但只錄取了我一個人。

中廣海外部英語組設在新公園總部（大陸部在信義路，很神秘）。我們一共四人，組長先是熊玠，但他不久即出國，繼任是我家世交韓戰期間當過美軍翻譯的劉光華和台大外文系的Sammy（抱歉我忘記他的姓名了）和剛進去的我。我們四人與中廣其他節目主人和記者共用二樓一間大辦公室。令我緊張興奮的是，他們都是大明星：王玫、白茜如、崔小萍、王大空、洪敬曾、樂林、丁炳遂、周金釗、潘啟元等等。英語組每晚九點（或十點？）針對日本、南韓、澳大利亞和紐西蘭四地廣播有關中華民國的半小時英語新聞。工作很適合我的時間，所以我一直做到大學畢業及在中學任教結束，直到一九六〇年秋去金門當兵。

我剛去中廣不到兩個月，「八二三砲戰」爆發。九月中，海外英語組分到兩個戰地採訪名額。本來輪不到我，四人之中我的資歷第四。但組長劉光華新婚。上面不忍心派他，Sammy 自告奮勇退出，所以就是劉岩和我了。

我們這個總共有十幾二十來人的中外記者團很受國防部的重視，儘管我的「中廣記者證」連我自己看了都有點不好意思。我們大約九月二十號左右先乘機到高雄，接著在左營登一艘不曉得什麼類型的軍艦，總之有砲，然後駛往金門。

因為我們是電台的記者，所以帶的是兩架老式磁帶錄音機和兩條笨重的電池帶。我們這兩個小毛頭記者的計畫是實地錄音和訪問，從金防司令到碉堡裏面的二等兵。現在回想起來，說實話，我當時的確沒有考慮到這是真的戰役、真的砲彈、真的傷亡、而幾乎——我也知道這該打——幾乎是以觀光遊覽的心態出這個差。

九月二十四晚，軍艦已經抵達金門料羅灣，已經可以看見遠遠前方一片沒有任何燈光的陸地，已經可以聽見遠方的砲聲，看見空中的閃光，但是為了安全規定，天明時才登陸。當晚，我們已經寫好了幾段稿子，講述到那時為止的經過，並錄了音。劉岩去找人充電池，我在和幾個外國記者喝其中一人隨身攜帶的一瓶威斯忌。我並沒有喝太多，可是臺灣海峽風浪之大，不喝酒已經有點暈了。我不記得幾點入睡，只記得我突然被劉岩推醒，而且他近乎痛罵似地責備我說，人家都已經上了登陸艇（LST）了，你（指我）還在睡！我們二人急急忙忙又狼狽又緊張各自提著錄音機，圍著一帶笨重的電池，穿者救生衣，上了甲板。果不其然，最後一艘登陸艇，在隆隆砲聲之下，正隆隆自母艦下降至海面。我們目擊著它運載六七名記者，脫離母艦而乘風破浪地駛往金門島。我第一次嚐到了所謂「錯過最後一班船」的味道。但更羞辱的一筆是，一名海軍對我大聲喊，「沒有鋼盔，不准上甲板！」我們二人簡直像小偷似的溜回艙位。

我們幾乎立刻返航回左營，而且我完全不記得走了幾天幾夜，可是軍艦一停靠，我們每個人都立刻感到發生了非常嚴重的事件。碼頭上一群顯然已等候很久的官兵立刻登艦，立刻召集所有剩下來的記者（乘登陸艇去金門純屬自願，軍方派守兵），包括我們兩個沒有趕上船的，好像只有七、八位），來仔細查對和紀錄我們的姓名、單位和證件。我們提出的任何詢問都得不到任何答覆。直到我們被帶到一間簡報室，才有一位陸軍校級軍官告訴我們，一艘登陸艇，可能是最後下船的那艘，已經失蹤了兩天兩夜。而且直到我們回到臺北之後才得知，就是那最後一艘中彈傾覆，六人身亡（其中一名日人、一名韓人、餘下四人是《徵信新聞》、《中華日報》、《新生報》的記者和一名攝影），一人在金門漂流了十八小時後被救起，好像只有軍艦的兩名陸軍戰隊士兵安全游泳登陸上岸。

這是一個非常痛苦而恐怖的回憶，儘管我個人安全地回到家中。我從其中得到的教訓是，不具備所需認知和能力和技術的工作，上面派你是上面的錯，自告奮勇是個人的錯。一九五八年，金門遭受到史無前例的砲擊，無數人喪失了生命，而我，我失去的只不過我的天真。但這是我的洗禮！

師大畢業之後，為了保證能留在臺北不被分到鄉下去任教（好個師範大學畢業生！），我就私自申請高中母校強恕中學去任教，而且被接受了。但後來聽說，當時全體教員都一致反對，反對一個從高一上，就兩大過兩小過留校察看至畢業的張文藝，僅僅四年之後，就回原校去誤人子弟（至於我已經被他們誤了三年，他們就不去想了）。反正，只有鈕長耀校長和教過我一學期英文的鈕夫人不反對。因此，突然之間，我從當年的一個小太保，而且是經常被揍的那種，變成了許多一起混過的哥兒們的弟弟妹妹的英文老師。

我算是臺灣教育改制的第一批，我考上強恕高中那一年，我的運氣之好，正是「救國團」成立的那一年，我考上師大的那一年，又正是臺灣五所公立院校第一屆聯合招生的那一年。我的運氣之好，還不止於此。在臺中竹子坑接受預備軍官第一次暑期訓練的時後，剛好趕上「八七」水災！總而言之，因此，在強恕教滿師大規定的一年之後，就被分到鳳山步兵學校接受入伍訓練。六個月期滿，官拜陸軍少尉，同時被分發到金門服役。

預官九期，我們這一大隊，雖然有七人分到金門，但只有三人被分到同一個師，九十二師。一位是臺大外文系、現任職「貝爾實驗室」的黃光明。他的運氣不錯，擔任我們師長的聯絡官，進出有專車；另一位是東吳法學院、現任職「英航」的徐家璧。他的運氣也不錯，擔任我們師的軍法官，還有自己的小吉普。而我，大概因為教過書，還有那麼一點點金門戰地經驗—運氣？簡直中了六合彩了！——我擔任陸軍九十二師、二七五團、第三營、第三連、第三排少尉排長。想想看，他們只能坐辦公桌，而只有我帶兵！

在金門服役，只有現在回憶起來才有點美。所有的艱苦、血汗、緊張，就像金門的寒風一樣，三十年之後，都沒有稜角了，也不刺骨了。無論是我駐紮在下湖的溪邊村一個破關帝廟裏，帶兵漏夜搶灘，還是修建砲陣地，撿對岸射過來的宣傳彈，好想都不那麼難受了。至於我這一排的兼差—負責守衛由美國中央情報局兩名情報人員主持的竊聽站，倒是一件好差事，至少對我這個張排長來說。因為每個星期，只要我有空，他們必定請我去他們碉堡看部好萊塢電影、喝喝啤酒。我們連長警告我不得向他們透露我方任何情況，因為他們不但公開竊聽中共部隊的電訊，還私下收集國民黨部隊的情報。

服役前半年就這樣過去了。苦相當苦，累相當累，但偶爾還有機會和黃光明與徐家璧開他的小吉普去老金門大吃一頓。是在這樣一個假日傍晚歸營之後，連長轉達了上面的一紙命令，使我下半年的服役，少掉了一些苦，少掉了一些累，但卻增加不少恐懼和寂寞。

我們二七五團的防守區相當廣，不但包括金門北邊一帶，還包括金門島與大陸之間水域中一個小島，北碇。北碇不但是金門戰區最前線，距對岸不到兩千公尺，而且是個要塞，因為上面有座當年英國人建造的燈塔。這個小島寸草不生，全是岩石，所有飲食用品全由本島定期補給。小島真小，落潮圓周八百公尺，漲潮六百。燈塔的房舍（和裏面一架巨型、仍刻有「伯明罕製」的煤爐）已在「八二三砲戰」期間炸毀，但燈塔本身仍在運作（或者是炸壞後又修好了），完全自動，有專人定期來檢查。在溪邊的時候，我不只一個晚上一個人坐在那裏呆呆地望著那一閃一閃的淺藍燈光。現在，也不必呆呆地望了，也不必浪漫地去幻想了，我將以那個小島為家。

連長轉達的命令是，由我（我的老天，一個預備軍官！）率領一個加強排去接換目前看守的那個排。我們都聽到傳聞，即不久前，中共幾名水鬼半夜裏摸走了我們島上幾位士兵的頭，島上士氣非常低落。好，你可以想像我接到命令之後的士氣有多高了。

說實話，我都不記得什麼樣的配備和人員才構成一個加強排，大概是多了一個重機槍班和一座什麼砲吧！反正，我們是由陸戰隊蛙人負責運送上島。這些蛙人平常在下湖彈子房，我連看都不敢多看一眼。現在，因為浪大而又沒有碼頭，船無法靠近，他們（感謝他們）真的一個一個將我整個加強排的官兵扶下船下海，扶著游、再背上島。

加強排的編制是，我和排副和四個班長及士兵，外加一名副營長和一名連指導員。但副營長只有在實際作戰期間才負責指揮，平常不能干涉我的領導，所以什麼事也沒有，而指導員只能指導（指導什麼，當過兵就知道了），不能指揮。因此，整個半年期間，我是北碇島實際的島主。一旦去除了恐懼心理之後，北碇就算不是天堂，也絕非地獄。

事實上，除了沒有沙灘之外，我好像在南太平洋小島上度了六個月的假。想想看，除了日落之後，每二十分鐘的巡邏全島一周至日出之外，幾乎沒事可做，有的話也有排副。不錯，沒有新鮮肉菜，全是罐頭食品，可是金門漁民在歸程中，總會送給我們幾條黃魚（坦白地說，這是賄賂，因為北碇是最前哨，越過我島就有投奔大陸的嫌疑，就有理由將漁船擊沉）。此外，我們的炊事兵又是澎湖漁民，自製了一副潛水鏡，天氣好的時候就下去抓幾條小龍蝦給我們。平常白天就曬曬太陽、看看書。說實話，我是利用這幾月的時間，看完了《戰爭與和平》。

在這段期間，唯一值得一提的與水鬼無關。這正是美國總統大選年之後，金門馬祖成為尼克森和甘迺迪有關臺灣安全的辯論主題。我記得有一晚與本島的定期無線電聯絡中得知，第二天將有一個美國訪問團來北碇。

老美有的時候非常可愛。一個民間組織（看情況是親共和黨的）在全美各地收集募捐到好幾噸的禮物，用來贈送給在金門前哨捍衛自由的英勇戰士。第二天上島的，除了搬運禮物的蛙人之外，只有二人。一個是金防部負責接待的一名少校，一個是從美國親自前來的代表，而且竟然是一位中年婦人。他們雖然只停留了不到一個小時，但我的感覺是，大概只有探監比這個更溫暖。我收到的是兩雙襪子，藍紅格子，但指導員後來說這不符合陸軍的黑襪規定，叫我退役再穿。

這些零零碎碎的事件，也只有當事人回憶的時候會有點感受。但幾年前我遇到一件與金門與我都不無相關的小事，使我感到今天終於將戰地金門開放為遊地金門，是一個對的，儘管晚了一點的決定。但「晚」還是比「不」要好。

大約六年前。中共國務院環境保護局局長曲格平，應美國環保局的邀請，來這裏訪問。他曾任常駐聯合國環境規劃署代表，在非洲肯亞內羅畢住過幾年，和我很熟。他在紐約期間，我請他來我們家吃飯，他說很好，但要求我也同時請此地領館為他提供的司機，免得他一個人在街上車子裏等。

我不記得這位司機的姓名了。但我記得我們吃完了飯，圍著桌子喝酒聊天的時候，話題轉到了那位司機。他說他在部隊裏幹了六年才轉到外交部。我問他在哪裏當兵，他說一直在廈門一帶，金門對面。我一聽一愣，立刻問他大約什麼時候。他說大約從五十年代末到六十年代中。我當時的心情很複雜，有點意外，有點驚訝，有點宿命……我告訴他我從一九六〇年秋到一九六一年秋，也就在他的對岸金門服役。他也一愣，然後問我在金門哪裏。我說先在溪邊，後來去了北碇。他看了我幾秒鐘，想了想，然後慢慢地對我說，「那你應該是國民黨陸軍九十二師、二七五團的吧！」

我想我也不必形容我當時是如何的震驚的了，而我當年還以為下湖苦、溪邊累、北碇是度假！

這件小事可能什麼也沒說明，但也可能說明了一些事，至少說明金門應該開放為觀光區了。而如果你要想得再遠一點，再廣一點，那我覺得，以我做為預官在金門的經驗，整個預備軍官制度，甚至於整個兵役制度，也都可以考慮取消了。我不抱怨我在服役上所付出的時間代價。但今天的金門不是三十幾年前的金門，今天的臺灣更不是三十幾年前的臺灣。時代變了，情況變了，誰能夠想像龐大的蘇聯帝國在一九九一年終止存在？誰又能想像昨日之戰地金門變成為今日之遊地金門？所以硬要今天臺灣的年輕人，在生命最具有生命力、創造力、想像力，在生命最可愛的歲月，去服與他日後人生和事業多半完全無關的兩年兵役，起碼來說也是可惜，更不要提這是一個昂貴無比的社會代價。

但是如果真有這麼一天的話，那金門和我更有緣了。

——*1992*

雞蛋與我

抗戰勝利之後，我們全家從重慶回到北平，回到了東四九條三十號。

本來以為終於可以過一個比較舒適的日子，但國共不合作。所以，雖然過好日子的起碼條件都在，可是距離好日子還有一段路。房子是自己的，而且是三進四合院。我父親，儘管是公務員，也是中上級的公務員，擔任過資源委員會主任委員、平津敵偽產業處理局局長等等，收入也應該是中上。但是這個中上收入，除了要養我們一家八口之外，還要養我叔叔一家七口、一位伯伯，再加上各屋的奶媽、大師傅、司機、聽差等等，幾達二十來人。這還不算經常一住就是半年一年的親朋好友。所以，一天三餐絕非頓頓美味，平均每星期至少要吃五至七頓窩窩頭才能應付。我指的窩窩頭，不是老佛爺偶爾嚐一口的那種小窩窩頭，是只有回味才覺得有點味道的棒子麵窩窩頭。

我當時正在上小學四年級，正在發育，正在貪吃。有一天，父親帶回來一隻母雞，叫從小奶大我的楊媽養在我住的後院，下的蛋只給我一個人吃。

這隻母雞是美國名種「羅島紅」（Rhode Island Red），好像一年可以生三百多個蛋。所以每天早上，不論大師傅準備了什麼早點，我一個人還有一個雞蛋，或煎、或煮、或攤個蛋餅。我告訴你，在家裏作老么，雖然吃不少虧，但該佔便宜的時候還是佔了了不少便宜。好在我是一個人在後屋吃，免掉了我當時小小良心上的不安。

而且也回答了一個我當時一直以為沒有答案的問題：是，先有雞，而且是羅島紅。就這樣，雞蛋與我在早點上的緣就這麼結上了。今天，儘管我的早點幾經演進，已經精簡化到早上只是一大杯熱咖啡的時候，偶而在週末，當心情和胃口都有同樣的需要的時刻，我還是會去找我家附近一個所謂「餐車」（diner）咖啡店，叫做——很美的一個名字——「月舞」（Moondance），去點一道標準的英國早餐，「培根和蛋」（bacon and eggs）。

我知道，我把「鹹豬肉」、「燻豬肉」，或「煙燻的豬（脊肋）肉」，也就是說，英漢字典裏bacon的定義，直接音譯為「培根」，可能有點過分，但卻簡單明瞭。你不妨想想看，當你今天在港臺大陸，無論在大小餐廳還是觀光酒店，凡是有供應這道英美早點的地方，你有沒有如此點過：「我要冰橙汁、熱咖啡、烤麵包、煎蛋和煙燻豬脊肋肉」？既然我們有了「尼龍」、「卡其」、「的士」、「巴士」、「吉甫」、「坦克」、「咖啡」、「威斯忌」、「白蘭地」、「伏特加」、「可樂」、「巧克力」、「布丁」、「吐司」、「沙龍」……一直到什麼「酷」不酷，那我們為什麼不能有「培根」？

不管怎樣，總而言之，「培根和蛋」、「火腿和蛋」、「香（臘）腸和蛋」以及「土司」、橘子果醬、咖啡和茶和果汁，即我們今天所謂的典型英國早餐，是工業革命之後大英帝國的標準化早餐。而且像西裝一樣，也傳遍了世界各個角落。

工業革命之前的英國，我猜和世界其他地方差不多，就是說，在早點方面，有什麼吃什麼。有錢人吃得好點，窮人差點，但不外乎麵包（一片片烤麵包「土司」在莎士比亞時代就有了）、麥粥，和麥酒和啤酒。一點不錯，早餐喝酒，今天英國和法國等地還有人如此吃早點。然後再看前一天晚餐剩下一些什麼肉。總而言之，皇室貴族之外，大概就是這樣。

工業革命改變了英國生活方式，也改變了，或標準化了英國早餐。無論春夏秋冬，工人要早起打工，搬到郊區的中產人士也要早起上班，沒有人有時間花上一兩個小時去準備和享受這早上第一頓飯了，更沒有多少人有資格去享受「床上早餐」（breakfast in bed）。到了維多利亞女皇時代，英國各個旅店已將早餐正式化，有特別的菜單。這就是大英帝國早餐定型的時代。「培根和蛋」自此永遠上榜。

扯得太遠了，讓我回到雞蛋與我。記得我那隻羅島紅嗎？她的下場很悲慘，就在國共最不合作的時刻、北平圍城前夕，我的羅島紅，在給我生了八百多個蛋之後，有一天晚上，他被一個黃鼠狼給吃掉了。

——*1992*

泛美和麥道

記得一首老國語歌曲的一句歌詞嗎？「月兒彎彎照九州，幾家歡樂幾家愁」……

一九九一年（再見！）好像更是這樣。我們不要去管蘇聯已經不蘇不聯了，不去管海灣戰爭和海地政變，也不去管竊盜了員工養老金的英國報閥之死是意外、自然、他殺，還是自殺，更不去管美國新任大法官湯馬士有沒有性騷擾，名門之後的威廉·甘迺迪·史密斯有沒有強姦。但想想看，光是這幾個事件，就有幾家歡樂幾家愁？

所以讓我來談談能和中國人扯上一點關係的一樂和一愁。樂的當然是臺灣和與其合作「麥當諾—道格拉斯」飛機公司（McDonnell Douglas Corporation），愁的當然是世界民航老前輩、但剛宣布破產倒閉的「泛美」航空公司（Pan Am）。聽到這兩則消息的時候，我也一樂一愁。

我第一次坐飛機是抗戰勝利之後由重慶飛回北平，而且坐的是「麥道」有史以來最暢銷、最受歡迎、最出鋒頭、現早已成為航空傳奇的DC-3。這是民航機的編號，其軍機稱呼是C-47。

「麥當諾」和「道格拉斯」原來是兩家獨立的飛機公司，直到一九七六年才合併為一。DC-3（D指「道格拉斯」，C指「Commercial」「商用」）是當年「道格拉斯」飛機公司的產品，而且不但是它的一大贏家，更是全世界所有飛機之中的一大贏家。從DC-3/C-47於一九三五年問世到一九四六年停止生產，「道格拉斯」一共製造了一萬一千多架。據說今天仍然有兩千多架在世界各地飛，而且聽說是舊飛機市場上的搶手貨。

DC-3/C-47有無比的光榮歷史。它不但是二次世界大戰美國空軍的主要運輸機，而且是第一架光靠乘客就可以賺錢的民航機。當年飛越喜馬拉雅山「駝峰」的是它，冷戰期間空運圍城柏林的也是它。同時，它是當年「中國航空公司」的主力，它也是從抗戰五十年代，中國空軍運輸大隊，後來以臺灣嘉義為基地的第十大隊，即鼎鼎大名的「駱駝」大隊的主力。我二哥張文莊就是當時這個「駱駝隊」的一名中隊長。

DC-3可以說是唯一的一種飛機在世界各地，而尤其在美國，有一大批「DC-3迷」，和一大堆「DC-3俱樂部」。有關 DC-3/C-47 非戰時與戰時的著作有好幾十部，這還不包括成百上千的文章和飛行員的回憶。我在此只舉一件和中國有關的。

一九四一年，「中國航空公司」的一架 DC-3，可能是在漢口，在機場上被日軍炸壞了右翼。當時，整個大後方都沒有可以替換的零件，而只有香港有一架它的前身，DC-2的機翼，但比DC-3的短五英尺，儘管如此，還是千山萬水運來給安裝上去了。儘管如此，這架裝配成後被命名為唯一的一架DC-2 1/2，還是千山萬水平安地飛到香港。

我第二次飛DC-3/C-47是和我二哥。我的意思是說，是他飛我小飛。那是他被調去空軍「專機組」擔任蔣夫人座機「美齡號」正駕駛之前，他曾一度負責「試飛」。是一九五三年的一個星期天，我才上高一，他看我一個人在家無聊，就帶我去試飛一架剛修好引擎、但連機門都還沒有安裝的C-47。無門飛機上一共三人，我二哥、一位機械師和我。

我們從松山機場起飛，我坐在他右手邊副駕駛的位子上，頭上戴著他借給我的美國空軍軍官帽。當他在太平洋上空進行了半個多小時的各種即興試驗之後，他說他要帶我去兜兜風。我們飛回本島，順著下面看的一清二楚的鐵路幹線一直飛過鵝鑾鼻，一直到他指著遠遠前方一片陸地說：「那是菲律賓，再半分鐘就算非法進入人家領空了。」我們才掉頭返回基地。因為我曾在歸程飛行期間，在二哥的指導之下，從高雄操縱這架無門飛機到臺南，所以下機之後，他對我說：「你算是飛過C-47了。」而且是沒有機門的，而且他還把軍帽送給我。我從強恕一直戴到師大。

我對「麥道」與臺灣合作生產的「MD-12」一無了解，但我敢保證，如果這個將於本世紀末問世的MD-12有當年DC-3的一半：一半暢銷、一半受歡迎、一半出鋒頭、那它肯定是二十一世紀的大贏家。

至於愁，唉，「泛美」的下場簡直可悲！

從二十年代到六十年代，泛美稱霸全球五十年，簡直是一個「空中帝國」。而且雖然它是一家私營的民航公司，但卻被世界各國看做是美國的「國家航空公司」。在它的顛峰年代，它有航線到六大洲的每一個大城，以及不太大的城，每年有幾達一千萬名乘客。泛美曾經自己估計，一年三百六十五天，每天天上平均有十三小時有泛美的飛機在飛。泛美的帝國形象又因它在五十個國家將近一百家「洲際旅館」（Intercontinental）而加深。

但與此同時，因為它的確曾不可一世，到了七十年代初，泛美服務態度之壞，更加深了「醜陋的美國人」的形象。我有親身體驗。一九七四年，我是乘有名的泛美〇〇一號班機第一次環遊世界。我告訴你，那也是我最後一次搭泛美。

但早期泛美的確雄霸全球，而且早期泛美，尤其在亞洲，有許多劃時代的歷史性飛航，其創辦人，黃．崔普（Juan Trippe）是一位有遠見的飛行員企業家。他屬於那種又刁又帥又英雄的飛行家類型，那種早期航空史上靠在某個鄉村博覽會上空飛行表演賺上三五百美金、醉上一天一夜、再睡上一天一夜才起得來的那類飛行員。也就是像所有二次大戰前後的美國空軍，以及像我二哥那樣在美國西部科羅拉多美國空軍官校受訓的四十年代中國飛行員那樣的飛行員。好，可能不去醉上一天一夜，但同樣刁、同樣帥、同樣英雄。唯一不同的是，泛美創始人崔普又是一位有遠見的航空企業家。

他從小熱愛飛行和飛機，在一九二〇年，當他剛唸完耶魯又在父親去世收到一筆遺產之後，立刻創辦了一家民航公司，但後來分裂，分出去的就是今天美國四大航空公司之一的「美國航空」（American Airlines）。可是他立刻在一九二七年又收買了兩家獨立的小公司，並以其中之一的「泛美」命名為他的新公司。這兩家公司當時都只針對中南美，可是給崔普一旦接收過來，他眼中看到的卻是亞洲，而尤其是中國。

一九三一年，他特約當時紅之又紅的英雄人物林白上校（Colonel Charles Lindbergh）和他夫人安妮．林白（Anne Lindberhg，是，林白夫人也是名飛行員，而且是著名的航空文學家），試飛北極圈，設法尋找從美國到中國的最佳越洋航線。這簡直是二十世紀的哥倫布！可是他找到中國了。四年後，一九三五年十一月二十二日，泛美第一架水上飛機「中國飛剪號」（China Clipper），在兩萬人歡送之下，從舊金山起飛，經夏威夷、中途島、威克島、關島，而抵達馬尼拉，共——「華航」乘客請注意——共五十九小時！這是有史以來第一次美亞越洋民用飛航。之後不到兩年，一九三七年四月，這一航線又延伸到香港，再從香港飛到上海，再與「中國航空公司」掛鉤飛往其他城市。

非但這是第一，再且這個時代泛美的服務招待也是世界第一，絕對比得上任何豪華郵輪的享受。當然，那個時代的乘客也絕對不是你和我。

直到六十年代，泛美仍然是美國最大、甚至於唯一的「國際」民航公司，因為只有它定期飛往世界各國，甚至於壟斷了美國航空的國際市場。但問題也正是出在這裏。自從泛美遠在一九四七年即開始了環球班機以來，崔普是如此之以其國際航線自豪，以至於他從來沒有想去打開美國國內市場。直到一九七〇年，他買下了全美排名十一的「全國航空」（National Airlines），泛美才算是所謂的「回家了」，但是也回得太晚了。

泛美的國內競爭（當時國內大，小航空公司總有三五十家）固然因為遲到而處處不利，但對它來說更要命的是，國際競爭更赤裸裸的可怕。幾乎所有國家，從以前有自己航空公司但因戰爭而停頓的國家，到戰後五十、六十年代新獨立的國家，每個都想有一個懸掛自己國旗的國家航空公司。時代變的太快，泛美變的太慢。到了七十年代中，它已經無法喘氣。加上美國政府在七十年代末對民航的「非管制化」（de-regulation），泛美已經不得不墮落到完全靠殺雞取卵度日。

是，泛美的下場簡直可悲，任何人，在看到一個有如此輝煌歷史的航空企業，六十四年之內，落得如此悲慘的這樣一個下場的時候，都會為它感到難過。可是，目前這都不是我的問題。

我目前的問題是，這篇談到飛機、談飛行和飛行員的故事，要以我的一個非常私人的家庭悲劇來結尾。我是指我二哥的死。

蔣夫人的座機「美齡號」是一架改裝的DC-3，我沒有上去過——二哥曾帶我去試飛已經夠犯法的了！一九五五年，在美國的壓力之下，做為一個政治交換，外交部長葉公超不得不在安全理事會辯論蒙古（就是今天臺灣所說的「外蒙古」！）加入聯合國的時候投棄權票。蔣總統為了表示中國方面沒有任何歧見，在葉公超從紐約回臺灣的時候，特別指示「專機組」組長衣復恩少將，命令我二哥駕「美齡號」前往馬尼拉去迎接。正在度假（而且在打麻將）的二哥，臨時上機，但剛從松山起飛就在新竹附近，因所謂的「空氣口袋」（air pocket）而下墜山谷。機上五人全部喪失，屍骨無存，僅靠個人身上掛的「狗牌」才收集到一些「個人殘骸」，葬在碧潭空軍公墓。二哥死的時候是空軍少校，才三十一歲。

是什麼人還在唱「月兒彎彎照九州，幾家歡樂幾家愁」?!

——*1992*

「九十」是什麼「年代」？

一點不錯，你有沒有想過，「九十年代」到底是什麼「年代」？

好像老美尤其喜歡給某個年代，尤其某個十年，起個代號。中國人，可能因為中文的關係，比較吃虧，至少就十年來說。你看，二十四小時（再細的就不說了），我們中文中有一「天」；七天，我們有「一週」；三十天（等等），我們有一「月」；十二個月，或三百六十五天，我們有一「年」；一百年，我們有一「世紀」。唯獨英文的decade（十年），我們就傻了，只能重複人家的意思——十年，而沒有一專有名詞來表示它。

界定一個社會某個階段的精神、印象、特性、風氣，以至於因某個重大事件的衝擊而表露的現象，百年太長，尤其對性急的老美來說。商業化的美國，要對正在發生的年代，甚至於對下個十年，最好立刻有個結論。廣告界以高薪聘請專家來幹的就是這個。不但界定此時此刻，還希望查明下五年十年的趨勢。既然一個世紀有十個「十年」，「十年」因此自然而然地成為下定義的一個時間框架。

美國上一個「九十年代」是所謂的「歡樂的九十年代」（Gay 90's），指的是一八九〇年代。但這個名詞好像是人們為了懷舊而搞出來的，與那個年代是否歡樂其實沒有多少關係。

二十世紀的第一個十年，雖然沒有世界大戰，可是天下仍然大亂，從歐洲老帝國到沙俄，以至於咱們大清帝國的解體，一再發生影響至今的重大歷史事件。所以不應該感到奇怪，沒有人有功夫在這個動亂的十年為它取個代號。第二個十年亦然，一次世界大戰決定了整個時代，當然也不見得有人人皆知的代名詞。

但是到了第三個十年，也就是一九二〇年代，因為一位美國知名作家格杜魯德・史坦恩女士（Gertrude Stein）對海名威說，「你們都是失落的一代」（You are all a lost generation），一下子把一次大戰之後的美國年輕一代知識分子的精神面貌給刻化了出來。之後就不斷有人想要把當代的一代，或當代的十年，用一字真言來表達。

也許流失到巴黎的海明威他們這一批是「失落的一代」。但美國本地的二十年代可一點也不「失落」。你只要看看美國本土如何稱呼這個十年：「喧鬧的二十年代」（The Roaring Twenties）、「時髦的二十年代」（The Swinging Twenties）、「爵士年代」（The Jazz Age），甚至於「禁酒年代」（The Prohibition）。你也許覺得禁酒時代如何能精采，那讓我提供一件事實：禁酒之前，紐約市大約有一萬五千家酒吧和餐廳可以零售酒，而一九一九年開始禁酒之後，光是非法的地下酒吧，就有三萬兩千家！這個，再加上因之而興起的有組織犯罪的黑社會，二十年代因而成為「無法無天的十年」（The Lawless Decade）。

其實，回看中國的話，問題不在於有沒有「十年」的概念，而是即使在回顧或界定某一時代時候，多半是政治性的，而非社會和文化的，或者根本不去以某一代號去界定。譬如像，除了一般稱呼的「軍閥時代」之外，從北伐成功到七七事變這十年，一直是後來上了點年紀的人回味無窮的年代。無論回味的「好日子」是在北平，還是天津、上海（好像只有這三個地方有過「好日子」），但就我所知，沒有人為此一精采的十年取一個代號。三十年代那麼多重要作家，也沒有一個為這短短一段「好日子」界定一個名詞。事過這麼多年，人們還是含糊地總稱之為：「三十年代」，好像光靠這個中性的「三十年代」就可以勾引出無限的回憶。要不然就是更含糊其詞「戰前那段好日子」。可是回看同一時代美國的話，就至少有三個非常熟悉的代號：「大恐慌」（The Depression）、「激進（左傾）的三十年代」（The Radical Thirties）、「新政」（The New Deal）。

不論你從哪一年開始將某段或多或少過十年的時間「十年化」，一碰到影響深遠的重大歷史事件，就沒有人有心情玩這場遊戲了。四十年代二次世界大戰，和一次大戰一樣，一切免談。而戰後的「冷戰」又拖得太久，一直拖到昨天，更無法以十年總結。

可是從大戰結束之後的一九四六年到甘迺迪就任總統的一九六一年，這十幾年卻是今天美國上了點年紀的人回味無窮得好日子，但卻被冠以一頂並不光榮的帽子，「沉默的一代」（The Silent generation）。儘管甘迺迪在位一千天的時期熱熱鬧鬧，但這個「五十年代」其實一直延伸到「披頭四」一九六四年入侵美國，才展開了今天中年人回味無窮的「六十年代」。

而且看是由誰來回味。有人認為是「激進（左傾）的六十年代」（The Radical Sixties），有人認為是「時髦的六十年代」（The Swinging Sixties）。而且嚴格說來，這個「六十年代」只是指六十年代的下半期，五年左右而已。

如果近幾十年來有某個十年的代名詞最響亮的話，那就是作家湯姆．沃爾夫（Tom Wolfe）為七十年代而創的Me Decade，很難翻譯，不容易解釋，總之，一砲而紅。好像大家都隱隱約約地感到這個無比諷刺的代號觸及到、而且吻合我們多數人對那十年的看法和感受。沃爾夫甚至於在七十年代末就預測八十年代，他稱之為「紫色的十年」（The Purple Decade）。雖然它沒有Me Decade 響亮流行，但這個帶有富貴和過分的紫色卻離題不遠。果不其然，八十年代成為發財的十年、揮霍的十年、優痞的十年、投機倒把的十年、破產的十年、雷根的十年……

好，現在到了九十年代，而且已經過去了三年。雖然它尚未來臨之前一直到最近，一直有不少文人學者作家，更不要說市場趨勢專家，一直在設法預言和界定，但至今好像沒有一個共識，至少還沒有任何一個代號經常為大家引用。有的時候給人家的感覺簡直像是九十年代已經一閃而過。曾經有人開玩笑說九十年代是「還債的十年」（Pay Back Decade）。說得也對，但太直接露骨了。難怪現在二十幾歲的年輕聰明作家，根本不去碰九十年代這個十年，而以獨立戰爭時期第一代美國人為起點，直接談今天九十年代的一代，即「第十三代」（The 13th Gen）。可憐的當代美國年輕人，永遠徘徊在「還債」與「十三」之間！

可能需要回顧一下十九世紀的九十年代，因為當時不但「歡樂」，而且還流行了一陣「世紀末」（fin de siécle）。不論前者有無道理，但「世紀末」有點問題。你只要從英文寫作的人在此一直沿用原法文fin de siécle，而從不用英文表示，就可以感覺到這個「世紀末」的感受，要有的話，也是一小批歐洲人硬搞出來的感受。

可是，不管美國十九世紀的九十年代有沒有存在過「世紀末」之感，你今天很難把美國二十世紀的九十年代，甚至於其最後五年，形容為「世紀末」時代，美國人不願處在世紀之末，而願說是在等待下一世紀之初。美國整個九十年代，以後回顧的時候，可能成為「等待二十一世紀的十年」。當然，這未免有點洩氣，不亞於徘徊在「還債」與「十三」之間！

而我不願洩氣地收筆。所以，既然今年美國有了一位首次與二次大戰無關的人當總統，舉國上下又似乎真要有點變的樣子，而且下一個不但是一個新的世紀，更是新的一千年，那我也不妨主動樂觀一點，不妨稱這個公元第二個千年的二十世紀的九十年代為「迎接下一千年的十年」——不怎麼響亮，我承認，但至少避過了「還債」與「十三」之間！

——1992

我腦海中的五十年代臺灣

是哪一年我不記得了，總之，韓戰已經爆發，臺北有了美軍顧問團，中山北路也出現了一些酒吧和吧女。是這樣一個時代的一個暑假下午，還在念初中的我，剛從國際戲院出來，正在取自行車的時候，對街一個感覺上有點不太尋常的場面突然吸引住了我。

首先入目的是她一雙赤裸、修長、豐滿、潔白的大腿，黑色的高跟鞋，更有那條鮮紅的超級短褲。上身配的是一件無袖襯衫，身旁是陪她逛街的一位高大美軍。我的老天！我從來沒有見過任何中國女人敢如此惹火地打扮，如此大膽地暴露，更如此招搖的過市。

幾乎就在我注意到她的同時，我發現她身後已經跟隨了指指點點的不少人，而且沒有走完半條街，突然之間，有幾乎上百人將他們二人包圍起來，有人叫罵，有人甚至於動手推或摸她膀子。美國大兵發現情況不妙，急忙一摟住她，另一手推開人群，相當吃力地躲進了「四姊妹咖啡館」。不到十分鐘，一輛美軍吉普車，載著兩個美國憲兵和兩個中國憲兵，前來解圍。

第二天好像只有一家報紙簡單地報導了這個事件。我想，除非像我這樣當時在現場的目擊者，其他任何人都無法想像這個場面的震撼力，更不要說這個小小事件所可能含有的任何意義。但是在不扯得太遠的前提下，那天下午西門町圍困長腿女郎和她美軍男友的群眾，部分人的下意識心理，相當接近多年後因劉自然案而圍打美國大使館和新聞處的部分群眾的部分下意識心理。

前一個是今天肯定沒有幾個人會記得的小事件。一個一閃而去的街景，小得我無法更清楚地回憶。後一個是震驚中外的重大歷史事件，臺灣政治社會發展的一個里程碑，大得我也無法去完整的回憶。然而，在這兩者之間，卻正是我的腦海中的五十年代臺灣。但不論我要回憶的大小事情是我親身經歷或目擊，還是耳聞，回憶本身卻是很微妙的，甚至於相當狡猾。同時，一不小心，就非常可能被指責為在懷舊，在自我過一次溫情旅遊之癮。

國民政府正式遷臺之後，除了一大批直接由大陸來的以外，還有不少是曾在香港停留幾年才來的。因此，臺北外省人圈子裏的年輕一代，由於其中不少在抗戰時期住過重慶，或生在那裏，因此就曾流行過一陣四川話，而且引以為豪。而之後香港來的這批子弟又以會講廣東話為時髦。他們不但講廣東話，而且還從香港帶來一個流行一陣的時髦用品，就是那個時候香港每個小女生都用的籐編小箱型書包。

但是這個香港書包，來的快，去得也快。韓戰爆發之後不久，至少臺北市的中學生，個個都背上了美軍裝防毒面具器材的黃綠色軍包。這個美軍書包至少流行到六十年代初。

但學生之外，你如何識別五十年代上半期北市街頭任何一位時髦男士？下面的條件他必定全都具備，至少其中二三：一件淺色粉紅襯衫（為什麼會流行，我至今沒有答案），口袋別著一支派克金筆，腕上一個奧米加或勞力士手錶，外面一套鐵灰色西裝（鐵灰色，至少流行了兩年），戴著一副雷朋墨鏡，腰上掛著那個眼鏡盒，然後穿著一件美空軍深藍色雨衣，騎的是一部飛利浦（當然更刁的是藍寧），而且一定要三速。

五十年代初的片片段段

最佳政治對聯：亞洲紅禍記，美國白皮書。

搖滾之前最風行的一首美國流行歌曲（鄉村）：Seven Lonely Days

三軍球場之前唯一籃球公開賽場地：憲兵球場（露天）。

最佳通俗小說：李費蒙的《賭國仇城》和《情報販子》。當然，最佳漫畫《牛伯伯打游擊》等等，也是他用「牛哥」筆名創作的。

第一對本地相聲明星：本人丁一，在下張三……

韓戰對五十年代初臺灣的影響實在太大：經援、軍援不說，一江山、大陳島之後，舉國上下首次感到安心。現在回想，當時的白色恐怖，一部分是因為臺澎金馬受到了美國第七艦隊和十三航空隊的保護，才有了逐漸緩鬆的可能。五十年代初，我不但目擊到一卡車、一卡車地從師大、臺大逮捕學生，我甚至於經常去水源地看槍決匪諜和其他重刑犯。而且當時確實查破了一連串的匪諜案。但最精采刺激的是「李朋汪聲和」案。除了案情和偵破過程複雜之外，他們二人不是替中共蒐集情報，而是替「第三國際」。但是這類重案和槍決事件，到了五十年代下半期，就很少聽聞了。匪諜一過，最吸引市民注意的是社會和情殺案件。八德血案可能是個例外，但黃孝先、張白帆，和尤其是安東街柳公圳分屍案件，簡直抓住了臺灣的人心。

社會的不安全感開始穩定下來的一個具體表現，是臺北市開始有了電影和平劇（胡少安、顧正秋）以外的娛樂。然後是幾乎同時出現的太保太妹（和牛仔褲）。

這個青少年幫派代名詞來自與我同代、但稍微大我一兩歲的「十三太保」和「十三太妹」（我真希望這二十六位前輩之中有人寫部回憶錄）。這些以外省子弟為主的幫派立刻引出無數仍以外省子弟為主、但開始霸佔地盤、勒索搶劫、尋仇毆鬥（以美軍寬皮帶、飛輪和車鍊為武器）的第二代，例如以中山北路為根據地的「十八羅漢」，還有不知其地盤在哪兒的「一百零八將」。五十年代末的「竹聯」和「四海」應該算第三代了。本省較老的幫派如「大橋幫」，則很少越界前往西門町或東門町。

就十幾二十來歲的人來說，這是相當刺激的時代。西門町首先出現了彈子房，後來臺大附近羅斯福路上更是打彈子的集中地（阿！金祖霖！）光是追計分小姐，已經夠騎著高墊飛利浦的大小太保產生摩擦的了。另外一個麻煩場所是在北一女舉辦的週末電影欣賞會，因為太保太妹鬧事，辦了幾年就停止了。然後接著是將已經存在的茶室為變質，使它更為色情。當時因為好萊塢幾部影片，如《飛瀑怒潮》、《大江東去》，而使瑪麗蓮．夢露成為臺灣第一個頭號性感明星（連《上帝創造女人》的那個女人，碧姬．巴鐸，都比不過）。所以，西門町一條巷子裏一個星期之內出現了兩個新茶室，一個叫「瑪麗蓮」，一個叫「夢露」。可是這類茶室本質上與，比如說，「新南陽歌廳」不一樣，後者是較長一輩的消遣所在，比較老派，泡杯茶、嗑嗑瓜子、聽聽歌等等。但是連這樣的所在後來也變成觀、聽眾只要看女歌星「跳！」，以便乘機喵一下內褲。然後有人乾脆推出百分之百的大腿舞，像「黑貓歌舞團」。而前者無論是「瑪麗蓮」，還是「夢露」，則主要是年輕人偷情的所在。能偷多少，視少年男女的膽量和慾望而定，也視茶室內光度明暗而定。

如果說五十年代初和中期的北市社會時髦風流男士的典型打扮是淺粉紅襯衫和鐵灰色西裝的話，那大中學生，因為軍訓制服的關係，在放學之後或週末去西門町，或去朋友家的搖滾派對的時的打扮，尤其是男生，尤其在《養子不教誰之過》放映之後，多半是牛仔褲，有時一件夏威夷式花襯衫。女生的衣裝不太戲劇化，但是那髮型，我的老天！那髮型！可確實真有本事。無論校方如何嚴格規定，至少私立學校如強恕中學（更不要提美國學校）的女生們，流行馬尾就是馬尾頭，流行赫本就是赫本頭，再等到太空裝（小大衣，但為什麼太空？我一片空白）流行的時候台北好像每個女孩兒都穿它上街。

五十年代的又一些片片段段

臺北市最早的幾家一流中菜館：狀元樓、山西餐廳、新陶芳。

最早的西餐廳：明星咖啡館、鐵路餐廳、起士林。而且起士林的月餅也是一流，同時它的大師傅更開了臺北第一家北方小吃店「一條龍」。

訪問過臺灣的美國各界名人：麥帥、喬、路易、哈林籃球隊，瑪麗．安德森、白雪溜冰團、艾森豪；美海軍「藍天使」空中特技飛行隊。

五十年代臺北第一個搖滾唱片騎士（D　）：我的小學同班——亞瑟。

臺北市第一家計程車公司於五十年代末成立，手筆很大，進口五十部賓士，但沒有多久就轉賣，一大醜聞……

我前面提到我曾目擊五十年代許多事物的誕生，但所目擊到不少事務，多半只有目擊者本人覺得有意義。像，比如說，臺北市的蒙古烤肉誕生在螢橋河邊。螢橋最早是中學生們發現的理想幽會所在，因為水上可以划船，甚至於夜間遊河。不久之後就有了水上小吃，像雞鴨翅膀、茶葉蛋等等。然後才有人在河邊搭蓬開店賣蒙古烤肉。螢橋於是成為臺北一個重要的新夜市，搞得大中學生廉價偷情的地方都沒有了。

但是我目擊誕生的不光是蒙古烤肉，或山西餐廳的刷洋肉，什麼東門町的牛肉麵、福樂奶公司、東海大學、中原理工、淡江英專、大學聯合招生、志成補習班、國際學舍，以及在哪裏舉行的第一屆中國小姐選美，還有僑生、拍賣行、「工商杯」、中華商場、反共義士、眷區、三七五減租、耕者有其田、青年反共救國團、暑期訓練、〈民生主義育樂兩篇〉、亞洲鐵人楊傳廣、國慶閱兵、CAT（不是貓，是「華航」之前的主要航空公司）、石門水庫、橫貫公路、新生南路、呼拉圈、中心診所、榮總、非肥皂、七虎、大鵬、養來亨雞、武俠小說出租、菲律賓「七上」籃球隊、道德重整會，小美冰淇淋、《自由中國》、貓王、四十四轉唱機唱片、空軍新生社週末舞會、中國之友社、孫立人事件、《文星》、胡適回國、限時專送、煤球、附中實驗班、三輪車（「三輪車，跑得快，上面坐個老奶奶，要五毛，給一塊，你說奇怪不奇怪？」）、再興幼稚園、吳國禎案（其子是全臺灣唯一敢不參加救國團的中學生）、八七水災、一人一元救（八七水）災運動、八二三砲戰、崔小萍案，我在臺灣唯一的一次投票（臺北市長高玉樹）、響尾蛇飛彈、「現代主義派」、雷震案、臺灣第一位博士、草山改為陽明山、火燒島變成綠島、〈綠島小夜曲〉被禁……

回頭來看，我只走過臺灣五十年代，從一九五〇年上初中到高中到大學到教書到當兵到一九六二年出國。我所能回憶臺灣的，也只有五十年代，而且只能回憶我的五十年代臺灣。

總的來說，儘管我個人在五十年代臺灣沒有受到多大（但也夠了）身心打擊，甚至於可以說相當碰巧地順利。而且儘管我在這生命中的寶貴歲月也有我的歡樂和痛苦的情懷，但總的來說，我相當厭煩五十年代臺灣。對我來說，整個五十年代臺灣社會是一個窒息的社會，一個君臣父子式社會，一個家長式社會，一個非但不鼓勵、反而打擊個人自由發展的社會，一個改革前起飛前的社會，一個我要逃離的社會——這就是為什麼當我一九六二年一月十六日從松山機場起飛之後，我沒有回頭再看臺北和臺灣一眼……

……直到二十二年之後的一九八四年，我離開以後第一次回到臺灣。第二天下午，我獨自一人（必須獨自一人），從東區順著信義路一直步行到西門町。那一個下午的感受就讓我覺得，八十年代的臺北雖然不比五十年代臺北美，但是八十年代的臺灣可要比五十年代臺灣具有百倍以上的精力、活力和動力。而我向你們保證，這不是我浪子回頭，而是臺灣這個「浪子」，不但回頭，而且出頭。

——*1993*

我的朋友韓湘寧

從他的打扮（對，打扮，我們一般人是穿衣，他是打扮），你就立刻感到他很刁。不過這個「刁」不是刁鑽古怪的「刁」，不是第一聲的「刁」，而是第三聲的「刁」，例如，「這小子很刁！」的「刁」。臺灣住過的都明白。

在紐約我們經常一起混的圈子裏，大概只有韓湘寧會、或敢這麼打扮：一件淺綠色襯衫，白色長褲，花色背帶，黑色上衣，黑色領結，黃色襪子，黑皮鞋，漆黑墨鏡，然後頭上一頂黑皮帽……而這只不過是他上街喝咖啡看報時候的行頭。難怪有人半開玩笑稱他為「韓公子」。

我曾經想過從理論上在他的打扮和他的創作之間找出一點關係。經過一番思考之後，我唯一能想到的一點，而這一點也不理論，那就是，韓湘寧穿他喜歡的、畫他喜歡畫的。而且，無論打扮還是創作，要本人滿意才肯亮相。韓湘寧的為人和創作都非常誠實。

他不是到了美國才改變形象的。在五十年代末、六十年代初的臺北，人們經常可以看到一個出人頭地的韓（那時他已經很高了），一身在當時算是奇特、至少不俗的打扮，有時騎部摩托車，身旁多半有一兩位漂亮女生，進出師大校門。而他當時的創作也非常現代，從印象、表現，到超寫實。我知道，他進師大藝術專修班那年，是我師大英語系最後一年。我們認識三十五年了。

年輕人都是刁，都很狂，甚至於自負。可是年輕的韓湘寧好像比他的同輩更有資格刁和狂，儘管他不見得會經常表露出來。你看，他不但在一九六〇年應邀加入「五月畫會」，而且次年又代表臺灣參加了「巴西聖保羅國際雙年展」。二十二歲的韓湘寧的確有資格比大部分二十二歲的任何人刁或狂。

我一九六二年出國來美。但就算隔著一個太平洋，也不時從共同的朋友那裏聽到一些關於韓在臺北的動態。例如他一九六五年在臺大「存在社」的演講，「不是東西」。這個「不是東西」的創作概念，照他自己的解釋，「一個強調藝術不是只為了描繪一個『東西』，同時也說明，今日的藝術已不需有東西之劃分了……」他這個創作概念，一直延伸到、並保持在他最近的「黃山」系列。

我雖然比他早出國，但比他晚來紐約。韓湘寧一九六七年直接從臺北飛紐約。這個現在看來平常的決定，在當時卻具有相當意義。正如藝術家羊子閎在剖析韓湘寧的噴點繪畫〈烈日與霧的印象〉時所指出的，韓屬於「當年在臺北那批……遙望太平洋彼岸的前衛……的現代主義者」。因此，這時已受到「普藝」衝擊的韓，根本沒有想到先去法國，而直接來到早已取代巴黎的新藝術中心，紐約曼哈頓。

我一九七二年從洛杉磯搬到紐約，也和相別十年的韓再度碰頭的時候，曼哈頓的蘇荷又已取代了曼哈頓多年的藝術大本營五十七街，而成為最時髦的新藝術中心。但我覺得最有意義的是，從韓六七年和夏陽六八年來紐約開始，也可以說帶頭，到七十年代末八十年代初，蘇荷及其附近吸引了無數港臺藝術家在這裡的生活和創造。除了韓和夏之外，就先後有蔡文穎、姚慶章、秦松、陳昭宏、刁德謙、鍾慶煌、費明杰、丁雄泉、謝里法、黃志超、廖修平、司徒強、卓有瑞、楊熾宏，以及搞攝影的柯錫杰、李小鏡，和表演藝術家江青等等。

那真是一個刺激歡樂時代。每個人都比現在年輕十幾二十歲，都在追求自己的夢想和理想，都在任意努力地創作。但追求歸追求，創作歸創作，快樂還是要找的。因為都是藝術家，工作室空間都很大，而韓湘寧一九七三年在蘇荷中心西百老匯買下來的那個 loft，足有五千多平方英尺（我不能告訴你他花了多少錢、現在值多少錢，會把你氣死！），輪流開 Party，輪到他家的時候，可以裝得下一兩百人（他專為這種大型 Party，可以買一百個玻璃酒杯、一百個瓷盤子），有吃、有喝、有聽、有舞、有賭，還有辯不完的論。

我一直覺得，從六十年代下半期，差不多可以從韓湘寧和夏陽來紐約的時期開始，到九十年代初，差不多可以從夏陽回歸臺灣的時期為終止，這四分之一世紀，應該在中國藝術史上佔有一個重要而獨特的地位。我上面提到的一些港臺畫家，都是專業藝術家，各有各的畫廊，完全靠賣作品生活，各人在現代藝術史上都有各自己被公認的成就，在美國、港臺和大陸已都各有各自或高或低的知名度，而且各自光靠創作也有了不同程度的錢（不要笑我，也不要驚訝我把金錢和神聖的藝術扯在一起。這不僅是藝術家也要生活的問題，而是藝術家更原始、更本能的願望。是什麼？佛洛伊德早就說過了，藝術家——其實何止藝術家——所要的只有三個：名、利、美色。我不敢說韓湘寧或其他在紐約的港臺藝術家〔從八十年代中開始，應該還包括大陸〕是否全得到了，但我敢說其中不在少數在某種程度上確實印證了佛洛伊德的結論）。而且最妙的是，他們都生活工作在步行可以到的蘇荷及其附近。

想想看，近百年來，自從西方現代主義打出一個新局面以來，中國藝術界何曾有過一個如此傑出、如此充滿活力的這種現象？就算當年二十世紀早期有過一批中國年輕畫家去法國留學學畫——而且去對了——但是他們留下來什麼？今天回看，在那個現代派最風騷的輝煌年代，只有一個趙無極堅持現代而成為一位大師，而另一位大師徐悲鴻卻抱了一個大寫實回國。

所以我很高興臺北市立美術館（一九九四）年四月底為韓湘寧舉辦一個不算是「回顧展」的三十多年回顧展，而且同時還有夏陽的個展，這兩位一個「五月」、一個「東方」的前輩和大將的展出，與其說總結了他們二人自己——因為他們二人還會繼續創作尋找——不如說，照我的看法，總結了以他們二人為主要人物的四分之一世紀的紐約蘇荷華裔畫家的時代。我不是畫家，這場戲我沒有參加演出。不過，我算是，照美國的說法，Present at the creation，也就是說，在發生的時候在場。只不過，他們在台上，我在台下。

從一九七一到一九八二年，韓湘寧在代理他的O. K. Harris（哈里斯）畫廊有過四次個展。這些和紐約其他畫廊以及美國其他大城（華府、芝加哥……）的十幾次個展，奠定了韓湘寧作為攝影寫實畫家的地位。而這個地位，早在一九七六年就因被選為華盛頓赫希宏美術館「建國兩百週年移民藝術家特展」而得到公認和確定。這是一個寶貴的榮譽。華裔創作者之中，只有建築師貝聿銘被同時選入。

他在這次回臺灣之前告訴我說，臺北市立美術館只展出他三十幾年來一百多幅畫（歐美個人或美術館的另外一百多幅收藏不方便借出），從早期在臺的抽象作品到紐約街景、建築人物、臺北街頭、天安門事件、卡拉ＯＫ（何不瀟灑走一回）、黃山、一直到藝評家余珊珊所說的「非臨摹的臨摹」。而這個涉及到中國古畫的「非臨摹的臨摹」，余珊珊在在她那篇〈從靈視到普羅〉的賞析韓湘寧三十年來的流傳的論文中簡單而精采地指出，「畫家在此提出的乃一新的繪畫觀念、新的思考方式，一種摻進了『普羅精神』的翻譯。在此前提之下，韓湘寧絕無意欺騙觀眾，他在畫之上沿用印刷字體寫了AFTER FAN KUAN BY H. N. HAN 1991 MADE IN U.S.A. 已自揭時空上的隔離，動機上的交代。」這是一個紮實而中肯的評論，就像韓的作品一樣。

我有一次和韓湘寧喝酒，談到我一開始提到的幾乎永恆的主題，那就是無論哪那一代的年輕人，而尤其是搞不論哪一類創作的年輕人，都刁都狂。這是必然的，但我們同時也都意識到，首先，要對自己的才氣（如果有的話）有認識、有信心，這個刁和狂才有一個起碼的根基，否則很容易變成盲目的自大。其次，年輕時代的刁和狂，與成年之後的刁和狂又不一樣。成年，或成熟之後的刁和狂的根基，不再抽象，而邁向實際，因為不光是對自己的才氣有認識、有信心，還必然要有得到公認的成果。如果我們接受這個相當簡化的看法，那韓湘寧今天，儘管也有人已經半開玩笑稱他為「韓伯伯」，還有資格刁、還有資格狂。儘管，說實話，他自己就會第一個承認，他也沒有刁到狂到（想到或無知到）想要征服紐約。

一九九二年夏，我和韓湘寧同時在臺北。有一天晚上，他非常激動地給我看一張已經略微褪色的賀年卡。他說這是他當年在臺灣為他女朋友畫的一張賀卡。三十多年之後，二人又見面了。那位女士甚至於借給韓她保存了這麼多年的卡片，讓他做一個 copy，留作紀念。我聽了也很激動。這當然是一個獨特的例子。但我想這三十多年來，無論韓湘寧受到多少有理或無理的批評或誤解，但海內外有更多更多與韓完全不相識的一般人和藝術愛好者，更不要說他的朋友，欣賞他的作品、這個人，甚至於他的打扮。所以，韓湘寧，看樣子，你這輩子的路走對了。

——*1994*

藍山和咖啡

藍山和咖啡結緣不過兩百六十幾年。在此之前，藍山就是藍山，相當美，可是又沒有美到譽滿全球。說實話，當時根本沒有幾個外面的人知道它的存在。而咖啡，遠在它第一棵樹被移植到藍山之前，已經有上千年的歷史，而且早已在至少半個世界成為像我們的茶一樣的日常飲料，甚至於像酒那樣有了一批癮徒。然而，一旦藍山和咖啡發生了關係，有了這個天作之合，才使那些品嚐過的人，在面對各種選擇的時候，會毫不遲疑地點一杯「藍山」。

藍山咖啡什麼時候打進臺灣市場的我不知道。我想大概是我們在美國聽說臺北一杯咖啡竟然要七塊八塊美金那段期間。我只記得我第一次喝藍山咖啡是一九八四年，可是又想不起來是在臺北哪一家咖啡館。在此之前，喝慣美國咖啡的我，雖然知道有個「藍山咖啡」，但搞不清楚「藍山」究竟是品牌還是地名。然而我當時就立刻發現這是一流的咖啡，比我欣賞許多年的肯亞咖啡還有味道，儘管我多年來的喝飲習慣只是基本到，咖啡解酒，酒解咖啡。所以，這種人是很少會去咖啡專賣店買藍山或其他任何咖啡豆。回家自己磨，再自己泡來喝的。至於藍山咖啡，十幾年下來，我也慢慢發現，藍山是真的山名。但是產咖啡的藍山，不是澳大利亞那個藍山，也不是美國西北角那個藍山，而是加勒比海牙買加島上的藍山。而且不要以為臺北七塊八塊美金一杯的藍山咖啡貴得出奇，東京要賣十五塊美金一杯。

因此，十幾年下來，我也只是回臺北的時候有機會點杯藍山咖啡，但也只是如此而已。直到，今年（一九九五）三月，我因公出差到牙買加。

出差是去牙買加首府金斯敦（Kingston），為剛成立、而且總部設在那裏的聯合國「國際海底管理局」（International Seabed Authority）第一屆會議服務。忙倒是不太忙，但也不輕鬆。問題在於文件非常單調枯燥，全是在討論——你聽過嗎怪怪的poly metallic nodules（多金屬結核）——而且相當政治。所以可以想像，碰到第一個空閒的週末，從我住的Pegasus旅店陽台上，喝著滾燙的藍山咖啡（即溶但是免費！），遙望著遠遠前方，沐浴在東升旭日光芒之下那似藍非藍的藍山山脈，等候著去山中度假的時候，我連自己都感到意外，我竟然像是去赴第一次約會那樣的期待、那樣的激動。

藍山是牙買加的一個旅遊重點，儘管大部分歐美日本遊客來這個島上的目的並不是為了藍山。他們多半只去牙買加的一流海灘，像我前一個週末和同事一起去牙買加西端的Negril。那連續不斷七英里長的白色沙灘，足令任何住在冬天劍雪地區的人認為這就是天堂樂園。

總之，以藍山為首要目地的遊客都是一些登山和大自然愛好者。因此，山中的好幾家旅舍也多半以照顧這些人為主，也就是說，只提供簡單的膳宿。我不是登山者，我也無意清晨兩點，在我一貫上床的時刻下床，摸黑上山，從四千多英尺的半山腰出發，再攀爬三千多英尺，到頂峰去看日出。或是去看據說天氣晴朗的時候可以望見的古巴。

「草莓山」（Strawberry Hill）是當地一位編輯輾轉介紹的。他說「草莓山」是一個新近開放的老所在，是藍山之中一個絕好的安靜度假之地，有專人負責山中遊覽服務。聽起來感覺很好，可是不便宜，不包括吃，三百一十五美元一晚，但負責接送。

我們那天早上九點出發，來接我的是一位年輕的牙買加司機，開著一部乳白色Isuzu，車門上印著淺淺一道粉紅色的Strawberry Hill。我們很快出城，不到半小時就進入藍山。

牙買加很像一個橫過來的臺灣，但略小一點，東西長一百五十英里，南北寬五十英里（人口不到兩百五十萬）。然而，在其東部，幾乎就在岸邊城旁，卻衝上去一座海拔七千四百多英尺的藍山（Blue Mountain），盤踞霸佔著幾乎三分之一的牙買加。這一帶是地震區，而藍山山脈則在一億多年以前因下面的斷層移動和火山爆發而形成。雖然它已經是加勒比海區域最高最長的山脈，但還在緩緩上升。藍山之藍，來自他地質結構的藍片岩（blueschist），其中含有藍色的青鋁閃石（crossite），可是你要遠遠地看它才藍，而且只有在它高興的時候才呈現藍色。近看，則非綠則灰。

當然，爬藍山看日出，或純粹登山，只是外地本地遊客從事的種種活動之一，藍山有太多吸引人的景色。除了一般高山區都多半會有的峻嶺深谷、泉水溪流、山澗瀑布、洞穴幽徑，林木花草等等之外，藍山還有其獨特的熱帶處女山林、溫泉、蟲鳥、蝴蝶（例如其半英尺長的燕尾蝶），五百多種羊齒植物（其中一種可高達三十五英呎），據說是當年某種恐龍的主食），以及殖民時代遺留下來的莊園、住宅、兵寨……當然還有將此藍山壓倒其他藍山的咖啡農場。

你如果真打算在此遊山玩水，那起碼五天。但我只有兩天一夜的週末，既然感覺草莓山不錯，哪我也就這樣跟著感覺走了。

從彎曲山路轉上一條極陡的小坡，首先看到的是一幢白色別墅，安靜得好像深山叢林之中一座小舍。直到我辦完手續才突然想起，我正是在靜寂的深山叢林之中。在這種奇特反應沒有過去之前，我又發現我的房間號碼竟然是奇怪的「五十九階」——59 Steps。一點不錯，不是五十九號，而是五十九階。

草莓山旅店原來根本沒有「房間」，只有、而且都是，一個個獨立的別墅，而且一共才十二個。有單人別墅，有套房別墅，最多只能容納十八個客人。而且我更驚訝地發現，這個星期六，整個草莓山旅店只有我一個客人過夜。這是我一生第二次一人獨佔整個一家旅店。第一次是一九七四年在巴基斯坦。不過，那是另一個故事了。

「五十九階」在離旅店接待別墅不遠的小山谷下面。要下五十九個台階才能進屋，因此別墅名叫「五十九階」。但全旅店只有這一幢以其台階數命名，其他的則被冠以「鳥山」、「竹舍」以及「海格特」（Highgate）、「丁布各都」（Timbuktu）之類非常英國味道的名稱。我進出上下兩次之後又發現，五十九階有誤。我數來數去只有五十三階。

我這裡稱「草莓山」為「旅店」，說實話，有點形容過度，因為英文名稱沒有「旅店」這個字，只是簡單的「草莓山」——Strawberry Hill。同時，稱它為「旅店」又有點形容不足。「草莓山」應該是座莊園，尤其考慮到它那悠久而顯赫的歷史。

這座莊園是當年英國取代了西班牙而殖民牙買加之後，在一七八〇年由英皇賜給英國一名首相之子、本人為為作家及議員，後來被封為「牛津伯爵」的霍瑞斯．沃爾浦爾（Horace Walpole）的產業，沃爾浦爾則以他在英國建造的原始「草莓山」來命名這個藍山莊園，並在此一藍山深處海拔三千多英尺的草莓山莊園，開始種植其同名物草莓和剛引進不過五十年的咖啡。

草莓山莊之後兩百年易手數次，但一直保持它大英帝國的傳統。十九世紀轉交期，草莓山一度充任海軍醫院。英國名將納爾遜勛爵，在他擔任牙買加皇家海港統帥時，即曾在此停留過。其後才變成私人莊園。而自二次世界大戰以來，它對外開放。每逢星期日，賓客可在此地享用英國下午茶。於是，半個世紀下來，「草莓山星期日下午茶」，成為牙買加上流社會的一個時髦風尚。今天，取而代之的是「草莓山星期日中午自助餐」。

我是無意之中才發現草莓山莊現在的莊主是誰。在等候導遊的時候，我瀏覽了一下草莓山莊大大小小的別墅和小樓，穿過酒吧，走進書房，再下到小會議室，突然發現牆上竟然掛著三張金唱片。

再細看，才又發現草莓山的莊主原來是著名搖滾製作、將牙買加搖滾reggae發揚為搖滾一個重要支流的克里斯·布萊克威爾（Chris Blackwell）。是他和他的「島嶼唱片」（Island Records）製作並捧紅了國際reggae搖滾樂手馬利（Bob Marley）和克利夫（Jimmy Cliff），以及U2等等。是這位年輕時代從英國移民牙買加、認同牙買加、並推廣牙買加特色的布萊克威爾，將一座古老莊園，特請當地建築師設計，將草莓山擴建發展到今年這個一座佔地二十六英畝、大小別墅小樓二十幾個的現代「旅店」，一座並不豪華、但其親密舒適無比的避暑山莊。再加上有九十名工作人員來為住滿不過十八位客人服務……。

負責草莓山旅遊的是一位美國女孩琳達。她曾在紐約百老匯戲劇圈子工作過。八年前，受了她在牙買加養殖四十年熱帶魚外銷的父親和哥哥的影響，決定告別百老匯而來此定居。琳達屬於那種鼓吹新式旅遊的現代（政治上正確）導遊。那種自八十年代以來，尤其是加勒比海的旅遊業，在環境運動的衝擊之下，發展出來的一套所謂之「生態旅遊」（Eco-Tourism）概念，而此一概念的中心思想，則清清楚楚地反映在它又漂亮又激發人思的口號上：「只攝取照片，只留下腳印」（Take nothing but photographs. Leave nothing but footprints.）。

琳達當天下午帶我逛山走的是一條現早已不用、但一百多年前卻是驢馬驛車上山下山的要道。這是藍山西北面大約海拔一英里的高處。山霧輕雲不時籠罩著四周亂峰，而且經常濕濕地籠罩著我們二人。途中不少地段很難行走，偶爾還需我動用雙手兩膝來幫忙。就這樣，我們高高低低越過了一兩個山澗，穿過了兩三條山溪，飲過了三四口山泉，並擦身而過四五個山地居民和登山者。路上只看到一座老教堂和一個叫做「紅燈」（Red Light）的村落。這是當年軍妓的營地，名副其實的「紅燈區」，而久而久之，變成了正式的村名。我問琳達軍營在哪裏，她說從這裏看不見，明天去訪問咖啡莊園的路上會經過。還有軍隊嗎？有，現在駐紮的是牙買加國防軍。

回到草莓山已經快天黑了，我們約好洗完澡之後在酒吧見。

我的「五十九階」在一個小山谷的山坡上，一座與人隔絕的白色別墅，大半隱藏在林木之中。這裏，那裏，有淺紅的美人蕉、天藍的蝴蝶花。五十九或五十三階旁佈滿墨綠的青苔。木頭屋，法國門，銅把手，小廚房，大浴室，一切擺設家具都帶有英國或殖民時期的色彩。沒有電視，但有CD。而無論你坐在搭有天篷的露台，或躺在天篷之下的吊床之中，或甚至於半躺在室內四柱大床之上，通過屋頂掛下來半透明的床帳，你看出去的是一片熱帶叢林以外那藍山山脈高高低低的山峰，穿過層層白雲，時隱時現地陳列在你的面前。靜寂的深山，只有風在吹、樹在搖、鳥在叫。當你在這樣一個環境之中沉睡一陣，你會以為風為你吹，樹為你搖，鳥為你叫，整個藍山為你存在。但四周的林木花草，說來慚愧，我只認得出青綠的野竹、猩紅的杜鵑，和那嫩綠的香蕉樹。

一小時後，半躺在草莓山大酒吧之前的長沙發上，面對著半人多高的壁爐之中三條大樹幹燃燒，注視著那千變萬化的火苗，我才慢慢感到疲倦。此時此地此刻，一杯威斯忌加冰，就算比不上初戀，也相當接近了。

我問琳達為什麼只有我一個客人，她說草莓山做為別墅山莊旅店，開幕至今不到三個月，草莓山經理部門還不知道應該如何宣傳。考慮到它的價格和規模，草莓山目前只打算先靠口傳。這時大師傅親自出來問我想吃什麼，我請他決定。結果，說來慚愧，在紐約住在「小義大利區」隔壁，吃過數不出來多少次義大利菜，而竟然在這藍山之草莓山莊嚐到了我從未嚐過那麼好吃的義大利麵。當然，爬了五小時山，也許我餓了。

琳達第二天一早帶我去參觀的是牙買加咖啡生產者之中特立獨行的「老酒店藍山咖啡莊園」（Old Tavern Blue Mountain Coffee Estate）。農場離草莓山莊園不遠，但必須開四輪驅動吉普車才保險。琳達先兜了一個多小時昨天步行登山沒有涉足的山區。我們一早八點多出發，由她開車，沿路經過一個大招牌UCC Coffee Company——（哦？在這裏！）——然後穿過草莓山所屬的「愛爾蘭城」（Irish Town）。其名稱和「紅燈」一樣悠久，是十八世紀初英國廢除奴隸制度之後招雇的愛爾蘭契約工人定居之處。我們又在昨天琳達提到的軍營，有一百五十多歷史的「新堡」（New castle）休息了十分鐘。這是當年英國殖民部隊，因當時平地金斯敦一帶正在流行黃熱病，而建立的軍事訓練基地。在牙買家一九六二年獨立之後，由新成立的政府接管，改為牙買加國防軍的軍訓總部。我們還經過了現已關門，但曾一度熱鬧過的「藍山客棧」（Blue Mountain Inn）。

早晨的藍山，經過一夜露水，非常之綠。空氣清涼新鮮，帶有淡淡的花草林木之香，令我微微欲醉。一片片陽光，忽左忽右，忽前忽後，不時透過層雲團霧，射進車窗。

「老酒店藍山咖啡莊園」的總部兼莊主的家，躲在北藍山四千兩百多英尺高的隱蔽一角。一幢依山坡而立的雙層鐵皮頂小白木屋，附近是他們經營的咖非農場，九十多英畝，但全是山坡。

他們是一家三口。莊主艾力克斯・特懷曼（Alex Twyman）是位戰後由英國移民牙買加的咖非農人。他夫人桃樂賽的家族，則在牙買加有兩百多年的歷史了。兒子保羅是位生物化學家，劍橋出身，曾替美國一家大石油公司做過幾年事，現在回來替父母上山下田種咖啡。

咖啡不是牙買加或加勒比海的土產，它是像較早的甘蔗一樣移植過來的。照牙買加流傳的說法——而我們沒有理由不相信——是在一七二三年，一位被調任為駐法屬馬提尼克（Martinique）的步兵上尉德克利尤（Gabriel Mathieu de Clieu）的一個念頭。他在法國聽說荷蘭人已經將咖啡，從原產地埃塞俄比亞和阿拉伯的也門，成功地移植到蘇門答臘等地的東印度群島，於是德克利尤上尉在啟程之前——據說奉命——將保護在法王路易十五皇家花園的咖啡樹，帶了三棵前往氣候極其類似蘇門答臘的西印度群島。在橫渡大西洋的一個月航程之中，雖然咖啡樹和水手們共同分享寶貴的淡水，但途中還是死了兩棵。結果，這餘下僅存的一棵咖啡樹，便成為整個加勒比海區域各個島嶼所有咖啡的祖先。五年之後，一七二八年，傳到了牙買加。從此藍山和咖啡結上了緣。

從咖啡本身的歷史來看，這是相當晚的發展。自從大約一千年前，埃塞俄比亞的阿拉伯人偶然發現一種長青樹之果，而尤其它的核，具有振奮精神的效果之後，五百多年來，咖啡生產一直限於它的原產地埃塞俄比亞，及稍後傳過去的埃及、阿拉伯、也門、土耳其和一些其他中東國家。雖然伊斯蘭曾一度基於宗教和政治理由禁止飲用咖啡，但是到了十五世紀，咖啡已經成為阿拉伯人的日常飲料，它已傳遍大部分歐洲，以及錫蘭、印尼，甚至於北美洲。不過在美國，主要是因為當時的殖民地人民反抗英國增加茶稅才開始以咖啡取代，才逐漸成為必不可少的基本飲料。而美國既然是美國，所以當它無法在本國培植比「阿拉伯咖啡」（coffee arabica）更好的品種的時候，它可以將咖啡現代化，因而遠在一八三八年，美國已發明出「即溶咖啡」（或「速溶咖啡」instant coffee），並於一八六七年開始生產，雖然這種飲調方法要到第二次世界大戰之後才開始流行普及。

這樣看來，藍山咖啡上場的相當晚。可是想想看，加勒比海中各個島嶼，拜德克利尤上尉之福，大部分都曾或仍在種植咖啡，但你有沒有見過或聽過誰去專賣店買半磅的海地咖啡，或在咖啡館點杯多明尼加咖啡？連馬提尼克島上今天還有沒有咖啡樹都成問題。而牙買加的藍山咖啡，不但成為咖啡之中的極品，而且譽滿全球。

如果你覺得緣分帶有少許宿命或浪漫色彩，那我們可以入世地看看藍山的地理和氣候條件。不錯，不是整個藍山山脈都是最理想的咖啡種植地。全牙買加也只不過只有大約三萬英畝的咖啡農地，而其中又只有九千英畝屬於真正藍山境內，而其中又只有在藍山從最低海拔兩千英尺高度到可耕種的最高點的山脈脊嶺地帶，才生長出真正最佳的藍山咖啡。

特懷曼的「老酒店藍山咖啡莊園」的所在地，正是這種優良品種咖啡最理想的北藍山海拔四千多英尺之處。咖啡樹生長成熟、開花結果的必要條件它全部具備。

氣候溫熱潮濕，陽光充足但不酷曬，雨量豐富，霧多霜少，溫度常年介乎華氏六十多到七十多度之間，坡嶺之上覆蓋著排水良好的暗黑色火山肥土。不錯，「老酒店莊園」只佔地九十英畝，但它是屬於真正藍山的九十英畝，而且是其中極佳特好的九十英畝。

保羅帶著我和琳達二人，開著他們家那部顯然歷盡滄桑的四輪驅動，前往他們莊園的工地，然後下車爬山。真正的爬山，因為一棵棵一人多高的咖啡樹全沒有任何規則地長在山坡上面，完全不像我以前在東非參觀過的肯尼亞高原上咖啡農場上那整整齊齊一排排的種法。

他首先對我這外行人說，還在樹上，甚至於還沒有烤過的，不叫咖啡豆（beans），而是咖啡果（cherry或berry）。要紅得熟透了才能摘，一粒一粒地摘，而且從種到結果要差不多五年時間，而且因為這個高度特有的微氣候，例如——他伸手一揮——例如這不斷飄過風頂的山霧，使這些咖啡樹可以在享有它所必須的陽光的同時，保持永遠的既濕又涼但不冷。固然因此從開花到摘果是平常咖啡樹所經過的五個月左右的一倍以上，即至少十個月，甚至十一個月，但也因此才可以長出更大更結實的咖啡果，那種含有最適宜酸性的咖啡果，而且比從非洲剛果一帶移植到南美洲大平原上的咖啡

（coffee robusta）所含的咖啡因，少了幾乎三分之二。

我問他這裏的咖啡樹多久才能結果。他說大約五年，然後每年產果產上三十年。那一年幾收？他指我們旁邊一棵比我高出半倍的咖啡樹說，你看這棵，這裏在開花，那裏在結果，而果又有綠又有紅，所以，紅的在過一兩天就可以摘了，綠的還要兩個多月。所以很少一年一收，幾乎全年作業。但好在所雇用的上百來個勞工都很熟練，都知道採咖啡果的時候，要非常小心不能弄壞咖啡花。我說這個我明白，無花不結果。他點了點頭，就是這個意思。

保羅在劍橋唸的是生物和化學，所以他選用的殺蟲劑，據他說，是生態上安全無害的。他非常痛恨這裏一些種植者濫用農藥，污染了藍山純清的溪流。他指著不遠前方一片禿山坡說，你看，一個混蛋的傢伙，砍光了半座森林，種了三年咖啡，使用了大量非法農藥，結果咖啡樹全被搞死了之後宣佈破產不說，你看那小半山峰的嚴重水土流失。

「老酒店莊園」附近很久以前，好像是本世紀初，曾經有位英國太太養殖的商業花圃。可是今天，雜生在樹邊坡前道旁，仍偶爾可以看到這裏長著一棵雪白的水仙，那裏出現一株淡黃的茉莉，甚至於一兩朵姣嫩純潔的蘭花，還有粉紅的海棠，可是就是沒有笑春風的桃花。

回到特懷曼家的時候，他正在燒一壺桃樂賽昨天才烤好磨好的咖啡。我現在喝咖啡的習慣是加糖加奶，但這次（我敢不聽嗎？）遵照他的建議，先試了一小杯黑咖啡，又試了加半匙蜂蜜的一小杯。咖啡看起來並不很濃，完全不像我在臺北喝的，但是的確很香很醇，也很溫和，像藍山的輕風那樣溫和。在我們吃他夫人現烤好的水果蛋糕的時候，特懷曼說他在再去沖一壺他稱之為「陳豆」（aged beans）的咖啡。

稱特懷曼為特立獨行算是比較禮貌的形容了。不少人認為他是牙買加咖啡界的「叛徒」。這不難了解，因為他是想要打破藍山咖啡企業的壟斷。

自從十八世紀咖啡傳到藍山之後，它的生產和銷售雖然競爭不過平原上的甘蔗，但也相當成功地興旺了兩百多年。不錯，因奴隸制度的廢除，大農莊解體，咖啡生產改微小農耕作，因而曾經一度，山中曾有七百多家咖啡園。但一九五一年的一次大颶風，幾乎掃平了藍山的咖啡樹和廠房。當時只剩下幾家莊園在做垂死掙扎。直到這個時候，「藍山咖啡」雖然早已受到行家的賞識——例如，常居並常以牙買加為背景的「〇〇七」創作者弗萊明（Ian Fleming），即稱「藍山咖啡」是世界上最好喝的咖啡——但是還沒有成為專有名詞。藍山生產的咖啡不過是牙買加種種外銷農產之一而已。

直到一九七三年，牙買加獨立十一年，政府才下令規定，只有在藍山山脈之中被確認的特定區域中生長，而且由當地四家莊園加工廠生產的咖啡，才有資格正式稱為「百分百藍山咖啡」。任何其他牙買加咖啡，例如生長在藍山法定高度之下，或山下平原上成長的咖啡，如名稱之中帶有「藍山」，則必須含有百分之二十的真正藍山咖啡，但仍只能成為「混合藍山咖啡」（Blended Blue Mountain Coffee）。否則只能稱為「高山混合」（High Mountain Blend），或「低地咖啡」（Low Land Coffee）。今天，真正純藍山咖啡，只佔全牙買加總咖啡生產的百分之二十到二十五。

不錯，到了七十年代，藍山咖啡已在世界各地講究咖啡的圈子裏佔了一席之地。但不幸的是，一九八九年那個每小時一百五十英里的「吉爾爾伯特颶風，又摧毀了將近百分之七十的咖啡作物，而且將藍山咖啡生產工業幾乎關閉了兩年，直到最近才慢慢恢復到當年的面貌。

難怪我在牙買加將近一個月的時間，各旅店餐廳之中，幾乎沒有一家在用餐之後端給你的那杯咖啡，是真正藍山咖啡。這不僅是真正藍山咖啡產量少的問題，或因量少而貴的問題。儘管既使在當地買一磅藍山咖啡豆，也要三、四十美金，也是夠驚人的了。這當中還涉及到人為因素，而所謂人為因素之人，指的是日本人。

特懷曼說法律規定他必須將「老酒店莊園」種植的所有藍山咖啡，全部賣給政府的「牙買加咖啡工業理事會」（Jamaican Coffee Industry Board），而且只按理事會所付的價格出售，無論藍山咖啡在世界市場中的行價為何。好，理事會以每磅三美元多一點的官價收購全部牙買加咖啡，而日本則以買磅七塊五美金的價格收購全部牙買加咖啡的百分之八十以上，再將咖啡果運回東京烘烤加工，再轉賣到世界各地（包括臺灣？）。只不過這個時候，經日本處理過的藍山咖啡，變成了每磅六十美元。

難怪臺北一杯藍山咖啡要美金八塊！

我上山之前曾在金斯敦一家土產外銷店和老闆談起日本買賣牙買加咖啡的情況。據他說，日本一家UCC咖啡公司（其中的U指的是Ueshima，但不知日文為何。C想來是Coffee Company），早在一九八一年即打進牙買加咖啡企業，並在藍山的「愛爾蘭城」附近買下一座老莊園做為公司總部。因為一九八九年的那次颶風幾乎使藍山和其他地區的咖啡莊園破產，於是日本方面，也許是UCC，也許是其他財團，以近千萬美元的低息貸款，來幫助牙買加，而尤其藍山的各個大小咖啡莊園。條件當時看起來可能合情合理，即以咖啡還債。

這位老闆和特懷曼都沒有提及為什麼理事會以這個價格賣給日本，或日本如何以這個價格包收保分之八十以上的牙買加咖啡。他們二人似乎也搞不清楚，或不願細談，日本究竟如何繞過牙買加政府的規定，就是，只有藍山生長、藍山加工的咖啡，才能算是藍山咖啡。

特懷曼倒是提起了他與理事會的鬥爭。他因為不情願他的真正藍山咖啡豆被混入其他較差的咖啡豆之中，來冒充全是真正藍山咖啡，所以他十多年來，一直向理事會申請，允許他將自己莊園上成長的咖啡果，自己烘烤，自己加工，並以自己的「老酒店藍山咖啡莊園」的品牌，自己對內對外銷售。

但是理事會拒絕了他。所以從一九八二年開始，他乾脆不賣給理事會，而將生產的咖啡豆在金斯敦找了一個倉庫儲存起來。這批咖啡豆，也就是一九八二年摘採的咖啡果，正是他現在為我們沖燒的「陳豆」。特懷曼說「陳豆」曾經一度是珍品，可是因為程序費用過高而被廢棄掉。然而既使在今天，「陳放」五年或更久的咖啡果，在委內瑞拉或蘇門答臘仍屬珍品。而因特懷曼的杯葛，他現在手中反而擁有可能是世界上僅有的幾萬磅「陳年藍山咖啡豆」。

特懷曼從廚房拿出兩壺咖啡，一壺來自新豆，一壺來自「陳豆」，請我們嘗試其中差別，和選擇我們各自的喜愛。我和琳達雖然都無法辨別何新何陳，但我們認為更香甜、更醇厚、更溫和的咖啡，果然正是「陳豆咖啡」。

我臨走之前向他買了五磅「老酒店」藍山咖啡，一半新豆，一半陳豆，請他寄到紐約我家。價個很公道，每磅三十美元，還包括空運。也許特懷曼目前這種郵購服務是他避開政府管制而直接外銷的一種做法。總之，他已在外面公開推銷。

回到「五十九階」已經下午兩點多了。「草莓山星期日中午自助餐」仍在進行。山坡小道兩旁停滿了車，總有兩百多個客人。餐廳、書房、走廊、露台、草坪上全擺滿了用餐桌椅，坐滿了人。看樣子，客人好像是一半一半，一半當地居民，一半遊客。我還看見兩位從紐約來出差的同事，不過我不想同任何人打招呼。

我在草坪末端一片花池之旁找到一個空桌坐下，獨自一人在這陽光之中靜靜用餐，慢慢喝著熱熱的藍山咖啡。遙遠前方的峰嶺深藍，幾乎與藍天一色，我又為自己倒了一杯。

——*1995*

野生動物園

我上個月在《紐約時報》上看到一則訃聞，得知莫爾文・考威於今年（一九九六）七月十九死在英國。

我想大概沒有幾個中國人會聽過這個名字，我同時還相信也不會有太多的美國人聽過此人。如果不是因為我二十幾年前曾在東非肯尼亞住過幾年，「遊獵」過數不清多少次當地的和坦桑尼亞的好幾個世界聞名的「野生動物園」，我多半也無動於衷。

訃聞的標題是「莫爾文・考威（Merryn Cowie），非洲野生動物保護者，創建國家公園制度，逝世，八十七歲」。

半個世紀以來，東部非洲之所以成為全球最好的的野生動物「遊獵」（safari）所在，大半歸功於莫爾文・考威。

「野生動物園」是中文的一般稱呼，在其原創地非洲，這類野生動物園只是簡單叫做「國家公園」（National Parks），或「（野生）動物保留地」（Game Reservees）。當然，很多國家都有自己的國家公園，但是它們多半以保護其中某種大自然為主要目的，像美國的「大峽谷」、中國的「九寨溝」、牙買加的「藍山」、澳大利亞的「大堡礁」，以及中南美各地一些熱帶雨林，等等。而南部和東部非洲的國家公園，則以保護其中的野生動物為最高優先。

保護野生動物是一個相當現代的概念，歷史不過一百年。相想看，亞洲、歐洲、北美洲，還有什麼，或有的話，有多少野生動物？早就全給城鎮擴張、農場開墾、工業發展、交通建設等等人類文明給趕盡殺光了。也許印度還有幾隻老虎，中國還剩下幾頭熊貓，如此而已。不錯，東南亞一帶也有大象，只不過多半已給馴服而變成勞役。而且，不錯，中東、北非、澳洲仍有大片大片沙漠，蒙古還有個大戈壁，巴西也仍有大片大片處女林，可是其中自有人類活動以來就好像沒有聽過有什麼在非洲幾乎遍地都是大象、猛獅、犀牛、斑豹、長頸鹿、河馬、鱷魚以及那成千上萬頭野牛、斑馬、羚羊、四不像……

而非洲，尤其是撒哈拉以南的非洲，不論它有多悠久的歷史（別忘了，人類起源自東非）、有多少不同的民族，多麼多樣的文化，可是它們之間少有溝通不說，與外界的交往更少，同現代文明的接觸也晚，而且不幸悲痛地是通過殖民。因此，儘管歐洲人早在十七世紀即已定居好望角，可是直到十九世紀初才真正「發現」非洲，開始殖民。

然而這只是今天人們去非洲，而不去歐洲或亞洲，去觀看仍在自然環境生存的野生動物的種種歷史因素之一。

與此並行的另一個事實一直被人誤解，而且聽起來本身似乎充滿矛盾，那就是，非洲大陸上的野生動物，其實並不如想像的那麼多。

散居在非洲各地以農為主的各個部落，長久以來一直與各種野生動物保持一個相當的距離。遠在歐洲殖民者登陸之前，這些大大小小的野生動物早已被定居開墾的非洲人趕到河澗山谷密林，尤其被趕到那廣大一望無際的半乾旱地，那種可以生長季節性水草、可以供養大批食草動物、但完全無法從事傳統農作的半乾旱大草原。非洲實在大，大過南美加歐洲，它在各地有不少這種半乾旱大平原。

是因為這些土地上有大批大批各種野生動物，才使人誤以為整個非洲大陸到處都是大批大批成群結隊的野生動物。

然而，在這個歷史現實的背景之下，一旦給歐洲人，而尤其給天性喜歡打獵的英國人，發現在這麼廣大無人的一片片「原始」土地上，竟然仍然自由生存著這麼多種野生動物的時候——更何況人獸競爭某一方此時此刻有了槍和子彈——那這些肉食草食、溫和凶猛、巨大弱小的野生動物，就幾乎無可避免地走上了其亞歐北美遠親只不過幾百年前所遭受的滅絕消亡的悲慘道路。光是一八八〇年，光是東非一地，就殺死了七萬多頭大象。

西方各國在消滅了各自本土的野生動物之後，眼見在歐洲殖民統治下的非洲正在面臨同樣的命運，才開始有了覺悟和反省。法國設立了楓丹白露森林自然保留地（一八五七）；美國建立了黃石公園（一八七二）；而英國，始作俑著英國，不但在十九世紀末出版了一系列有關養護非洲野生動物的「藍皮書」，並且專門為保護野生動物於一八七九年在英屬南部非洲建立了全洲第一個「國家公園」，就是今天聞名全球的烏姆佛羅吉（Umforlozi）野生動物保留地。

莫爾文．考威一家人正是這個時代的產物。考威的父親曾經是英屬南非的「偉大的白獵人」（Great White Hunter），那種在海明威和好萊塢描寫之下成為浪漫英雄的人物；全家後移民肯尼亞，不但開始務農，而且用當時殖民者的語言來說，「歸化了」（Gone native），意思是說，從飲食起居到生活方式，完全同當地人一樣。一九〇九年出生的莫爾文也如此長大成人。但是他們究竟仍是殖民集團的一份子，所以當莫爾文到了中學年齡，就被送回英國就學。等他一九三二年牛津畢業回到肯尼亞的時候，他萬分吃驚地發現，不但野生動物少了許多，原野也被文明侵佔了不少。從此他開始了獻身於保護野生動物和自然生態的事業。

主要靠莫爾文・考威的鼓吹和努力，仍在英國殖民統治之下的東非，終於在二次大戰之後的一九四六年建立了一個令後人感激不盡的國家公園制度。考威就是其首任主任，並在肯尼亞一九六三年獨立之後，繼續擔任這個新共和國的國家公園主任，直到一九六六年退休。

沒有去「遊獵」過這種國家公園的人，實在很難想像它是怎麼一回事。先不談內容，光是它的面積，就足以將你征服。坦桑尼亞的塞倫蓋地（Serengeti）國家公園方圓六千平方英里，而肯尼亞的扎沃（Tsavo）國家公園，八千平方英里，半個多臺灣！

東非三國——烏干達、肯尼亞、坦桑尼亞——當初之所以能夠在其領土內劃闢出如此遼闊一片片土地做為「國家公園」，除了保護其中野生動物的原始本意之外，同時還因為這些土地除了少數一些畜牧為主的馬塞伊（Masai）族人之外，完全無法居住開墾。

這不光是天氣地理的後果，儘管光是天氣地理也足以使這些地方令任何人都望而止步的了。

遠在現代人想要保護這些大小野生動物之前，大自然已經安排了一道「防線」，使各種野生動物免受尤其人類文明的入侵。這道防線是一種比普通蚊子大不了多少、可是卻專門吸取哺乳類血液的「采采蠅」（tsetse fly）。它叮起人或咬起牛來，並不比一般蚊蟲兇多少，可是在吸血的同時會釋放出一種微生物，使被叮被咬的哺乳動物——癢不癢在此刻已經是最次要的考慮了——輕則長久昏睡，重則長眠不起。然而，奇怪又奇怪的是，絕大部分野生動物卻不會有這種後果，它只影響到人和人所畜養的牛羊等等。是這種「害蟲」（人只能從本身利益來下定義）長久以來一直保護著十分之一以上的肯尼亞、三分之一的烏干達、三分之二的坦桑尼亞，使這些地方的野生動物免受人類文明的侵襲。

東非三國幾十個國家公園之中，相當大片的面積與「采采蠅」世界重疊。在人類活動沒有上場之前，這並不是多麼了不起的問題，是大自然的一部分，就像獅子和豹獵食斑馬和野牛一樣自然。而這個自然也只是一個更大的自然的一個組成部分。

二十一年前，我曾獨自一人開車（那個時候的治安還很好）從肯尼亞西部的「馬塞馬拉動物保留地」（Masai Mara Game Reserve），穿越邊界而進入了坦桑尼亞的「塞倫蓋地國家公園」。是一個太陽開始下降的黃昏，我目擊到我畢生難忘的一個壯觀景象：上百萬頭牛羚和斑馬的年度大遷移。

先暫停片刻介紹一下這個「牛羚」（Wildebeest）。毫無疑問，它應該是全世界最醜的動物了。可是因為它似牛非牛，似羊非羊，似鹿非鹿，似馬非馬，所以我們一般稱它是「四不像」，然而又應該不是中國古典小說裏所指的「四不像」。

不管怎樣，這一兩百萬頭斑馬和四不像追逐水草的年度大遷移，壯觀的不僅是它們的數量——那籠罩在飛揚塵土之中連續幾十英里的流動密集物，而且還有那一批批跟隨著它們、隨時偷襲獵取捕食它們的獅子和豹，以及那些乘機撈檢剩肉剩骨的野狗和永遠在上空盤旋待望的禿鷹。

壯觀之餘，你如果以人為榜樣，那這是標準的「大魚吃小魚，小魚吃蝦，蝦吃泥巴」。否則，很簡單，這是自然規律。而在這些國家公園之中，你運氣好的話，有機會目擊到它一個完整週期的運作。

無論是東非哪一個國家公園，其本身可以說個個都是一個相當完整的生態系統。陽光（和水等等）養活了植物，植物養活了食草動物，食草動物養活了食肉動物，等等，等等。這就是「食物鏈」（food chain），「能」（energy）的轉移，自然規律。

但問題是，在任何一個國家公園，如果其中有，比如說，一千頭食肉的獅子，那這需要多少頭四不像和斑馬等等食草動物來養活它們？好，假設是一百萬，那這一百萬頭食草動物又需要多少平方英里植物才能生存？才不打斷食物鏈？才可以使這個生態系統維持下去？你明白其中道理嗎？這個食物鏈之中如果有任何間斷，就表示之後的一連串死亡。

而我們還沒有談到人。一涉及人，我們人都知道，麻煩就來了。無論當初在南部或東部非洲，為了保護野生動物而建立各國家公園的先驅，包括莫爾文．考威，無論其本意多麼善良真純，但是他們如果不是忽視了人的因素，就是低估了人的干預。

就以肯尼亞為例，在一九六三年獨立之前，它的人口大約是五百萬，七十年代中我在的時候大約一千萬，今天兩千三百萬，而且預測十五年之內再加一倍。而如果你再考慮到全國可耕地只佔其二十二萬平方英里面積的百分之二十，你就可以想像，在這種人口增加和發展壓力之下，它如何承擔好幾個從幾十幾百到幾千平方英里之廣的國家公園？

不錯，是肯尼亞這些國家公園及其中的野生動物在吸引每年高達百萬的國外旅客和千萬美元以上的外匯。可是它的前景如何？在八十年代短短十年期間，光是犀牛，全肯尼亞從之前的七千多頭猛降到不過四百。也就是說，吸引遊客和外匯的基本因素受到威脅。原因非常複雜，八個專家有十八的專業解釋。不過，它卻引出一個極具諷刺意義而又爭論不休的難題，就是，應不應該恢復打獵？

什麼!? 當初這些國家公園的建立，不是為了保護自然生態環境中的野生動物嗎？怎麼在非洲各國一個個頒佈立法禁止打獵之後（肯尼亞是一九七七年），野生動物怎麼反而更接近絕種滅亡？怎麼搞的？

無論是為了自衛、食物，還是為了遊獵的早期歐洲殖民狩獵者之外，二十世紀初以來大部分職業獵人，從人獸之間關係的角度來看，反而最認同非洲大陸自然環境中的野生動物。也就是說，根據他們對野生動物的認識和本身的職業道德，他們獵儘管獵，但也同時最主張保護野生動物。他們比誰都更能了解到，獵殺過多的任何野生動物，都會造成食物練的破壞，長遠下去也損害了他們的生計。可是這個以英國職業獵人為主的問題，具有太多的道德和政治涵義，例如大規模遊獵、歐洲殖民主義等等。

結果，在東非各國於七十年代中徹底禁止打獵之後，一股非常恐怖而且破壞性極強的勢力乘虛而入，即毫無顧忌的「偷獵」（Poaching）。

這個問題在肯尼亞最嚴重。二十多年前我在那裏的時候就已經聽說了。這種偷獵幾乎全是索馬里武裝士兵以AK-47 進行的。用以彌補索馬里軍政獨裁者發不足的軍餉，對象主要是大象和犀牛，牙角市場主要是亞洲。

是這種有組織的大規模偷獵，外加官僚制度的管理不善，以及乾旱和食草動物過多所造成的植被破壞，使肯尼亞最大的國家公園「扎沃」，從三十多年前有六萬五千多頭大象，搞到今天的不過五千。這就是為什麼近年來不少人主張恢復合法打獵的原因之一。他們認為，在政府和職業獵人監督下進行配額打獵，不但可以直接阻礙非法偷獵，而且可以間接維持國家公園內食草食肉動物之間的生態平衡。

這些國家公園（野生動物園）究竟不是、也不可能成為「戶外動物園」。沒有任何國家有這個能力在乾旱時期送水草給其中百千萬野生動物。任何一地發生旱災，連人都拯救不過來。再考慮到非洲人口，二十年之內將從今天的五億增加到十億。這些都是當初諸如莫爾文．考威等等先驅在建立國家公園的時候無從想到的危機，然而這個危機已經存在了至少二十幾三十多年了。最好的後果也不堪設想，但前殖民者絕對有義務協助干預，在——抱歉我借用一位專家的結論——在動物養護和社會發展之間找出一條可行的道路。

也許有人會說，「非洲大象全死了又怎麼樣？」當然，當然，馬照跑，舞照跳……可是，人類可失去了一個寶貴的共同遺產——我們每個人也因而少了點什麼。

——*1996*

「藍帶」啤酒

我最近在報紙上看到，美國中部密爾沃基市的「藍帶」啤酒廠關門了。當然，只是設在那個啤酒城的「帕布斯藍帶」（Pabst Blue Ribbon）啤酒廠關門，而不是這個有一百五十多年歷史的名牌啤酒將從此消失市面。然而，儘管如此，看到這一則消息的時候，沉痛之餘，腦海之中呈現出陣陣回憶。

我第一次喝「藍帶」是在五十年代中期的臺北，一個朋友從中山北路美軍PX通過關係弄到一箱啤酒。對了，是「藍帶」。總之，我們三人（還是五人？）一個晚上喝完了整整一箱二十四罐「藍帶」。

之後就再沒有機會喝到「藍帶」了，直到一九六二年初到了洛杉磯。

我在臺灣之所以決定去唸洛杉磯加州大學，只有一個原因——「亞洲鐵人」楊傳廣在那裏。其他一無所知，只曉得校區在「西木村」（Westwood Village）。「西木村」？不壞！鄉野，嶇丘，溪流，林樹，花草……所以，去過洛杉磯的人都能了解，當我的計程車停在「西木村」中的「西木大道」和「威爾雪大道」（Wilshire Blvd.）的十字路口，東西南北加起來總有十幾二十條線道上的汽車一部接一部……去過洛杉磯的人都能了解我的文化震驚了。總之，是那天晚上在我下宿的的「西木」一家旅店酒吧裏，我喝到我來美國的第一杯「藍帶」。

很溫暖的一杯「藍帶」，真有點他鄉遇故知，儘管這是人家的啤酒，在人家的國土。

從此之後（對了，我第二天就見到了楊傳廣，還在他的朋友家一起吃晚飯，但只有我一個人喝「藍帶」），總之，從此之後，我在洛杉磯十年，如買啤酒，必定「藍帶」，而且經常是一箱一箱地買。

就像打一手好彈子表示浪費了青春一樣，金色「藍帶」（和金色「白牌」威斯忌，也沖洗掉我不少黃金般的歲月。

我不太了解美國的啤酒市場情況，我只知道在十九世紀，「藍帶」在美國紅極一時。而在本世紀，至少從戰後到八十年代，「藍帶」一直是全美最受歡迎的五大啤酒之一。然而奇怪的是，美東各地很難找到「藍帶」。因此，自從我一九七二年來到紐約定居，也就難得有機會喝到「藍帶」，直到今年初去了一趟大陸。

我今年三月跑了一下四川。這是一次標準的溫情旅遊，重訪我離開整整五十年的成都和重慶。第一個驚訝是在成都喝到「藍帶」，就在都江堰，就在一家幾乎就是《水滸》描寫的那種，好像宋江隨時都會漫步走進、在粉牆上題首反詩的那種臨江酒樓。我吃著四川花生，喝著冰凍「藍帶」。

從成都我雇了一部車，上了建成不久的高速公路去重慶，不過四個多小時。抗戰期間，我們半家人也走過一段，只不過那次花了好像是十好幾天。我本來是想順路去途中的自貢參觀那裏的恐龍博物館，但碰巧路不通，只好又開了一程去內江吃午飯。

這大概是解放後——抱歉，開放後出現的典型個體戶飯館，就在路邊。我和駕駛二人點了一道老闆介紹的紅燒沱江鰱魚（「早上剛釣上來的！」）和一道紅油豆腐。我不想中午就喝大麯，問她有什麼啤酒。她說，「只有『藍帶』。」老天！

我一邊靠「藍帶」來解救鰱魚和豆腐的辣，一邊向老闆娘打聽。她雖然知道「藍帶」是美國啤酒，可是不知道什麼時候打進四川，只是說，「有一陣了。」駕駛也不知道，但瓶上牌子注明：「美國藍帶啤酒」，廣東肇慶的「藍帶啤酒（肇慶）公司」生產。

我不得不佩服廣東肇慶「美國藍帶啤酒」的推銷商。一個美國最老最有聲譽的啤酒牌子，一百五十多年來都很難進入美東市場，而中國廣東肇慶的「美國藍帶」，不管「有一陣了」是十年還是十五年，就竟然能夠深入打進了四川內江！

不錯，重慶也到處都是「藍帶」，和顯然處處模仿「藍帶」的本地「藍劍」。雖然這一切都已經是反高潮了，可是這個印象之強，幾乎超過我五十年後的舊地重遊。我想這不應該是我無情。在重慶找到我小時候住過的上清寺那條街的時候，我幾乎落淚。

溫情旅遊是一種自我陶醉，所以我也就點到為止。不過，我的確直到最近還在想：如果連四川內江人民都這麼快就能接受「美國藍帶」，那給予時間和機會——和，比如說，國際網——那還有什麼美國玩意兒不能接受？

——*1996*

五十年不變

驚弓之鳥請放心，我要談的是重慶。

我上一期在這裏提到我去年（一九九六）三月走了一趟四川，重訪我抗戰期間居住過、且離別了整整五十年的成都和重慶。我還提到我驚訝意外地發現，美國「藍帶」啤酒在天府之國之流行暢銷。雖然那篇專欄的主題是「五十年不變」，可是，要扯的話也不難扯上邊。想想看，五十年前，重慶有「藍帶」嗎？

五十年前，重慶不要說沒有「藍帶」，也沒有嘉陵江大橋和長江大橋。五十年不變？

而即使五十年前就已經有的，像一九四〇年抗戰期間重慶做為陪都時候所建造的「精神堡壘」碑，先在勝利後改為「抗戰勝利紀功碑」，更在一九五〇年改為「人民解放紀念碑」，給人——更不要說給經歷過八年浴血抗戰的人——的感覺好像是，陪都白賠了。

五十年不變？你知道當年母親帶著我們逃難到四川的時候，重慶有多少人嗎？七十五萬。今天？一千五百萬。

兩路口、上清寺、小龍坎、沙坪壩、曾家岩、磁器口、朝天門、南溫泉、北碚、九龍坡、土橋、歌樂山、老君洞、校場口……這只是一些引起我無限回憶的地方，我當然沒有時間全去，可是就我所去了的幾個地方，也當然早已面目全非。不錯，我很快就找到了上清寺（不難，是鬧區，相當於尖沙咀或西門町或時報廣場），也沒有花多久時間就找到了抗戰時期我們住過的那條街。但是那條街上我們那幢「國際大廈」早已拆除不說，大約五十年代建築的大樓，到了今天，比抗戰期間我們住的還更為老舊簡陋。這算是變還是不變？

與此同時，除了「精神堡壘」已變成今天的「解放碑」之外，抗戰勝利的消息傳到重慶的那天晚上，全市居民上街狂歡慶祝所在地，上清寺的「國際廣播電台」，也變成了今天的「重慶人民廣播電台」。不過，當時的文化中心「抗建堂」倒是名稱未改，只是不會再有像我小時候看過的《風雪夜歸人》來光臨了。

五十年不變？先不講人，先不講五十年前一個十歲小孩兒，今天就自然而然地成為一個六十歲老頭兒，就回到重慶吧！我翻閱了一本一九九一年出版的《重慶指南》，才得知光是重慶的名稱，就從《水經注》所說的江州，幾次易名，從楚州、巴州、渝水到恭州，然後在一一八九年，南宋光宗才升其為「重慶府」，而且直到一九二九年——老天！民國十八年！——才正式成為重慶市！不錯，變得很慢，太慢了，但仍然是在變。

而這還沒有涉及重慶開埠。是最早的《煙台條約》和之後的《馬關條約》，才使重慶這個內地霧都山城，與外界有了正式接觸；或者按照《重慶指南》的說法，「在外國勢力的衝擊下，傳統的封建經濟開始解體，重慶也開始發展自己的近代工業。」

於是，一八九八年，一位名叫立德樂的英國人，帶領一艘「利川號」小輪船由武昌試航川江，成為第一艘到達重慶的外國輪船。

於是，一九〇四年，四川成立第一個商會——重慶總商會。

於是，重慶第一條馬路於一九二九年三月正式建成，全長三點五公里。

於是，在同一年，大概因為有了馬路，重慶一名叫黃雲陔的富戶，才以兩千五百兩白銀在上海從英國人手裏買來一部美國「雪福萊」，重慶第一部私人小汽車。

於是，於是……

可是我們還沒有談到新中國。重慶是一九四九年十一月解放的。第一任市長——後來才出大名——是陳錫聯。那新重慶呢？按照《重慶指南》的說法，「從一九四九年底到文化大革命結束的近三十年裏，重慶的社會經濟……既有著光輝的成就，又有嚴重挫折……大躍進、共產風、左傾冒進、氾濫成災……十年浩劫更使重慶社會經濟瀕臨破產的邊緣……一九七八年十二月中國共產黨十一屆三中全會之後，進行撥亂反正……」等等，等等……

所以你看，新中國和新重慶還不到五十年，就已經發生了這麼多大變和小變，而且這還不包括八九天安門。

於是，大約九十年代初，大約和「藍帶」打進重慶的同時，這座天府山城出現了一個令人咋舌的獨特現象，一支數額龐大、足有五萬人之眾的勞動力——棒子軍。

這些勞動人民幾乎全是重慶四周鄉村擁來的貧農。他們三五成群，十五二十結隊，聚集在朝天門碼頭、火車站、公路入城之處，或十字街頭，蹲在地上，等待著或你或我雇用他們，只需十幾二十塊人民幣，只靠一根木棒、一捆麻繩，就可搬抬扛挑各種大小輕重貨物上山下江。

所以，五十年不變？主觀客觀，上層下層，裏面外面，也就是說，無論從任何角度來看，都有點荒謬可笑。一個人一生一世難得有機會目擊到幾個有意義的五十年之變，我目擊到一點點。可以這麼說，認為五十年不變的，從今年一九九七年算起，五十年之後，如果你還在人間，運氣好的話，那你也只能希望和拜託你的馬還在跑。

——*1997*

五十年之變

整整五十年前，一九四七年十月十四日，在美西加州一片沙漠上空，一位美國空軍飛行員，操縱著一架試驗性噴射飛機，首次衝破了超越聲音速度飛行這一關。

那天之後整整五十年，一九九七年十月十五日，在美西內華達州一片沙漠地上，一位英國皇家空軍飛行員，操縱著一部試驗性噴射汽車，首次衝破了超越聲音速度陸行這一關。

如果我們今天，在汽車已經成為半個世界日常交通工具的今天，仍無法想像地面行車可以超越音速的話，那五十年前我們上一代同樣難以想像任何人造物體的運動速度可以快過聲音。

說實話，聲音的速度，不論考慮到因溫度和高度因素而在特定時空究竟是多少英里一小時，但音速（Mach 1）本身，至少在人類還沒有打破這一關之前，一直認為牢不可破。但又何止於此。只不過半個世紀以前，一般人，甚至於不少科技專家，都以為有一個無形的「聲音壁壘」（sound barrier），有一道無形的「音牆」（sound wall），在阻擋著任何物體超越。任何物體在抵達這個速度的剎那，必定瓦解粉碎。

五十年前加州沙漠上空那架X-1試驗性噴射機，一聲「音爆」（sonic boom），粉碎了不光是人類的飛行記錄，同時也粉碎了人類的迷信和無知。

這就不難想像五十年前那位創下此一超音飛行紀錄、當時才二十四歲的上尉飛行員，為什麼令人敬佩。可是，當你再考慮到他在二次大戰歐洲戰場上，以他二十歲的妙齡，即曾擊落納粹德國十四架戰機，那就更不難想像他怎麼會在國內成為一代傳奇。

此人即現年七十四歲的美國空軍准將，車克・耶格（Chuck Yeager）。

看過有關他的生平事蹟及其同名電影*The Right Suff*，以及他本人的自傳*Yeager*，就會發現多年的美國飛行界，從空軍到民航到太空，都在以他為榜樣，以他為偶像來崇拜。

The Right Stuff這個名詞主要因為作家湯姆・沃爾夫（Tom Wolfe）一九七九年以它為書名，並以它形容耶格而真正流行。我不知道這部報導名作有沒有中譯，或其同名電影在港臺上映的時候名為何（編按：《太空先鋒》），我只知道很難將它譯成恰當的中文。我只想到中國北方有一個相當接近的用語，即所謂「有料」。比如說，一個人不論要做什麼——打架、打工、打球、打扮、打劫、打坐、打仗……首先要看這個人「有沒有這塊料」。

適用在耶格身上，或因為適用在他身上而出現的意義，就表示一個人，不光是有沒有勇氣、膽識、本領，同時還包括這個人的言行舉止、精神面貌、品質態度。耶格正是因為有這個料——他根本就是「有料」的典型——才成為當代大英雄。

陸行超音雖然在今年十月十三日首次達成，可是這當中有一個小小的紀錄問題。按照正式計時單位的規則（在美國是美國汽車協會，總會是巴黎的國際汽車聯合會），一部賽車必須在一小時之內完成兩次航跑，而其平均時速超音，才被認可。十三號那天由英國皇家空軍退休飛行員，三十五歲的安地・格林（Andy Green）駕駛的Thrust SSC（推力超音賽車），最後兩次航跑固然分別在音速以上，但超過規定時間五十秒之內完成兩次航跑而不能成為正式世界紀錄。然而，兩天之後的十五日，格林終於以平均每小時七百六十三英里的速度而創下了地面陸行首次超音的正式世界紀錄。

不過，記錄之所以存在，就是為了要後人打破。今年這個「世界杯挑戰」，美國賽車隊的「美國精神」號這月底前後就要出場。可能還有好戲。但是就算美國隊能夠刷新紀錄，首次陸行超音這項榮譽永歸英國。

飛行超音和陸行超音毫無疑問都是人類的偉大成就。但是從實用角度來看，我們早已從飛行超音受益多年。你也無須扯到太空時代，而只需飛越一次太平洋，就知道要比五十年前少了好幾天時間。可是陸行超音的潛在利益尚不得而知。當然，我指的是今天尚不得而知。五十年後又如何，我連猜都不敢去猜。

或者也可大膽一猜，五十年後，很有可能有一艘噴氣機船，打破了水行超音這一關。

這也許就是所謂的人類進步。五十年之變簡直令人眼花撩亂。你也不必去翻看歷史，就知道近百年來任何一段五十年發生了多少和多大的變化。

不錯，多半是「有料」的人在關鍵時刻創造了歷史。那「沒有料」的人在關鍵時刻又如何？我的感覺是，沒有這塊料的人，多半只能拜託老天五十年不變。

——*1997*

上帝是我的副駕駛

這句美國名言源自六十多年前一本回憶錄。創造此一名句的是二次大戰一位美國空軍英雄，羅伯特．司考特（Robert Scott）。我最近從《紐約時報》一則訃聞得知他今年二月去世，享年九十七歲。

經過八年抗戰的中華兒女都應該為他的逝世感到悲傷。是司考特和他所屬的「飛虎隊」保衛著大後方領空，以至於日機再也沒有能力像國府遷都初期那樣對重慶疲勞轟炸了。

訃聞說他從小就迷上了飛行，並在童子軍年紀就已經自製了一架滑翔機。戰前美國尚無獨立空軍，因此司考特自「西點」軍校畢業即加入陸軍航空隊，充任教官，並在日本偷襲珍珠港之後申請戰鬥服務。

不幸的是，他當時已年過三十而被拒絕。而巧的是他的名字和另一位同名駕駛搞錯，結果還是上了前線，給派到印度，指揮一組運輸機隊，駕駛著C-47飛越「駝峰」，向重慶國民政府運送補給。是在這段期間，司考特上校被飛虎隊陳納德將軍看中。

因機首畫著虎鯊魚之眼齒而聞名的「飛虎隊」（Flying Tigers）是個外號，其正式稱呼是「美國志願隊」（American Volunteer Group）。之所以有此一志願航空隊來華，是因其在一九四一年四月成立時，美日尚未宣戰，陳納德只能從陸軍航空隊招募志願人員來支援節節敗退的國民政府。它曾一度改稱「中國航空部隊」，再於一九四四年成為正式美國陸軍十四航空隊。但不論其正式名稱為何，他們以「飛虎隊」揚名全球。

司考特上校是以昆明為基地的一組戰鬥轟炸機群的領隊，他的一項驚人記錄是，他單獨駕著P-40戰鬥機，六個月之內，擊落十三架日本零式戰機，而成為「王牌」（Ace）駕駛，亦即今天流行用語Top Gun。

一九四三年初，五角大廈召他回國宣傳，並應邀出書。結果就是這本名為《上帝是我的副駕駛》對日空戰回憶錄。

怎麼會取這樣一個書名？訃聞引用司考特的話說，是他一次對日空戰中身負重傷，一位中國護士難以相信他不但還有能力投彈空戰，而且安返基地。但治療他那位醫生說，「你不是單獨一人在上空，儘管你的戰機只有一個座位，但是你有一位世界最了不起的副駕駛……」。司考特剎那頓悟——God Is My Go-Pilot。

回憶錄很快拍成同名電影。但司考特說當他看到銀幕上的他，感到萬分臉紅，說這是純粹的「好萊塢」，不是他。

此一書名因回憶錄和同名電影極受歡迎而變成了口頭語。今天，當你絕處逢生，也可以引用這句來解說你為何大難不死，儘管你不一定是教徒，更不一定會開飛機，就像非佛門子弟劫後重生也可以說「這是菩薩保佑」一樣。

司考特上校一九五四年升為少將，三年後退役。可是他一直有個心願，就是走一趟他當年飛越過無數次的萬里長城。直到大陸開放後的一九八〇年他才如願以償。七十二歲的他，先後開車、步行、騎駱駝，真的給他走完了一趟，從山海關到嘉裕關。之後司考特前往昆明，在俯視著他當年出過多次任務的戰地機場的城旁山頂，置放了一座紀念碑，並向飛虎隊和陳納德將軍行了一個軍禮。

二次大戰和我們的八年抗戰是一個黑白分明的英雄時代。儘管國共雙方有關抗日論著都在各自表述，相互指控，但史實仍是史實。飛虎隊在這場艱苦殘酷流血戰爭最後四年中國戰區，扮演了一個關鍵而傑出的角色。羅伯特·司考特少將正是其典型戰士。

物換星移，河東河西，世代輪替，但史實仍是史實，不可扭曲埋沒，且應追念緬懷。作為抗戰兒女，既在淪陷區平津熬了五年，又在大後方重慶熬了四年，我願在此向這位飛虎英雄致敬，並祝將軍在天之靈。

——2006

臺北城市學

——以紐約為例

剛剛看完韓良露、李清志和楊澤三人題為「話說臺北」的對談，允許我以事後發言的方式參與對話。

韓良露說，「世界最豐富的城市，都有最豐富的城市學，比如紐約、倫敦、巴黎……」。沒錯，本應如此。

我想絕大部分的人都承認紐約大都會是一個豐富的城市，但是有多少人可以想像此一豐富的城市有多豐富的城市學？

先不提究竟有多少關於這座城市的論著，光是有關這些論著分門別類的文獻書目，就令人震驚，足有成百上千部。不信的話，你可以上網去查。可以這麼說，紐約城市學長年累積下來的書籍，我從參考書上得知，至少有上萬種。而且儘管不斷有書絕版或消失，但是平均每年仍有上百種問世。

此一情況至少反應了一個基本現實，就是有這麼多著作，起碼表示有這麼多人在寫。這是百家齊鳴的成果。豐富的城市之所以出現了豐富的城市學，主要是因為其民間社會有一個豐富的作者群。而且此一群體不但關心自己的城市，還根據各自的興趣能力專長，在一個自由創作的環境中費心費力動筆書寫，一而十，十而百……久而久之，豐富的城市才可能出現豐富的城市學。

百川入海，我人在紐約，也在向此一汪洋注入我的一滴水（而以中文寫作，或應稱之為我的一滴「漢水」）。

不錯，有關紐約的著作成千上萬，但是一般讀者既不會去研究什麼區域規劃法之類的專題論著，也多半不會去照顧諸如紐約一日遊之類的觀光指南。然而，在這兩個極端之間，卻是紐約最豐富的城市學。它不但包括楊澤說的「古典今典」，韓之「公臺北，私臺北」，李清志的「空間文化」，還包括幾乎其他一切。

看你的口味鹹淡，你可以去研讀關於紐約的歷史、政治、社會、經濟、軍事、文化、貿易，以至黑奴、移民等等這些嚴肅題目，也可以翻閱有關紐約的影視音樂、歌舞戲劇、吃喝玩樂等等主流和次文化。至於個別的大小專題，無論是橋樑隧道、河流島嶼、地質地理、環境生態、都市規劃、基礎設施、工程建築、河運海運、歷史區域、街名地名、古今地圖等等，則每個大小專題都至少有兩三本，及至幾十本著作。

如果你只需要查閱年月日，又有各種大小事件的年表，且附有說明。如果你想欣賞紐約的景觀，那有數不清的名家專業攝影集。如果你有興趣閱讀以紐約人事地為背景或主題的創作，無論是小說、散文、詩歌、戲劇、影視，那你或需參考有關書目。如果你只想對某個人物事件有一概括了解，你隨時可以參考那部一千三百多頁的「紐約市百科全書」。

讓我在此以一本書為例，來說明有關紐約的著作，可以精細到什麼程度。我手邊這部一九九〇年出版的「百老匯上」（*ON BROADWAY*），是在介紹我住了近三十年的百老匯大道，它不但圖文並茂，大開本，更以三百多頁的篇幅逐一描述沿路兩側每一幢房樓，由南端到北端，直穿整個曼哈頓島。重要的建築，不但列有落成之年，建築師姓名，建築特色，甚至於簡短的沿革。我家那幢百年大樓也就這樣載入青史（「原百老匯紡織大樓，現稱『蓄水池大廈』，一九〇七年建成，建築師弗・布朗，十二層…… 上有巨型女神像，大理石柱，性格強而有力……」）。

城市是一個具有生命力的有機體，當一座城市不論為了什麼原因而喪失了某段歷史，幾乎像是一個人失去了童年或青年時代的記憶；而喪失了某段歷史的城，或失去了某段記憶的人，好比一棵大樹被斬斷了某段主要的根。

書寫紐約的作者顯然大都有此認識，其大部分著作也都因而有一個或深或淺的歷史敘述，交待一下所談主題的來龍去脈，因而讀者不但有了橫的了解，也有了縱的認識。而又因城市是一個有機體，它必然會演變，或蕭條，或成長，那每一代作者就永遠不缺乏新的題材，新的角度觀點去書寫。因而紐約沒有，也多半不會斷根。

至於臺北城市學，因我人在紐約，只能遙遠地祝福，並願與任何有此心，且有此能力，並肯動筆書寫臺北的作者共勉之。

——*2006*

高架：化夢為實
——老建築到人民公園

一九七二年，我從開車的洛杉磯，移居搭地鐵的紐約。生活方式有了變化。步行非但必要，也漸漸成了習慣，也給了我一個機會漫遊曼哈頓各個社區，近距離看這個大都會。

是這樣一次逛街的下午，在西二十四街等紅綠燈過八號大道，一個異常景象呈現在前方半空。我呆了片刻，繼續西行，過了十號大道才發現，橫穿面前兩旁樓房，峙立著一座高架鐵路，長長一列火車正在緩緩北駛。

大都市有火車通行並不奇特，當年北京前門外東站西站各班火車，都需經過市區，再穿過城牆，才奔向東西南北。上世紀五十年代初，台北西門町中華路交叉道上的車輛行人，仍需等候火車通過之後才能過街。西洛杉磯的聖他莫尼卡大道之旁，直到六十年代末，也不時見到一列火車慢慢滾動。

但是在七十年代摩天大樓之都，仍有這麼一個十九世紀的玩意兒運作，確實感到有點意外，不過我也沒有再去多想。

直到多年之後，我在報上看到一張照片，下面的說明指出這西城高架鐵路（High Line）最後一列火車，還說運載的是三噸凍火雞。

曼哈頓西城高架鐵路，是一九二七年，由於安全和吵雜等等原因，才把一條一八四七年在原處建造的地面鐵路，高架起來，但高也不過三十英尺而已，還不到十公尺。

從十九世紀中到二十世紀下半期，這條沿著哈德遜河而建的西城貨運鐵路，只是短短一條支線，可是對紐約市工商業發展的作用很大。但二次大戰之後，曼哈頓工業逐漸向外疏散，稍後甚至外包到亞洲，再加上火車已不是運輸的主力，鐵路公司終於在一九八〇年宣布此條高架作廢。而當時的高架，也只剩下了一點五英里左右，約二點二公里。

然而，這短短一條殘餘支線，卻經過曼哈頓西邊幾個蛻變中的傳統工商地段。最南端是一百多年的肉類包裝批發區（meat-packing district，如今是時髦夜總會集中地），然後穿過歷史文化悠久的格林威治村西北角，再北是存在了一百多年的倉庫廠房地帶「雀兒喜」（Chelsea，今藝廊中心），最後止於曼哈頓西三十四街商業區。

從高架末班車到二十世紀末，有關高架去留的爭論似乎未曾間斷。鐵路公司無置可否，地不是它的。主拆的一方，除了財力雄厚的地產發展商之外，還有地主紐約市。反拆的一方，卻只是一小批主張保存的當地居民，非但沒有任何力量，也沒有錢。他們有的只是一個不可能的夢想。

突然，在上世紀末，媒體開始介紹一個剛成立不久的民間組織「高架之友」（Friends of High Line），正在鼓吹在此高架建築上，建造公園。

「高架之友」創始人只有兩位年輕人。一位是作家，喬書亞・大衛（Joshua David），另一位是為新興公司提供諮詢服務的羅伯特・哈蒙德（Robert Hammond）。二人在一次有關高架去留的社區公聽會上首次見面，發現他們對保存高架都有無比熱忱，而且都覺得應該在上面建造一個公園。

他們去年合寫了一本書，《高架：紐約市空中花園內幕》（*High Line: The Inside Story of New York City's Park in the Sky*），輪流敘述他們和「高架之友」三十年的努力奮鬥。這不是一本看完就能了解始末的書。文筆雖然輕鬆幽默，後半部還有高架歷史圖片和公園開放前後的近照，但內容極其複雜。

想想看，這兩位在做夢的時候真有點不知天高地厚。他們對建築、保存古物、景觀設計、市府運作、組織社區團體、環境因素、市區公園、花草樹木，籌資、遊說議員和決策者、相關法律規章、突發事件（如「九一一」）等等，幾乎一無所知。然而，單憑兩人的熱忱和夢想，邊做邊學，再加上越來越多入盟的高架之友，從藝術和建築協會到企業贊助者，到政府決策者、個人捐款者、媒體、基金會、各界名流等等的積極投入，和市民的支持，最終還是把一個不可能的夢想化為真實，把一個作廢的鋼鐵老建築，變成紐約一個人民公園，一個現已舉世聞名的空中花園。

高架公園第一段二〇〇九年開放之後，我去逛了幾回。一流設計、一流景觀。直直彎彎的高架上，有花草、曲徑、樹木、座椅，還在幾處保留了當年的鐵軌，以緬懷十九世紀工業紐約。每次去，都會看到各種年紀的本地外地遊客來此休閒、散步、瞭望遠方，觀賞曼哈頓這最新一景。然而，總有一個幻影困擾著我。

去年一個晚秋黃昏，我靠在高架公園一條木椅上，遙望前方哈德遜河及徐徐下沉的落日，腦中幻影似乎化為一個錯覺——我在北京城牆公園，瞭望著西直門和夕陽……

二〇〇九年在北京，我收到朋友送的一本書，是二〇〇五年花生文庫出版的《梁陳方案與北京》。「梁陳方案」我聞名已久，不過都是從二手資料。是在這本書中，我才首次讀到梁思成和陳占祥合寫的一九五〇年「關於中央人民政府行政中心區位置的建議」全文，二人在第二節最後一段說：

「……其實城牆上面是極好的人民公園，是可以散步、乘涼、讀書，瞭望遠景的好地方……」

梁陳建議提出之後沒有幾年，北京城牆還是一段段全給拆除了。取而代之的高速公路二環。

去年那個晚秋黃昏，高架公園上呈現的剎那幻影，是一個時空倒置的錯覺，也或許是一個夢滅的反照。

一個城，哪怕花了三十年，最終還是把一個作廢的銅鐵老建築高架，變成了一個人民公園，而另一個城，只需短短幾年，即把一座好幾百年歷史的文化古蹟老城牆，變成了二環，一座鋼筋水泥的新長城。

高架變公園，城牆變公路，物換星移。既然如此，那我們就不妨大膽夢想一個未來景觀。大膽夢想多年之後，因各方面的進展和變化，京城二環，就像紐約高架鐵路，也失去了作用。後代又一批有夢想的人，不忘梁陳建議，也或許受到高架公園的啟發，終於把這座城牆遺址上升起來的鋼筋水泥老二環，變成了一個高架人民公園，一個環城空中花園，可以散步、乘涼、讀書、瞭望遠景。

——*2012*

附錄

聞北海先生笑拒談酒事有贈

鄭愁予

「先生，您飲酒半生有何益處？」
山人一笑　答了百鳥的喧問
問者以美婦居多
唍囀之意山人不去甚解
山人從北海來
紐約市峰高壑險
澗谷響著車馬流水
風雷洞府　彩虹有時來渲染
一切都隔在玻璃外

「先生，您號北海是否海量無邊？」
不免舉杯齊唇
把微笑遮著一半
山人從北海來
視松風與波濤為一物

用中指輕撚著清酒冰塊
正如清天月明
山中海上同一明月
飲酒亦是飲冰
賞丸月而揮目千里
閉目咂飲則如鯨吸滄海
先生不理「量」為何意

「先生，聽說有人勸您戒酒哩！」
應之以長身而起
酒事修成一身道骨
山中海上遊玩世界
著作隨緣卻無需等身
勸者以康復為由
飲者的笑紋不置可否
不飲酒則自由安在
又焉有文藝之風流

註：張北海本名文藝，是有風骨的作家與飲者。

——原載中國時報人間副刊，一九九二年六月三十日

文學森林 LF0039

下百老匯上
紐約客夢

作者
張北海

本名張文藝。一九三六年生於北京，一九四九年隨家人到台灣，師從葉嘉瑩學中文，就讀台灣師範大學。一九六二年到洛杉磯繼續深造，南加大比較文學碩士。一九七二年考入聯合國，任職二十多年。上個世紀七〇年代起，張北海不間斷地寫有關紐約生活的散文，他的文章當年幾乎成了初抵紐約的華人了解大蘋果的入門讀物。

作品有：散文《美國：八個故事》、《人在紐約》、《美國郵簡》、《美國美國》，及長篇小說《俠隱》。

攝影
韓湘寧

一九三九年出生，台灣師範大學畢業，為早期台灣現代藝術重要畫家之一。一九七二年於美國紐約蘇荷與張北海先生再度重逢。

美術設計 陳文德
行銷企劃 詹修蘋、張蘊瑄
版權負責 陳柏昌
副總編輯 梁心愉
編輯協力 宋慧如
初版一刷 二〇一三年十一月十一日
定價 新臺幣三八〇元

ThinKingDom 新經典文化
發行人 葉美瑤
出版 新經典圖文傳播有限公司
地址 臺北市中正區重慶南路一段五七號一一樓之四
電話 02-2331-1830 傳真 02-2331-1831
讀者服務信箱 thinkingdomtw@gmail.com
FB粉絲團 https://www.facebook.com/thinkingdom?fref=ts

總經銷 高寶書版集團
地址 臺北市內湖區洲子街八八號三樓
電話 02-2799-2788 傳真 02-2799-0909

海外總經銷 時報文化出版企業股份有限公司
地址 桃園縣龜山鄉萬壽路一段三五一號
電話 02-2306-6842 傳真 02-2304-9301

下百老匯上 : 說中文的紐約客 / 張北海著. -- 初版. --
臺北市 : 新經典圖文傳播, 2013.11
面 ; 公分. -- (文學森林 ; YY0139)
ISBN 978-986-5824-12-9(平裝)
855 102021086

封面圖片©gettyimages